KJELL ERIKSSON
DIE TOTENUHR

AF201839

atb aufbau taschenbuch

KJELL ERIKSSON, geboren 1953, lebt in der Nähe von Uppsala. Für seinen ersten Kriminalroman um die Ermittlerin Ann Lindell erhielt er 1999 den schwedischen »Krimipreis für Debütanten«. Sein Roman »Der Tote im Schnee« wurde zum »Kriminalroman des Jahres« gekürt, eine Ehrung, die bereits Autoren wie Liza Marklund, Henning Mankell und Håkan Nesser zuteilwurde. Im Aufbau Taschenbuch ist sein Roman »Die Nacht des Feuers« lieferbar.

GABRIELE HAEFS übersetzt aus dem Schwedischen, Norwegischen, Dänischen, Englischen, Niederländischen und Irischen, u. a. Werke von Jostein Gaarder, Anne Holt und Camilla Grebe. Sie hat zahlreiche Auszeichnungen erhalten, darunter den Akademika-Preis der Universität Oslo und den norwegischen Ritterorden 1. Klasse. Sie lebt in Hamburg.

Ein leeres Motorboot treibt auf dem Meer, kurz darauf gilt Casper Stefansson als vermisst. In der Förde ertrunken, meinen die Bewohner der Insel Gräsö zu wissen, doch auch vier Jahre später ist der Fall weiterhin ungeklärt. Seine damalige Freundin Cecilia Karlsson hingegen, die nur einen Monat nach seinem vermeintlichen Tod spurlos verschwand, soll zurück in Schweden sein. Das glaubt zumindest Ann Lindell, die eigentlich ein paar erholsame Tage auf Gräsö verbringen will, deren Neugierde aber endgültig geweckt ist, als ein alter Schulkamerad von Cecilia berichtet, die junge Frau gesehen zu haben. Während Ann Ausschau nach Cecilia hält, schlägt diese ihr Lager in einer Hütte im Wald auf. Umgeben von Erinnerungen aus ihrer Kindheit und ihrem jungen Erwachsenenleben, fasst sie einen Entschluss: Jemand muss sterben.

KJELL ERIKSSON

DIE TOTENUHR

EIN FALL FÜR ANN LINDELL

ROMAN

AUS DEM SCHWEDISCHEN
VON GABRIELE HAEFS

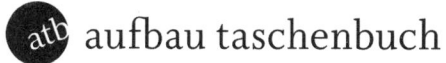 aufbau taschenbuch

Die Originalausgabe unter dem Titel
Dödsuret
erschien 2020 bei Ordfront, Stockholm.

ISBN 978-3-7466-3880-5

Aufbau Taschenbuch ist eine Marke
der Aufbau Verlage GmbH & Co. KG

1. Auflage 2023
© Aufbau Verlage GmbH & Co. KG, Berlin 2023
Copyright © Kjell Eriksson 2020
Umschlaggestaltung und Motiv www.buerosued.de, München
Satz Greiner & Reichel, Köln
Druck und Binden CPI books GmbH, Leck, Germany
Printed in Germany

www.aufbau-verlage.de

MAI 2015

Du kannst nicht entkommen! Dieser Gedanke war erregend. In ihm lagen Angst und Macht; in dem Gefühl, die absolute Macht über einen anderen Menschen zu haben, lag auch die Angst. Wie bei dem Henker, der die Hände um die zum Hieb erhobene Axt geschlossen hat.

Die Blutspur zeigte den Weg. Kleine, aber verräterische dunkle Tropfen auf Moos und Laub, noch feucht glänzend, zarte Gewächse, die in ihrer Frühlingslust zertreten, besudelt worden waren.

Wie ein ins Wasser gefallener Hund, dessen Spürsinn ausgeschaltet worden ist, war er losgetaumelt, aber die Frage war, wie lange seine Kräfte reichen würden. Zehn Minuten vielleicht, höchstens eine Viertelstunde. Das Terrain war überwuchert und unwegsam. Und wohin hätte er sich wenden sollen? Wenn er zum Strand hinunterginge, würde er von Geröll und Weißdorngestrüpp empfangen werden. Und wenn er auf die Idee käme, ins Wasser zu gehen, wäre er unwiderruflich verloren.

Hoffte er auf Gnade? Vielleicht.

Es dauerte fünfundzwanzig Minuten, ihn zu finden, eine überraschend lange Zeit, wenn man bedenkt, wie stark er verletzt war. Halbliegend an einer schief gewachsenen, windgebeutelten Föhre. Sein Kopf hing herab, die Hände lagen überkreuzt auf dem Bauch, wo der zweite Hieb ihn getroffen hatte. Es war ein schönes Bild, wie die Sonne des späten Nachmittags seine Gestalt einrahmte. Es hätte ein Gemälde von Oskar Bergman sein können, wenn man sich also den Sterbenden wegdachte.

Bald würde er verschwunden sein, und damit wäre das Werk vollendet.

Er hob den Kopf. Alle Menschlichkeit schien aus seinem ausdruckslosen Gesicht getilgt zu sein. Die Augenlider flatterten. In den Augen gab es nichts mehr, keine Angst, keine Hoffnung auf Versöhnung oder auch nur Gnade. Er war im Grunde schon tot, und das wusste er, und er wusste, warum. Für einen Moment konnte man sich zu dem Glauben verleiten lassen, dass er es so wollte.

Auf der Überfahrt zur Insel waren nicht viele Worte gefallen. Es war eine Insel, die beide sehr gut kannten, zu der keine Kommentare nötig waren, es war wie eine alltägliche Tour mit einer U-Bahnlinie in Stockholm oder mit dem Fernbus von Alunda nach Öregrund, eine Fahrt, die erledigt werden musste. Es war kein Problem gewesen, ihn ins Boot zu locken, durch die Bucht, in dem Glauben auf Vergessen und Vergeben. »Geh weiter!«, hatte er noch einmal gesagt und genickt. Der Idiot! Erst als ihn der Hieb im Nacken getroffen hatte und er herumfuhr, nur, um sich dem zweiten Angriff zu stellen, dem entscheidenden, hatte er begriffen. Es ging um das Messer. Ein Messer bedeutete eine Nähe, die eine Schusswaffe niemals geben konnte. Ein Messer wurde hineingerammt und blieb dort für einen Moment oder für immer. Darin lagen die Kraft, die Entschlossenheit und, nicht zuletzt, die Nerven.

Jetzt saß er da. Blut, das aus dem Mund quoll, Blasen, die barsten. Die Augen, die plötzlich weit aufgerissen waren, die Hände, die nach vorn griffen, als ob er eine Stütze suchte, um sich aufzurichten. Spürte er, dass der Tod zupackte, das Messer umdrehte? Passierte es jetzt, war das der Übergang?

Es war kein schöner Anblick: Die Wangen hatten all ihren Glanz verloren und die vorher so frische Sonnenbräune war verblasst, die Bartstoppeln, die er immer für sexy gehalten hatte, wirkten nunmehr spärlich und starr, die jetzt halb geschlossenen Augen starrten in eine ewige Finsternis, und zwischen den malmenden Kiefern war die Zunge wie ein widerliches, weidwundes Tier zu erahnen. Für einen Moment war der Schatten von etwas zu sehen, bei dem es sich um Zweifel handeln mochte, aber es war eher wie ein Hauch von Unlust, ein Kräuseln auf dem Wasser der Bucht.

Auf seinen Leichnam zu pissen, was als endgültige Erniedrigung gedacht gewesen war, war plötzlich nicht mehr wichtig. Jetzt galt es, sich zusammenzureißen. Weiterzugehen. Er lag im Sterben, war gestorben. So sollte es sein.

»Ich bin nicht verrückt!« Das war laut und deutlich zu hören, jede Silbe wurde mit einer Überzeugung herausgepresst, die ein Lächeln hervorlockte. Ein Lächeln wie früher. Die Süße des Sieges. Die Freunde hatten gesagt: Dein Lächeln kann alles bezwingen.

Er schlug die Augen auf, die Lippen bewegten sich, vielleicht wollte er etwas über das Siegeslächeln sagen, das Letzte, was er im Leben sah.

Es war schwer und anstrengend, ihn zum Strand und dann ins Boot zu schaffen, aber das Tempo half, das pure Adrenalin.

Ohne weiteres Getue wurde er über Bord gehievt, wie ein alter Sack mit verrostetem Schrott aus einem Stall, der im Meer entsorgt wird. Ein Arm beschrieb einen Bogen in Richtung Himmelsgewölbe, wie in einem letzten Gruß. Innerhalb weniger Sekunden hatte das schwarze Wasser ihn verschlungen. Das Letzte, was noch zu sehen war, war sein weißes Hemd.

Es war ein guter Tag. Ein schöner Tag. Jetzt konnte das Leben weitergehen.

AUGUST 2019

Alles hatte in Lissabon angefangen. Ann Lindell war ab und zu von dem Gedanken überwältigt, wie sich das Leben von Zufällen lenken ließ: ein Glas Wein in einem Parkcafé, ein ehemaliger Kollege, der sich unerwartet zu erkennen gab und mehrere Anzeichen von Fixierung und Verwirrung zeigte, und schon saß man fest.

»Warum?«, hatte Edvard wissen wollen.

Ann hatte gelacht, ja, warum? »Warum bist du vor fast zwanzig Jahren in meinen Dienstraum bei der Polizei in Uppsala gekommen?«

»Weil ich im Wald eine Leiche gefunden hatte«, lautete Edvards selbstverständliche Antwort. »Es war Mord, aber eine Frau, die vor einigen Jahren von Gräsö verschwunden ist und das vermutlich aus freien Stücken, warum willst du dir darüber den Kopf zerbrechen?«

Dieser Edvard Risberg, der zu ihrer großen Qual geworden war, aber auch zu ihrer großen Liebe. Nun saßen sie einander gegenüber an seinem Küchentisch, beide mittleren Alters, von der Zeit gezeichnet, wie ein Paar. Sie streckte die Hand aus und legte sie auf seine.

»Natürlich hast du recht, das müsste mir total egal sein, aber es gibt Dinge, die mich nicht in Ruhe lassen; wenn jemand verschwindet, zum Beispiel. Betrachte es als Gehirnjogging. Und dann habe ich auch einen Grund, auf Gräsö zu sein. Auf deiner Insel, Cecilia Karlssons Insel. Der Insel, von der oder zu der man verschwindet.«

Edvard sah sie einen Moment lang an, dann schaute er wieder hinaus auf den Hofplatz. Liebt er mich?, war der Gedanke, der ihr durch den Kopf schoss, und die alte Unruhe erwachte. Wie zur Antwort drehte er seine kräftige Hand um und griff nach ihrer schmalen. Es war keine Liebeserklärung, aber doch ein Zeichen von Vertrauen, von Vertraulichkeit? Sie sehnte sich nach einem Glas Wein, wusste aber, dass das unmöglich war.

Verstohlen musterte sie ihn. Vieles musste verstohlen geschehen, oder gar nicht, aber nicht auf eine negative Art und Weise, es geschah eher aus einer Rücksichtnahme, die sie gelernt hatte; ab und zu reduzierte sie ihre eigene Bedeutung, trat einen Schritt zurück. Der Gewinn lag auf der Hand.

Hätte sie erzählen sollen, dass sie selbst »eine Cecilia gemacht« hatte? Und zwar, als sie Edvard noch nicht kannte, als sie ungefähr so alt gewesen war wie Cecilia, aber es war nicht die Rede von mehreren Jahren und von Südeuropa gewesen. Sondern von Kopenhagen und zwei Wochen. Danach musste es reichen, hatte Ottosson gemeint, ihr Chef bei der Gewalt, und er hatte einen pensionierten Kollegen vom Betrug losgeschickt, der handgreiflich für ihre Rückkehr nach Uppsala sorgte. Ottosson kehrte die ganze Sache unter den Teppich, versuchte, Gerede und Schaden zu begrenzen. Das hatte er später noch mehrmals wiederholen müssen.

Es gab ein schwarzes Loch in ihrem Leben, in dem vieles hätte verschwinden können, nicht zuletzt ihre Karriere bei der Polizei. Sie hatte zwei Wochen in den Straßen von Kopenhagen gehabt, niemals zuvor oder danach war sie so viel spazieren gegangen, aber was war passiert? Was hatte sie dazu gebracht aufzubrechen, unterzutauchen? Das wusste sie noch immer nicht ganz genau.

Edvard würde es vielleicht nicht verstehen. Doch, sagte sie sich, er hatte ja auch alles aufgegeben und sich nach Gräsö abgesetzt. Es lag vielleicht in der Natur mancher Menschen, aufzubrechen, um nicht zu zerbrechen? Ann wollte Cecilia kennenlernen, war es so einfach?

I

»Das ist ihres.« Die Frau blieb zögernd in der Tür stehen, ehe sie beiseitetrat. Sie war »apart«, dieses Wort fiel Ann jetzt ein, aber mit einem fast mädchenhaften Bewegungsmuster. Ihre bloßen Schultern berichteten von Selbstvertrauen und Stärke.

Ihr Mann war auf der Treppe stehen geblieben und hatte eine Hand auf das Geländer gelegt, mitten in der Bewegung erstarrt, als müsse er zu Atem kommen. Ann betrat das Zimmer, das unerwartet groß war, vielleicht dreißig Quadratmeter, spärlich möbliert. Vor der einen Wand stand ein Bücherregal, gefüllt mit einer Mischung aus alten Bänden in Halbleinen, Buchclubbüchern aus den siebziger Jahren und Taschenbüchern. Es war keine Sammlung, sondern ein zufälliges Sammelsurium von vielerlei Herkunft, dachte sie jetzt. Auf der gegenüberliegenden Seite dominierte ein großes Bett im gleichen massiven Stil wie das Regal. Ein beachtlicher Schreibtisch, die einzige moderne Zutat, stand vor dem Fenster.

»Sie ist sehr ordentlich, das war schon immer so«, sagte die Mutter, und Ann begriff, dass sie sich an Edvard richtete. Die beiden hatten einander sofort verstanden, vielleicht, weil Edvard auf Gräsö lebte. Das hier war nicht ihre erste Begegnung, er hatte den Hof mehrmals zusammen mit Victor besucht.

Ann trat ans Fenster und konnte von dort ein kleines Stück Meer sehen. Eine eingedämmte Bucht und ein für seine ursprüngliche Funktion unbrauchbares Bootshaus, das von der Eindeichung berichtete.

»Sie liebt diese Aussicht«, erklärte der Vater, der unbemerkt das Zimmer betreten hatte und dicht hinter Ann stand. »Aber jetzt gehen wir nach unten, Gunilla. Mir ist ja klar, dass Sie als alte Polizistin in Ruhe gelassen werden wollen. Um zu denken.«

Ohne weitere Zeremonien verließ er das Zimmer und nahm seine Frau mit ins Erdgeschoss. Sie wäre sicher gern geblieben, um von ihrer Tochter zu erzählen, von deren Leben und Besitztümern. Sie war die Sorte Mensch, die sich über alles verbreitete, das war Ann sofort klar gewesen. Edvard ließ sich auf einem Holzstuhl nieder.

»Er hat zu viele Fernsehserien gesehen«, sagte er, aber Ann war dankbar dafür, dass die beiden gegangen waren. Der Vater hatte vollkommen recht, sie wollte in Ruhe gelassen werden, um sich ohne vorgefasste Meinungen umzusehen, und ohne, dass jemand ihr alles unter die Nase schob.

Schon seit sie und Edvard in Lissabon Folke Åhr begegnet waren, hatte sie ab und zu an Cecilia Karlsson gedacht und was wohl aus ihr geworden sein mochte. Seit vier Jahren verschwunden, wie vom Erdboden verschluckt, wie einer von Edvards Nachbarn es ausgedrückt hatte. Ihr Verschwinden hatte natürlich auf Gräsö großes Aufsehen erregt. Ihre Eltern waren bekannt, Rune Karlsson war ein erfolgreicher Mittelstreckenläufer gewesen, und Cecilias Mutter war mehrfache internationale Meisterin im Bogenschießen.

Folke Åhr verbrachte seine Sommer auf der Insel und hatte nach seiner Pensionierung von der Zentralen Mordkommission angefangen, sich für Cecilias Schicksal zu interessieren. Sein Engagement war nicht geringer geworden, als ein alter Schulkamerad von Cecilia behauptet hatte, sie zweimal in Lissabon gesehen zu haben. Beim ersten Mal hatte er geglaubt, im Estrelapark eine Doppelgängerin vor sich zu sehen, aber als er einige Tage später diese Frau noch einmal erblickt hatte, war er zu der Überzeugung gelangt, dass es Cecilia war. Sie war in eine Straßenbahn gestiegen, er selbst hatte auf einer

Parkbank gesessen, war sofort aufgesprungen und hatte versucht, die Bahn noch zu erreichen, aber das war aussichtslos gewesen. Die Straßenbahn hatte den Platz verlassen und war verschwunden.

»Sie war es, ganz bestimmt«, hatte er eigensinnig behauptet, als Ann ihn angerufen hatte. Er war offenbar alkoholisiert gewesen, hatte aber versucht, sich zusammenzunehmen. Ann kannte diese Anzeichen sehr gut. Es war ein Problem, das hatte auch Åhr betont, Nils »Blitz« Lindberg war oft betrunken. War er es auch in Lissabon gewesen?

»Wie können Sie so sicher sein?«, hatte Ann Lindell gefragt.

»Der Hintern«, hatte Lindberg, ohne zu überlegen, geantwortet, und sie hatte grinsen müssen. »Sie hat so einen phantastischen Hintern, hatte den immer schon. Diese Formen.« Das hätte sexistisch klingen können, aber er hatte es mit solcher Wärme in der Stimme gesagt, dass ihr klar war, dass sich in dieser Antwort große Liebe verbarg.

»Sie war die Erste in der Klasse, die einen BH tragen musste«, fügte er hinzu, wie um Ann Cecilia Karlssons physischen Vorzüge noch mehr zu verdeutlichen.

»Warum ist sie verschwunden?«, hatte sie gefragt, und die Antwort war nach einem gewissen Zögern gekommen. »Dieser Casper.« Danach war er verstummt, hatte kein weiteres Wort mehr sagen wollen.

Ann erinnerte sich an ihr Gespräch mit »Blitz«, wie der Zeuge auf der Insel genannt wurde, als sie sich einige gerahmte Fotos im Bücherregal ansah. Sie nahm eins nach dem anderen heraus. Es waren die üblichen Bilder von Festen und Partys, und Ann konnte sich davon überzeugen, dass der Mann die Wahrheit gesagt hatte. Cecilia hatte Kurven, und das auf eine Weise, die zweifellos Männerblicke anzog. Sah sie gut aus? Ja und nein. Das Gesicht hatte sympathische Züge, die dicht sitzenden Augenbrauen verstärkten den Eindruck von Willenskraft.

Sie ähnelte einer mexikanischen Künstlerin, an deren Namen Ann Lindell sich nicht erinnern konnte.

Das Regal mit den Fotos und einigen nichtssagenden Ziergegenständen war staubfrei. Ann dachte, dass sie kein solches Arrangement von Fotos ihrer selbst, ihrer Eltern oder ihres Sohnes Erik besaß. War das gut oder schlecht? Sowohl als auch, fand sie. Sie blieb mitten im Zimmer stehen.

»Schau mal hinter den Büchern nach«, sagte Edvard.

Ann fühlte sich an früher erinnert. Damals war es ihr Kollege Sammy Nilsson gewesen, der solche Kommentare und Aufforderungen von sich gab. Sie gehorchte, schob zögernd eine Hand zwischen die aufrechtstehenden Bücher, suchte dann eine Regalfläche nach der anderen ab. Im letzten Fach, hinter Jahrbüchern der Schwedischen Tourismusvereinigung, stieß ihre Hand gegen etwas. Sie ahnte sofort, worum es sich handelte.

»Briefe«, sagte sie und zog vorsichtig eine dünne Sammlung heraus, zusammengebunden mit einer roten Kordel und mit Schleife, was einen backfischhaften Eindruck machte. Edvard erhob sich von seinem Stuhl. »Soll ich?«, fragte sie, obwohl sie die Antwort kannte, und sie zog vorsichtig an einem Kordelende.

»Nein«, sagte Edvard.

»Wie meinst du das?«

»Das sind ihre.«

»Aber ...«

»Überlass das der Polizei«, sagte Edvard. »Oder den Eltern.«

Er hatte nicht unrecht. Wenn Cecilia Karlsson noch lebte oder wenn sie Selbstmord begangen hatte, wäre es im Prinzip eine ungesetzliche Handlung, ihre Briefe zu öffnen. Wenn sie ermordet worden war, war es die Angelegenheit der Polizei.

»Die Adresse ist ein Postfach in Uppsala«, sagte Ann. »Seltsam, sie hat doch auf der Insel gewohnt, hier im Haus?« Sie schlug eine Ecke des obersten Umschlags um und sah dann die anderen an, alle waren an dieses Postfach gerichtet. »Es sind vier Briefe.«

Ihre Blicke begegneten sich. Ann spürte seinen Widerstand. »Ich muss mir das ansehen«, sagte sie.

Er verließ das Zimmer und ging mit schweren Schritten die Treppe hinunter. Sie löste eilig die Schleife, öffnete vorsichtig einen Umschlag und zog eine Briefkarte von edler Papierqualität heraus, mit gekräuseltem Rand und beschrieben in großzügiger Handschrift in geraden Linien. Sie fasste die Karte mit spitzen Fingern an einer Ecke an und las:

Dear!

Das war wirklich nett. Es war wie immer schön, und ich wünschte nur, wir hätten etwas mehr Zeit gehabt. Nur eins hat mich überrascht: was du über die Sache auf Hasselbacken erzählt hast. Ich glaube, Rune hat das alles nicht so gemeint, er hatte sicher einiges getrunken. Denk nicht weiter an dieses Malheur. Können wir uns nächste Woche treffen? Ich muss dann nach Sundsvall. Wir können uns im Knaust einlogieren, du weißt, das Hotel mit der Treppe. Du hast doch wohl irgendwelche Verwandten da oben im Lappenland und kannst behaupten, du müsstest sie besuchen?

Sei umarmt!

Keine Unterschrift, kein Datum. Sie musterte den Umschlag, kein leserlicher Stempel mit Datum. Rune, ihr Vater, was hatte der gesagt? Malheur, was war damit gemeint?

Von unten her war das Klirren von Porzellan zu hören. Cecilias Mutter hatte vorgeschlagen, Kaffee zu kochen. Anne zog vorsichtig die restlichen Briefkarten aus den Umschlägen, legte sie auf dem Schreibtisch nebeneinander und machte mit der Kamera ihres Mobiltelefons Bilder davon. Als sie gerade alle Karten zurückgesteckt und die Kordel zusammengebunden hatte, hörte sie Schritte auf der Treppe. Ann ließ die Briefe hinter die Bücher des Tourismusverbandes fallen.

»Trinken wir jetzt eine Tasse Kaffee?«

»Das tun wir«, sagte Ann.

»Haben Sie etwas gefunden?« Die Frau sprach leise. In ihrer Stimme lag eine neue Vertraulichkeit. »Rune ist manchmal deprimiert«, fügte sie unvermittelt hinzu. »Er geht nie in ihr Zimmer, es hat mich überrascht, dass er mit heraufgekommen ist.«

»Deprimiert wegen Cecilia?«

»Ja, das wird es wohl sein, weil sie sich nicht melden will oder kann. Wir hätten sie so gern wieder hier.«

»Sie glauben, sie lebt noch?«

Cecilias Mutter sah sie an, und ohne etwas zu sagen, gab sie ihr eine Antwort. In ihren sonst so weichen Gesichtszügen lag eine Schärfe, in der keinerlei Zurückhaltung zu erkennen war; sie war überzeugt davon, dass ihre Tochter noch lebte.

»Aber jetzt gehen wir nach unten, sonst wundert sich Rune.«

Sie fasste Ann unter den Arm. »Er will alles unter Kontrolle haben, wie mit den Rundenzeiten, damals bei den Wettkämpfen, oder jetzt, wenn er sich all diese Sportveranstaltungen im Fernsehen anschaut.« Ann fiel ein, dass der Mann früher Läufer gewesen war.

»Nein, ich habe nichts gefunden.«

»Warum sind Sie hier?«

»Vielleicht aus Neugier«, sagte Ann.

»Das war eine ehrliche Antwort«, sagte Gunilla Karlsson, die für einen Moment auf der Treppe stehen blieb.

»Ich kann Rätsel nicht leiden«, sagte Ann.

Der Kaffeetisch war in der Küche gedeckt. Rune saß halb abgewandt am Fenster, die Hände lagen zu beiden Seiten der Kaffeetasse. Die schmalen, fast nicht vorhandenen Lippen waren fest zusammengepresst, er hatte eine kräftige Falte über der Nasenwurzel und sein Blick reichte weit über das hinaus, was einst eine Meeresbucht gewesen war. Er machte einen betagten Eindruck, obwohl er gar nicht so alt sein konnte. Ein Patriarch. Fünfundsechzig? Er sah noch gut aus, als junger Mann auf der Aschenbahn hatte er sicher einen attraktiven Anblick geboten. Das Auffälligste an ihm war die kräftige Nase.

Seine Frau war um einiges jünger, sie musste dennoch ein gutes Stück über fünfzig sein, beim Gedanken an Cecilias Alter. Bogenschützin. Ann assoziierte das mit Olympischen Spielen. Wie erfolgreich mochte Gunilla gewesen sein? Das würde sie googeln müssen. Eine mit Pokalen gefüllte Vitrine hatte im Wohnzimmer gestanden. Gunilla Karlsson schob die eine Hüfte auf seltsame Weise vor. Vielleicht ein Überbleibsel aus ihrer Zeit als Bogenschützin?

Edvard saß Rune gegenüber. Bald würde auch er dort sein, im Alter. Und sie selbst ebenfalls. Es war schwer, sich das vorzustellen. Würden sie zusammen alt werden? Ein Gefühl von Unlust ließ sie wünschen, sich verabschieden, das Haus und damit die Frage von Cecilias Verschwinden hinter sich lassen zu können. Eigentlich hatte sie hier doch nichts zu suchen. Sie hatte keine Zeit für die Rätsel anderer Leute.

»Ich bin hier geboren«, sagte Rune Karlsson plötzlich. »Ich und meine Geschwister. Wir waren fünf Brüder, einer ist nicht mehr da.«

»Martin?«

»Ach was, du hast ihn gekannt?«

»Ja, wir haben einmal in Forsmark zusammengearbeitet«, sagte Edvard. »Er war ein tüchtiger Maler.«

»Der beste«, sagte Rune mit einem Lächeln, das ihn fast fünfzehn Jahre jünger machte.

Edvard schmunzelte, wie dann, wenn er ohne ein Wort zustimmte und nichts hinzuzufügen hatte.

»Damals konnten wir Netze auslegen und das Boot im Nu mit Strömming füllen. Jetzt fegen die Trawler alles leer, die holen hundertmal mehr Strömming herauf als die lokalen Fischer. Alles geht als Schweinefutter nach Dänemark. Schweinefutter! Und auch noch für Schweine, die in der Hölle leben, eingesperrt in Käfige.«

Edvard nickte. Damit kannte er sich aus. Ann wusste, dass er in seinem früheren Leben in der Schweinezucht tätig gewesen war.

»Bitte sehr«, sagte Cecilia und stellte noch eine Schüssel auf den Tisch. Ihre kräftige Hand – Bogenschützin, dachte Ann wieder – beschrieb eine einladende Bewegung über dem Tisch.

»Und dann die Weiden, die alten Zäune und die alten Trockenscheunen, das ist alles fast ganz verschwunden. Wenn Sie wüssten, was es hier früher für Orchideenwiesen gegeben hat. Es gibt ein Buch, *Daheim in der Armut*, heißt es …«

»Jetzt trinken wir Kaffee«, fiel seine Frau ihm ins Wort. Ann ahnte, dass Gunilla Karlsson wusste, es würde kein Ende nehmen, wenn er weiterreden dürfte. Rune Karlsson seufzte, warf Edvard einen Blick zu, fügte sich aber und hob die Kaffeetasse. Trotz seiner offenkundigen Stärke strahlte seine Gestalt auch tiefe Resignation aus.

Ein vorsichtiges Gespräch kam in Gang, bei dem Edvard die antreibende Rolle übernahm. Ann verspürte kein Bedürfnis, sich einzumischen. Seine gute Seite, dass er mit seinesgleichen plaudern konnte, wobei er die großen Worte außen vor ließ, sein Lächeln, das war mehr als genug für sie, und vor allem half es, die Stimmung aufzulockern. Die Karlssons entspannten sich. Als nachgeschenkt wurde, versuchte Ann, das Gespräch auf Blitz zu lenken, der behauptete, Cecilia in Lissabon gesehen zu haben, aber damit kam sie nicht weiter. Stattdessen war nun die Rede von einer kürzlich verstorbenen Frau.

»Das ist zu traurig. Hast du Olga Palm gekannt?«

»Wir sind uns einige Male begegnet«, sagte Edvard. »Sie war wohl schon gebrechlich?«

»Diabetes. Am Ende mussten sie ihr beide Beine abnehmen. Sie hatte Cecilia sehr gern. Die wäre sicher gern bei der Beerdigung dabei. Die beiden haben sich immer gut verstanden«, sagte Gunilla.

»Cecilia hat für Olgas Sohn Adrian gearbeitet«, fügte sie dann hinzu. »Sie kamen nicht immer so gut miteinander aus, aber er brauchte sie, das war ihm klar, und deshalb musste er sich zusammenreißen.«

»Hat er eine Firma?«

»Ja, irgendetwas mit Elektronik, Leitsysteme in der Industrie und so. Cissi hat sich mit Computern ausgekannt. Sie sind viel gereist.«

Hotel Knaust in Sundsvall, dachte Ann. Hatte dieser Adrian die Briefe geschrieben, die sie eine Treppe höher gelesen hatte? Es hatte keine Unterschrift gegeben, aber der Absender hatte Cecilia gut gekannt.

»Sie haben gesagt, er musste sich zusammennehmen, wie haben Sie das gemeint?«

»Er konnte ein bisschen streitsüchtig sein«, sagte Gunilla.

»Auch gewalttätig?«

»Nein, nein, wirklich nicht, aber er hat in den meisten Dingen sehr klare Ansichten.«

»Jetzt ist er angeblich auf den Philippinen«, sagte Rune, »und da kann er bleiben. Oder war es Hongkong?«

»Er kommt natürlich zur Beerdigung.«

»Das glaubst du?«, fragte Rune mit triefender Verachtung. Er wurde sofort fünfzehn Jahre älter.

»Hatten Adrian und Cecilia etwas miteinander …«

»Niemals«, sagte Rune. »Mit dem doch nicht!«

Edvard warf Ann einen schwer zu deutenden Blick zu. Sie beschloss, das Thema zu wechseln. »Blitz hat etwas über einen Casper gesagt, kennen Sie den zufällig?«

»Casper?«, fragte Gunilla vorsichtig und warf ihrem Mann einen Blick zu, aber der hatte offenbar das Interesse an dem Gespräch verloren. »Nein, nicht dass ich wüsste. Hatten die denn Kontakt?«

»Darüber weiß ich nicht viel«, sagte Ann, »aber er kannte offenbar Cecilia und auch Adrian Palm, wenn ich Blitz richtig verstanden habe.« Die Lüge kam Ann problemlos über die Lippen, ein wenig dick aufzutragen war eine alte Berufskrankheit.

Ann hatte den Eindruck, dass Gunilla Karlssons Miene sich verdüsterte. Der Name Casper hatte etwas bei ihr in Bewegung gesetzt, eine Alarmglocke schrillen lassen, das bildete Ann sich jedenfalls ein. Auch das war wohl eine alte Berufskrankheit, einer Aussage zu misstrauen.

Sie bedankten sich für den Kaffee und erhoben sich. »Willst du ein schönes altes Foto sehen?«, fragte Rune Karlsson und wandte sich dabei an Edvard. Noch immer hatte ihn die Erinnerung an die alten Zeiten nicht losgelassen. »Auch mein Bruder Martin ist darauf.«

Sie gingen ins Wohnzimmer. Gunilla schnitt eine Grimasse, die alles bedeuten konnte, winkte Ann aber, mitzukommen. Rune zeigte auf ein vergrößertes Foto, das an der Wand hing. Es zeigte Familie Karlsson, wie er erklärte. Mutter und Vater und die fünf Söhne. Sie standen vor einem Bootshaus. An der Wand hinter ihnen hingen zwei Paar Ruder. »Du siehst, wie sich das hier verändert hat«, sagte Rune. Vielleicht wollte er darauf hinweisen, dass der Wasserstand damals um einiges höher gewesen war oder dass es eine Zeit gegeben hatte, in der die Familie zusammengehalten hatte, in der ihr nichts anderes übrig geblieben war. Aber es war ein Foto, das Geborgenheit ausstrahlte, das ging Ann auf, während Rune auf die Personen zeigte und ihre Namen nannte. Er selbst stand ganz rechts und hielt einen seiner Brüder an der Hand. Schwedische fünfziger

Jahre auf dem abgelegenen Gräsö. Kein Überfluss, aber in vielerlei Hinsicht eine Idylle, das hatte Ann schon Violas Erzählungen entnommen. Eine Zeit, in der lokale Fischerei und Landwirtschaft sich noch rentiert hatten.

»Du siehst«, wiederholte Rune Karlsson und seine Stimme klang ein wenig brüchig, »damals gab es Landwirtschaft und Fischerei, die diese Namen verdienten. Damals gab es ein Leben, das diesen Namen verdiente.«

»Und davon redest du viel zu oft«, sagte seine Frau, aber ohne Spitze in der Stimme, eher als sachliche Feststellung.

»Jetzt geht es doch zum Teufel mit der Insel. Alle diese verdammten Sommerhäuser. Alle diese verdammten Spekulanten.«

So machte er noch eine Weile weiter, an Edvard gewandt, den er offenbar für einen Verbündeten hielt, obwohl Edvard gar nicht auf Gräsö geboren war. Ann glaubte, das alles schon gehört zu haben, und verlor das Interesse. Sie schaute sich um. An der gegenüberliegenden Wand waren die Preise aufgestellt, jede Menge Pokale in allen Größen. Sie las einige der Plaketten, aber ohne wirkliche Neugier. Gunilla Karlsson verlor kein Wort zu der Vitrine, die zwei erfolgreiche sportliche Karrieren enthielt. Ann fand das schon ein bisschen seltsam.

Neben der Vitrine stand ein Teewagen mit zwei Fächern, beide gefüllt mit Flaschen und Karaffen, die Ann mit größerem Interesse musterte. Alles sah teuer und ein bisschen protzig aus, als ob sie zeigen wollten, dass sie regelmäßig ins Ausland reisten und sich im Duty-free-Shop eindeckten, aber vielleicht nicht im selben Tempo konsumierten. Es war ein Wagen für Besuch, aber Ann hatte den Eindruck, dass das Wohnzimmer zumeist leer stand. Die Karlssons wirkten nicht wie passionierte Gesellschaftsmenschen.

»Schönes Bild«, sagte Edvard vor einem großen gerahmten Foto, das neben dem Schnapswagen hing. Er trat näher und las vor: »Khumbu Glacier, wo liegt der?«

»Nepal«, sagte Gunilla Karlsson und legte Ann den Arm um die Taille, wie um sie aus dem Raum zu führen.

»Mein Bruder Sven-Åke war dort, aber das ist lange her.« Gunillas Seufzer war deutlich zu hören.

»Ist er Bergsteiger?«

»Damals ja, sie haben nach dem gesucht, der den Mount Everest bezwungen hatte.«

»Diesem Engländer oder dem Sherpa? War der verschwunden?«

»Keiner von denen«, sagte Rune. »Es gab noch zwei, die sehr viel früher da waren.« Dann folgte eine Geschichte über zwei weitere Engländer, Mallory und Irvine, die, so Rune, schon in den zwanziger Jahren den höchsten Berg der Welt bestiegen hatten, beim Abstieg dann aber ums Leben gekommen waren. Mallorys Leichnam war in den neunziger Jahren gefunden worden.

»Sven-Åke hat mit Nepalesen zusammengearbeitet. Er wohnt jetzt dort. Hat Frau und drei Kinder.«

»Interessant«, sagte Edvard und schien es zu meinen.

»Reizende Kinder«, sagte Gunilla.

»So ist meine Verwandtschaft«, sagte Rune. »Alle haben Gräsö verlassen. Nur ich habe mich hier festgekrallt. Du kannst dir ja denken, wie schwer das für meinen Vater war.«

»Aber dein Bruder Martin, der war doch in Forsmark und schien da Wurzeln geschlagen zu haben?«

»Das glaubst du, aber da hatte er sich bereits fünfunddreißig Jahre lang in aller Welt herumgetrieben. Er musste dann nach Schweden zurückkommen. Krebs. Diese verdammte Farbe, die die Reedereien benutzt haben, hat ihn umgebracht, aber das wollte er niemals zugeben. Er hat hier vielleicht noch ein Jahr gewohnt, dann war Schluss.«

»Hier ist es zu eng, zu dicht besiedelt«, sagte Gunilla. »Martin hat viel gesehen, er war zufrieden mit seinem Leben.«

»Eng?«

»Wir gehen raus«, sagte Gunilla. Es war deutlich, dass sie diesen Klagegesang schon oft gehört hatte und ihren Mann ein wenig zur Ordnung rufen wollte.

»Zufrieden mit seinem Leben«, murmelte Rune Karlsson.

Die Karlssons begleiteten sie hinaus auf den Hofplatz. Als Edvard sich ins Auto setzte, trat Rune zwei Schritte dichter an Ann heran.

»Hör auf, in unserem Leben herumzuschnüffeln«, fauchte er und machte auf dem Absatz kehrt. Gunilla war verschwunden, sie stand mit der Hand auf der Türklinke oben auf der Treppe. Hatte sie gehört, was ihr Mann da von sich gegeben hatte? Und hatte Edvard es gehört?

Schweigend saßen sie im Auto. Ann zählte die Wagen, die ihnen entgegenkamen. Das machte sie schon seit ihrer Kindheit, damals hatte sie ihren Vater auf seinen Touren mit dem Getränkewagen durch die Sommerlandschaft von Östergötland begleitet. Sie konnte sich noch immer an den Rekord auf der Strecke Ödeshög – Borghamn erinnern: 137 Autos, seither eine magische Zahl. Eine andere war 24, die Anzahl von Briefkästen zwischen ihrem Elternhaus und dem Konsumladen. Auf diese Weise hatte sie Ordnung geschaffen.

Nun waren es 22 Autos bis zur Abfahrt zum Campingplatz, aber die Ordnung wollte sich nicht einstellen. Edvard brach das Schweigen.

»Die lügen«, sagte er, und Ann lächelte verstohlen.

»Worüber?«

»Über diesen Casper, zum Beispiel, die wissen sehr wohl, wer das ist.«

»Hast du gesehen, wie ordentlich es in Cecilias Zimmer war, nicht ein Staubkorn?«

»Die wollen sicher die Erinnerung an sie pflegen«, sagte Edvard.

»Das stimmt vermutlich, aber das ist mehr als ein Museum, das ist, als ob sie jede Minute mit ihr rechnen.«

»Aber sie ist ja auch noch nicht seit so vielen Jahren verschwunden«, sagte Edvard. »Dein alter Bullenkumpel hat sich mit den Jahren total vertan. Was hat er noch gesagt, 2009 oder so?«

»Ja, er wirkte auch ein bisschen verwirrt, als wir zuletzt miteinander gesprochen haben. Jedenfalls ist sie 2015 verschwunden.«

»Bei ihm setzt so langsam die Demenz ein, habe ich gehört.«

»Aha, das erklärt natürlich alles«, sagte Ann und fand es schlimm, das zu hören. Ihr Vater war denselben Weg gegangen.

»Ich muss da kurz was erledigen«, sagte Edvard. Er hatte einen Job auf dem Campingplatz erwähnt. Es gab immer etwas für ihn zu tun. Auf der kurzen Strecke kamen ihnen drei Wohnmobile entgegen.

»Hauen die jetzt ab?«

»Ja, so langsam, aber viele bleiben noch eine Weile.«

Auf diese Weise wurde Ordnung geschaffen, Zusammenhang. Ann saß gern im Auto auf dem Weg zu einem Auftrag, den er möglicherweise erhalten würde. Sie waren gemeinsam unterwegs. Er dachte an Holz und daran, Beton zu gießen, sie zählte Wohnwagen. Und dann war da die Begegnung mit einem Elternpaar, das sich nach seiner Tochter sehnte. Ann wusste, dass zu Hause bei Cecilia weiter darüber geredet werden würde. Könnte sie selbst zurückkehren, trotz der Abschiedsworte Rune Karlssons? Sicher, alles andere wäre ein Dienstvergehen, wenn sie also noch im Dienst wäre. Vielleicht würde er sich provozieren lassen?

»Wann wird Olga Palm begraben?«

»Samstag«, sagte Edvard.

»Wird spannend, ihren Sohn Adrian zu sehen, wenn der nun von den Philippinen auftaucht.«

»Willst du hingehen?«

»Ich kann ja ein bisschen bei der Kirche herumlungern.«

»Vor der Kirche von Gräsö kann man nicht einfach herumlungern«, sagte Edvard.

»Ich wohl«, sagte Ann, und etwas von ihrer alten Arbeitsfreude flammte in ihr auf, zusammen mit einem Bild von früher, auch das von einer Beerdigung, selbst wenn sie sich nicht an die Einzelheiten erinnerte. Würde sie jemals an ihren alten Arbeitsplatz zurückkehren können, vorausgesetzt, sie wollten sie zurückhaben? Nein, sicher nicht, das hatte sie sich immer eingeredet, wenn sie über diese Frage nachgedacht hatte, sie würde nie wieder als Polizistin arbeiten. Jetzt bereitete sie in einer Meierei bei Gimo Käse zu und war damit vollkommen zufrieden.

2

Im Haus roch es nach Schimmel. Dort, wo früher das Wohnzimmer gewesen war, regnete es herein. Sie hatte einen Eimer auf den Boden gestellt. Das kleine Schlafzimmer war in besserem Zustand, auch wenn die Deckenpaneele große Feuchtigkeitsflecken aufwiesen und sich bedenklich wellten. Das Himmelbett war in eine Ecke geschoben worden, wo in der Wand etwas kratzte und knabberte, die Totenuhr, so hieß das, glaubte sie, war das ein Käfer? Eine Uhr, die tickte, den Countdown führte. Die Tapeten waren aus den sechziger Jahren, das Rollo immer heruntergezogen. Ein Stuhl diente als Nachttisch. Darauf stand eine Kerze. Andere Beleuchtung gab es nicht. Inzwischen las sie kaum noch, und sie war lichtscheu. Sie wollte nicht gesehen oder gehört werden.

Telefon und Rechner lud sie im Auto auf. Den kleinen Gaskocher benutzte sie nur selten, kochte Nudeln, eine Suppe oder eine Dose mit einem Fertiggericht. Es gab eine Dose mit Keksen, Pulverkaffee, eine Flasche Amaretto und ein kleines Glas auf einer niedrigen, grün gestrichenen Bank. In einem Schrank bewahrte sie ein paar Flaschen Wein auf. Auf dem Tisch stand eine Petroleumlampe, an die sie sich von früher her erinnerte.

Über dem Haus ruhten Friede und Dunkelheit. Der Spätsommer schlich sich heran, umarmte Bäume und Sträucher, die immer näher gekrochen waren, die mit der Zeit alles übernehmen würden, das Haus würde in sich zusammensinken. In fünfzig Jahren würden nur noch der alte Eisenherd, verwitterte Backsteine und vom Frost zerfressene Dachziegel von einer Wohnstätte berichten. Hildingstorp. Sie hatte keine

Ahnung, wer dieser Hilding gewesen war, vielleicht wusste das niemand mehr. So viel ihr bekannt war, gehörte das Haus dem alten Mann, der der Holländer genannt wurde und der seit einem Schlaganfall vor einigen Jahren in einem Altersheim in Öregrund lebte. Er würde auf keinen Fall hier vorbeischauen.

Einige Sommer lang hatte sich eine Familie aus Gävle hier eingemietet, und auf dem schmalen Weg durch den Wald war ihr die Tochter dieser Familie begegnet, ein mageres Mädchen namens Rafaela. Rafaela hatte dunkle Haare, war ein bisschen schüchtern, wurde nach und nach aber lebhafter. Mit ihren Eltern sprach sie nur Spanisch. Es war wie eine Geheimsprache. Drei Sommer lang hatten sie sich fast täglich getroffen. Vorsichtige Spiele am Waldrand, auf den Weiden im Süden der Hütte, aber niemals allein am Wasser, das hatte Rafaelas Mutter verboten. Ab und zu dachte sie an ihre frühere Spielkameradin, was wohl aus ihr geworden war, wie man eben so denkt. Sie hatte sogar von ihr geträumt. Sie hätte sie im Internet gesucht, wenn sie nur ihren Nachnamen gekannt hätte.

Die ersten Tage waren hart gewesen, als die Erinnerungen über sie hereingebrochen waren wie feuchtkalter Nebel, dazu die zunehmende Dunkelheit und nicht zuletzt die ungewohnte Stille. Vor kurzer Zeit noch Großstadt, jetzt eine abgelegene Insel in einem dünnbesiedelten Land. Sie hörte das Meer als sanftes Rauschen, ab und zu in der Ferne Autos, ansonsten nichts. Jetzt ging es besser, obwohl noch immer das seltsame Gefühl vorherrschte, mittendrin zu sein und trotzdem am Rand zu stehen. Sie lebte in einem Vakuum, und so würde es sicher noch lange bleiben, vielleicht für immer. An die Zukunft zu denken, hatte sie in den letzten Jahren zu vermeiden versucht, und es war ihr relativ gut gelungen, sie hatte von einem Tag auf den anderen gelebt, war Beziehungen eingegangen und hatte sie wieder verlassen, mit einer Leichtigkeit, die sie anfangs überrascht hatte, die aber bald zu einem Lebensstil geworden war. Über lange Zeit hinweg konnte sie sich sorglos fühlen, vor allem in der Zeit in dem kleinen Ort im Alentejo, die ihr inzwischen als die glücklichste seit ihrer Kindheit erschien.

Jetzt führte sie ein Doppelleben. Die Perücke lag auf einem Stuhl. Die war sicher von keiner besonders guten Qualität und verlor bereits ihre Form, sie müsste sie wohl häufiger auf den Perückenständer setzen, aber sie erfüllte dennoch ihren Zweck. Zusammen mit der Rauchglasbrille und der unförmigen und nichtssagenden Kleidung hatte sie funktioniert, niemand hatte auf irgendeine Weise signalisiert, sie erkannt zu haben. Im Konsum in Öregrund war sie zwei alten Bekannten begegnet, die nicht reagiert hatten, obwohl sie mit ihnen in derselben Kassenschlange gelandet war. Auf der Fähre hatten Insulaner und Sommergäste, die sie ihr Leben lang gekannt hatte, sie gleichgültig angesehen, eine Fremde eben. In gewisser Hinsicht war sie das ja auch. Sie war sich selbst sogar eine Fremde. Seit mehreren Jahren spielte sie ein Spiel; hatte das Lügen, Ausweichen und die vielen Aufbrüche zu ihrem Lebensstil gemacht. Einmal wäre fast alles schiefgegangen. Auf ihrem täglichen Spaziergang durch den Estrelapark hatte sie auf einer Bank Nils Lindberg entdeckt! Ausgerechnet Blitz! Das konnte doch nicht sein! Er, der früher nur mit großem Widerwillen das Festland besucht hatte, saß auf einer Bank in Lissabon! Mit abgewandtem Gesicht war sie an ihm vorbeigelaufen, war zur Straßenbahn fast gerannt, hatte ihn aber rufen hören. Geschockt und mit zitternden Knien hatte sie sich in den überfüllten Wagen gedrängt. Ihr elender Zustand war offenkundig gewesen, denn sofort hatte ihr ein älterer Mann seinen Platz angeboten, und dankbar hatte sie sich auf die Bank sinken lassen.

Seither hatte sie diesen Park, in dem sie so gern spazieren gegangen war, nie wieder aufgesucht. Ihr relatives Gefühl von Freiheit war wie weggeweht, und ihr war klar, dass sie sich in Bewegung setzen musste. Sie hätte sich einen Flug nach Südamerika oder Asien buchen können, aber sie wollte die Situation mit Adrian aussitzen.

Sie war durchaus nicht dazu gezwungen, sich von Schweden fernzuhalten, aber es hatte sich so ergeben, und nach einiger Zeit, als sie zur Besinnung gekommen war, hatte sie begriffen, dass es ihren langfristigen Zielen sogar entgegenkam. Jetzt war es an der Zeit, den Plan in die Tat umzusetzen.

Das gegrillte Hähnchen und die Plastikdose mit dem Kartoffelsalat standen auf dem Tisch. Sie müsste essen, aber hatte den Appetit verloren, stocherte mit der Gabel in dem fettigen Salat herum, blieb sitzen und starrte mit leerem Blick aus dem Küchenfenster. Eine Spinne lief über die Fensterbank. Das war die Gesellschaft, die sie hatte. Glück und Verrat. Einsamkeit und Rache. Das waren die Wortpaare, mit denen sie zu tun hatte. Es war ein Kampf gewesen, aber in ihrem tiefsten Herzen war sie stark, das wusste sie.

Sie erhob sich, um sich von ihren Gedanken loszureißen, verließ die Hütte und ging hinunter zum Wasser. Die Bucht war unruhig. Dort war Casper in der Tiefe verschwunden. Niemals gefunden worden. Es war vier Jahre her, und er fehlte ihr noch immer, was sie überraschte. Er war ein unzuverlässiger Dreckskerl gewesen, aber immerhin ein charmanter.

Sie schaute über das Wasser zu den Inseln und Felsen im Nordosten hinüber, dort lagen Norr-Gället und Kullaskäret. Dorthin waren ihre Eltern oft mit ihr gefahren. Sie kannte jede Untiefe im Meer und jeden Stein am Strand. Ihr Vater hatte Krafttraining betrieben und war zwischen den Schären geschwommen, während ihre Mutter einsam meditiert hatte, das sei gut für das Schießen, hatte sie behauptet, aber Cecilia hatte den Verdacht, dass es vor allem darum gegangen war, wegzukommen, den Anforderungen von Mann und Tochter zu entfliehen. Sie selbst hatte am Strand eine endlose Anzahl von Steintürmen gebaut. Weiter oben, wo das Eis nicht hingelangt war, standen wohl noch einige da wie Denkmäler und verlockten sicher die heutigen Besucher zu Spekulationen. Sie konnte sich nicht erinnern, jemals gleichaltrige Gesellschaft gehabt zu haben. Gunilla hatte Lärm und Kindergeschrei immer nur schwer ertragen können, und Cecilia hatte nur selten Spielkameradinnen mit nach Hause bringen dürfen. Sicher war deshalb die Erinnerung an Rafaela so lebendig, bei Rafaelas Familie war immer eine Menge los gewesen.

Inzwischen war Cecilia klar, was ihre Kindheit – dieses rigide System mit der täglichen Pflicht, zu berichten, was sie getan hatte und noch tun wollte – mit ihr gemacht und wie sie ihre Beziehungen zu anderen Menschen beeinflusst hatte. Das war in den Jahren in Portugal noch deutlicher geworden, da ihre Eltern dort nicht in ihr Leben eingreifen konnten. In der ersten Zeit hatte sie sich automatisch gefragt, was Gunilla und vor allem Rune über dies und jenes, was sie unternahm, denken würden. Nach und nach war ihr das vergangen, sie fühlte sich immer aufsässiger und schließlich frei. Ihr ansteckendes Lachen war in den Straßen von Lissabon und in den Gassen von Serpa immer häufiger zu hören gewesen.

Rune hatte immer ein gewaltiges Kontrollbedürfnis gehabt; vor jedem Besuch im Supermarkt musste eine Liste aufgestellt werden, vor Reisen, vor Einladungen zu Festen, vor den meisten Lebensäußerungen der Familie, alles musste aufgeführt und abgehakt werden. Nachlässigkeit und Schlamperei waren verboten. Von ihm bei den Hausaufgaben abgehört zu werden, war eine Tortur, und das waren auch seine Versuche, in ihren Teenagerjahren ihre Clique und die ersten Freunde zu überprüfen.

Cecilia hatte schon früh festgestellt, dass er die SMS und Mails seiner Frau las. Cecilias Passwort hatte er nie herausgefunden, sonst hätte er auch bei ihr geschnüffelt, da war sie sich sicher.

Nun hatte er keine Kontrolle mehr über sie, und seine Frustration musste ungeheuer groß sein. Er wusste, dass sie noch lebte, aber nicht, wo und wie, und auch nicht, mit wem sie sich traf, mit wem sie vögelte.

Der Stein, den sie am Strand aufhob, war schwarz, aber hell geädert. Sie ließ den Zeigefinger über die unebenen Ränder laufen. Aus solchen Steinen hatte sie ihre Türme gebaut. Die runden waren viel zu glatt, es war unmöglich, damit etwas Sinnvolles zu errichten. Sie ging in die Hocke, hob einen Stein nach dem anderen auf, baute aber keinen Turm, sondern legte sie auf dem Boden zu einem Kreuz.

In einigen Tagen war die Beerdigung. Sie ahnte, dass ihre Unruhe und ihr fehlender Appetit daran lagen. Sie würde sie alle sehen, die alten Freunde und Bekannten, und auch ihre Eltern. Vielleicht Blitz, ihn, den letzten der Insulaner, der sie gesehen und erkannt hatte. Die Frage war, ob er es wieder tun würde. Adrian würde in Spitzenform sein, er stand zu gern im Mittelpunkt.

Musste er sterben? Diese Frage ging ihr schon lange durch den Kopf. Ja, hatte sie bisher jedes Mal geantwortet, und jetzt, da Olga tot war, hatte sie freie Bahn.

3

Aller Wahrscheinlichkeit zum Trotz hatte Nils »Blitz« Lindberg seinen Führerschein noch immer. Wie oft er schon betrunken über Gräsö gefahren war, ließ sich nicht mehr zählen, aber Glück, loyale Freunde und nicht zuletzt der Mangel an Polizeikontrollen hatten ihn und andere vor Unfällen und dem Verlust der Fahrerlaubnis bewahrt. Die Vorsehung hatte das Ihre getan. Einige Besuche im Straßengraben und in der Vegetation hatte er absolviert, in manchen Fällen hatte ein Traktor zur Rettung des Fahrzeugs geholt werden müssen, eines schon lange nicht mehr begutachteten Simca Pick-up von unbestimmbarem Jahrgang. Zuletzt wäre es in einer trickreichen Kurve kurz vor Malmen fast schiefgegangen. Zum Glück war ein Traktor in der Nähe gewesen, es war zu der Zeit, in der die Boote zu Wasser gelassen wurden.

Die Insel hatte schon lange ihre eigenen Gesetze, die nicht unbedingt mit denen des Staates Schweden übereinstimmten. Die Lage hatte sich im Laufe der Zeit zwar ein wenig geändert, soziale Kontrolle und das Bedürfnis der Insulaner nach Arbeitsplätzen auf der anderen Seite von Öregrundsgrepen hatten die Sesshaften Schritt für Schritt ausgenüchtert, jedenfalls auf den Straßen. Das galt auch für Blitz.

Deshalb stand er mit seinem Fahrrad auf der Fähre. Immer backbords. Immer mit einer Schirmmütze der Firma Lantmännen in Piteå. Fast immer mit einigen Tüten aus dem staatlichen Alkoholgeschäft in den Taschen zu beiden Seiten des Gepäckträgers. Er sah ein bisschen zurechtgemacht aus, hätte fast für einen Sommergast gehalten werden können, doch das Fehlen von Pastelltönen in seiner Kleidung entschied den Fall:

Er war einer von Gräsö, dort war er geboren und dort würde er sterben. Was Letzteres anging, konnte es niemand mit Bestimmtheit sagen, doch die Gefahr, dass er auf dem Festland ins Gras beißen könnte, war doch sehr gering. Er verbrachte seine meiste Zeit auf der Insel. Es gab Ausnahmen; seine Reisen nach Lissabon waren zweifellos das Aufsehenerregendste, was er jemals unternommen hatte.

Seine Besuche in der portugiesischen Hauptstadt hatten seinem Leben in gewisser Weise eine neue Richtung gegeben. Von außen betrachtet, war er derselbe, nur wenige hatten eine wirkliche Veränderung sehen können, er hatte im Prinzip dasselbe Bewegungsmuster wie immer, hielt sich an dieselbe Diät, aber bei Blitz waren die Körperflüssigkeiten ausgetauscht worden. Inwieweit die gesunden die Leitung übernommen hatten, stand noch aus.

Seine Mutter, die in einer Kate in Klockarboda lebte, hatte natürlich etwas bemerkt. »Alles wie immer«, so hatte Blitz leicht gereizt und schroff ihre Fragen abgewehrt. Sie machte sich nicht gerade Sorgen, war eher unsicher, was das alles zu bedeuten hatte. Vielleicht ist da eine Frau im Spiel, dachte sie, und das stimmte.

Es war in Lissabon passiert. Er hatte einen Tipp bekommen, und der hatte dazu geführt, dass Blitz zum ersten Mal in seinem Leben einen Pass beantragt hatte. Es war sein Bruder Axel, der sich, als die Dunkelheit sich über Vidsel in Norrbotten gesenkt hatte, bereit erklärte, eine Reise nach Portugal zu unternehmen. Er und seine Frau hatten eine Woche in Lissabon verbracht und sich, laut Axel, überraschend wohlgefühlt. Dort hatte er im Gewimmel Cecilia Karlsson gesehen, er war jedenfalls »fast sicher«, dass sie es gewesen war. Für Blitz war das genug. Axel war nie angetrunken, oft beherrscht und fast immer ein zuverlässiger Zeuge.

Der Schauplatz war der Estrelapark gewesen, und dorthin lenkte Nils Lindberg seine Schritte, sobald er in einem Hotel in Rato eingecheckt hatte. Danach hatte er ziemlich viel Zeit in einem Parkcafé verbracht. Er hatte den falschen Ort erwischt, hatte zu viel Sagres-Bier konsumiert, sich nicht mehr konzentrieren können und war langsam geworden. Der zweite Irrtum war, dass er Folke Åhr gegenüber erwähnt hatte, dass er Cecilia gesehen hatte. Sie waren Nachbarn auf der Insel, Blitz kümmerte sich im Winter um Åhrs Haus und nahm kleinere Reparaturen vor. Nun hatte Åhr offenbar mit einer Polizistin gesprochen, die wohl auch nicht mehr im Dienst war.

Obwohl die ganze Aufregung ihn ein wenig erheiterte, war er doch auch ein bisschen niedergeschlagen. Er hatte im Laufe der Jahre die Erinnerung an Cecilia Karlsson einigermaßen verdrängen können, aber nun war sie ihm oft nur allzu präsent. Und zwar jedes Mal, wenn Åhr vorbeischaute. Jetzt würde das Ganze wieder durchgekaut werden, Ann Lindell, wie sie hieß, wollte »einige Worte wechseln«.

Diesmal würde er seine Meinung sagen, und zwar richtig. Er verließ die Fähre und radelte den Hang zur Kirche hoch. Sich auf einem Friedhof zu treffen, was für eine Idee! Hier war keine Frau zu sehen, die man für eine Ex-Polizistin hätte halten können. Er entdeckte nur Marja, die zwischen den Grabsteinen Unkraut jätete. Sie schaute auf und winkte. Diese kleine Geste versetzte ihn in bessere Laune. Er lehnte das Rad an die Mauer, und im selben Moment fuhr ein Wagen auf den kleinen Parkplatz.

»Schön, dass Sie kommen konnten«, war das Erste, was die Frau sagte, nachdem sie sich vorgestellt hatte. Sie sah überhaupt nicht so aus, wie er sie sich vorgestellt hatte.

»Nils, ja? Oder Blitz?«

»Ist egal.«

»Sollen wir reingehen und uns setzen?«

»Lieber nicht, ich bin beladen«, sagte Nils und zeigte auf sein Rad. »Sachen, die Diebe anlocken.« Er wollte nicht auf einer Bank sitzen. Das würde aussehen, als ob sie hier verabredet gewesen wären. Wenn sie auf dem Parkplatz stehen blieben, konnte es wie eine zufällige Begegnung wirken.

Sie plauderten ein wenig über Sommer, Wind und Wetter und die Tatsache, dass sie jetzt beide einige freie Tage hatten, dann brachte Ann das Gespräch auf Cecilia Karlsson. Blitz erzählte von seinen Besuchen in Lissabon. Wiederholte im Grunde wortwörtlich, was er zu Folke Åhr gesagt hatte.

»Ich liebe Lissabon und Portugal«, sagte Ann Lindell. »Nicht zuletzt den Wein.«

»Ich trinke keinen Wein.«

»Ich war in dem Park, wo Sie Cecilia gesehen haben.«

Nicht mit einem Wort stellte sie seine Behauptungen infrage.

»Da ist es schön«, sagte Nils.

»Was haben Sie in Lissabon gemacht, haben Sie Freunde in Portugal?«

Freunde, wiederholte er stumm und schüttelte den Kopf. Er sehnte sich immer mehr danach, die Gepäcktaschen an seinem Fahrrad öffnen zu können.

»Woher kennen Sie Cecilia?«

»Wir sind zusammen zur Schule gegangen, und später …«

Was könnte er noch erzählen?

»Sie ist eine schöne Frau.«

»Woher wissen Sie das?«

»Fotos«, sagte die Ex-Polizistin und lächelte.

»Ja, sie … sieht gut aus.«

»Sie sind hingefahren, weil Sie dachten, sie wäre dort, stimmt das?«

»Nö, absolut nicht.« Wie viel wusste sie über sein Leben, dass er vorher noch nie im Ausland gewesen war, dass er seit der Mittelstufe in Cecilia verliebt gewesen war, dass seine wenigen Beziehungen zu anderen Frauen zum Teufel gegangen waren?

Er ging durch ein offenes Tor, obwohl er am liebsten weggerannt wäre. Sie folgte ihm, als ob sie einen gemeinsamen Spaziergang machten.

»Wenn Sie raten sollten, ich meine, Sie kennen Cecilia seit Ihrer Kindheit, warum sollte sie freiwillig verschwinden?«

»Ich weiß nicht«, sagte Nils.

Sie sahen einander an. Tatsache war, dass die Ex-Bullin ein bisschen Ähnlichkeit mit Cecilia hatte.

»Ich weiß nicht«, sagte er noch einmal. Sie musterte ihn schweigend, und er glaubte, in ihren Augen einen Funken des Verstehens oder sogar des Verständnisses zu entdecken.

»Aber ich habe an Cecilia gedacht, ich habe sogar ab und zu mit ihr geredet, als ob sie bei mir wäre. Das klingt verrückt, ich weiß, aber wir hatten etwas zusammen«, sagte er, und seine Wörter schienen wie funkelnde Seifenblasen träge davonzuschweben und sich aufzulösen, zu bersten.

Sie streckte die Hand aus und berührte seine Schulter. Eine sekundenschnelle Bewegung, keine Umarmung, kein Drücken, nur diese Geste von, ja, was? Er schaute sich um. Marja stand vornübergebeugt und mit hochgerecktem Hintern auf der anderen Seite des Zaunes und hackte fieberhaft auf etwas ein. Sonst war niemand zu sehen.

»Wir kennen uns schon seit ewigen Zeiten«, sagte er, und die Sehnsucht nach einem Schluck stellte sich ein wie ein Schlag in den Solarplexus.

Sie nickte. »Das Gefühl kenne ich. Fort zu sein von dem Menschen, den man liebt.«

»Ich muss los«, sagte er.

»Sie wohnen in der Nähe?«

»Zehn Minuten mit dem Rad.«

»Wie schön, nicht auf das Auto angewiesen zu sein«, sagte Ann Lindell.

»Warum fragen Sie nach Cissi? Sie sind doch nicht mehr bei der Polizei.«

Er erinnerte sich an eine Reportage, das musste zehn Jahre her sein, darin war die Rede von der taffen Kriminalpolizistin aus Uppsala gewesen. So taff war sie doch gar nicht.

»Ich kann Rätsel nicht leiden«, sagte sie.

»Sie möchte vielleicht nicht gefunden werden?«

»Das kann sein, aber trotzdem suchen Sie ... suchen wir.«

»Ich kenne Cissi, Sie kennen sie nicht.«

Sie nickte.

»Da liegt ein bekannter Mensch von Gräsö«, sagte er und zeigte auf ein Grab.

»Zwei«, sagte sie.

»Ja, stimmt, er war mit Helga verheiratet.«

»Ein Stück weiter liegt Viola.«

»Haben Sie die gekannt?«

»Ja, sie war eine bemerkenswerte Frau, ein feiner Mensch. Edvard, mein Bekannter, wohnt in ihrem Haus.«

Er erinnerte sich daran, was über Edvard Risberg geredet wurde, dass er vor vielen Jahren auf die Insel gekommen war, dass er alles auf dem Festland aufgegeben und sich bei Viola eingemietet hatte.

»Ich schaue ab und zu hier vorbei. Hier liegen sie, alle Familien, die ich so gut kenne. Gräsö war etwas Besonderes, die Menschen waren etwas Besonderes, sogar die Sprache. Ich habe Aufnahmen des Gräsödialektes gehört, und es war wirklich nicht leicht zu verstehen, was die alten Leute sagten. Alle waren arm, aber sie kannten es ja nicht anders.«

Sie schwiegen eine Weile. Seine Unruhe hatte sich gelegt.

»Oma war so eine«, sagte er dann überraschend. »Ab und zu war es schwer zu verstehen, worüber sie redete. Sie liegt da drüben.« Blitz zeigte hinüber zu einem älteren Teil des Friedhofs.

»Und Ihr Großvater?«

»Der! Der lebt noch, aber meine Mutter hat verboten, dass er neben Oma begraben wird.«

»Wohnt er auf der Insel?«

»Nein, derzeit lebt er in Öregrund. Ich kann mich daran erinnern, dass er ab und zu nett war. Wenn er in seiner Schmiede war. Er war ungeheuer tüchtig. Die Leute kamen von weither zu ihm. Wenn Sie hier auf der Insel einen schön geschmiedeten Leuchter sehen, dann können Sie sicher sein, das ist das Werk meines Großvaters.«

»Ich glaube, Viola hatte zwei solche Leuchter«, sagte Ann. »Die hatte sie vielleicht von ihm gekauft.«

»Oder geschenkt bekommen. Im Suff konnte er genauso freigebig sein wie gewalttätig. Man wusste nie.«

Sie verstummten wieder.

»Was machen Sie beruflich?«, fragte sie dann.

»Landschaftspflege«, sagte er und fand, dass das gut klang. »Ich kümmere mich um alte Felder, inventarisiere, rode und solche Dinge.«

»Für wen?«

»Für alle möglichen Grundbesitzer. Unter anderem bezahlt mich die Bezirksregierung.«

»Man sieht, dass Sie unter freiem Himmel arbeiten«, sagte sie, erklärte aber nicht, woran man das sah.

»Ich muss los.«

»Warum ist sie verschwunden, haben Sie eine Erklärung?«

Sie hatte wirklich eine besondere Begabung dafür, das Thema zu wechseln. Er schüttelte den Kopf.

»Hatte sie einen Freund, wissen Sie das? Es gab doch diesen Casper, waren die beiden zusammen?«

»Keine Ahnung, wir hatten nicht so viel Kontakt«, sagte er und versuchte, überzeugend zu klingen, hörte aber selbst, wie wenig ihm das gelang. »Wie gesagt, damals wusste ich nicht viel über ihr Leben. Als sie verschwunden ist, meine ich.«

»Wer war Casper? Wie war er?«

Er schüttelte den Kopf.

»Nein, ich weiß nicht sehr viel.«

»Sie wissen eine Menge über alte Zeiten, über Menschen, die hier liegen, aber nichts über einen Mann, der vielleicht mit Cecilia zusammen war«, stellte Ann Lindell fest. Blitz war klar, dass sie ihn durchschaut hatte.

Der Lärm, mit dem die Fährrampe auf den Boden aufschlug, ließ ihn aufschauen. Er holte Luft, seufzte.

»Ja, hier wird man wohl auch eines Tages liegen«, sagte er, und im selben Moment war die Sehnsucht wieder da.

»Fahren Sie nach Hause, trinken Sie einen«, sagte Ann Lindell, »und denken Sie daran, dass Sie ihr sicher eines Tages wieder begegnen werden.«

Er ging rasch ein paar Schritte in Richtung Friedhofstor, machte ebenso schnell kehrt und streckte ihr die rechte Hand hin.

»Sie wissen, was das für ein Gefühl ist«, sagte er.

Sie nickte.

»Ab und zu denke ich, dass wir anders leben müssten«, sagte er mit Blick auf den Friedhof, wo die Blätter der Bäume in einer Brise vom Meer her zitterten, die einzige Bewegung, die gegen die Stille aufbegehrte, die sich über den Ort gelegt hatte.

»Uns ist nur eine kurze Zeit zugemessen worden«, zitierte er einen abgedroschenen Ausdruck, »und ... diese Kämpfe ...«

Er ließ ihre Hand los.

»Cecilia war wunderbar«, sagte er dann nach einer Weile, ermutigt durch Anns abwartende Haltung. »Als wir auf Klassenreise in Uppsala waren, durfte ich sie streicheln. Sie wollte das, sie drängte darauf, ich hatte vor allem Angst, dass wir entdeckt werden könnten, von einem Hausmeister oder Pastor oder so. Das war im Dom. Zu Orgelmusik. So hat es angefangen. Sie hatte fast immer Lust.«

Er lächelte die Polizistin an, stieg auf sein Fahrrad und strampelte davon.

4

Ann Lindell sah Blitz in nördlicher Richtung verschwinden, eifrig strampelnd auf seinem alten Drahtesel. Seine abschließenden Worte darüber, was im Dom von Uppsala passiert war, waren unerwartet gewesen, aber eigentlich nicht so überraschend; sie hatte schon häufiger erlebt, dass Täter, Zeugen und Angehörige eines Gewaltopfers sich anfangs wortkarg gaben, um dann eifrig loszureden.

»Fast immer Lust«, wiederholte sie leise. Er hatte zufrieden ausgesehen, als er von den Geschehnissen in der Kirche erzählt hatte. Seine Worte hatten zudem angedeutet, dass es nicht beim Streicheln allein geblieben war.

Nils Lindberg hatte das Bedürfnis verspürt, zu erklären, warum er zweimal nach Portugal gereist war, um eine Frau zu suchen, die wie vom Erdboden verschluckt schien. Für ihn war dieses Verschwinden kein Rätsel, sondern viel eher eine Geschichte über Liebe und Verlust. Eine Geschichte, die schon in den Jugendjahren ihren Anfang genommen hatte, das hatte seine Episode sehr gut illustriert. Dort lag der Hintergrund, vor dem sich sein Leben noch immer abspielte, viele Jahre später. Wenn das Rätsel Cecilia niemals gelöst werden könnte, wäre er in gewisser Hinsicht wirklich verloren.

Ann drehte eine Runde über den Friedhof, blieb stehen vor dem Gedenkstein an die Tragödie am Weihnachtstag 1877, als fünfzehn Menschen von Örskar umgekommen waren. Sie waren nach dem Weihnachtsgottesdienst von Svarbäck aus nach Norden gesegelt. Das Wrack wurde am Zweiten Weihnachtstag vor Uggleudden entdeckt. Ann erinnerte sich an Violas dramatischen Bericht, wie sie einen Seemann gefunden hatten, einen Mann von Gräsö, der sich an den Mast gebunden hatte und noch im Tod den zwölfjährigen Sohn Teodor des Leuchtturmwärters Alm an der Hand hielt.

Sie dachte jetzt an diese beiden, als sie die Namen der Umgekommenen las und versuchte, sich das kalte Wasser vorzustellen. Das fiel ihr nicht gerade leicht. Ertrinken musste zu den schlimmsten Todesarten gehören.

Wer freiwillig ins Wasser geht, muss mehr als nur selbstmordbereit sein. Ann stellte sich vor, dass es eine Art der Selbstbestrafung sei, bei der man sich einen quälenden und langwierigen Erstickungstod mit Wasser in der Lunge und zunehmender Finsternis auferlegte, bei dem der Körper von Wasser umschlossen war.

Aber die Opfer von Örskär hatten leben wollen. Die meisten waren jung gewesen. Hatte es danach für die Überlebenden einen Gott gegeben? Ann hatte ihre Zweifel.

Sie verließ den Friedhof, versuchte, das Gefühl des Unbehagens abzuschütteln, das sie unbemerkt überkommen war. Dieses Gefühl hing zusammen mit ihren Gedanken über den Tod durch Ertrinken, eine Angst, die sie schon seit ihrer Kindheit verfolgte, aber auch mit Nils Lindbergs offenkundiger Sucht und seinem Verlangen nach Alkohol, etwas, das sie problemlos nachvollziehen und mit dem sie sich identifizieren konnte.

Was sie auf andere Gedanken brachte, war das Telefon. Edvard. Er fragte, ob er störe, und sie sagte, nein, durchaus nicht. Es hatte Wochen, Monate und Jahre gegeben, in denen sie sich nach einem Anruf von ihm gesehnt hatte.

»Ich habe einen Casper gefunden«, sagte er. »Casper mit C.«

»Wo denn?«

»Das war ein alter Kumpel von Adrian Palm.«

Ann hörte seiner Stimme an, dass er noch mehr auf Lager hatte. »Und …?«, fragte sie.

»Der ist ebenfalls verschwunden. Einen Monat vor ihr.«

»Woher weißt du das? Was hast du noch gehört?«

»Ich hab ein bisschen rumgefragt. Du weißt, Robert, Verwandter von Victor, Violas Kumpel, der, welcher …«

»An den erinnere ich mich!«

»Robert kennt sich aus. Dieser Casper kam nicht von der Insel. Mehr weiß ich nicht. Du musst mit Robert reden.«

»Wohnt er noch immer in Victors altem Haus?«

»Findest du den Weg dahin?«

»Robert H. Sillén – the One and Only«, stand in elegant geschwungenen Buchstaben auf einer neben der Haustür angebrachten Tafel. Der Anstrich blätterte von der Wand, die Tür war von Feuchtigkeitsflecken übersät, und das Milchglas war gesprungen. Hier schien schon lange nichts mehr repariert worden zu sein.

Aus dem Haus war Musik zu hören. Es gab keine Klingel und keinen Türklopfer. Ann Lindell klopfte mit der Hand, zuerst vorsichtig, dann energischer. Keine Reaktion. Sie stieß die Tür auf, rief »Hallo!« und betrat die Diele.

»You know what I want, Babe«, dröhnte eine Stimme durch das Haus. »This is Booper speaking …«

Robert hatte sich nicht verändert, stellte Ann fest, als er aus dem Raum schaute, der ihrer Erinnerung nach die Küche war. »Gut, was? Die etwas Älteren unter uns sind ja imstande, klassische Musik zu schätzen.«

»Hallo, Robert, lange nicht mehr gesehen.«

»Ich hab schon gehört, dass du kommen würdest.«

Er musterte sie von Kopf bis Fuß.

»Du hast ja kräftig abgenommen.«

»Du nicht.«

»Komm rein, dann trinken wir Kaffee. Das tun ja wohl alle Polizisten ununterbrochen.«

»Ich bin nicht mehr bei der Polizei.«

»Du stellst in der Nähe von Gimo Käse her, Gott sei Dank«,

sagte Robert, der sich auskannte. »Warte, ich mach das ein bisschen leiser.«

Sie setzten sich an den Küchentisch. Seit Victors Zeit hatte sich hier nur wenig verändert. Er war achtzig Jahre lang Violas Lebensgefährte gewesen. Sie waren nie ein richtiges zusammenwohnendes Paar geworden, aber zwischen ihnen hatte eine so tiefe Freundschaft bestanden, wie das zwischen zwei ausgeprägten Individualisten überhaupt nur möglich war. Sie waren das schönste Paar, das Ann je erlebt hatte. Nun waren sie beide nicht mehr da, aber etwas von Victor lebte wohl noch in den Wänden des Hauses.

Sie plauderten eine Weile. Ann fühlte sich wie zu Hause, eine plötzliche und überwältigende Empfindung überkam sie, sie fühlte sich dermaßen zu Hause, dass sie Robert mochte, das Haus, was er sagte und wie er es sagte. Durch Edvard war sie zu einem Teil von Gräsö geworden. Niemals besuchte sie ihren Geburtsort in Östergötland, niemand konnte erraten, dass sie von dort kam, der Akzent war längst abgeschliffen worden, ebenso wie das Heimatgefühl, das sie vielleicht einmal verspürt hatte. Sie hatte keine Geschwister, ihre Eltern waren tot, es gab wohl einige wenige Vettern und Kusinen, mit einer Kusine war sie auf Facebook befreundet, das war alles. Jetzt gehörte sie nach Uppland, und da nicht zuletzt nach Roslagen.

Robert lebte im nordamerikanischen Traum. Er trug Jeans, Boots und einen staubigen Stetsonhut, den er bei einem Besuch in Graceland erstanden hatte. Er hörte nur nordamerikanische Musik, Soul, Blues und Country, und nun hatte er Spotify entdeckt, wie er Ann erzählte.

»Casper«, unterbrach sie ihn schließlich. »Wer ist Casper?«

Robert Sillén grinste. »Ich wollte sehen, wie lange du dich zurückhalten könntest.«

»Warum ist er verschwunden?«

»Casper Stefansson hat in Stockholm mit Adrian Palm zusammengearbeitet. Ich glaube, eigentlich hatte Casper die

43

Firma in Gang gebracht. Palm hatte sich eingeklinkt und den Laden nach einiger Zeit übernommen. Casper setzte sich ins Ausland ab. Alles lief wie geschmiert. Cecilia und mehrere andere wurden eingestellt. Cecilia war clever, das wussten alle. Casper Stefansson kam auf die Insel, wollte wohl Adrian besuchen, am Ende hat er sich dann hier eine Bude gemietet.«

»Du hast ihn getroffen?«

»Ist vorgekommen. Adrian, Blitz und ich sind manchmal nach Hallsta gefahren und haben uns Speedway-Rennen angesehen. Wenn Formel 1 lief, haben wir manchmal zu Hause bei Adrian rumgehangen.«

»Wie war dieser Casper?«

»Ein Charmeur«, sagte Robert mit schlecht verhohlener Verachtung. »Er hielt sich für einen James Dean, aber er alterte schnell. Er war ja etwas älter.«

»Wie gut hast du Cecilia gekannt?«

Robert warf ihr einen schwer zu deutenden Blick zu und schaute dann zur Seite, als ob er peinlich berührt wäre.

»*One of a million*«, sagte er. »Das ist auch ein alter Leckerbissen«, und Ann begriff, dass er von einem Lied redete.

»Die echten USA findet man in den Südstaaten. Weiter nördlich gibt es nur Stahlwerke und Scheiß. Larry Graham ist aus Texas.«

»Robert! Das ist hochinteressant, aber erzähl mehr von Casper.«

»Man sollte sich ein Frauenzimmer suchen, aber jetzt ist es wohl zu spät. Man sollte nach Thailand fahren und eine Fünfzehnjährige ficken. Das ist doch gerade in. Da sitzt eine ganze Bande von schwedischen Flüchtlingen und kapiert keinen Scheiß davon, was die Eingeborenen reden, aber sie faseln von den Luciafeiern, die sollten verboten werden. Ich habe so eine Sendung im Fernsehen gesehen. Die nennen sich Schwedenfreunde.«

»Ja, das ist traurig«, musste Ann ihm zustimmen. »Aber Casper.«

»Der hat ein paar Sommer in Kallboda gewohnt. Hat komisch geredet.«

»Wie meinst du das?«

»Als ob ihm ein Stuhlbein in den Arsch geschoben worden wäre, wenn du verstehst.«

»Nicht so ganz, kam er aus Stockholm?«

»Genau!«

»War er mit Cecilia zusammen?«

Robert Sillén lächelte. »Aber du bist aus dem Süden, was?«

»Ödeshög.«

Er dachte über diese Tatsache nach. Möglicherweise konnte er den Ort nicht richtig unterbringen.

»Casper Stefansson ist verschwunden wie Geld am Zahltag. Übrig war ein Auto, und auf dem Hofplatz saß ein Hund und bellte.«

»Was ist passiert?«

»Fischen«, erklärte Robert. »Er war wohl betrunken und ist über Bord gefallen.«

»Und das war zu der Zeit, als auch Cecilia verschwunden ist?«

»So ungefähr. Vielleicht einen Monat früher. Im Mai. Das Boot wurde gefunden, es war bis in den Högklykefjärd getrieben. Es war ein kleines Motorboot, ich hatte den Motor eingebaut, einen uralten Penta. Im Boot gab es Ausrüstung zum Strömmingangeln und einen Eimer für die Fische.«

Cecilia Karlsson war Ende Juni vor vier Jahren verschwunden.

»Aber war er wirklich Fischer, so einer, der ausgefahren ist und Strömming geräuchert hat?«

»Eigentlich nicht, er war eher so einer, der eine Jacht mietete und einen zweihundert Kilo schweren Marlin einholte. Mit so was protzte er gern. Er war auch Taucher, hat oft über

Korallenriffe geredet, über Grottentauchen und so was. Er hatte irgendwo in Asien Boote, die er vermietet hat.«

»Ans Wasser gewöhnt, mit anderen Worten«, sagte Ann.

»Ich weiß, worauf du hinauswillst«, sagte Robert. Er machte ein trauriges Gesicht, als wäre er an alle Gemeinheiten erinnert worden, zu denen der Mensch imstande ist.

Ann wartete ab. »Und gab es im Eimer Strömming?«, fragte sie schließlich.

»Einmal Bulle, immer Bulle, was? Frag lieber Åke Brundin, den Bullen. Der hat sich damals um alles gekümmert. Und er war überzeugt davon, dass es ein Fall von Suff war. Im Boot lag eine Schnapsflasche, in der nur noch die Neige übrig war.«

Ann kannte Brundin sehr gut. Sie hatten bei einigen Fällen zusammengearbeitet. Er war ein guter Polizist, auch wenn sie nicht glaubte, dass er sich große Mühe bei einem Tagedieb aus Djursholm gegeben hätte, der aller Wahrscheinlichkeit nach im Suff über die Reling gekippt war.

»Fingerabdrücke auf der Flasche, weißt du darüber etwas?«

Robert grinste. »Pass auf, entspann dich mal. Oder kannst du das überhaupt?«

»Es ist schon vorgekommen«, sagte Ann, der Robert Sillén so langsam auf die Nerven ging. Im Hintergrund war Countrymusik zu hören, irgendwer lief Gefahr, seine Ranch von neunzig Acres zu verlieren, so viel verstand sie vom Text. Sie ertappte sich dabei, dass sie etwas genauer zuhörte. Robert beobachtete sie, vielleicht wartete er darauf, dass sie etwas sagte.

»Es gab nur seine Abdrücke, glaube ich. Casper mit C, darauf hat er Wert gelegt«, sagte Robert, als das Lied fast zu Ende war. »Meine Alte ist auch abgehauen, aber nicht mit einem Handelsvertreter.«

»Wie meinst du das?«

»Das Lied«, sagte Robert und wies hinüber zum Wohnzimmer, wo die Countrymusik wieder einsetzte.

»Was war er denn?«

»Apotheker, kannst du dir etwas Mieseres vorstellen?«

Er brachte Ann zum Lachen. »Und sonst?«, fragte sie spontan.

»Olga Palm ist tot.«

»Das weiß ich.«

»Vielleicht taucht Adrian auf, und sei es nur, um sich das Erbe zu sichern. Sie hatte doch nur ihn.«

»Cecilia.« Ann machte einen letzten Versuch. »Erzähl mehr.«

»Sie lebt nicht mehr. Caspers Tod hat ihr schwer zu schaffen gemacht, unerwartet schwer, und sie ist ihm ins Meer gefolgt. So stirbt man hier doch, wenn man beschließt, das Leben freiwillig zu verlassen. Ja, die Kerle jagen sich eine Kugel in den Kopf, wie Edman zum Beispiel, aber Cissi hatte kein Gewehr.«

»Ihre Eltern glauben …«

»Die Hoffnung stirbt nicht, dass eine vermisste Person eines schönen Tages zurückkehren wird«, sagte Robert, und Ann stellte sich vor, dass er seine ungetreue Frau meinte.

Sie gingen zusammen hinaus auf den Hofplatz. Dort blieben sie für einen Moment stehen. »Noch eins«, sagte Robert. »Über Cissi. Sie sah gut aus, aber das war nicht alles.«

»Was meinst du?«

»Da war etwas an ihrer Erscheinung, sie sandte jede Menge von diesen Pheromonen aus. So was spüren und sehen Männer, das kannst du mir glauben. Das war vielleicht nicht so gut. Viele haben das missverstanden. Manche glaubten, sie können einfach zugreifen, aber so war sie nicht, machte es nicht mit jedem, wenn du verstehst.«

Ein zotteliger Hund kam angetrottet. »Ich habe Caesar übernommen«, sagte Robert. »Caspers Köter«, fügte er hinzu, als er Anns verständnisloses Gesicht sah.

Sie musterten einander, wie um sich gegenseitig auszuloten. Robert war ein Sammelsurium vieler der Eigenschaften und Ansichten, die Ann so oft bei einsamen Männern angetroffen hatte. Aber es gab auch etwas Echtes in ihm. Den Jargon, den er sich zugelegt hatte, und seine Bitterkeit, die ab und zu hervortrat, sie war seine Art, die mittleren Jahre und die Tatsache zu verarbeiten, dass er niemals die Romantik erleben würde, von der seine Lieblingsmusik berichtete. Vielleicht will er das nicht einmal, dachte Ann plötzlich.

»Noch etwas«, sagte er. »Das mit der Flasche im Boot glaube ich nicht. Er hat keinen Schnaps getrunken. Ich habe nie gesehen, dass er sich etwas Stärkeres hinter die Binde gegossen hätte.«

»Was hat er denn getrunken?«, fragte Ann, obwohl sie die Antwort ahnte.

»Weinplörre«, sagte Robert.

»Aber wenn er verzweifelt war und ins Wasser gehen wollte, dann hat etwas Stärkeres ihm vielleicht Mut machen können.«

»Casper hatte Mut. Kam zwar aus der Oberklasse, aber er hat nie gekniffen. Wenn er sich zu etwas entschlossen hatte, kannte er kein Zögern.«

Ann setzte sich in ihr Auto. Robert H. Sillén blieb auf seinem Hofplatz stehen. Sie sah im Rückspiegel, dass er den Kopf senkte und sich mit einer Hand durch die schütter gewordenen Haare fuhr.

Sie versuchte zusammenzufassen, was sie wusste und was sie vermutete. Viele Stücke, und die meisten fehlen, dachte sie. Es war ihre Arbeit gewesen, ihre Leidenschaft, die Puzzleteile zusammenzufügen. Vielleicht tausend Stücke, vielleicht noch viel mehr. Sie kannte dieses Gefühl schon lange. Sie würde zu Olgas Beerdigung gehen und dort auf ein weiteres Puzzleteil treffen, den Sohn Adrian. Könnte sie ihn nach den Briefen fragen und damit verraten, dass sie die gelesen hatte? Konnte sie nach dem »Malheur« im Restaurant Hasselbacken fragen, das in einem der Briefe erwähnt wurde?

Sie hatte den Text auf den vier Briefkarten mehrmals gelesen, war aber nicht klüger geworden. Sie waren wie kurzgefasste SMS. Einige brachten Sehnsucht zum Ausdruck, andere waren alltäglicher. »Sehen uns Freitag.« »Bitte, bring ...« oder »das war ja wieder nett«. Keine weiteren Namen wurden genannt, keine Orte außer Hotel Knaust in Sundsvall.

Sie erreichte die Landstraße, musste warten, eine lange Reihe von Autos war von der Fähre gefahren und fuhr jetzt in Kolonne gen Norden. Sie zählte, bog dann auf die Landstraße ab und gab Gas.

Das Ganze hatte etwas ungeheuer Unzeitgemäßes. Wer schrieb denn heutzutage Briefe mit der Schneckenpost? Sollte das eine Art Romantik zum Ausdruck bringen, gehörte es zu einem Flirt? Wenn Adrian also an Cecilia schrieb, hatte er dann vielleicht auch an seine Mutter Olga geschrieben? Ann hätte gern weitere Dokumente aus seiner Hand gehabt, um sie mit der Schrift auf den Briefkarten zu vergleichen.

Sie beschloss, Adrian zu fragen, vielleicht, ohne direkt zu erwähnen, dass sie von der Existenz der Briefe wusste. Mithilfe irgendwelcher Notlügen müsste es doch möglich sein, etwas aus ihm herauszulocken, nicht zuletzt über Casper Stefansson.

»Stück für Stück«, sagte sie laut und sah sich plötzlich als aktive Polizistin auf Gräsö. Wie viele Menschen lebten wohl auf der Insel, siebenhundert? Im Sommer vervielfachte sich diese Anzahl. In der besten aller möglichen Welten wäre ein Polizist auf der Insel stationiert. Jetzt lag die nächste Wache in Östhammar, und die kleine Truppe dort war für ein riesiges geographisches Gebiet zuständig.

Sie könnte Dorfpolizistin werden, zu Edvard ziehen und fast ihr gesamtes Leben auf der Insel verbringen. Träumereien, das war ihr klar. Die Wirklichkeit sah anders aus.

»Männer«, sagte sie dann. Hier waren lauter Männer mit im Spiel, und zwar Männer von einer bestimmten Sorte. Einsame Männer: Casper, Adrian, Robert und Nils Lindberg. Und eine Frau im Zentrum des Interesses: Cecilia.

5

»Das kostet 2350 Kronen im Jahr. Plus Mehrwertsteuer.«

»Aber die Post wird doch gratis nach Hause gebracht«, sagte Ann Lindell. »Und dann müsst ihr bei Wind und Wetter Postboten losschicken.«

»Wie meinen Sie das?«

»Mit einem Postfach könnt ihr zu Hause bleiben, habt eine Menge Postfächer vor der Nase und könnt die Briefe einfach reinstopfen, und die Kundschaft muss sich die Mühe machen, sich hinzubegeben. Und das kostet mich dann dreitausend. Das meine ich.«

»Nicht ganz.«

»Wieso nicht ganz?«

»Es kostet nicht ganz dreitausend Kronen.«

»Okay, dann möchte ich Fach 339. Das ist meine Glückszahl.«

»Tut mir leid, das ist vergeben«, sagte der Postbeamte, nachdem er eine Weile mit Papier geraschelt hatte.

»Seid ihr in der Björkgata in Uppsala?«

Er nannte die vollständige Adresse, und sie notierte. Das hier muss Sammy erledigen, dachte Ann, während sie ihr Telefonat mit der Nordpost einigermaßen höflich beendete. Vielleicht könnte ihr ehemaliger Kollege feststellen, auf welchen Namen das Postfach vermietet war? Aller Wahrscheinlichkeit nach hatte Cecilia Karlsson das Mietverhältnis gekündigt. Es wäre interessant zu wissen, wann.

»Du gibst dich nicht geschlagen.«

Edvard saß da in seiner Lieblingshaltung. Auf Violas altem Platz am Küchentisch mit Blick auf die Auffahrt. Das Haus war das letzte an dem schmalen Kiesweg, dahinter breitete sich das Meer aus. Es war ein klassisches Roslagshaus, ein zu Beginn des 20. Jahrhunderts errichteter zweistöckiger Holzbau. Die Fischerei hatte damals Holz und Material bezahlt, die grandiose Glasveranda und die Schnitzereien. Viola war die Letzte einer uralten Gräsösippe gewesen, zu eigensinnig, um eine Familie zu gründen, obwohl es an Bewerbern nicht gefehlt hatte. Aber sie hatte sich geweigert, alle Anträge zurückgewiesen, vielleicht hatte sie von Victor geträumt, der ebenso eigensinnig war wie sie, und war deshalb allein geblieben.

»Dass Cecilia in Uppsala ein Postfach hatte, irritiert mich. Ich werde Sammy bitten herauszufinden, wann sie aufgehört hat, dafür zu bezahlen.«

»Darf man das? Schnüffeln, meine ich. Sie hat doch kein Verbrechen begangen, sie ist einfach verschwunden.«

»Wenn du wüsstest, was die Polizei alles darf.«

Edvard lächelte. »Einiges habe ich schon begriffen.«

»Ich glaube, sie hat Casper Stefansson umgebracht, hat ihn ins Meer gestoßen und sein Ertrinken inszeniert. Hat eine Flasche hingelegt, damit es aussehen sollte wie ein Saufgelage auf dem Meer. Du weißt doch, dass er Taucher war? So einer ertrinkt nicht so einfach.«

»Und dann hat sie sich nach Portugal abgesetzt?«

Ann nickte.

»Es wird schwer sein, das zu beweisen.«

»Es gibt vielleicht Zeugen«, sagte Ann in munterem Tonfall.

»Weißt du, dass Blitz Lindberg Caspers Boot in Höglyke gefunden hat? Da hatte mehrere Tage lang Nordwind geweht.«

»Was hat er da gemacht?«

»Eine alte Wiese am Ufer gerodet. Das ist doch sein Beruf.«

»Ist er tüchtig?«

Edvard warf ihr einen raschen Blick zu. »Das ist für dich eine ungewöhnliche Frage, aber ich glaube schon.«

»Ich dreh eine Runde«, sagte Lindell und stand vom Tisch

auf. Sie wollte in aller Ruhe überlegen und Edvard außerdem in Frieden lassen. Sie hatte schon längst verstanden, dass er das Alleinsein mehr brauchte als sie. Er hatte sich eine Woche Urlaub genommen, das fand sie großzügig, und sie waren in den vergangenen Tagen intensiv zusammen gewesen. Sie hatte sich seinem Rhythmus und seinen Bedürfnissen bewusst angepasst, ohne sich deshalb unterdrückt oder vernachlässigt zu fühlen. Wenn sie ihm zu nahekam, zog er sich zurück, das wusste sie schon lange. Sie hatte mit dem Gedanken gespielt, Sammy Nilsson anzurufen, und sie hatte nach und nach begriffen, dass Edvard ein bisschen eifersüchtig auf ihn war; dieses Gespräch konnte deshalb durchaus außerhalb von Edvards Hörweite stattfinden.

Ihr selbst blieben noch anderthalb Wochen, bis die Käsezubereitung sie rufen würde. Bis dahin wollte sie die Antworten auf etliche Fragen finden. Sie ging zum Meer hinunter. Es war Spätsommer und vielleicht die beste Zeit des Jahres. Viele Sommergäste waren schon abgereist, die Badetemperatur war noch brauchbar, an die zwanzig Grad in der kleinen Bucht unterhalb von Edvards Haus.

Sammy Nilsson zeigte sich ihrem Vorschlag, Postfach 339 zu überprüfen, gegenüber sofort abgeneigt. »Ich will hier kein Stasimensch sein, der unschuldige Menschen schikaniert«, sagte er. Überhaupt klang er mürrisch und müde. Das hatte sicher mit seiner Scheidung zu tun, vermutete Ann. Sie schlug ein Treffen vor, die Antwort jedoch war ein vages »werden sehen, wann sich das ergibt«. Nach diesem Gespräch kam Ann zu der Erkenntnis, dass die Verbindungen zu ihrer alten Arbeit und ihren Kollegen immer dünner wurden. Sie blieb auf Edvards Steg stehen. Ein Schwanenpaar mit drei halbwüchsigen Jungen glitt bei der Untiefe vorbei, die bei Ebbe wie ein Echsenrücken aus dem Wasser ragte und die Viola als ihre Speisekammer bezeichnet hatte, aber diese Speisekammer hatte stark an Bedeutung verloren, die Barsche waren mehr oder weniger verschwunden. Zu Beginn von Anns Beziehung zu Edvard waren sie manchmal zum Angeln hinausgerudert und mit einem halben Eimer voller Fische, deren Filets sofort in der Pfanne landeten, in Violas Küche zurückgekehrt.

Was war die Grundsubstanz in dieser Geschichte über Casper Stefanssons mutmaßliches Ertrinken und Cecilia Karlssons Verschwinden? War überhaupt ein Verbrechen geschehen? War Ann selbst nur eine abgedankte Polizistin, die aus Mangel an Anregungen im Leben und Unglück anderer Menschen herumstocherte?

Sie musste sich entscheiden, und das sollte nach der bevorstehenden Beerdigung von Olga Palm passieren. Und dann werden wir ja sehen, dachte sie, wenn nichts Gescheites dabei herauskommt, dann lasse ich das Ganze fahren. Sie hatte eine Ahnung, dass Edvard sie sonst sattbekommen würde, und das wollte sie um nichts in der Welt riskieren, jetzt, wo sie endlich wieder Kontakt zueinander hatten.

Eine Bewegung erregte ihre Aufmerksamkeit. Ein Steinadler glitt in geringer Höhe über das Wasser. Der größte Vogel Schwedens, wie sie kürzlich gelernt hatte. Er kam immer näher. Ann spürte, wie ihr Leben auf einen Schlag etwas leichter wurde, und sie ließ sich mithilfe des Adlers für einen Augenblick davontragen. Dann vibrierte das Telefon in ihrer Tasche und erinnerte sie an das wirkliche Leben.

Es war Gunilla Karlsson. Sie entschuldigte sich mit einem solchen Wortschwall, dass Ann sofort negativ eingestellt war. Komm zur Sache, wollte sie ihr schon ins Wort fallen, aber dann schlug Cecilias Mutter ein Treffen vor.

»Woher haben Sie meine Nummer?«

»Ich habe Blitz angerufen.«

»Ach was, und warum wollen Sie mich treffen?«

»Ich mache mir Sorgen um Rune«, sagte Gunilla Karlsson.

Mit anderen Worten, du hast Angst vor ihm, dachte Ann, aber das sagte sie nicht, sie zwang die andere zum Weiterreden.

»Er verhält sich immer seltsamer.«

»Und wie soll ich Ihnen dabei helfen? Es muss doch andere geben, an die Sie sich wenden können.«

»Ich will nicht zur Polizei gehen.«

Ann sah dem immer höher segelnden Adler hinterher. Eine Frage für die Polizei, mit anderen Worten, dachte sie, keine für einen Psychologen.

»Können wir uns vielleicht in Öregrund treffen? Ich lade Sie auf eine Tasse Kaffee ein, wir könnten uns in aller Ruhe hinsetzen … ohne dass irgendwer zuhören kann. Ich werde auch nicht lange Ihre Zeit in Anspruch nehmen.«

»Wann und wo?«, fragte Ann, ohne auch nur eine Sekunde zu zögern.

6

Der Wetterbericht meldete siebzehn Grad und Nieselregen. Das kam ihr wie gerufen. Sie entschied sich für einen weiten dunklen Mantel, den sie in Porto gekauft hatte und den sie ausstopfen konnte, um sich in eine Dickmadame zu verwandeln. Mit der Perücke, einem breitkrempigen Hut, der dunklen Brille und einem anderen Gang würde sie alle täuschen, davon war sie überzeugt. Sie hatte geübt, mit kleinen Schritten zu gehen, nicht mit den großen, die sie sonst machte.

Es gab ein Problem, sie konnte ihre Stimme nicht verändern, aber wenn sie sich im Hintergrund hielt und eine leicht abweisende Haltung annahm, würde es sicher gehen. Wenn sie gefragt würde, woher sie Olga Palm kannte, würde sie ein Taschentuch hervorziehen, den Kopf senken und vor Trauer wie am Boden zerstört wirken.

Cecilia Karlsson traf in letzter Minute bei der Kirche ein. Es war ein bewusster Entschluss. Der Parkplatz war voll. Vor dem Tor drängten sich die Menschen, und viele waren sicher schon in die Kirche gegangen, da der Regen stärker geworden war. Andere hatten Regenschirme aufgespannt. Das war nur gut. Sie hielt am Straßenrand am Hang oberhalb des Fähranlegers, stieg aus dem Wagen, spannte ihren Regenschirm auf und ging auf die Kirche zu. Kleine Schritte, wiederholte sie in Gedanken.

Niemand schenkte ihr besondere Aufmerksamkeit. Ein älteres Paar nickte, aber das wohl nur aus Höflichkeit. Sie stellte sich an den Rand der Trauergemeinde, halbwegs versteckt unter dem Regenschirm, nahm die Sonnenbrille ab, die im

Regen nur verdächtig wirken würde. Sie lugte verstohlen zu den Anwesenden hinüber, einige erkannte sie direkt, andere waren ihr unbekannt. Vor der Kirchentür stand Adrian Palm. Er war vier Jahre älter geworden. Seine Haare wurden jetzt grau, und er kam ihr kleiner vor. Er spielte seine Rolle gut, abwechselnd betroffen und niedergeschlagen und dann wieder herzlich und entgegenkommend, er gab allen die Hand, eine jüngere Frau wurde auf die Wange geküsst, und mit dem einen Arm scheuchte er die Menschen in die Kirche. Beeilt euch mal ein bisschen, schien er zu meinen, damit wir loslegen und sie so schnell wie möglich unter die Erde schaffen können.

Es war in keiner Weise ein Schock, ihn zu sehen. Cecilia war im Geiste schon darauf vorbereitet. Die Jahre im Ausland hatten sie stärker gemacht, sie hatte die Zeit gefunden, ihr Leben zu analysieren, zu überlegen, was und wer sie geleitet und beeinflusst hatte. Adrian war unleugbar einer von denen, die über ihr Leben geherrscht hatten. Es gab den Begriff Herrschaftstechniken, Adrian meisterte sie fast alle. Das war vielleicht nötig, wenn man einen Betrieb mit einem Umsatz von über hundert Millionen leiten wollte. Sie hatte Adrian und sein Unternehmen über das Internet verfolgt. Die Geschäfte blühten, das musste man ihm lassen. Er hatte über die Landesgrenzen hinaus expandiert, hatte Niederlassungen in Kopenhagen und Hamburg und seit einigen Monaten auch in London.

Sie hatte einige Jahre in Portugal gebraucht, um zu begreifen, was sie geformt hatte, Jahre des Zweifels und der Selbsterforschung sowie eines gewissen Selbstmitleids. Oder, was heißt geformt, dachte sie, deformiert wohl eher. Sie sah sich jetzt als Opfer, nicht der Umstände, sondern der Männer, die ihr die Welt erklärt hatten. Immer wieder erklärt.

Stetig mehr Menschen suchten jetzt Zuflucht in der Kirche. Cecilia schlüpfte im Schutz einer Gruppe älterer Menschen hinein, die sie für Arbeitskolleginnen von Olga hielt. Sie hakte sich bei einer Frau unter, wie um diese zu stützen, als wäre sie eine Verwandte oder eine Freundin. Die Frau lächelte dankbar über diese fürsorgliche Geste.

»Dass es nun auch noch regnen muss. Traurig. Und dabei war Olga doch so ein Sonnenmensch«, sagte die Frau. Cecilia versuchte, ihre wachsende innere Anspannung hinter einer freundlichen Miene zu verbergen, und lächelte wie zur Bestätigung, dass sie da ganz einer Meinung sei. Adrians Mutter war tatsächlich so gewesen, sie hatte gestrahlt wie eine Sonne, hatte ihre Umgebung gewärmt. Was Adrian immer hinter seiner zuvorkommenden und freundlichen Haltung verborgen hatte, waren Härte und Berechnung, etwas, das wirklich nicht den Absichten und dem Einfluss seiner Mutter zugeschrieben werden konnte.

Sie hörte hinter sich seine Stimme, hielt Ausschau nach einem Platz weit hinten in der Kirche, fand eine Bank auf der linken Seite und ließ sich auf diesen Platz sinken. Adrian ging durch den Mittelgang. Er saß natürlich ganz vorn, und er ging auf die erste Bank zu, als ob die Trauer ihn erlahmte. Gespielt, dachte Cecilia. Der ändert sich nie.

Irgendwer hatte den Choral 249 ausgesucht, vielleicht Olga selbst, das Lied dröhnte aus den Orgelpfeifen, und die Versammlung sang vielstimmig mit, die Strophen hoben und senkten sich, als ob die Trauergemeinde nach Luft schnappen, sich unsicher den Weg zwischen den vertrauten Worten suchen müsste: »Jeden Tag … Er, der uns gibt Kraft und Rat …« Cecilia senkte den Kopf, sie fühlte sich an Olga erinnert, aber auch zurückgeholt in ihr eigenes Leben auf der Insel und dessen feierliche Augenblicke in der Kirche. Vielleicht glaubte sie an keinen Gott mehr, aber die Worte zogen Fäden aus dem Gewebe, das nur ihr gehörte.

Vorsichtig ließ sie den Blick über die Nacken der Trauernden wandern. Noch hatte sie ihre Eltern nicht entdeckt, aber sie ging davon aus, dass sie irgendwo dort vorn saßen. Sie spielte mit dem Gedanken, sich zu erkennen zu geben. Wie würden ihre Eltern reagieren? Rune würde zuerst starr und stumm sein, danach wütend, unfähig, etwas anderes zum Ausdruck zu bringen als seinen aufgestauten Zorn über ihr Verschwinden und ihr jahrelanges Schweigen. Gunilla würde sicher Fragen hervorstammeln wie »warum«, kombiniert mit Gejammer darüber, wie grausam ihre Tochter sie im Stich gelassen hatte.

Nach Caspers Verschwinden und seinem wahrscheinlichen Tod in der Förde hatten ihre Eltern offen angedeutet, dass Cecilia mit im Boot gewesen und damit direkt oder indirekt für sein Ende verantwortlich sei. Es war eine seltsame, ein wenig belustigende Erfahrung, dass ihre eigenen Eltern sie so einfach einer solchen Tat für fähig hielten, wo sie doch sonst immer den Kopf eingezogen hatte. Sie hatte mit einem Lachen geantwortet, obwohl ihr Inneres schwarz vor Reue und Sehnsucht gewesen war, und der Hass auf ihre Eltern war gewachsen und ihr wie Galle in die Kehle geschossen. Sie hatte angefangen, ihre Flucht aus dem Land vorzubereiten. Befrei dich, hatte sie sich im Frühsommer 2015 immer wieder gesagt, und bestrafe sie. Ja, sie hatte ihren Eltern etwas antun wollen, und das aus zwei ganz unterschiedlichen Gründen.

»Hilf mir, Herr, was immer mir widerfährt aus deiner getreuen Vaterhand entgegenzunehmen«, hallte es im Kirchenschiff wider, als die Gemeinde Mut gefasst hatte und mit lauter Stimme das Lied zu Ende sang, als müsste Olga dort in ihrem Sarg jedes einzelne Wort vernehmen können.

Und dann entdeckte Cecilia sie. Rune hocherhobenen Hauptes und trotz seiner starken und schönen Singstimme die Strophen nur murmelnd, während Gunilla, der bewusst war, dass sie keinen Ton halten konnte, den Kopf gesenkt hielt und die Hände auf ihren Knien gefaltet hatte. Vernichtet. Nicht vor Trauer über den Tod und die Beerdigung einer alten Bekannten, nein, es war ihr eigenes Leben, das zergliedert wurde, wann immer sie sich unter die Bewohner von Gräsö mischten. So war das. Keine Medaillen und Auszeichnungen aus ihren langen Schützinnen- und Läuferkarrieren konnten etwas daran ändern, dass sie von ihrer Tochter verworfen worden waren, für untauglich und ihrer Liebe nicht wert befunden. Sie hatten bei ihrem einzigen Kind versagt. Sie hatte ihre hochtrabenden Erwartungen zerstört und damit in gewisser Weise auch ihre Ehre und ihren Stolz in den Staub getreten. Das alles war Cecilia in den Jahren im Ausland langsam aufgegangen.

Kann man aufhören, seine Eltern zu lieben? Ja, hatte sie sich diese Frage schließlich in der kleinen Stammkneipe in Serpa beantwortet, wo sie fast jeden Tag eine Familie beobachten konnte, die aus einem halben Dutzend Personen bestand und offenbar tatsächlich funktionierte. Das Wirtsehepaar wirkte fast wie Karikaturen, entworfen für einen rührenden Familienfilm: er mit seinem Schmerbauch, laut und herzlich, sie klein und zierlich, immer mit wachsamem Blick im Hintergrund. Ihre Kinder kamen und gingen, wie es ihnen passte. Cecilia hatte Arbeitsverteilung und Einsatzplan nie durchschaut, aber alles hatte nachweislich seine Richtigkeit, das Essen kam auf den Tisch, Lachen und Scherze lösten einander ab, es gab aber auch einzelne leise Gespräche, die in den inneren Teilen des Lokals stattfanden.

Dort, im »Herzen«, wie das Lokal hieß, wurde sie sich ihres eigenen Herzschlags bewusst, ihres eigenen Rhythmus. Sie liebte jetzt niemanden mehr. Vor diesem Abgrund zu stehen und in eine eiskalte und einsame Finsternis zu starren, war natürlich beängstigend, manchmal entsetzlich, aber diese Erkenntnis brachte auch eine Art Erleichterung. Sie erklärte sich selbst. Ihre Kindheit und Jugend wurden erklärt.

Die Trauerfeier ging ihren Gang. Der Pastor hielt seine Begräbnisrede. Choräle wurden gesungen. Jemand trug ein Gedicht von Pär Lagerkvist vor. Dieses Gedicht kannte sie. Olga hatte es ihr so oft vorgelesen, dass sie es auswendig kannte, und sie sprach die Worte mit, ganz leise, während ihre Tränen strömten.

Einmal wirst du zu denen gehören
Die vor langer Zeit gelebt haben.
Die Erde wird sich an dich erinnern
Wie an das Gras und die Wälder.
Wie sich die Erde an das verwitterte Laub erinnert,
und wie der Berg sich an die Winde erinnert.
Dein Friede wird unendlich sein – wie das Meer.

Auf der ersten Bank konnte sie Adrian sehen. Sie glaubte zu erkennen, dass er aufschluchzte. Sie hatte ihn noch nie weinen sehen. Sie konnte sich am besten an seine Hände erinnern. Sie versank in den Erinnerungen, während die traditionellen Rituale ihren Gang nahmen.

Plötzlich war alles vorüber, die Orgel dröhnte auf, die Menschen erhoben sich, und der Sarg wurde auf einem kleinen Wagen durch die Kirche gefahren. Adrian trat an die Spitze, und die Gemeinde schloss sich an. Cecilia hatte nicht damit gerechnet und wusste nicht, was sie machen sollte; sich zu erheben und die Kirche zu verlassen, wäre keine gute Idee, denn dann würde sie alle Blicke auf sich lenken. Sie versuchte deshalb, sich so klein wie möglich zu machen, senkte den Kopf, schaute zu Boden. Der Sarg kam an ihr vorbei. Gräsöbewohner und Sommergäste zogen an ihr vorüber, eine seltsame Mischung aus Angst, Körpergeruch und Parfüm stieg vom Trauerzug auf. Cecilia bezwang ihren Drang aufzuschauen, Adrian aus der Nähe zu sehen; sie wollte ihre Eltern beobachten, waren sie stark gealtert? Vereinzelte leise Stimmen waren zu hören, ein Kind lachte auf, der Trauerzug schlängelte sich langsam vorwärts, und sie war die Letzte, die aufstand und sich anschloss. Ehe sie die Kirchentür erreichte, setzte sie die

Sonnenbrille auf. Adrian war in ein Gespräch mit zwei älteren Leuten vertieft, die Olgas Nachbarn gewesen waren. Das war Cecilia nur recht, und sie konnte hinausschlüpfen, weiterlaufen, weglaufen, dann blieb sie stehen und schaute sich um, sah, dass der Trauerzug sich auflöste. Dort stand Rune, der formale Kleidung verabscheute, der aber, wie es sich gehörte, einen dunklen Anzug trug. Gunilla hatte einen leichten Mantel angezogen, den sich Cecilia in Stockholm gekauft hatte. Cecilia war ein wenig verärgert, Gunilla hätte sie ja wohl fragen können, war ihr erster Gedanke.

Runes Rücken war ein wenig krumm geworden, und Gunilla hatte ein paar Falten mehr bekommen, ansonsten sahen die beiden aus wie immer in den letzten zehn, fünfzehn Jahren. Dass sie so lange Sport getrieben hatten, machte sich bezahlt, sie sahen aus wie ein relativ gesundes Paar mittleren Alters.

Cecilia empfand nichts. Sie hatte sich auf den Moment gefreut, in dem sie ihre Eltern wiedersehen würde, sich vielleicht auch davor gefürchtet, aber in ihr war alles leer. Das enttäuschte sie, sie wollte etwas verspüren, irgendeine kleine Empfindung wenigstens, denn dieses Nichts war ja wohl ein Beweis dafür, dass ihr Gefühlsleben für immer beschädigt war.

Mit kleinen Schritten verließ sie den Friedhof. Vor dem Tor stand eine Gruppe von Menschen. Cecilia schnappte das Wort Kaffee auf, es würde noch ein Beisammensein geben, das war ihr klar. Mit gesenktem Kopf versuchte sie, unbemerkt vorüberzugehen, merkte aber, dass sie gemustert wurde. Sie war ein fremder Vogel, und solche wurden auf der Insel einer Inspektion unterzogen, und außerdem war es doch nur menschlich, wissen zu wollen, wer sich zu der Trauerfeier eingefunden hatte. Eine Beerdigung war ein Abschied, aber auch eine Bestätigung der Zusammengehörigkeit, man wollte ein bisschen klatschen können. Hinter ihrem Rücken hörte sie die Stimme von Blitz, die war unverkennbar. Hatte er sie erkannt? Würde er ihr jetzt nachlaufen, wie er es in Lissabon getan hatte?

Ihr Wagen stand ein Stück entfernt, zu ihm musste sie einige quälende Meter hinter sich bringen. Sie schaute sich hastig um. Blitz sah ihr hinterher, zweifelsohne. Es gab zwei Alternativen: Entweder schloss sie sich der Warteschlange am Fähranleger an, sie sah, wie die Fähre anlegte, sie würde also nicht lange warten müssen, ehe sie die Insel verlassen könnte, oder sie könnte in die entgegengesetzte Richtung und zu ihrem Versteck fahren, aber dann würde sie die Kirche passieren und sich einer neuen Besichtigungsrunde aussetzen müssen.

Sie entschied sich für das Festland. Nur etwa ein Dutzend Autos fuhr nun auf die Fähre. Abermals diese Zerrissenheit, sollte sie einsam das Feld räumen oder sich mit den anderen wärmen?

Auf der Fähre, in den wenigen Minuten, die die Reise dauerte, loderte der alte Hass wieder in ihr auf. Sie wusste, dass sie sich damit schadete, aber dieses Gefühl ließ sich nicht unterdrücken. Der Hass war schon seit ihrer Kindheit da, aber damals hatte sie nicht verstanden, was darin zum Ausdruck kam. Sie hatte die Schuld lange auf sich genommen, hatte sich mit den Augen ihrer Eltern gesehen, vor allem mit Runes aufforderndem und häufig überaus kritischem Blick. »Leistung«, schien der zu sagen, nicht »Leben«, »Spielen« oder »Lust«, sondern »Leistung«, und diese zu bringen hatte sie lange versucht. Sie hatte immer die besten Noten und die besten Zeugnisse in der Schule. Auf der Aschenbahn hatte sie zwar nicht die Explosivität ihres Vaters und seine spitzen Ellbogen auf achthundert Metern geerbt, wohl aber seine Ausdauer, sie wurde Langstreckenläuferin, machte unermüdlich weiter, Runde für Runde. Ihr Stil hatte nichts Schönes in sich, ihre Art zu laufen wirkte eher gequält. Mit sechzehn, als sie reif für die nationale Juniorenmeisterschaft war, hatte sie die Aschenbahn verlassen, und zwar für immer.

Mehrere Stunden lang fuhr sie ziellos über die Straßen von Norduppland. Sie kam durch Ortschaften, die sie als Kind besucht hatte, und ließ sich von Erinnerungen überfluten.

Es war ein hoher Preis, den sie für ihre Teilnahme an der Beerdigung bezahlt hatte, aber sie war unausweichlich gewesen. Olga war der Mensch, der ihr am meisten bedeutet hatte. Als die kluge Frau, die sie gewesen war, hatte Olga Cecilias Kummer gesehen und sich um das junge Mädchen gekümmert, hatte ihr von Spiel und Lust erzählt, von Selbstbewusstsein, von Männern und Liebe, auf eine Weise, die Cecilia niemals erlebt hatte, weder vorher noch nachher. Olga hatte ihr Gedichte von Nils Ferlin, Karin Boye, Pär Lagerkvist und Dan Andersson vorgelesen, hatte darüber gesprochen, dass es hinter den Bergen noch etwas gab. Es war so schockierend anders gewesen als in der engen und kontrollierten Welt bei Cecilia zu Hause, dass es ihr anfangs schwergefallen war, damit umzugehen. Behutsam hatte Olga viele der Knoten gelöst, die Cecilias Jugend zu einem schwer erklärlichen Rätsel gemacht hatten. Cecilia begann, Dinge zu unternehmen, sich zu behaupten. Sie fasste Mut. Sie fing an zu lachen, statt zu Boden zu schauen. Sie fing an, mit dem Hintern zu wackeln, statt sich dessen zu schämen. Sie fing an zu siegen, auch auf den kurzen Strecken. Rune hatte nicht viel begriffen, war oft wütend über seine Tochter gewesen, hatte versucht, sie aufzuhalten, aber der Prozess war unumkehrbar gewesen.

Ein Jahr nach ihrem Verschwinden hatte Cecilia Olga angerufen. Sie hatten lange miteinander gesprochen. Es hatte keine erbosten und vorwurfsvollen Fragen darüber gegeben, wie und warum Cecilia sich davongemacht hatte, keine Anschuldigungen. »Sag Rune und Gunilla, dass ich am Leben bin«, hatte Cecilia gesagt, »aber nicht, wo und wie.«

Danach hatten sie einmal im Monat miteinander geredet. Olga hatte sie über die Ereignisse auf der Insel auf dem Laufenden gehalten, hatte erzählt, was Adrian machte, seine Firma war schnell gewachsen, und er besuchte Gräsö immer seltener. Sie berichtete auch, dass Cecilias Eltern wortlos die Mitteilung entgegengenommen hatten, dass Cecilia noch lebte und Olga als Zwischenglied benutzte.

»Ich habe mich sogar vom Fahrdienst hinbringen lassen. Ich fand, eine solche Nachricht müsste von Angesicht zu Angesicht ausgerichtet werden.« Rune war ohne ein Wort weggegangen.

»Sie schämt sich!«, entschied Gunilla Karlsson. »Deshalb hat sie bei dir angerufen und nicht zu Hause.«

»Das ist wohl das letzte Mal, dass wir miteinander reden«, hatte Olga unsentimental Ende Juli gesagt. »Jetzt haben sie auch das andere Bein abgenommen, und ich will nicht mehr.« Sie hatten Abschied voneinander genommen. »Darf ich jemanden bitten, dich anzurufen und dir Bescheid zu sagen? Vielleicht Nygren, den pensionierten Pastor in Öregrund, an den erinnerst du dich sicher? Der ist in Ordnung, wir stehen in Kontakt, und er hat doch Schweigepflicht.« So hatte Cecilia drei Wochen später erfahren, dass Olga nicht mehr lebte und wann die Beerdigung stattfinden würde.

Es war später Abend, als sie zur Hütte zurückkehrte. Sie öffnete eine Flasche Wein, stellte sich ein Glas und einen Teller mit Käse hin, zündete eine Kerze an und setzte sich in die Küche. Sie musste eine Entscheidung treffen, und zwar schnell. Sollte sie die Insel und das Land sofort verlassen oder bleiben und ihren Plan in die Tat umsetzen? In ihr tat alles weh vor Unentschlossenheit und Verzweiflung. Wie lange würde er auf der Insel bleiben? Nach Olgas Tod war sicher eine Menge zu erledigen, das Erbe musste geregelt werden und überhaupt.

Am späten Abend, nachdem sie die Flasche geleert hatte, verschickte sie eine SMS.

7

Nils »Blitz« Lindberg war erschüttert und unschlüssig zugleich. Anderthalb Tage waren vergangen, und immer wieder hatte er die Szene vor der Kirche vor seinem inneren Auge ablaufen lassen. Er war nicht zum Kaffee danach gegangen, sondern nach Hause gefahren. Nach einigen Minuten online hatte er den Besitzer des Wagens gefunden, einen Autoverleih. Als er dort anrief, traf er auf einen Anrufbeantworter und die Mitteilung: »Wir haben werktags zwischen acht und neunzehn Uhr geöffnet, samstags zwischen acht und vierzehn Uhr, sonntags geschlossen.«

Nun war Montagmorgen und der Uhrzeiger hatte soeben die Acht überschritten. Das Ergebnis war mager, die einzige Information, die er erhalten konnte, war, dass der Wagen an eine Frau vermietet worden war. Die Lüge, er sei angefahren worden und wolle Kontakt zur Fahrerin des anderen Wagens aufnehmen, hatte nicht so funktioniert, wie er gehofft und erwartet hatte. »Wenden Sie sich an die Polizei«, war die Antwort gewesen. »Wir geben natürlich keine Auskünfte über unsere Kundschaft, aber es war eine Frau von Mitte dreißig, das kann ich bestätigen.«

Er drückte das Gespräch fort. Cecilia würde im November vierunddreißig werden. Nie im Leben würde er zur Polizei gehen. Wenn sie davon erführe, würde sie ihn niemals wiedersehen wollen. Es gab eine andere mögliche Lösung: Er könnte sich an eine ehemalige Polizistin wenden.

Er bog bei »Viola« ab, wie der Hof noch immer genannt wurde, obwohl Viola seit zehn Jahren tot war, bremste dann aber sofort und blieb einige Minuten lang stehen. Er drängte sich nur ungern auf, aber Ann Lindell wirkte doch so locker, und Nein sagen könnte sie immer noch.

Es machte keinen Spaß, Leute zu stören, mit denen man nur oberflächlich bekannt war; sie um Gefallen zu bitten. Edvard machte ihm die Sache nicht leichter. Er stand auf dem Hofplatz und war alles andere als entgegenkommend. »Sie hat Urlaub«, sagte er kurz angebunden.

»Sie hat mich aufgesucht«, erwiderte Blitz Lindberg. »Und jetzt suche ich sie auf.«

»Musst du nicht arbeiten?«

»Das kann ich mir ein bisschen einrichten. Ich muss Weideland und Gräben für den aus Schonen säubern, der den Hof vom Holländer gekauft hat. Aber das geht auch morgen noch.«

Sie hatten hin und wieder Kontakt zueinander gehabt. Edvard hatte ihm bei einigen Aufträgen geholfen, wenn sein Zeitplan durcheinandergeraten war. Vor einigen Monaten hatte Edvard im Süden von Mörtarö Reisig gesammelt und das gut und schnell erledigt; man merkte, dass er früher Landarbeiter gewesen war. Einmal hatte er einen gemieteten Häcksler gefahren. Sie hatten sich gut verstanden, aber es war ja auch um die Arbeit gegangen.

»Sie sollte diese Cecilia loslassen«, sagte Edvard schließlich. »Und du vielleicht auch.«

»Ich glaube, sie ist in Schweden«, warf Blitz als Köder aus. »Vielleicht sogar auf der Insel.«

»Was, hast du sie gesehen?«

»Ich würde gern mit Ann sprechen. Ich kann später zurückkommen, wenn es jetzt nicht passt.«

Ihm fiel ein, dass Ann ja vielleicht noch schlief.

»Warte«, sagte Edvard und trampelte davon. Er hatte den Köder geschluckt. Schon bald tauchte Ann Lindell auf.

»Möchtest du Kaffee?«

Er schüttelte den Kopf. »Ich brauche Hilfe.« Er erzählte,

dass er glaubte, Cecilia Karlsson gesehen zu haben, und wie schnell sie dann vor der Kirche verschwunden war. »Ich hab die Autonummer aufgeschrieben. Ein Mietwagen.«

»Bei welcher Firma ist der gemietet worden?«

»Bei einer kleinen Firma, in der Nähe von Stockholm, keine von den großen, bekannten Namen.«

»Und sie wollten nicht verraten, wer den Wagen gemietet hat?«

»Genau«, sagte er und lächelte. Diese Bullin gefiel ihm immer besser.

»Hat sie einen gültigen Führerschein?«

Ann drehte sich zu Edvard um, der auf der Verandatreppe stand und aussah, als ob er sich am Gespräch beteiligen wollte und dann auch wieder nicht.

»Sie hat zwei Wochen vor ihrem Verschwinden Führerschein und Pass gestohlen gemeldet und sich neue ausstellen lassen. Das weiß ich von Folke Åhr, der es überprüft hatte. Die Meldung wurde Anfang Juni registriert. Das verstärkte den Verdacht, dass sie keinem Verbrechen zum Opfer gefallen war, sondern ihr Verschwinden geplant hatte.«

»Sie hat Olga sehr gern gehabt«, sagte Blitz. »Ich weiß nicht so recht, wieso, die waren doch nicht verwandt, aber jedenfalls glaube ich, dass sie zur Beerdigung kommen wollte.«

»Ich war doch auch da«, sagte Ann Lindell. »Aber ich habe niemanden gesehen, der Ähnlichkeit mit Cecilia hatte, und ich habe mir alle genau angeschaut.«

»Sie war verkleidet und trug eine Perücke, aber etwas hat mich davon überzeugt, dass sie es war.«

»Was denn?«

»Schwer zu sagen«, sagte Blitz und sah für einen Moment verlegen aus, als ob ihm ein peinlicher Gedanke gekommen sei. »So, wie sie die Schultern bewegt und wie sie sich dann umgeschaut hat ... sie hat gewissermaßen meinen Blick gesucht ...«

»Wie heißt die Mietwagenfirma?«

»Ich habe die Autonummer und alles andere aufgeschrieben.«

»Jetzt fängt der Spaß an«, sagte Ann. »Danke, ich werde sehen, was ich herausfinden kann.«

8

»Willst du das Haus verkaufen?«

»Ich weiß nicht, glaub nicht.«

Sie musterten einander. Cecilia trug ihre Perücke. Das störte ihn bestimmt. Sicher fühlte er sich betrogen, weil er während der Beerdigung auf eine Verkleidung hereingefallen war.

»Wer weiß sonst noch, dass du auf der Insel bist?«

»Niemand.«

»Du bist wegen Mama hier?«

Sie nickte. Und deinetwegen, hätte sie fast hinzugefügt, konnte sich aber beherrschen.

»Es tut mir leid, dass es so gekommen ist«, begann er seinen bekannten Sermon, er hatte sich nicht verändert, und er versuchte zu erklären, wie schon so oft, als ob die Lügen in Wahrheit verwandelt werden könnten, wenn man sie nur ausreichend oft wiederholte.

Red du nur, dachte sie, seltsam passiv, ruhig angesichts seiner Nervosität. Ein Bild aus Serpa in Portugal tauchte vor ihrem inneren Auge auf, das Restaurant »Herz« an einem Maiabend, Tische auf der Straße, ein kühler Hauch in der Luft, die Frauen zogen ihre Strickjacken um die Brust zusammen, die Männer trugen Wollpullover und dunkle Schirmmützen, das schöne Straßenpflaster, das Stimmengewirr und das Lachen.

»Du wirst sterben.« Das platzte einfach so aus ihr heraus.

»Was hast du gesagt?«

Sie schüttelte den Kopf.

»Wo warst du die ganze Zeit?«

»Hier und da. Meistens im Ausland.«

»Viele hätten das gern gewusst. Ich hätte das gern gewusst.«

Er verstummte. Sie standen auf dem Parkplatz beim Gut Gräsö. Das war ihr Vorschlag gewesen. Sie hatte unten beim Fähranleger geparkt und war den Gehweg hochgekommen. Er sollte ihr Auto nicht sehen.

»Warst du bei Rune und Gunilla?«

Sie ignorierte diesen Vorstoß. »Und du? Du treibst dich in aller Welt herum. Das läuft gut, was?«

Er schien sich über diese Frage zu freuen, das war sein Territorium, und er schaltete seinen Wortschwall wieder ein. In den vier Jahren war viel passiert, das hatte sie schon begriffen, aber der Umfang seiner Zukunftspläne war trotzdem erstaunlich. Er sprach nun teilweise eine andere Sprache, es war deutlich, dass er sie beeindrucken wollte, wie um zu sagen: Es läuft ganz hervorragend ohne dich. Eigentlich konnte ihr das egal sein, aber ihre Irritation wuchs. Sie hörte nicht mehr zu.

»Und Casper, denkst du manchmal an ihn?«

Ihre Frage riss Adrian aus seiner Prahlerei. »Wie meinst du das?«

»Das waren doch wohl von Anfang an seine Ideen, ich meine, als du den Vertrag mit Tetrapak bekommen hast? Ohne den wäre vielleicht alles ins Stocken geraten und du würdest jetzt in einem Kellerlokal in Östhammar sitzen. Deshalb solltest du ihm einen Gedanken widmen.«

»Es gibt einen Zeugen«, sagte Adrian.

»Wie meinst du das?«

»Blitz hat zwei Personen den Anleger bei Kallboda verlassen sehen. Casper war die eine.«

Das war ein Schlag unter die Gürtellinie, aber es gelang ihr, keine Miene zu verziehen.

»Und die andere?«

»Blitz war wohl betrunken. Du kennst ihn doch. Als ich ihn ein paar Wochen später gefragt habe, stritt er alles ab, wollte überhaupt nichts mehr gesehen haben. Aber er war damals am Ufer dabei, er hat doch das leere Boot gefunden.«

»Weshalb sollte er das verheimlichen? Wenn er wirklich zwei Personen gesehen hat?«

»Er wollte wohl keinen verpfeifen.«

»Verpfeifen« klang total falsch aus Adrians Mund, er hatte doch immer versucht, ein wenig vornehmer zu reden, als er war. Sie fragte sich, warum er die Sache überhaupt zur Sprache brachte. Sicher, um sie durcheinanderzubringen, das musste es sein. Er verwirrte andere gern, um sich auf diese Weise die Überhand zu verschaffen. Ihr kam der Gedanke, dass Blitz möglicherweise den ganzen Hergang gesehen hatte. Unmöglich war das durchaus nicht. Sie musste unter vier Augen mit ihm sprechen, sie musste es in Erfahrung bringen.

Adrian schlug vor, nach Öregrund zu fahren und etwas zu essen. Sie lehnte ab.

»Wir müssen reden«, sagte er.

»Glaub ich nicht.«

»Ich habe einiges zu erzählen.«

Schon wieder diese Andeutungen. Sie versuchte, spöttisch zu lächeln, aber sie merkte, dass ihr das nicht gerade gut gelang; die Sache mit Blitz und das Gerede darüber, was vor vier Jahren bei Gällfjärden geschehen war, hatte sie heftig getroffen.

»Ich werde auch Rune und Gunilla besuchen. Es gibt da einiges, was Mama ihnen hinterlassen wollte.«

»Wenn du auch nur ein Wort darüber sagst, dass ich in Schweden bin, dann bring ich dich um!«

Er starrte sie wortlos an. Endlich hatte sie es geschafft, seine arrogante Miene zu brechen.

»Du bist doch nicht klar bei Verstand«, brachte er heraus.

»Kann schon sein.« Sie trat einen Schritt auf ihn zu, schob ihm die Hand in den Schritt und packte zu. Er jaulte auf.

»Ich habe auch so einiges zu erzählen«, sagte sie. »Wie viele Jahre dauert es, bis so ein Fall verjährt ist?«

Sie ließ los. Tatsache war, dass sie eine gewisse Erregung verspürt hatte. Er vielleicht auch? Ein bisschen Schmerz, ein bisschen Lust. Wie im Leben. Sie erinnerte sich an ihre gemeinsamen Augenblicke des Begehrens und der Leidenschaft. Es war heftig gewesen, das musste sie zugeben. Weder davor noch danach hatte sie so vollständig geliebt, so rücksichtslos.

»Du willst, was?«, fragte sie und lächelte. »Du willst mich ficken. Sag es. Das ist alles, was du willst. Du willst nichts erzählen, du willst nichts essen, du willst einfach nur in ein Hotel in Öregrund gehen und ficken.«

Sie trat ganz dicht an ihn heran, ließ ihren Atem sein Gesicht wärmen. Er packte ihren Nacken, atmete schwer, wehrlos ihrem Angriff gegenüber. Sie berührte ihn ein weiteres Mal, diesmal spielerisch, und spürte sein strotzendes Geschlecht zwischen ihren Fingern.

»Nie wieder«, sagte sie und lächelte. Sie befreite sich aus seinem Griff und trat zurück.

Er schluckte und sah sich um. Ein Paar mittleren Alters ging auf die von der Gemeinde aufgestellte Informationstafel zu. Die beiden schienen nicht bemerkt zu haben, was hier ablief.

Sie drehte sich auf dem Absatz um. »Wie viele Jahre?«, fragte sie noch einmal laut, ehe sie im Wäldchen zwischen Gut und Kirche verschwand.

9

Es hätte keinen Sinn gehabt, Sammy Nilsson noch einmal anzurufen. Er hatte sich geweigert, der Sache mit dem Postfach in Uppsala nachzugehen, und er würde sicher kein Interesse daran haben, sich über die Mietwagenfirma zu informieren. Ann sah sich den Namen des Unternehmens und die Adresse in Solna an. Sollte sie hinfahren und es mit einem Bluff versuchen, sich als eine Kollegin ausgeben, die einen Verkehrsunfall untersuchte? Aber wer würde schon glauben, dass eine Polizistin wegen eines Bagatellvergehens mehrere Dutzend Kilometer fuhr?

»Kennst du keine Verkehrspolizisten?«, fragte Edvard von der Treppe her, als ob er ihre Gedanken gelesen hätte. »Wenn es so was noch gibt?«

Ihr kam der Gedanke, dass vielleicht Åke Brundin bei der Polizei in Östhammar ihr helfen könnte. Er hatte ja bei Casper Stefanssons Unfall ermittelt und wusste natürlich von Cecilias Verschwinden.

»Manchmal ist es gut, dich zu haben«, sagte sie und zog das Telefon aus der Tasche. Sie hatte Brundins Nummer gespeichert, und er meldete sich nach dem zweiten Klingeln.

»Ach was, du«, sagte er, und Ann konnte vor sich sehen, wie er dabei lächelte.

»Hast du einen Moment Zeit?«

»Geht es um Cecilia Karlsson?«

»Woher weißt du das?«

»Folke Åhr hat angerufen und erzählt, dass ihr euch in Portugal über den Weg gelaufen seid. Ich war nicht sicher, ob das stimmt oder nicht, er hat wirklich wirres Zeug geredet.«

»Das tut er, immer häufiger, immer mehr«, sagte Ann, die den Verdacht auf Alzheimer nicht erwähnen wollte.

»Ich glaube, er wird langsam dement«, sagte Brundin.

»Zwei Dinge«, sagte Ann, die ihrerseits kein wirres Zeug reden wollte. »Ein Postfach in Uppsala und eine Mietwagenfirma in Solna.« Sie erklärte den Zusammenhang, und der ehemalige Kollege hörte zu, ohne ihr ins Wort zu fallen. Als sie zum Punkt gekommen war, schwieg er eine Weile.

»Fraglich«, sagte er schließlich. »Ich kann ja nicht so einfach eine private Untersuchung vornehmen.«

Das war eine Antwort, mit der sie gerechnet hatte. Alles andere hätte sie überrascht. Er war ein redlicher Polizist.

»Und wenn ein Zeuge dich anruft? Nils Lindberg heißt er, wird Blitz genannt.«

»Ich weiß, wer das ist«, sagte Brundin kurz. »Aber das Postfach, was hat das mit der Sache zu tun?«

»Ich habe einen Briefumschlag gesehen, mehrere sogar, zu Hause beim Ehepaar Karlsson. Also bei Cecilias Eltern.«

»Dünn.«

»Ich weiß, aber es hat etwas zu bedeuten, da bin ich sicher.« Sie ließ ihn einen Augenblick nachdenken.

»Wir kennen uns schon lange«, sagte sie dann.

Das konnte sie sagen, darauf konnte sie hinweisen: dass sie eine gute Ermittlerin gewesen war, und dass sie früher problemlos und gut zusammengearbeitet hatten. »Du erinnerst dich doch an die erstochene Frau?«

Natürlich erinnerte er sich, ebenso an die Brandstiftung in Anns Dorf ein Jahr zuvor. »*Ich* bin nicht dement«, sagte er.

»Wenn etwas dabei herauskommt, dann übernimmst du den Fall, das ist klar.« Das war durchaus ein Köder. »Ich glaube, Cecilia lebt noch, und sie kann etwas mit Stefanssons Tod zu tun gehabt haben. Du hattest da doch selbst deine Zweifel, vor vier Jahren.«

Sie verstummte wieder, durfte nicht zu viel plappern, und dass Brundin Zweifel gehabt hatte, war mehr als fraglich. Er war sehr sicher gewesen, dass es sich um einen Unfall in Suff und Rausch gehandelt hatte, das hatte Ann jedenfalls gehört.

»Ich werde es mir überlegen.«

Ann nannte ihm die Nummer des Postfachs und die Adresse der Mietwagenfirma in Solna. »Noch etwas«, sagte sie, ehe sie das Gespräch beendeten. »Ihr sucht nicht zufällig eine Dorfpolizistin für Gräsö?« Die Antwort war ein herzliches Lachen.

Edvard stand noch immer auf der Treppe. »Die alte Ann Lindell in Hochform«, sagte er, und es machte sie besonders froh, dass er dabei lächelte. Eine andere Reaktion wäre durchaus möglich, sogar wahrscheinlich gewesen.

»Ich fahr mal für ein paar Stunden nach Tilltorp rüber. Ich muss ein paar Dinge von zu Hause holen.«

»Käse vielleicht?«

Ann lachte. »Nein, keinen Käse. Du wirst schon sehen. Brauchst du etwas?«

»Ja«, sagte Edvard und blickte sie mit ernster Miene an. »Du wirst schon sehen.«

10

Wer? Ihr erster Gedanke war Rune. Es war eine rein reflex-
mäßige Reaktion, die vielen Jahren der Überwachung und
Kontrolle entsprang, aber sie sah direkt ein, dass das unwahrscheinlich war. Was hätte er bei der Kate zu suchen gehabt? Wer überhaupt hatte hier etwas zu erledigen? Sie beschloss, dass der Zufall einen Besucher hergeführt hatte, der
durch das Fenster geschaut hatte. Die Spuren waren deutlich
in dem feinkörnigen Sand, den Cecilia vor dem Fenster aus-
gestreut hatte. Jemand hatte dort gestanden, war von einem
Fuß auf den anderen getreten und hatte vielleicht durch
den Spalt, den das Rollo offen ließ, etwas Interessantes entdeckt.

Sie bog um die Hausecke. Die Kellerluke war nicht angerührt worden, das Schloss, das sie vorgehängt hatte, war in-
takt. Sie drehte zwei Runden um das Haus und versuchte
etwas zu entdecken, das darauf hinwies, dass es dem Eindringling gelungen war, das Haus zu betreten.

Unbehagen. Sofortige Fluchtgedanken. Wer? Hatte jemand
gesehen, wie sie auf den kleinen Weg abgebogen war, der mittlerweile eher einem breiten, überwucherten Pfad ähnelte, und
war neugierig geworden? Sie war vorsichtig gewesen, hatte sich
umgeschaut, als sie sich der Einfahrt genähert hatte, die abseits
lag, weit weg von irgendwelchen Häusern, es gab nur wenig
Verkehr. Zweimal hatte sie gewartet, war langsamer geworden,
hatte ein Auto vorüberfahren lassen, ehe sie rasch abgebogen
war.

Vielleicht war es ein Pilzsammler? Sie hatte gesehen, dass
die gelben Pfifferlinge jetzt hervorlugten. Oder vielleicht hatte

ein Jogger hier seine Route? Sie ging die verschiedenen Möglichkeiten durch.

Es gab nur vor einem Fenster Fußspuren, und das beruhigte sie ein wenig. Während sie zurück zum Auto lief, das verborgen im Gestrüpp stand, ein gutes Stück vom Haus entfernt, spielte sie mit dem Gedanken, wegzufahren. Wie sollte sie sich in dem Haus jemals wieder sicher und geborgen fühlen? Sie ging unschlüssig zurück, sah sich noch einmal die Spuren an. Verglich sie mit ihren eigenen in Schuhgröße 38. Die Abdrücke waren um einiges größer. Flache Schuhe, vielleicht Trainingsschuhe.

Sie ging in die Hocke und musterte den Spalt unter dem Rollo. Es war möglich, den Perückenständer zu sehen. Der Gaskocher war deutlich zu erkennen, wie auch die Kekspackung auf dem Tisch. Wer hier hineingeschaut hatte, musste begriffen haben, dass das Haus bewohnt war, jedenfalls vorübergehend. Das war schlecht. Vielleicht war Neugier geweckt worden. Würde der Eindringling zurückkommen?

Sie machte kein Licht, bewegte sich mit äußerster Vorsicht in der Dunkelheit. Mehrmals öffnete sie die Tür einen Spalt weit, lugte hinaus in die Dunkelheit, lauschte, hörte aber nur Wind und Meer, vielleicht in der Ferne eine Eule.

Sie kochte Tee, ließ ihn aber stehen, goss sich stattdessen ein Glas Wein ein und trank langsam, aber zielstrebig. Es hatte Situationen in ihrem Leben gegeben, in denen der Wein als Schlafmittel fungiert hatte. Jetzt passte sie auf sich auf, goss sich ein zweites Glas ein, verschloss die Flasche dann aber wieder und stellte sie weg. Sie durfte sich nicht betrinken.

Wenn sie nun Hildingstorp verließ, wohin könnte sie gehen? Es gab keine selbstverständliche Antwort. Sie könnte sich auf Gut Gräsö einmieten, dieser Gedanke war ihr gekommen, als sie mit Adrian auf dem Parkplatz vor dem Gut gestanden hatte; wenn sie längere Zeit bleiben müsste, könnte die Hütte ein bisschen spartanisch sein, hatte sie sich selbst gegenüber argumentiert. Sie wusste, wer das Gut betrieb, sie hatte einige von den dort Arbeitenden auf Olgas Beerdigung gesehen. Die Frage war, ob sie von ihr einen Ausweis verlangen oder ob sie ihre Maskierung sowieso durchschauen würden.

Es wurde eine unruhige Nacht, in der der Schlaf kam und ging. Die Totenuhr nagte sich ihre Gänge durch die Wand, tick, tick. Mit dem Ohr an der Wand konnte sie diese unermüdliche Arbeit deutlich hören. Seltsam, dachte sie, wir leben ganz nah beieinander, vielleicht trennen uns nur einige Zentimeter. Du machst deinen Countdown. Und ich meinen.

Sie stand mehrmals auf, um Ausschau zu halten. Die Dunkelheit war kompakt, und im Herbst würde es noch schlimmer werden, aber dann würde sie weit von Gräsö entfernt sein.

In der Dämmerung stand ihr Entschluss fest. Adrian musste sterben. Mit diesem Gedanken schlief sie ein und schlief dann mehrere Stunden tief und fest, wurde schließlich aber von einem fremden Geräusch geweckt. Sie begriff nicht sofort, dass da jemand an die Tür klopfte. Sie fuhr auf, schaute sich verwirrt um, stapfte in die Küche. Ein Messer war alles, was sie hatte. Sie schnappte sich das Messer und lief weiter in die winzige Diele. Legte das Ohr an die Tür. Wieder ein Klopfen, diesmal energischer, überzeugt davon, dass sich jemand im Haus aufhielt.

»Hallo«, hörte sie jemanden rufen. Eine Frau. »Hallo, ist jemand zu Hause?«

Cecilia glaubte, diese Stimme zu kennen, oder eher den Tonfall, aber von wem konnte der stammen?

»Was wollen Sie?«

»Ich suche eine Hütte, die zu vermieten ist.«

»Die hier ist besetzt, gehen Sie!«, schrie Cecilia mit einer Stimme, die schriller war als geplant. Sie klang ganz einfach verängstigt. Nun blieb es eine ganze Weile still. Sie blieb stocksteif stehen, atmete kaum, umklammerte das Messer in ihrer Hand.

»Cecilia, bist du das?«

11

Es störte sie, dass Gunilla Karlsson dermaßen nervös und unkonzentriert war. Sie mochte das nicht, hatte es nie getan; es war, als ob sie lächerlicherweise von Frauen mehr erwartete. Sie hätte gern gesagt, die andere solle aufhören, an ihrer Serviette herumzuspielen. Noch weiter konnte die doch gar nicht zusammengefaltet werden.

»Er ist nachts auf, läuft herum.«

»Draußen oder drinnen?«

»Beides. Einmal war er weg, als ich aufgewacht bin, und ich habe mich auf die Suche gemacht. Da war ich richtig besorgt. Ich fand ihn dann im Segelboot. Er lag zusammengerollt im Bug, sah aus wie ein kleines Bündel.«

»Kalt und viele Mücken«, sagte Ann.

»Das stört ihn nicht. Mücken und andere Insekten machen einen Bogen um Rune.«

»Warum, was meinen Sie?«

Gunilla Karlsson knüllte die Serviette zusammen und zerstörte damit das ganze Origamigebilde. Ann musterte ihre geballte Faust, merkte, wie die Spannung stieg.

»Er trägt etwas mit sich herum«, war am Ende ihre kurze Antwort. Ann wartete ab. Es muss doch noch mehr kommen, dachte sie.

»Er wollte nicht, dass sie nach Italien zogen. Das wissen Sie doch, oder dass sie gekündigt hatte und dass sie in dem Sommer zusammen weggehen wollten, Cecilia und Casper? Rune war natürlich dagegen.«

»Das ist sicher nicht so schwer zu verstehen«, sagte Ann.

»Ich weiß, dass Rune zu Casper gegangen ist.«

Gunilla Karlsson ließ ihre Serviette fallen, schob sie beiseite und warf Ann einen Blick zu. Was lag wohl in ihrer bedrückten Miene? Angst, Berechnung, Schuld und Scham, alles auf einmal, vielleicht.

»Das war kurz vor Caspers Verschwinden. Ich war bei einem Treffen für alte Bogenschützen. Wir haben so einen Freundschaftsverein, organisieren kleine Wettbewerbe und Feste. Ich war damals im Vorstand. Ich war nicht zu Hause, aber ich habe ja doch etwas erfahren.«

»Was denn?«

»Dass sie sich gestritten haben. Der Briefträger hat sie gehört und hat alles miterlebt; dass Rune geschrien und gedroht hat. Es war scheußlich, hat er gesagt. Rune, den er als besonnenen Mann kannte, war vollkommen außer sich.«

Ann erhob sich, um neuen Kaffee zu holen. Sie wollte Gunilla Zeit zum Atmen verschaffen, aber es war deutlich, worauf sie hinauswollte. Nachdem sie Kaffee geholt und die Tassen aufgefüllt hatte, ging sie in die Offensive.

»Sie glauben, dass Ihr Mann Casper Stefansson ermordet hat.« Sie wartete keine Antwort ab, sondern brachte die Kaffeekanne zurück. »Sie haben gesagt, der Briefträger habe Rune als besonnenen Menschen gekannt, aber bei Ihnen war das nicht der Fall?«

»Wir hatten lange Zeit ein ruhiges Leben, aber ab und zu fürchte ich mich«, sagte Gunilla Karlsson und gab damit eine indirekte Antwort auf Anns Frage. »Es kommt vor, dass ich für eine Weile weggehe. Ich nehme dann das Auto und komme erst zurück, wenn er sich beruhigt hat. Einmal bin ich nach Uppsala gefahren und habe bei einer alten Freundin übernachtet. Sie weiß, was bei uns los ist, und sie hat mich zum Bleiben überredet. Danach war Rune eine Zeit lang etwas ruhiger.«

Das war der Bericht einer bedrohten und verängstigten Frau. Ann hatte schon viel zu oft Varianten dieser Geschichte gehört. »Warum lässt er seinen Zorn an Ihnen aus?«

»Das kann bei der kleinsten Kleinigkeit passieren«, sagte Gunilla, »aber oft hat es mit dem Bogenschießen zu tun, dass ich nicht zu Hause bin. Doch ich muss ab und zu einfach weg! Ich muss atmen können, verstehen Sie?«

Ann nickte, aber ohne größere Begeisterung. Sie wollte lieber Geschichten von Glück und Vertrauen hören. In den vergangenen Jahren hatte es zu viel vom Gegenteil gegeben. Dennoch verspürte sie Mitgefühl mit der Frau auf der anderen Seite des Tisches. Deren flackernder, verlegener Blick verriet, dass es ihr schwerfiel, über ihre Ehe, ihren Mann und ihre Ängste zu sprechen.

»Cecilia, was hat sie gesagt? Sie muss das doch bemerkt haben.«

»Wenn sie zu Hause war, war Rune wie ein Lamm.« Der Hohn in Gunillas Stimme war nicht zu überhören.

»Und Sie haben nichts gesagt?«

»Ein bisschen, vielleicht.«

Wie schmutzig das alles ist, dachte Ann plötzlich. Alles sprach dafür, dass Gunilla Karlsson ein Opfer war, auch wenn die Gegenseite noch nicht zu Wort gekommen war, aber es war nicht schön, die Schattenseiten einer Familie ans Licht zu bringen.

Ann drehte den Kopf und schaute hinüber zum Friedhof auf der anderen Straßenseite. Dort spielten Kinder zwischen den alten schwarzen Kreuzen. Was könnte sie sagen? Sollte sie sich noch tiefer in die Geheimnisse der Familie Karlsson hineinbohren?

»Haben Sie irgendetwas auf dem Herzen?«

»Wie meinen Sie das?«

»Sie wollten mich treffen. Bedrückt Sie irgendetwas, etwas, worüber gesprochen werden muss?«

»Da gibt es vieles, aber es ist nicht leicht. Ich dachte, es könnte schön sein, mit einer Frau zu sprechen, die Erfahrung besitzt. Wir sind ja wohl auch ungefähr gleich alt.«

»Wollten Sie mich treffen, weil ich früher Polizistin war, wollten Sie deshalb über Ihren Mann erzählen, ein bisschen plaudern? Sie glauben, dass ich noch Kontakte habe, dass ich vielleicht einem Ex-Kollegen etwas ins Ohr flüstern könnte.«

»Was? Wie meinen Sie das?«

»Flüstern, dass Rune gewalttätig ist.«

»Ich wollte nur – vielleicht fürchte ich mich ein bisschen. Ich dachte, wir könnten gut miteinander reden«, sagte Gunilla Karlsson defensiv, und Ann bereute ihre Worte sofort.

»Ich verstehe«, sagte sie, »aber ich glaube, ich kann Ihnen nicht helfen. Sie müssen sich an andere wenden, an Fachleute, meine ich. Was Sie erzählen, hört sich nicht gut an. Und es ist nicht richtig, in einer Beziehung Angst haben zu müssen.«

»Danke«, sagte Gunilla kleinlaut und erhob sich. »Danke, dass Sie sich die Zeit genommen haben.«

Sie verließ die Konditorei trotz allem mit Stil. Es steckte ihr wohl im Rückenmark, sich gerade zu halten, den Kopf zu heben, einen zielstrebigen Eindruck zu machen, los- und hinauszusegeln.

Ann betrachtete die zerknüllte Serviette und fragte sich, was Gunillas Worte zu bedeuten haben mochten. War das ein Notruf oder suchte sie in einer herzlosen Familienvorstellung eine Verbündete und wollte indirekt ihren Mann unter Druck setzen? Denn natürlich war ihr klar, dass Ann von dem Gespräch beeinflusst sein und Rune vielleicht mit anderem Blick sehen würde.

Es war nicht schön, aber so war das Leben. Ann lächelte, stand auf, rief »vielen Dank« und ging hinaus an die frische Luft. Sie blieb stehen, sah dem Spiel der Kinder über der Ruhestätte der Toten zu, ging nach rechts den Hang hinab, bog wieder nach rechts ab und steuerte den Eingang des Alkoholgeschäfts an.

12

»Hallo!«

Keine Antwort. Sie hasste es, nicht zu wissen, wo er war. In letzter Zeit war es schlimmer geworden, er machte sich im Haus unsichtbar, gab sich nicht zu erkennen, als ob er sich mit einem Katz-und-Maus-Spiel amüsierte. Es kam ihr vor, als ob er sagen wollte: Schau her, so kann das gehen, wenn du dich nicht benimmst, dann musst du in ein verlassenes Haus zurückkehren. Vielleicht wollte er eine Reaktion provozieren, sie insgeheim beobachten, um dann endlich aufzutauchen.

Die beste Reaktion wäre natürlich, sich nichts daraus zu machen, aber das wollte sie nicht. Sie wollte die Lage im Griff haben, wollte nicht, dass jemand ihr in den Rücken fallen könnte. Sie lauschte zum oberen Stockwerk hinauf, aber da war alles still. Tagsüber ging er aus Prinzip nie dorthin. Wenn er sich ausruhen wollte, legte er sich auf die Bank in der Küche. Sie setzte sich dorthin, unschlüssiger denn je. War es ihr gelungen, der Ex-Polizistin das Gewünschte zu vermitteln? Was sie überrascht hatte, war Ann Lindells ein wenig harte und abweisende Haltung. Ann hatte sanft und zugänglich gewirkt, als sie und Edvard zu Besuch gewesen waren, hatte sie sich in ihr dermaßen geirrt? Gunilla Karlsson beschloss, dass sich da wohl die alte Diensthaltung durchgesetzt hatte. Eine Kriminalpolizistin musste sicher ein bisschen hart sein.

War er unten beim Steg? Sie ging hinaus in die Diele, da standen die Stiefel, die er fast immer trug, wenn er zum Wasser ging. Sie öffnete die Haustür und hielt Ausschau, aber es gab keine Bewegung, keinen Laut, die erklären könnten, wo Rune steckte.

Sie hasste den Hof inzwischen immer mehr. Die Stille. Die Einsamkeit. Er dagegen fühlte sich wohl. Konnte eine oder zwei Stunden lang auf derselben Stelle sitzen und vor sich hinstarren. »Ich philosophiere ein bisschen«, sagte er dann, aber danach gab er nie etwas Vernünftiges von sich, und wenn man so lange grübelt, muss doch etwas Sinnvolles dabei herauskommen, fand sie, aber nein. Er drehte seine Runden, wie das vermutlich auch sein Vater und die Generationen vor diesem getan hatten. Damals hatte das seinen guten Grund gehabt, denn sicher hatte es viel Vieh auf dem Hof gegeben, das gefüttert, gemolken und versorgt und bei dem ausgemistet werden musste, Zäune hatten repariert und Tore geöffnet und geschlossen werden müssen. Jetzt war es einfach albern, wie ein Großgrundbesitzer durch die Gegend zu laufen.

Hasste sie wohl auch ihren Mann? Ja, vielleicht, auch wenn »hassen« sehr hoch gegriffen war. Er war alt geworden, und das war schnell gegangen, hatte sich in den letzten Jahren beschleunigt. Der ehemals so geschmeidige und muskulöse Körper war eingefallen. Sollten sie auf die Idee kommen, eine Runde Armdrücken zu versuchen, würde sie ihn vielleicht besiegen. Sie übte noch immer ihr Bogenschießen und glaubte sogar, auf ihre alten Tage stärker geworden zu sein.

Er trainierte immer weniger, lief nur ab und zu eine Runde, und er hatte seine Spannkraft und seine Potenz eingebüßt. Im letzten Jahr hatte er nicht einmal versucht, sich ihr im Bett zu nähern, sicher im Bewusstsein, wie sinnlos eine solche Annäherung sein würde, und dafür war sie nur dankbar. Ich komme schon auf meine Kosten, dachte sie mit einem Lächeln.

Nach einem letzten Blick auf den Hof zog sie die Haustür zu, öffnete sie aber instinktiv gleich wieder. Sie hatte das Gefühl, einen leicht zugänglichen Fluchtweg haben zu müssen, ein alberner Gedanke natürlich, aber dieses Gefühl ließ sich nicht unterdrücken. Wollte er ihr etwas antun? Wohl kaum, aber andererseits war er so unberechenbar, dass man niemals sicher sein konnte.

Ein leises Knacken war zu hören und sie stand ganz still da, aber mehr passierte nicht. Abermals herrschte die Stille über das Haus. Ihr kam der Gedanke, dass das Geräusch vielleicht aus dem Keller gekommen war, wo sie nicht nachgesehen hatte. Sie presste ihr Ohr an die Tür, ja, da war etwas zu hören, unklare Geräusche, die sie nicht erklären konnte. Langsam öffnete sie die Tür. Die Lampe brannte. Er war da! Er ließ die Lampe niemals brennen, seit Jahren redete er schon darüber, wie viele Kilowatt das in einem Jahr ergab.

»Rune?«

Keine Antwort. Sie rief noch einmal, diesmal lauter.

»Hier!«, erklang seine Stimme wie aus der Unterwelt. Es hallte auf unheimliche Weise im Keller wider.

»Was machst du?«

»Bist du jetzt zu Hause?«

Was für eine idiotische Frage, dachte sie, aber immerhin hatte seine Stimme munter geklungen, nicht erregt oder wütend, deshalb beschloss sie, nach unten zu gehen. Er saß am Arbeitstisch vor dem Waffenschrank. Vor ihm lag der eine Elchstutzen.

»Bisschen Waffenpflege«, sagte er, ohne sie eines Blickes zu würdigen. Sie begriff, dass sie das Knacken des Abzugshahns gehört hatte. Sie hatte diese Bewegung schon früher gehört und gesehen. Ihr kam der Gedanke, dass ihr Mann einem übergroßen Jungen ähnelte, mit seinem ewigen Herumgefummel an den Waffen. Waffenpflege war ihr an sich nicht fremd, sie schoss schließlich selbst, wenn auch mit dem Bogen, aber seine Fixierung hatte etwas Pubertäres. Sein Vater war auch so gewesen, dessen alte M9 hing noch immer im Schrank, also hatte Rune eine Entschuldigung.

»Die Frage ist, ob ich meine alte M98 nicht doch besser finde. Ich muss den Druck an der neuen Mauser justieren, aber ich wage nicht, das selbst zu tun, oder vielleicht würde ich es schon wagen, aber man soll das ja nicht. Es kann sich leicht ein Schuss lösen – ein Querschläger.«

Er warf ihr einen raschen Blick zu, dann plapperte er weiter über seine Gewehre. Er machte sich seine Gedanken über das Aussehen des Kolbens und den Rückstoß bei der M12. Das alles hatte sie schon häufiger gehört, aber sie machte gute Miene dazu.

»Schade, dass Cissi sich nicht fürs Jagen interessiert hat«, fuhr er fort.

»Und für den Bogen auch nicht«, sagte sie, furchtbar müde von diesem Gerede. »Hast du Hunger? Ich kann …«

»Nein, absolut nicht«, fiel er ihr ins Wort. Er machte eine Vierteldrehung mit dem alten Schreibtischstuhl, so dass sie einander ansahen. Das Gewehr ruhte auf seinen Knien. »Hast du was mit anderen Männern?«

Er lächelte, als wäre das hier ein witziges Spiel und nicht ein Schuss vor den Bug ihrer Ehe und ihres Lebens. Die unverblümte Frage brachte sie aus dem Gleichgewicht, und ihr war klar, dass er das so gewollt hatte.

»Ich weiß, dass du mit anderen schläfst, also brauchst du nicht zu antworten. Ich weiß das schon lange. Ich glaube, dass war einer der Gründe, aus denen Cissi weggegangen ist.«

»Wie kannst du so etwas Schreckliches sagen!«

Er schüttelte den Kopf. »Eine Hure zur Mutter zu haben kann doch nicht schön sein.«

Sie machte auf dem Absatz kehrt. »Du hast noch eine Chance«, sagte er, als sie die Treppe erreichte.

13

Es war ein schöner Tag mit strahlender Sonne und klarem, hohem Himmel, es machte sich bemerkbar, dass der Herbst schon hinter der nächsten Ecke wartete. Er befreite den Graben von Erlen und Weiden. Der Grundbesitzer wollte auch die Baumstümpfe bald entfernt haben, und Nils Lindberg würde mit dem Baggerlader kommen, das aber erst, wenn der Boden etwas besser trug. Weitere Stämme fielen und bildeten eine lange Reihe an einer Strecke von vielleicht achtzig Metern. Er setzte seine Ehre darauf, dass sie gerade fielen, am besten in einem Winkel von neunzig Grad zum Graben hin. Der Fahrweg, der an der alten Weide entlang verlief, sollte den Abtransport erleichtern. Vielleicht wäre es eine gute Idee, die Stämme zu zerhacken.

Die Kette musste gespannt werden, Treibstoff und Kettenöl nachgefüllt, und Blitz schaltete die Säge aus. Bisher war alles gut und schnell gegangen. Sein Spitzname rührte daher, von seinem Arbeitstempo, das er immer einhalten konnte, oft trotz Dröhnschädel und in der Brust wütender Reue. Ohne Arbeit unter freiem Himmel würde er untergehen, das war ihm nur zu klar.

Er setzte sich auf einen Baumstamm, nahm Helm und Visier ab, betrachtete sein Werk und lächelte in seiner Einsamkeit. Ihm war Arbeit für einen Monat garantiert worden, vielleicht länger. Der Auftraggeber war ein Sommergast, der einen Nachlass gekauft hatte, wieder ein Inselhaus, das zum Sommerhaus wurde, aber dieser Neue machte einen guten Eindruck. Er wollte den Boden nutzen, redete von Weidevieh.

»Das ist doch gut«, sagte Nils Lindberg laut, das war eine Gewohnheit, die er sich zugelegt hatte, »aber zuerst müssen die Schmielen weg.« Die alten Weiden waren überall von Rasenschmielen überwuchert. Er musterte die Kette, spannte sie und schlug dann darauf. Es gab nichts so Zuverlässiges wie eine gut in Schuss gehaltene Motorsäge.

Er erhob sich mit einer gewissen Mühe von dem niedrigen Stamm. Dreißig Meter noch, dann dem Kiesweg zum Hof hoch folgen. Der Graben wies hier nur einzelne Erlen auf, war jedoch vollgewachsen mit Echtem Mädesüß, das sich immer weiter ausbreitete. Genug zu tun also.

Mitten am Tag fegte von Nordosten ein leichter Regen heran und war ebenso schnell wieder verschwunden. Inzwischen hatte Blitz den Hof erreicht. Der Grundbesitzer hatte ihn ins Haus gerufen, ihm Mittagessen angeboten und ununterbrochen über seine vielen Projekte geredet. Blitz sagte nicht viel, ihm war klar, dass die meisten Pläne viel Zeit brauchen oder niemals in die Tat umgesetzt werden würden, aber er musste zugeben, dass Jens Thörn ungewöhnlich tüchtig dafür war, dass er vom Festland kam. Noch dazu aus Schonen.

»Habt ihr ihn den ›Holländer‹ genannt?«

»Ja, er hieß ja Hollander.«

»In den Nebengebäuden habe ich jede Menge Schrott gefunden.«

»Er hat alles gesammelt. Ging zu allen Auktionen, kaufte das, worauf sonst niemand bieten mochte. Er war ziemlich eigen.«

Der aus Schonen schien darüber nachzudenken. »Das bin ich auch«, sagte er nach einer Weile.

»Dann bist du hier gut aufgehoben.«

»Im Wald steht eine alte Hütte.«

»Hildingstorp, ja, die kannst du sicher einfach abreißen.« Er musste erzählen, was er über die Hütte wusste.

»Ich spiele mit dem Gedanken, sie wieder instand zu setzen. Ich bin sogar hingefahren und hab sie mir angesehen.«

»Wenn du renovieren willst, dann kenne ich gute Leute.«

»Es sah aus, als ob da jemand wohnte.«

»Das ist schon lange her«, sagte Blitz. »Sommergäste.«

»Aber auf einer Bank lagen frische Lebensmittel.«

»Ach, seltsam«, sagte Blitz.

»Ein Stück weiter unten steht eine alte Villa, zum Wasser hin.«

»Eine Villa ist das wohl nicht. Das ist Karlssons Hof, der war schon immer da.«

Blitz verstummte, dachte an Cecilia, hatte aber keine Lust, dem aus Schonen zu erzählen, dass sie vor vier Jahren verschwunden war und dass ihre Eltern sich seither immer mehr zurückgezogen hatten. Es gab Leute, die meinten, dass Rune Karlsson kurz davor sei, den Verstand zu verlieren.

»Was hältst du von Schafen?«

»Vielleicht«, sagte Blitz, bereit, das Thema fallenzulassen, bereute das aber sofort. Ihn überkam eine Art müder Zorn. »Du hast auch von Highland Cattle gesprochen, hast du darüber etwas gelesen, oder was? Hast du Erfahrung mit Weidevieh?«

»Nicht direkt«, sagte der aus Schonen.

»Hier ist es an manchen Stellen ein bisschen feucht. Das mögen Schafe nicht.«

»Ach was?«

»Hier kannst du Highland Cattle weiden lassen, die nutzen den Boden auch nicht so ab, wenn der ein bisschen feucht und scheußlich ist.«

»Aber Schafe würden besser aussehen«, widersprach der Grundbesitzer.

Der Nachmittag verging. Nach den Gräben musste er den Trimmer hervorholen. Der aus Schonen wollte um das Haus herum alles freilegen. Kartoffeln und Himbeeren, sagte er immer wieder. Eine neue Egge war auf einem Karren festgebunden. Jens Thörn fehlte es nicht an Ideen. Oder an Geld. Deshalb kann er so viel faseln, dachte Blitz.

Er überlegte, ob er bei Karlssons vorbeischauen sollte, wo er schon in der Nähe war. Er hatte Rune und Gunilla bei Trockenlegungsarbeiten geholfen, und dabei hatten sie über die Uferwege gesprochen, die in Ordnung gebracht werden sollten. Das könnte er zum Vorwand für einen Besuch nehmen.

Gesagt, getan, und nachdem er die Geräte in einem der vielen Schuppen verstaut hatte, die der Holländer seinerzeit in aller Eile errichtet hatte, fuhr er den knappen Kilometer zu Karlssons Hof.

Rune stand beim Fahnenmast.

»Hier wird wohl nie wieder geflaggt«, sagte er, als Blitz aus dem Auto stieg.

»Ist der angefault?«

Sie redeten eine Weile über Fahnenstangen und die Freilegung der Uferwege.

»Gibt's was Neues?«, fischte Blitz. Er brauchte nicht zu erklären, was er meinte.

Rune schüttelte den Kopf. »Dieser verdammte Adrian Palm«, sagte er und hatte dabei diesen finsteren Blick und das unfreiwillige Zucken der Wangen, welche von vielen als Hinweise auf schlummernden Wahnsinn gedeutet wurden. »Das ist seine Schuld!«

»Ich dachte, es hätte einen anderen Grund gegeben«, wandte Blitz vorsichtig ein.

»Scheißgerede! Der einzige Trost ist, dass er bald sterben wird.«

»Wie meinst du das?«

»Das ist in seinen Augen zu sehen. Er ist krank, richtig übel dran.«

»Soll ich den Fahnenmast umhacken? Ich hab die kleine Stihl dabei.«

Sie schauten ein letztes Mal an der Fahnenstange hoch. Dessen Spitze funkelte wie Gold. »Ich hab sie oben bei Blötan gehauen. Vierzehn Meter. Ich habe sie sorgfältig getrocknet und behandelt. Sie hat viele Jahre gehalten, ich weiß noch, wir haben gehisst, als Cissi Abitur gemacht hat, aber jetzt ist es so weit.«

Blitz ging die Motorsäge holen. »Und der Knauf?«

»Wenn man damals gewusst hätte, was man heute weiß!«, sagte Rune Karlsson.

»Der Knauf?«

»Auf den kannst du pfeifen.«

Nach einer halben Minute war die Sache erledigt. Der Kiefernstamm war zum zweiten Mal gefallen.

»Es gibt noch etwas, wobei du mir helfen könntest«, sagte Rune. »Unten bei der Schmiede.«

»Okay, dann lass uns mal nachsehen«, sagte Blitz, obwohl er lieber nach Hause gefahren wäre.

Die Schmiede lag ein gutes Stück vom Haus entfernt. Für einen so kleinen Hof war sie ungewöhnlich groß, aber Blitz wusste, dass es auf dem Hof eine lange Schmiedetradition gab, was Rune auf dem Weg dorthin ebenfalls erzählte.

»Mein Vater war geschickt, aber vor allem war mein Großvater ein guter Schmied. Aber das weißt du ja, dein Großvater war doch auch ein Alleskönner.«

Ehe Rune sich gar zu sehr über die Geschichte verbreiten konnte, fragte Blitz, was denn zu reparieren sei.

»Du siehst«, sagte Rune, »die Dachpfannen sind undicht, es regnet herein. Ich dachte, wir könnten erst mal provisorisch die Plane hochwerfen. Das geht schneller, wenn wir zu zweit sind.« Er zeigte auf eine Plane, die auf dem Boden lag. »Ich habe zwei Leitern.«

Das Ganze war innerhalb weniger Minuten erledigt. Sie schwiegen eine Weile.

»Hast du Kontakt zu deinem Großvater?« Das war eine

überraschende Frage, und Blitz wusste nicht, was sie eigentlich zu bedeuten hatte; er zögerte, als ob bei der Antwort Unsicherheit bestehen könnte. »Ein richtig ekelhafter Kerl, aber so geschickt!«

»Nein, ich habe seit Jahr und Tag nicht mehr mit ihm geredet«, sagte Blitz.

»Na, ist ja klar«, sagte Rune ein wenig defensiv, als ob ihm bewusst wurde, dass er einen wunden Punkt getroffen hatte.

»Hast du diesen Casper gekannt?«, fragte er dann. »Der ertrunken ist?«

»Den habe ich durchaus gekannt. Wir sind manchmal Speedway gefahren.«

»Diese ausrangierte Bullenfrau Lindell hat sich nach ihm erkundigt.«

Blitz sah, dass die Ungewissheit über Cecilia den anderen quälte. Rune konnte keine Ruhe finden.

»Wie hat sie denn in Lissabon ausgesehen?«

»Wie immer«, sagte Blitz.

»Was macht sie in Portugal?«

»Eines schönen Tages kommt sie nach Hause«, sagte Blitz, dem die Situation unangenehm war. »Ich säge die Stange in kleine Stücke und sammele die Knaufscherben auf, sonst könnte ein Tier sich daran verletzen.«

14

Eine ganze Weile saßen sie schweigend da, Rafaela war sicher ebenso verwirrt wie sie selbst. Sie hatten sich seit über zwanzig Jahren nicht mehr gesehen, seit sie miteinander gespielt hatten, aber der Kontakt war sofort wiederhergestellt.

»Es ist so seltsam, wieder hier zu sein.«

Cecilia streckte die Hand aus und griff nach Rafaelas. Sie lächelten einander an, als ob sie ein Geheimnis teilten, eine Verschwörung gegen die Welt der Erwachsenen. Sie wurden wieder in kleine Mädchen verwandelt.

»Das war immer lustig«, sagte Rafaela. »Du warst wichtig für mich. Und jetzt hast du unser altes Sommerhaus gemietet. Das kommt mir richtig vor.«

»Ich habe es nicht gemietet. Ich bin ohne Erlaubnis hier.«

»Wie bist du reingekommen?«

»Der Schlüssel hing beim Klo, wie damals schon.«

»Was, das kann doch nicht sein!« Rafaelas Lachen versetzte Cecilia abermals in ihre Kindheit, mit Rafaelas und nicht zuletzt ihres Vaters Streichen.

»Was ist aus deinen Eltern geworden?«

»Papa ist vor zwei Jahren gestorben, Leberkrebs. Mama wohnt jetzt in Umeå. Da hat sie eine Schwester.«

»In meiner Erinnerung war er immer fröhlich.«

»Ja, die Rolle hat er gespielt, aber das Exil war nicht leicht. Er ist doch als Teenager hergekommen und hatte in Chile genug vom Leben gesehen, ich meine unter Allende, um diese Gespaltenheit zu spüren. Für Mama war es einfacher, sie hatte nicht viele Erinnerungen, das hat sie jedenfalls gesagt.«

»Wer war Allende?«

»Der Präsident, den die Militärs ermordet haben. Und meine Großeltern mussten alle aus dem Land fliehen.«

»Das habe ich nicht gewusst. Darüber hast du nie gesprochen.«

»Wir waren Kinder, wir sollten beschützt werden. Und deine Eltern?«

»Die leben noch«, sagte Cecilia.

»Dein Vater war wohl auch nicht immer besonders munter, oder?«

»Nein, selten.«

Sie hatte Lust, alles zu erzählen, mehr als nur die Andeutungen, die sie bisher gemacht hatte.

»Er hat mich zerbrochen«, brachte sie nach einer Weile heraus. »Und das Schlimmste ist, dass ich einiges von ihm geerbt habe. Nicht zuletzt seinen verdammten Ordnungssinn. Ich kann durchdrehen, wenn die Logik hinkt.«

Rafaela streckte die Hand aus und legte sie auf Cecilias Oberschenkel. Sie saßen auf wackeligen Gartenstühlen vor der Westwand, wo sich für kurze Zeit die Sonne blicken ließ.

Dann brach der Damm. Wie eine schäumende Frühjahrsflut kam ein Teil der Geschichte; die Flucht von der Insel und aus Schweden und dass sie zu einer Beerdigung zurückgekommen war. Welche Erleichterung! Einfach so eine Freundin bekommen zu haben. Eine, die klug genug war, das Schweigen sprechen zu lassen.

»Ich will jemandem etwas antun«, sagte sie, ohne zu überlegen, aber sie hatte das Gefühl, dass Rafaela damit umgehen könnte.

»Deinem Vater?«

Cecilia schüttelte den Kopf. »Er heißt Adrian. Und jetzt ist die Bahn frei, denn seine Mutter ist tot und begraben. Sie war meine beste Freundin.« Sie erzählte von Adrian und dessen Firma, von der gemeinsamen Arbeit.

»Ehe du noch mehr sagst, musst du eins wissen. Ich bin bei der Polizei.«

»Bei der Polizei! Aber wieso das denn?«

Rafaela ignorierte diese Frage. »Und er hat dich schlecht behandelt?«

»Ich weiß, wie das klingt, als ob alle gemein gewesen wären, aber so ist das nicht. Er hat mich und viele andere betrogen. Vor allem Casper.«

»Wer ist das?«

»Wer war das, wäre richtiger. Er war meine große Liebe.«

»Ist er tot?«

»Er ist in Gällfjärden ertrunken.«

»Möchtest du davon erzählen?«

»Da gibt es nicht viel zu sagen. Er ist nicht mehr da, und das ist Adrians Schuld. Er hat mit uns allen gespielt. Und das werde ich ihm nie verzeihen.«

»Und jetzt willst du ihm etwas antun?«

Cecilia nickte.

»Das klingt nicht gut.«

»Es ist eine Hölle, und das schon seit Jahren.«

»Hast du mit diesem Adrian gesprochen, ich meine, in letzter Zeit?«

»Wir haben uns getroffen, aber dass er etwas zugibt, die Aussicht besteht nicht.«

»Hinkt deine Logik jetzt nicht?«

Cecilia gab keine Antwort, sondern erhob sich.

»Wo wohnst du?«

»In Öregrund.«

»Und du möchtest auf der Insel etwas mieten? Ich kann dir Namen nennen, zwei, die alle auf der Insel kennen.«

»Ja, bitte«, sagte Rafaela.

»Aber sag nicht, dass du die Namen von mir hast.«

Rafaela musterte sie.

»Ich habe nichts verbrochen«, sagte Cecilia.

Sie trennten sich mit dem Gefühl von etwas Unvollendetem und Schmerzhaftem. Das Gespräch hatte eine solche Wende genommen. Die Geschichte war in ihren Bericht eingebrochen, und es war gutgegangen, so lange sie sich an ihre kindlichen Spiele gehalten hatten, aber der Bericht über ihre Erwachsenenjahre hatte sie auf eine Weise bloßgestellt, die unangenehm war, als wäre sie nicht bei Verstand. Und dann war Rafaela auch noch bei der Polizei. Das war kein gutes Gefühl. Würden sie sich wohl wiedersehen?, überlegte Cecilia, als Rafaelas Rücken zwischen den Kiefern verschwand. Vermutlich nicht.

15

Vierzehn Jahre war es her. Sie verspürte einen Stich der Sehnsucht und der Lust, wie einen Schmerz, der im Magen seinen Anfang nahm und sich wie ein Krampf in die Lenden fortsetzte. Sie waren auf dem Festland bei einem Abschiedsfest, irgendwer würde in den Süden ziehen, danach waren sie mit der Fähre um Mitternacht zurückgekommen und zu Blitz nach Hause gegangen. Er war einer der wenigen mit einer eigenen Wohnung.

»Ich muss eigentlich nach Hause, Rune wundert sich sicher …«

»Die glauben, dass du in Öregrund übernachtest«, fiel er ihr ins Wort. »Du brauchst dir keine Sorgen zu machen. Und wie solltest du denn nach Hause kommen?«

»Irgendein Auto kommt immer«, sagte sie, aber ohne Überzeugung. Sie war müde und wollte mit ihm nach Hause. Das wollte sie. Blitz war immer so gut, so fürsorglich. Er war der erste Junge überhaupt, der gefragt hatte, wie sie es wollte. Sie wanderten weiter durch die Sommernacht.

Jetzt stand sie an derselben Abzweigung, vierzehn Jahre später. Sie erinnerte sich voller Wehmut an jene Nacht. Es war das letzte Mal gewesen. Danach hatten sie sich natürlich noch oft gesehen, hatten aber nie wieder miteinander geschlafen. Eigentlich begriff sie nicht, weshalb. Vielleicht hatte sein Ernst sie gestört, seine Fixierung auf sie, es war ganz einfach zu viel gewesen. Es war, als ob er sich selbst ausradiert hätte.

Einige Jahre später waren sie sich zufällig vor der Pizzeria im Hafen begegnet. Sie waren zusammen hineingegangen. Immer

Marinara mit extra viel Garnelen. Er hatte gesagt, dass er sie noch immer liebte, sie immer lieben würde. Sie wollte nicht zuhören, sie wollte diese beharrliche Werbung nicht, sie wollte keinen Mann, der sich ihr widerstandslos zu Füßen legte wie ein Cockerspaniel, der um Hundekuchen bettelt. Sie hatte versucht, das zu erklären. Er hatte es nicht verstanden.

Müsste sie das bereuen? Wie wäre das Leben weitergegangen, wenn sie beide die Pizzeria Hand in Hand verlassen hätten? Nein, so lief das nicht, das wusste sie sehr gut, aber dennoch. Er war immer da gewesen, schon seit der Grundschule. Er hätte sie niemals im Stich gelassen.

Sie schaltete. Er wohnte noch immer hier, hatte das kleine Haus, das er damals gemietet hatte, inzwischen sogar gekauft, das war passiert, unmittelbar, ehe sie verschwunden war. Einfach so. Kontinuität. Wohnen bleiben.

»Du«, sagte er nur.

»Sind wir allein?«

Blitz nickte. Sie zog sich Hut und Perücke vom Kopf. Diese heftige Bewegung und der Anblick der demaskierten Cecilia ließen ihn zusammenzucken.

»Ich bin wie Totholz im Wald.«

»Wie meinst du das?«

»Ich weiß nicht, das ist mir gerade so eingefallen. Ich liege einfach da, wie ein umgestürzter alter Eichenstamm.«

»Mit anderen Worten, du wohnst noch hier.«

»Sogar Eichenstämme faulen«, sagte er.

Sie lächelte. »Du hast dich verändert, bist gröber geworden.«

»Viel zu tun. Ich hab dich gesehen.«

»Das habe ich begriffen. Sonst hat mich niemand erkannt.«

»Du bist noch genauso schön, schöner.«

Sie merkte, dass sie rot wurde. Sag nicht mehr, dachte sie, ich will den Zorn noch eine Weile in mir tragen. Ihr kam der Gedanke, dass sie zusammen verschwinden könnten. Er würde sie niemals verurteilen.

»Du warst bei Gällfjärden.«

»Da bin ich oft«, sagte er.

»Entschuldige«, sagte sie. »Ich habe dich verlassen. Ich hätte vielleicht bleiben sollen.«

»Das macht nichts. Nichts hat sich verändert. Ich bin derselbe.« Er lächelte, lachte auf, als wäre das ein Scherz gewesen.

Sie musterten einander. Der Wind sang in den Ebereschen, wo die weichen Beeren von der Wärme des vergangenen Jahres berichteten. Das hatte er ihr vor vielen Jahren erzählt, dass die Natur nichts vergaß, dass nichts rasch passierte, wie die meisten Leute glaubten. Es gab viele Erklärungen, es war der regenreiche Frühling, es war der milde Frühsommer, es war die Ebereschenfruchtmotte, die sich hemmungslos ausgebreitet hatte, aber die Bäume zählten nicht nur Tage, sondern Monate und Jahre zurück.

»Hast du etwas zu trinken?«

»Ich habe ein paar Flaschen Wein«, sagte er und ging ins Haus. Sie glaubte, bei Blitz eine neue Sicherheit zu sehen. Sie zog den Mantel aus und ließ sich am Gartentisch nieder.

Er kam mit einer Flasche und zwei Gläsern aus dem Haus. »Ein Barolo Jahrgang 2012«, stellte sie fest.

»Der schmeckt vielleicht nach Essig, er steht seit vier Jahren in der Speisekammer.«

»Ihn zu lagern, tut ihm nur gut. Weißt du, was ein Arborina 2012 heute kostet?«

»Der ist nicht billig.«

»Das hier ist einer der besten Weine, die du finden kannst. Wo hast du den gekauft?«

»Ich hab einen Typen im Alkoholgeschäft in Gränby gefragt, ob sie einen richtig guten Wein hätten. Den hier mussten sie bestellen. Er meinte, das ist der beste.«

Ihr war klar, dass er den Wein mit einem Ziel gekauft hatte.

»Du hast gedacht, dass ich vielleicht vorbeikomme?«

»So etwas hatte ich gehofft, aber dann bist du ja verschwunden.«

Sie hoben die Gläser. »Aber jetzt bin ich hier«, sagte sie und hob das Glas an den Mund, um ihre Rührung zu verbergen.

»Der ist nicht schlecht«, sagte er und schaute in den rubinroten Wein.

»Was hast du gesehen?«

»Wie ihr über die Förde gefahren seid. Aber ich habe nichts gesagt.«

»Du glaubst, dass ich Casper ins Wasser gestoßen habe?«

»Ich weiß nicht«, sagte er und leerte sein Glas, stellte es vorsichtig ab. Sie sah, dass er sich an der Hand verletzt hatte und dass sie sachkundig verbunden worden war. »Ihr seid auf Norr-Gället an Land gegangen.«

»Das ist weit weg.«

»Ich habe immer das Fernglas bei mir. Aber du, das ist mir egal, wirklich.«

Er goss mehr Wein ein.

»Es ist dir also egal, dass ich Casper umgebracht habe?«

Er warf ihr einen raschen Blick zu. »Du hattest sicher einen Grund«, sagte er schließlich. »Und es ist lange her.«

»Mord verjährt wohl erst nach fünfundzwanzig Jahren.«

»Kann schon sein«, sagte er.

»Adrian hat gesagt, du hättest etwas gesehen, zwei Personen, die auf die Förde hinausgefahren sind.«

Blitz schaute überrascht auf. »Vielleicht habe ich etwas zu ihm gesagt, aber nie das, was ich wirklich gesehen habe.«

»Du wolltest niemanden verpfeifen«, wiederholte sie Adrians Worte.

»Du hast dich verändert«, sagte er.

Sie tranken schweigend. Die Flasche würde bald leer sein.

»Du kannst mir helfen«, sagte sie und überlegte, wie sie

fortfahren sollte. »Adrian muss weg«, sagte sie schließlich ohne Umschweife. Wenn er einen Mord geschluckt hatte, dann würde er ja wohl auch einen zweiten vertragen können?

»Weg? Weg wie tot?«

Sie nickte.

»Scheiß auf den Typen. Der ist Geschichte.«

»Weg«, sagte sie noch einmal und lächelte.

»Soll ich ihn umbringen, ist das so zu verstehen?«

»Das brauchst du nicht, aber du musst mir helfen.«

Er starrte sie an. »Das ist dein Ernst!«

»In Hildingstorp gibt es eine tickende Totenuhr. Nachts halte ich das Ohr an die Wand und folge dem Countdown. Tick tack, Adrian tot, tick tack, Adrian tot, knirscht es.«

»Cissi, scheiß auf Adrian, der ist keinen Gedanken wert.«

»Danach können wir wegfahren. Nach Portugal zum Beispiel«, sagte sie und lächelte ihr schönstes Lächeln.

Er schüttelte langsam den Kopf.

»Ich war das nicht«, sagte sie.

»Was?«

»Ich war das nicht mit Casper im Boot. Wenn du also zwei Personen gesehen hast.«

»Ich habe dich gesehen.«

»Warst du betrunken?«

»Stocknüchtern, ich war bei der Arbeit, habe für einen Sommergast am Ufer Weißdorn entfernt.«

»Vielleicht wolltest du mich sehen. Du wolltest, dass ich diejenige war, die Casper umgebracht hat. Hast du noch eine Flasche?«

Wortlos erhob er sich.

»Ich war an dem Nachmittag bei Olga, habe ihr geholfen, im Haus sauberzumachen. Sie erwartete Besuch von einem Pflegedienst, und es sollte anständig aussehen. Du weißt, wie sie war. Hol jetzt den Wein!«

Könnte er sich so geirrt haben? Es war weit weg gewesen, da hatte sie recht. Er ließ diese Szene von jenem Maitag des Jahres 2015 zum soundsovielten Mal vor seinem inneren Auge ablaufen. Die Sonne stand im Südosten und warf im frischen Nordost ein leuchtendes Gitter über die Wellen. Zwei Silhouetten im Boot, das zunächst mit Schaum vor dem Bug nach Norden hielt, ehe es eine bekannte Untiefe passierte und die Südspitze von Norr-Gället ansteuerte. Das war der Kurs, den alle Einheimischen hielten. Die beiden Gestalten gingen an Land. Es dauerte einige Sekunden, bis sie aus seinem Blickfeld verschwanden, aber für ihn hatte es gereicht: Die eine bewegte sich wie Cecilia.

Es war am Vormittag gewesen; dass sie behauptete, Olga nachmittags geholfen zu haben, war also kein Beweis für ihre Unschuld. Sie konnte sehr gut nach Kallboda zurückgekehrt sein und das Boot aufs Wasser geschoben haben, so dass es davontrieb. Danach konnte sie zu Olga gefahren sein, aber ihm war sehr wohl bewusst, dass seine Aussage vor Gericht keine große Bedeutung haben würde.

Er stand da, mit der Flasche in der einen und einem Korkenzieher in der anderen Hand, und schaute hinaus auf seinen Hofplatz, versuchte sich klarzumachen, dass sie wirklich auf seinem Gartenstuhl saß. Für einen Moment fiel ihm der letzte Morgen ein, an dem sie zusammen gewesen waren. Ehe sie sich abgesetzt hatte. Das hatte er hinnehmen können, sie war schließlich erst zwanzig Jahre alt. Er hatte es akzeptieren müssen. Jetzt war sie wieder da, aber für wie lange? Sie stand auf, sah sich um, als ob etwas sie beunruhigte. Rasch lief er hinaus.

Sie beobachtete ihn, als er Wein nachschenkte. »Ich dachte, ich hätte jemanden gehört«, sagte sie.

»Hierher kommt niemand«, sagte er. »Wo auf der Insel wohnst du?«

»In einem Versteck«, sagte sie. »Nicht weit entfernt davon, wo ich aufgewachsen bin.«

Er ahnte, wo das war, aber er wollte sie nicht bedrängen. Vielleicht würde sie freiwillig darüber sprechen, und eigentlich spielte es keine Rolle.

»Du kannst dich hier verstecken.«

»Was hat du mit deiner Hand gemacht?«

»Ich hab mich am Knauf einer Fahnenstange geschnitten.« Er wusste nicht, ob es klug wäre zu sagen, wo das passiert war, aber dann dachte er, er müsse versuchen, sie aus dem Gleichgewicht zu bringen. Er musste sie aufrütteln, sie dazu bringen, nicht nur Hut und Perücke abzulegen, sondern auch die Maske, die sie sich vor das scheinbar beherrschte Gesicht hielt.

»Zu Hause bei deinen Eltern.«

»Wann warst du da?«

»Heute. Ich habe nur mit Rune gesprochen. Ich hatte den Eindruck, dass Gunilla verreist ist. Ich habe die Fahnenstange abgesägt, sie war angefault. Er hat von deinem Abitur erzählt, dass sie damals geflaggt haben. An den Tag kann ich mich auch erinnern. Du hattest das beste Zeugnis von allen, die ich kannte.«

Sie hatte den Kopf gesenkt, tastete mit der Hand auf dem Tisch herum, fand das Glas, hob den Kopf und sah ihn an, führte das Glas an den Mund und trank langsam einen Schluck von dem dunklen Wein. Es wirkte wie ein religiöses Ritual.

»Es war die Hölle. Rune war stocksauer, weil ich nicht in jedem Fach die beste Note hatte. Du hast es versiebt, sagte er.«

Er hatte diese Geschichte schon damals von ihr gehört.

»Rune glaubt, dass Adrian bald sterben wird. Weißt du, ob er krank ist?«

Sie schüttelte den Kopf. »Rune ist also allein im Haus?«

»Ich glaube schon. Er hat etwas von einer kranken Verwandten erwähnt, die sie für einige Tage besuchen wollte.«

Cecilia trank noch einen Schluck.

»Wir reden nur über Krankheit und Tod«, sagte er. »Haben wir alles andere vergessen? Das Schöne?« Er wies hinüber auf die von Beerendolden schweren Ebereschenzweige, ein Zeichen für die Freigebigkeit der Natur, ließ die Hand danach zur Weinflasche weiterwandern, ein Ausdruck für die Bereitwilligkeit der Natur, dem Menschen auf die Sprünge zu helfen, und ließ die Hand dann vielsagend auf Cecilia zeigen.

»Bleib heute Nacht hier«, sagte er. »Du kannst doch nicht mehr fahren. Wir können so tun, als ob nichts wäre.«

Sie lächelte, und er ahnte, dass ihr das gefiel, so zu tun, als ob nichts wäre. Vielleicht machte sie das seit Jahren, seitdem sie verschwunden war. Er spürte, wie seine Bauchmuskeln vor Spannung vibrierten.

»Ich hole ein bisschen Whisky«, sagte er.

»Du bist leicht zu durchschauen, Nils«, sagte sie.

»Ist das gut oder schlecht?«

Sie lächelte als Antwort. Er konnte sehen, wie sie betrunkener wurde. Hatte sie überhaupt etwas gegessen?

»Wir bilden eine Allianz«, sagte sie.

Er drehte sich auf der Treppe um. »Das alles vergessen wir für heute Abend, ja?«

»Wir müssen einen Plan machen«, sagte sie, noch immer mit einem Lächeln auf den Lippen. »Aber jetzt geh deinen Whisky holen.«

16

»Brundin hat angerufen. Cecilia hat den Wagen auf ihren richtigen Namen gemietet, hat ihren Führerschein vorgelegt und bar bezahlt, hat behauptet, ihre Bankkarte sei gestohlen worden.«

Edvard wirkte nicht besonders interessiert, fragte aber, für wie lange.

»Noch für eine Woche«, sagte Ann. »Was macht sie hier auf der Insel, in Schweden überhaupt?«

»Die Beerdigung«, sagte Edvard.

»Ja, aber noch eine Woche.«

»Sie hat vielleicht noch anderes zu erledigen, wo sie schon einmal in Schweden ist.«

»Wo wohnt sie?«

»Vielleicht auf dem Festland«, sagte Edvard leichthin. Er saß im Garten, gebeugt über einen Tisch, auf dem er die Bestandteile einer Motorsäge verteilt hatte, und suchte dazwischen herum. »Verdammt, wie leicht so was verschwinden kann.«

»Man müsste Hotels und Pensionen überprüfen.«

»Wieso denn? Es gibt keinen Grund. Sie hat doch nichts verbrochen; sich bedeckt zu halten und eine Perücke zu tragen, ist ja wohl nicht verboten. Und das Postfach?«

»Das wird etwas länger dauern, sagt Brundin, formal gesehen ist das ein bisschen kniffliger. Ihn hat aber noch eine Kollegin aus Gävle angerufen. Eine Frau, die Cecilia gekannt hat, als die beiden noch klein waren. Damals haben sie zusammen gespielt. Die Kollegin war Cecilia zufällig begegnet und machte sich Sorgen um sie. Cecilia habe verwirrt gewirkt und davon gesprochen, jemandem etwas anzutun.«

Edvard schaute auf. Endlich war es ihr gelungen, sein Interesse zu wecken. »Wo ist Cecilia ihr begegnet?«

»Das wollte sie nicht sagen. Sie wolle Cecilias Vertrauen nicht verletzen, hat sie zu Brundin gesagt, ihn aber trotzdem informieren.«

»Was für ein verdammtes Chaos«, sagte Edvard. »Ich habe diese Person so langsam satt. Die wirkt doch total gestört.«

Ann machte einige Schritte in Richtung Auto, war aber immer noch unschlüssig. »Ich fahr eine Runde«, sagte sie schließlich, verriet jedoch nicht, wohin.

»Tu das«, sagte er. »Tut dir gut, mal rauszukommen.« Sein ironischer Tonfall war nicht zu überhören. Sie hatten beide Urlaub und hätten vielleicht gemeinsam etwas unternehmen sollen, andererseits fummelte er hier an einer Motorsäge herum. Sie wusste, dass es kein Zurück gab, sie würde sich nicht geschlagen geben, solange sie Cecilia Karlsson noch nicht begegnet war. Was war die für ein Mensch? Dass sie angeblich jemandem etwas antun wollte, war besorgniserregend. Dieses Drama hatte zudem etwas ungeheuer Krankhaftes. Ann erlebte das nicht zum ersten Mal: die Hinweise darauf, dass etwas nicht so war, wie es sein sollte, und das stärker werdende Gefühl von nahendem Unheil.

»Sie schon wieder?«, fragte er mit schlecht verhohlener Irritation. Rune Karlsson war auf die Vortreppe getreten, als sie durch das Tor fuhr.

Sie entschied sich dafür, direkt in die Offensive zu gehen. »Ihre Tochter ist auf der Insel gesehen worden.« In gewisser Hinsicht war es bewundernswert, dass er nicht sichtlich reagierte, keinerlei Überraschung oder Bewegung zeigte, doch dann sah sie seine Hände um das Geländer und wusste, dass diese Selbstbeherrschung ihn einiges kostete.

»Und wer sind Sie, dass Sie das erzählen? Eine, die Klatsch und bloßes Gerede verbreitet.«

»Ich kann verstehen, dass Sie das hart trifft«, sagte Ann Lindell. »Aber als ehemalige Kriminalpolizistin habe ich einiges gesehen, und ich glaube zu begreifen, wenn etwas nicht so ist, wie es sein sollte.« Das alles klang trockener und amtlicher, als sie beabsichtigt hatte.

»Was denn?«

»Ich glaube, dass Cecilia jemandem etwas antun will.«

Er ließ das Geländer los, schluckte.

»Adrian«, sagte er, ging langsam die Treppe hinunter und weiter zu dem kleinen Kaffeetisch vor der Hauswand, setzte sich und wies ihr mit einer Hand, dass sie sich ebenfalls setzen sollte.

»Ihre Frau?«

»Die ist nicht zu Hause.«

»Adrian?«

»Genau der«, sagte Rune Karlsson, und sie sah, wie betroffen er wirklich war. Sie entdeckte zugleich seine Einsamkeit, die sie bei ihrem früheren Besuch nicht hatte identifizieren können. Er vermisste nicht nur seine Tochter, er vermisste auch seine Zeit mit Fischerei und Vogeljagd, als das Gebrüll der Kühe noch immer auf den kleinen Höfen zu hören gewesen war; aber auch die Minuten auf der Aschenbahn unter dem Beifall der Zuschauer verklärten diese Welt. Er kam jetzt in die Jahre, und er erinnerte an einige der älteren Männer in ihrem Dorf in der Nähe von Gimo; Männer, die gegen die unerbittlich tickende Uhr kämpften.

Dann folgte sein Bericht. Sie ließ ihn ganz bewusst Ausrichtung und Tempo bestimmen. Sie ahnte, dass er ein Mann war, der gern das Kommando hatte, und das war schon in Ordnung, solange er losließ und seinen inneren Druck erleichterte, solange er lieferte, wie Sammy Nilsson das ausgedrückt hätte. Sie hatte genügend Zeit.

Adrian Palm sei kein guter Mensch gewesen, sondern geradezu ein schlechter, begann er, und Ann begriff, dass er damit den Weg zu einer drakonischen Schlussfolgerung ebnen wollte. Adrian hatte Cecilia angeheuert, als sie gerade mal zwanzig Jahre alt gewesen war, nachdem sie von einem halbjährigen Aufenthalt in London zurückgekehrt war. Es war allgemein bekannt, dass sie fähig war und über ein seltenes analytisches Vermögen verfügte und dass sie auf dem Arbeitsmarkt gefragt war. »Sie hätte überall einen Job bekommen können«, sagte er und ging über zu Lobesreden auf seine Tochter.

»Aber sie hat sich für ein hiesiges Unternehmen entschieden?«

»Ja, wir waren der Meinung, dass es das Beste wäre, denn dann konnte sie ja auch hier wohnen bleiben.«

Er schaute auf sein Grundstück hinaus und sie folgte seinem Blick, eine Fahnenstange lag im Gras. Dann nahm er seinen Bericht wieder auf. Cecilia war in der Firma bald wichtig geworden, unentbehrlich, und während Adrian umherreiste, um Kundenkontakte zu knüpfen und seine Systeme zu verkaufen, hielt Cecilia zu Hause die Stellung. Sie hatten ein Büro in Östhammar. Von Achtstundentagen konnte keine Rede sein. Oft war sie total erschöpft, wenn sie nach Hause kam, nur, um in aller Eile etwas zu essen und sich dann wieder vor den Computer zu setzen.

»2013 hatte die Firma ihren großen Durchbruch, unter anderem durch einen Vertrag mit Tetrapak in Schonen. Das war Cecilias Verdienst. Ganz und gar. Aber eingebracht hat ihr das nichts. Und Casper hat auch mitgeholfen, er kannte Leute bei Tetrapak.«

Er verstummte. Jetzt bring schon das Schlimme, dachte Ann.

»Er hat sie verführt.« In seiner Stimme lag ein Hauch von Erstaunen, obwohl diese Erkenntnis ihm eigentlich schon vor Jahren gekommen sein musste. »Dann war Schluss.«

»War sie traurig?«

»Es war ... es fiel ihr schwer, ihre Gefühle zu zeigen. Von

außen gesehen, versuchte sie ... aber er hatte sie einfach fallenlassen, glaube ich. Und dann ist etwas passiert. Sie haben sich
ernsthaft zerstritten.«

Ann wartete gespannt.

»Es ging um diesen Casper.«

»Aber als ich neulich gefragt habe, kannten Sie doch keinen
Casper.«

»Das war meiner Frau zuliebe. Ich will, dass Schluss ist mit
dem ganzen Gerede. Sie regt sich zu leicht auf.«

»Warum haben Cecilia und Adrian sich zerstritten?«

Nun schien er sich wieder zu verschließen, er saugte die Lippen ein, spannte die Kiefermuskeln an und schaute demons-
trativ in die Ferne, aber nach einer gewissen Bedenkzeit stieß
er die Antwort im Stakkato-Takt hervor.

»Casper hatte noch weitere Verträge in die Wege geleitet. Wissen Sie, er schwamm ja eigentlich in Geld. Er hätte
im Grunde gar nicht arbeiten müssen. Sondern segeln und
tauchen. Aber er hat ihnen geholfen. Undank ist der Welten
Lohn. Dann ist er in der Förde verschwunden.«

Komm jetzt zu dem Schlimmen, dachte Ann wieder.

»Adrian hat ihn ins Wasser gestoßen. Er wollte Casper loswerden. Und Adrian kennt keine Hemmungen. Geht über
Leichen.«

»Das glauben Sie, aber gibt es irgendetwas, das solche Gedanken belegt?«

»Gunilla hat mit Adrian gesprochen, damals, als das Boot
gefunden wurde. Er hat nur gelacht und so etwas gesagt wie,
Stefansson habe zum letzten Mal den Kopf unter Wasser gezogen. Ein böser Mensch.«

Ann ahnte schon, dass hier nicht mehr viel herumkommen
würde. Gerede, leeres Gerede. Rune ging ein Stück weiter,
blieb bei der umgestürzten Fahnenstange stehen.

»Blitz war hier, hat sich am Knauf geschnitten. Das war vielleicht ein Scheiß.«

»Und Casper Stefansson, wie war der?«

»Vielleicht hatte er es verdient«, sagte Rune Karlsson, nachdem er eine ganze Weile vor sich hingestarrt hatte. »Ich weiß nicht, vielleicht hat er auch mit Cissi gespielt. Ich war ja an faires Spiel gewöhnt, aber so was gilt offenbar nicht mehr.«

»Hat es kein Doping gegeben, als Sie noch aktiv waren?«

»Doch, ich war '80 in Moskau und '84 in Montreal.«

»Spannend«, sagte Ann, die keinerlei Ahnung von Leichtathletik hatte, schon gar nicht von Rune Karlssons Meriten als Läufer.

»Ab und zu fährt sie weg, und dann kommt es mir vor, als ob meine Beine mich nicht tragen.«

Ann dachte zuerst, Cecilia sei gemeint, begriff aber rasch, dass er über seine Frau redete.

»Das war auch so, als sie noch zu Wettbewerben gefahren ist, sie hat mit dem Bogenschießen ja bis vor wenigen Jahren weitergemacht. Das brauchte sie, aber ich wusste nicht so recht, was sie eigentlich machte. Es hat mir nicht gefallen.«

»Wo ist sie jetzt?«

»Bei einer kranken Kusine.«

»Ich dachte an das mit Casper …«

»Ich glaube, Adrian hat Geld nach Westindien oder in eins von diesen Bananenländern geschafft, wo sie hundert Einwohner haben, aber tausend Banken. Und das passte Casper überhaupt nicht. Er brauchte nicht zu mauscheln, war doch ohnehin reich, war das immer schon gewesen, hatte jede Menge Geld geerbt, aber Adrian war ein Emporkömmling und hatte Angst, seinen Reichtum zu verlieren.«

»Und Sie glauben, Casper hat gedroht, alles ans Licht zu bringen?«

»Vielleicht war das so.«

»Wusste Cecilia auch davon?«

»Das kann man wohl annehmen.«

»Hatte sie Angst, ich meine, wenn Adrian doch so rücksichtslos war?«

»Ich kannte doch Martti Vainio. Wir waren bei der WM in Helsinki viel zusammen, und später auch noch. Wir hatten viele Gemeinsamkeiten, aber später ist er wegen Dopings aufgeflogen.«

»Sie sind gegeneinander angetreten?«

»Nein, nein, er war Langstreckenläufer. Aber ich meine, wem kann man schon vertrauen?«

Ann sah ihn jetzt in teilweise neuem Licht. Er war sichtlich gequält und hatte Angst. Aber wovor? Vor dem Alter, stellte Ann wieder fest, und davor, sich Alter und Tod nähern zu müssen, ohne zu wissen, wo sich sein einziges Kind aufhielt, aber vielleicht gab es auch noch mehr.

»Cecilia hat erzählt, dass sie und Casper umziehen wollten, vielleicht ins Ausland. Er hatte auch ein Haus in Italien. Das war nur wenige Wochen vor seinem Verschwinden.«

»Und sie wollte in der Firma aufhören?«

Er nickte. »Aufhören und wegziehen. Wir haben uns natürlich Sorgen gemacht.«

»Haben Sie das der Polizei erzählt, Brundin zum Beispiel? Das mit den Umzugsplänen, meine ich?«

»Nein, das hatte doch nichts mit dem Fall zu tun. Dachte ich jedenfalls.«

»Aber jetzt denken Sie das, weshalb?«

»Wegen etwas, das Olga gesagt hat …«

»Adrians Mutter?«

»Sie war hier, um zu erzählen, dass Cissi aus dem Ausland angerufen hatte, es ginge ihr gut, wir bräuchten uns keine Sorgen zu machen. Dabei kamen wir dann auf die Geschehnisse von damals zu sprechen. Olga hatte einen Streit zwischen Adrian und Casper mitangehört. Die beiden standen auf dem Hofplatz, und Olga saß bei offenem Fenster im Haus. Sie stritten sich um Geld, immer um Geld … über den Umzug nach

Italien und ... über Cissi. Adrian war außer sich vor Wut, sie war doch wichtig für die Firma, aber er war auch eifersüchtig, so viel hatte Olga verstanden, und dass Casper sich Cissi ›unter den Nagel gerissen‹ hätte, wie Adrian sich ausgedrückt hat. Sie war eben in jeder Hinsicht begehrt.«

Rune erhob sich, und Ann glaubte, die Plauderstunde sei zu Ende, als er ohne ein Wort im Haus verschwand. Gleich darauf hörte sie die Toilettenspülung.

»Ich nehme ein harntreibendes Mittel«, erklärte er, und Ann war überrascht davon, wie schnell ein Mensch seine Stimmung ändern kann. Er setzte sich wieder, aber diesmal auf eine Mauer, die vom Haus fortführte, als wollte er trotz seiner Bereitwilligkeit zu reden doch eine gewisse Distanz markieren. Seine Hände ruhten auf der Mauer. Die schmalen Finger trommelten auf den Steinen. Er sah aus wie auf dem Startblock, bereit zum Losstürzen. Er warf ihr einen raschen Blick zu, ehe er weiterredete.

»Und damals hat Casper gedroht, das mit den Millionen, die Adrian beiseite geschafft hatte, bekannt zu machen. Ein einziges Wort über Malta, hatte Adrian geschrien, und du bist tot!«

»Und nicht einmal da haben Sie mit Brundin gesprochen? Das war schließlich eine schwerwiegende Drohung.«

»Eine Woche später ist er im Wasser verschwunden. Aber nein, wir haben mit niemandem gesprochen. Adrian war doch Olgas einziges Kind.«

»Jetzt lebt sie nicht mehr.«

»Jetzt lebt sie nicht mehr«, wiederholte Rune Karlsson mit vieldeutiger Miene, Trauer in den Augen und der gerunzelten Stirn, kombiniert mit einem höhnischen Lächeln.

»Und Cissi ist in Schweden.«

»Wenn Sie ihr begegnen, sagen Sie ihr, dass ich mit ihr reden will.«

»Das werde ich ausrichten.«

»Wissen Sie, was das Schlimmste ist? Nicht zu wissen, ob es ihr gut geht. Sie ist stark, das weiß ich, aber vielleicht ist sie einsam und verzweifelt ... vielleicht nicht immer, aber ... und dann würde ich gern ... verstehen Sie?«

Ann nickte.

»Ich würde sie gern sehen. Aber vielleicht nicht hier.« Er schaute sich um, wie um die Angemessenheit zu bewerten, seine Tochter zu einem Heimspiel zu treffen. »Wir könnten uns in einem Café in Öregrund treffen, wie damals, als sie klein war. Sie hat so gern die Spatzen da auf dem Hof gefüttert. Waren Sie schon mal da?«

»In der Konditorei bei der Kirche?«

Er nickte und erhob sich mit einer Miene, als ob er vollständig das Interesse verloren hätte. Das Gespräch war zu Ende.

»Danke, dass Sie sich die Zeit genommen haben, das war sehr nett von Ihnen«, sagte Ann, und die Wärme in ihrer Stimme überraschte ihn wohl, denn er machte ein verlegenes Gesicht, vielleicht, weil er sich an seine abschließende Bemerkung bei ihrem ersten Besuch erinnerte.

17

Zweiunddreißig Millionen, fast auf die Krone genau, das könnte er in Sicherheit bringen, wenn er sich entschloss zu fliehen, unterzutauchen, zu verduften, sich in Luft aufzulösen, vom Erdboden zu verschwinden. Er hatte sich damit amüsiert, alle Redensarten zu benutzen, die ihm einfielen, aber ihm war zugleich unangenehm bewusst, dass »mit eingekniffenem Schwanz abzuhauen« eine wahrheitsgemäßere Beschreibung wäre.

Er hatte ganz einfach Angst. Jetzt war es kein S/M-Spiel mehr, womit sie sich früher einmal beschäftigt hatten. Es war eine Frage von Leben oder Tod, das war ihm klar, das hatte er in Cecilias Augen gelesen. Sie war zu allem fähig, sie hatte ein Motiv und vielleicht auch die Mittel. Sie war nicht dumm, und wenn sie sich wirklich entschieden hatte, würde sie bewusst und planmäßig zur Tat schreiten.

Parallel zur Angst war auch sein Zorn gewachsen. Sollte eine Verrückte aus der Vergangenheit über sein Leben und sein Schicksal entscheiden dürfen? Sie hatte Schweden und die Firma verlassen, hatte ihn im Stich gelassen, wieso beklagte sie sich also noch? Was sie konnte, hatte er ihr in den knappen zehn Jahren beigebracht, in denen sie bei ihm angestellt gewesen war.

In der alten Garage, die seit dem Tod seines Vaters vor zwanzig Jahren zumeist ungenutzt gewesen war, lagerten die Dokumente, alle Codes, Verträge, Kontoauszüge. Dort lagerten die Millionen. Wenn er sich ins Netz einloggte, konnte er mit wenigen Tastendrücken den Prozess in Gang setzen. Es würde nur einige Minuten dauern. Er war kein korrupter Oli-

garch aus Südamerika oder von den Philippinen, der Reiseta-
schen voller US-Dollar mit sich herumschleppte, nein, er ließ
die Arbeit von Einsen und Nullen ausführen.

Um seine vielen Besuche in der Garage zu begründen, hatte
er eine alte Kawasaki dort abgestellt, an der er herumbastelte,
wenn er sein Elternhaus besuchte. Jetzt brauchte er kein Theater zu spielen, er konnte jederzeit kommen und gehen. Ab und
zu hatte er den Verdacht gehabt, dass Olga von seinem Versteck wusste. Nicht, dass er geglaubt hätte, sie habe geschnüffelt, das wäre nicht ihre Art gewesen, und sie konnte sich ja
auch kaum bewegen, es war unmöglich geworden, nachdem
ihr auch das rechte Bein abgenommen worden war. Sie hatte
nur noch im Bett gelegen und auf den Tod gewartet. Das hatte
ihn nicht empört, er hatte ihre Einstellung sehr gut verstehen
können. Nein, kein Schnüffeln ihrerseits, aber doch Andeutungen, dass ein Teil seiner Geschäfte und Transaktionen das
Tageslicht scheute.

Altes Soziweib, hatte er oft gedacht, und das war sie ja auch
immer gewesen, Mitglied der Sozialdemokratischen Partei,
aber solche wie Olga Palm wurden nicht mehr hergestellt, jetzt
waren sie doch alle gleich, alle wollten sich, so gut sie nur konnten, die Taschen vollstopfen. Das hatte er auch einmal gebrüllt,
bei einer hitzigen Diskussion, und dieser Ausbruch hatte sie
wirklich getroffen, sie zum Schweigen gebracht. Nun hatte er
ein bisschen ein schlechtes Gewissen. Es war nicht ihre Schuld,
dass die Räuberbanden die Herrschaft an sich gerissen hatten.
Es war nicht ihre Schuld, dass er zum Räuber geworden war,
obwohl sie immer über Solidarität und den Wert dessen gepre-
digt hatte, dass »die Allgemeinheit« für Schulen und Kranken-
häuser sorgte und dass das Steuergelder kosten musste. Nein,
es war der »Zeitgeist«, der ihn verführt hatte. Jetzt galt es, sich
selbst zu bereichern und auf andere zu scheißen.

Das Motorrad war in gutem Zustand und glänzte. Er würde
es mit Profit verkaufen können, wenn man nicht all die Stun-

den einberechnete, die er darin investiert hatte. Vielleicht hätte The One and Only Interesse? Nein, der wollte eine Harley Davidson.

Adrian Palm stützte die eine Hand auf den Lenker der Kawasaki. Ihm kam der Gedanke, dass er Cecilias Schweigen vielleicht kaufen könnte. Alles und alle waren doch käuflich. Was kostete sie wohl? Eine Million? Zwei? Andererseits, welche Garantie gab es dafür, dass sie nicht das Geld einsacken und danach zur Polizei rennen würde?

Könnte er sie zu einem kleinen Bootsausflug überreden? Er lachte auf, merkte aber, wie sich sofort die Kälte einstellte, als ob er ein kräftiges Fieber im Leib hätte. Nach ihrem Treffen auf Gut Gräsö hatte er zuerst gedacht: Du willst sie noch so wie früher, willst sie nehmen, aber er wusste, dass das unrealistisch war, Wunschdenken. Du kannst sie ertränken!, war sein nächster Impuls, aber diese Idee verdrängte er sofort als makaber. Jetzt jedoch erschien ihm das als eine mögliche Alternative. Sie stellte die einzige Bedrohung seines zukünftigen Wohlergehens dar.

Er verließ die Garage, schloss die Doppeltür hinter sich, blieb stehen und starrte das grün gestrichene Holz an, das schon so lange dem Nordwind ausgeliefert war. Er strich mit der Hand über das rissige Türblatt, von dem die Farbe abblätterte. Plötzlich kamen die Tränen, eine Art Trauer. »Olga und Verner Palm«, murmelte er. »Seligen Angedenkens«, ein Ausdruck, den er vor langer Zeit einmal gehört hatte, danach nie wieder. Die Sprache dünnte aus, während das Leben weiterging, das hatte er manchmal gedacht, wenn auch vielleicht nicht so oft; die neuen Wörter kämpften sich mit ausgefahrenen Ellenbogen voran und verlangten ihren Platz. Es war das Neue, das ihn reich gemacht hatte, das war nicht zu bestreiten, aber dennoch … dennoch gab es die Erinnerung an ihre Worte und ihre Taten, Olga und Verner, niemals würde er sie loslassen können, aber dennoch musste er sie austilgen. Er schob die Schuld auf die Beerdigung, auf deren Nachwirkungen, die vielen alten Freunde und Bekannten, die so herzlich über Olga gesprochen, die ihn aber mit bestenfalls neutralen Blicken gemustert hatten.

Er ging auf die andere Seite der Garage, nur um zu sehen, ob der alte Stuhl noch dort stand. Der von Verner. Das tat er nicht. Und wie hätte er das glauben können! Ich habe keinen Sohn, war sein nächster Gedanke, niemanden, der den Stuhl vermissen könnte, an dem ich einst die Sonne vor der Südwand genossen habe.

Sie ertränken! Die Lust zu töten, wallte in ihm auf. Er wollte alles vernichten, was ihn an die Insel kettete, wollte reinen Tisch machen, um nie mehr zurückzukehren. Das war eine ebenso beängstigende wie verlockende Phantasie. Hier gibt es ja doch niemanden, der mich liebt.

Wo mochte sie stecken? Das würde er herausfinden. Er musste der sein, der einen Schritt Vorsprung hatte, der dirigierte. Wohnte sie auf der Insel, und wenn ja, wo? Vermutlich nicht. Ihm kam der Gedanke, dass ihre Eltern sie vielleicht versteckten, aber diese Idee gab er sofort wieder auf, so gut kannte er Cecilia. Welche Freunde hatte sie? Blitz Lindberg war wohl der Wahrscheinlichste. In all den Jahren war er getreulich hinter ihr hergetrottet, wie ein müder alter Bernhardiner, immer an seinem Cognac nippend. Er war der, der behauptete, sie in Lissabon gesehen zu haben, vielleicht hatten sie da unten ja Kontakt gehabt? Wer sonst hätte ihr erzählen können, dass Olga gestorben war und wann die Beerdigung stattfinden würde?

Blitz. Adrian war bei ihm zu Hause gewesen, auf Festen, als sie noch richtig jung gewesen waren, und später, wenn sie sich Speedway-Rennen angesehen hatten. Es gab nur einen Zufahrtsweg zu seinem Haus, aber man konnte es unbemerkt durch einen überwucherten Weg erreichen, der fast bis Rönntorpet durch den Wald verlief. Mit dreizehn waren sie dort Moped gefahren. Jetzt hatte er die Kawasaki.

Aber ich liebe sie doch! Wir können zusammen weggehen. Sie kann lernen, mich zu lieben. Hatte er nicht die Lust in ihren Augen gesehen, als sie ihn auf dem Parkplatz von Gut Gräsö gepackt hatte? Diesen Blick kannte er so gut. Diese Hand.

Sie würde dich jeden Tag töten. Wie diese riesige Spinne in Manila, die tagelang bewegungslos an der Wand gesessen hatte, mit einer Kakerlake in ihren Fängen, deren Innereien sie aussaugte. Er hatte fasziniert zugesehen. Es war, wie mit einer alten Freundin zu tun zu haben, ein seltsames Gefühl, auf der Toilette eine achtbeinige Kameradin zu beherbergen. Eines Morgens war die Spinne verschwunden gewesen.

18

Es gab ein Lied darüber, einer Frau einen Morgen zu geben, »ich gebe dir meinen Tag«, er konnte sich nicht mehr an alle Strophen erinnern, aber die, die er noch wusste, stellten sich bei ihm ein wie ein wortloses, an Cecilia gerichtetes Summen. Sie lag ausgestreckt im Bett, halbwegs in das Laken gewickelt, mit einer Hand auf dem entblößten Bauch, die andere ausgestreckt, als ob sie seine Hand suchte. Sie hatte von ihrer Unruhe in der Hütte erzählt, du meinst wohl Hildingstorp, hatte er gesagt, und sie hatte gelacht, »natürlich hast du das verstanden«. Sie hatte die Nächte mit der tickenden Totenuhr geschildert, die ihr den Schlaf geraubt hatten, und dann hatten sie so viel Wein getrunken, und wie sie sich während der Nacht geliebt hatten. Gegen drei Uhr nachts waren sie unter die Dusche und dann zurück ins Bett getaumelt.

Vorsichtig zog er das Laken weg. Ihr nacktes Geschlecht ähnelte vor allem einem Schalentier, das geweckt und halb geöffnet war. Er hatte im wirklichen Leben noch nie eine rasierte Frau gesehen, nur im Pornofilm. Er kniete sich ins Bett, beugte sich vor und küsste vorsichtig die Lippen, ließ die Zunge spielen. Sie wimmerte auf, und als sie in halbwachem Zustand die Beine spreizte, leckte er noch eifriger. Es duftete nach einer bestimmten Sorte Tee, indisch vielleicht, und schmeckte nach Honig.

Er betrachtete sie und wollte sich dieses Bild für alle Ewigkeit einprägen; ihren weichen gewölbten Bauch, die Brust, die sich stoßweise hob, und den geöffneten Mund, der etwas flüsterte, das er nicht verstand. »Mach weiter«, sagte sie lauter, »ich will deine Zunge.«

Als alles vorüber war und sie wieder schlief, verließ er mit zitternden Knien das Schlafzimmer. Wenn es nur so bleiben könnte, dachte er, aber ihm war nur zu bewusst, dass es ein Wunschdenken war. Cecilia war keine, die aufgab. Kompromisse sind nichts für mich, jetzt nicht mehr, hatte sie am vergangenen Abend gesagt, als er versucht hatte, sie auszuhorchen. Er hatte durchaus Verständnis für ihre Unversöhnlichkeit, aber er wusste ja auch, dass die einem normalen Leben im Weg stand. Sie war zu groß für die Insel, für Rönntorp. Er selbst konnte sich sehr gut vorstellen, auf der Insel zu leben, mit seiner Arbeit im Freien weiterzumachen, und wenn sie auch dort wäre, wäre das Leben vollkommen. Ein Traum.

Ihre Ideen waren im wahrsten Sinne des Wortes lebensgefährlich, streiften das Unerhörte, überschritten alle menschliche Rücksichtnahme, erklärten alles, was er für selbstverständlich hielt, für ungültig. Für ihn war es undenkbar, einem anderen Menschen bewusst zu schaden, ganz zu schweigen davon, jemandem das Leben zu nehmen. Es fiel ihm schon schwer, eine Mausefalle aufzustellen, und wenn es darum ging, ein irritierendes Insekt zu erschlagen, stand er da wie ein rechtgläubiger Jainist.

Die Erkenntnis, dass sie eine Mörderin war, machte ihm Angst, und schlimmer noch war es, dass sie das Ganze wiederholen wollte, doch in den vergangenen Jahren hatte er sich langsam an die Vorstellung gewöhnt, dass sie Casper ins Wasser gestoßen hatte. So seltsam das klingen mochte, es war eine Art Prozess, der zu ihrer Vereinigung führen könnte, der von Cecilia und ihm. Stefansson war ein Stolperstein gewesen, der mit einem Tritt beiseite gefegt worden war und den Weg nach vorn freigegeben hatte. Jetzt ging es um Adrian Palm. »Danach brauche ich nichts mehr«, hatte sie beteuert, »danach können wir leben.« Er nahm das als Versprechen, und den ganzen Morgen lang hatte er in Gedanken ihre Worte wiederholt: »Danach können wir leben.« Wir.

Die Kaffeemaschine hatte wohl noch nie so herzlich gefaucht wie jetzt, als sie ihre letzten dampfenden Tropfen ausspie. Das Fenster stand offen, die Flaschen waren weggeräumt, die Gläser gespült und der Küchentisch abgewischt. Er hatte dem aus Schonen per SMS mitgeteilt, er habe einiges zu erledigen und werde etwas später kommen. »Okay«, war die sofortige Antwort gewesen.

Sie frühstückten schweigend. Das kam ihm weder unangenehm noch belastend vor. Ab und zu sah sie ihn an und lächelte. Er dachte an den Morgen von vor vierzehn Jahren, als sie das Haus verlassen hatte, ohne auch nur ein Glas Wasser trinken zu wollen, als ob seine Nähe und ihre Zusammengehörigkeit ihr Angst gemacht hätten. Denn natürlich gehörten sie zusammen, damals wie heute. Sie bewegte sich auf eine ebenso anziehende Weise wie früher, sie war noch so schön, wenn nicht schöner, ihr Körper war genauso beunruhigend und aufreizend wie vor vier Jahren, vor vierzehn Jahren. Der Unterschied war, dass sie stärker geworden war, dass sie sich nicht schikanieren ließ, das hatte er gesehen und begriffen.

»Mache ich dir Angst?«, fragte sie plötzlich.

Er schüttelte den Kopf. »Ich begehre dich.«

»Das kann manchmal dasselbe sein.«

»Ich bin glücklich mit dir, war das immer schon, das weißt du. Schon seit damals im Dom von Uppsala.«

Sie lachte. »Da hattest du Schiss.«

»Aber ich war erregt«, sagte er.

»Das kann oft dasselbe sein.«

Er hatte in der Nacht versucht, sich eine Vorstellung davon zu machen, wo und wie sie leben würden. Sie hatte offenbar nichts gegen Portugal, aber gelinde gesagt einiges gegen Gräsö, auch wenn sie das nicht kategorisch abgelehnt hatte. Vielleicht war es die Nähe zu Rune und Gunilla, die sie verunsicherte. Rune war nicht so einfach, den Eindruck hatte

Blitz immer schon gehabt, aber er war kein böser Mann. Was Cecilia erzählte, wie er zu Hause eine Miniatur von einem Überwachungsstaat geschaffen hatte, klang allerdings beängstigend. »Nur die Kameras in allen Zimmern haben gefehlt«, hatte sie gesagt, aber von außen gesehen war Rune in Ordnung gewesen, na gut, ein bisschen launisch, immer mit klaren Ansichten, aber auch großzügig. Er hatte die Jugendlichen auf der Insel in Leichtathletik trainiert, sich im Vorstand des Fußballvereins engagiert, obwohl er Fußball für ein Spiel für Neandertaler hielt, und er hatte sich an freiwilligen Arbeiten zum Besten der Insel beteiligt.

Gunilla hatte sich scheinbar untergeordnet. Es herrschte die allgemeine Auffassung, dass sie sich seinem strengen Verhaltensmuster anpasste, aber sie hatte das Bogenschießen und die Wettbewerbe als Tor zu einer anderen und sicher freieren Welt gehabt. Sie hatte Erfolg gehabt, und Rune hatte sich ein wenig in ihrem Glanz gesonnt, hatte ihre Leistungen nie heruntergemacht, im Gegenteil, und das hatte die Bindung der beiden gestärkt, das hatte Olga Palm in all den Jahren behauptet.

Sie waren gezwungen gewesen, sich in einem Leben ohne Cecilia zurechtzufinden, und Blitz konnte ihre Frustration und Trauer verstehen. Wenn sie sie nun ein weiteres Mal verloren, wenn sie zurück nach Portugal ging, würde die Finsternis schwer auf den beiden lasten.

»Das war ein gutes Frühstück, das beste seit Langem, aber jetzt muss ich los.«

Er fragte nicht, wohin. Er brachte sie zu ihrem Auto. Er sagte noch einmal, dass sie bei ihm immer willkommen wäre. Plötzlich erstarrte sie. »Was war das?«

»Was denn?«

»Ein Motorengeräusch«, sagte sie und starrte zu dem Mischwald hinter dem Haus hinüber.

»Ich höre nicht mehr so gut«, sagte er. »Hab wohl mit dem Gehörschutz geschlampt, aber in die Richtung gibt es nichts.«

»Das Geräusch stammte von einem Auto.«

»Es gibt keine Straße«, sagte er.

»Jetzt ist es still«, sagte sie und lauschte aufmerksam in Richtung des Vorhangs aus Gestrüpp und unterentwickelten Bäumen, hob die Hand, als er etwas sagen wollte. Sie setzte die Perücke auf. »Ich hau jetzt ab.« Schlagartig hatte sie es eilig. Er schaute ihr hinterher, plötzlich beunruhigt durch ihre Ängste. Das war kein guter Abschluss, er schaute auf sein Mobiltelefon, achtzehn Stunden mit Cecilia. Ein Zusammensein, von dem er früher nur hatte träumen können.

Er überlegte, ob vielleicht abgeholzt wurde, aber vor zwei Jahren hatte eine Durchforstung stattgefunden, und jetzt wäre über Jahre im Wald nichts zu erledigen. Der alte Forstweg, auf dem er vor zwanzig Jahren mit dem Moped gefahren war, war mittlerweile im Prinzip unpassierbar, was hatte sie also gehört? Jemanden aus Nordangärde oder Österbyn, auch wenn diese Orte ein Stück entfernt lagen? Oder aus Muskargrund, obwohl das noch abgelegener war? Dort gab es einige Sommergäste, und vielleicht hatte jemand ein Fahrzeug mit Allradantrieb und amüsierte sich mit einer kleinen Waldrallye. Er überlegte, ob er Uffe anrufen und fragen sollte, ob der etwas wüsste; Uffe kümmerte sich um seine Steuererklärung, ansonsten hatten sie keinen Kontakt.

Wohin sie wohl wollte? Nach Hildingstorp oder anderswo hin? Er entschied sich für die Kate. Sie hatte etwas darüber gesagt, dass sie sich umziehen müsste. Von der Kate wanderten seine Gedanken wieder zu Rune Karlsson. Er hatte etwas in dessen Augen gesehen, die Strenge hatte Verwirrung weichen müssen. Wurde er langsam ein bisschen verrückt, wie einige meinten?

Eine leere Flasche lag noch im Gras. Er hob sie auf und betrachtete das schöne Etikett und schickte dem Verkäufer in Gränsby in Gedanken einen Dankesgruß. Damals war es schmerzlich gewesen, ein halbes Vermögen für Wein auszugeben, und oft hatte er die drei Flaschen in der Speisekammer mit einer gewissen Bitterkeit betrachtet, aber jetzt hatte sich die Ausgabe mehr als gelohnt. Er war im Plus gelandet, so war ihm das vorgekommen, als er ihre überraschte Miene gesehen hatte.

»Barolo soll unsere Melodie sein«, sagte er und lachte.

»Du bist ja vielleicht gut gelaunt!«

Blitz fuhr herum. Da stand Adrian Palm in einem abgenutzten und ordentlich verdreckten Bikeranzug.

»Was zum Teufel willst du denn hier?«

»Mache eine kleine Probefahrt«, sagte Adrian munter und wies mit großer Geste auf den Wald. »Die Kawasaki läuft wie geschmiert. Ich bin auf unserer alten Bahn gefahren.«

Wenn ich ihn jetzt umbringe und ihn und seine Mühle vergrabe, dann lande ich noch viel mehr im Plus, dachte Blitz. Wer würde mich verdächtigen?

»Krieg ich einen Kaffee?«, fragte Adrian und ließ sich am Gartentisch auf dem Stuhl nieder, auf dem Cecilia gesessen hatte, und Blitz hasste ihn wegen seines unerwarteten Auftauchens, weil er Kaffee wollte und nicht zuletzt, weil er ihn auf eine dermaßen mörderische Idee gebracht hatte.

»Hab keine Zeit«, sagte er. »Muss zum Job.«

»Ich glaube, ich hab eben ein Auto wegfahren sehen. War das der Briefträger?«

Blitz gab keine Antwort.

»Edler Tropfen«, sagte Adrian.

Blitz trat zwei Schritte näher an den anderen heran. Er könnte die Flasche zum Schlag heben. Adrian schien diesen Gedanken erraten zu haben, sprang auf und wich zurück.

»Du warst immer schon feige«, sagte Blitz. »Mach jetzt, dass du wegkommst.«

»Sie ist verrückt, das weißt du doch? Und du spinnst, wenn du etwas Gutes über Cissi glaubst. Ich kenne ihr wahres Ich, du aber nicht.«

»Verschwinde!«

Adrian hatte etwas von seiner Lässigkeit wiedergefunden und nickte, wie um seine Aussage zu bestätigen. »Ich kenne sie«, sagte er noch einmal, »und du weißt, wie es Casper ergangen ist.«

Er machte auf dem Absatz kehrt und ging davon, verschwand im Gestrüpp, und gleich darauf dröhnte die Kawasaki auf. Blitz hob die Flasche und beäugte die Neige.

19

»Hallo, ich bin's.«

»Ja, das sehe ich. Was machst du?«

»Kann ich am Wochenende rauskommen?«

»Nach Hause? Ja, sicher, aber ich bleibe wohl noch auf Gräsö. Du kannst doch herkommen?«

»Wir haben einiges zu besprechen. Ich war im Sommer in Berlin.«

»Moment mal.«

Ann erhob sich und verließ die Küche, ging hinaus auf den Hofplatz, wo es besseren Empfang gab, während sie zu begreifen versuchte, warum er kommen wollte. Sie hatten seit mehreren Tagen nicht miteinander gesprochen, und bei den letzten Telefonaten hatte sie der Stimme ihres Sohnes angehört, dass es etwas gab, das ihn belastete. Jetzt würde sie es vielleicht erfahren.

»Jetzt kann ich dich besser hören. Berlin, hast du gesagt.«

»Du darfst aber nicht böse werden.«

Erik hatte eine besondere Fähigkeit, bei Ann sofort alle möglichen Gefühle hervorzurufen. Er stand nicht auf Umschweife, und meistens war das gut und befreiend, aber jetzt schrillten die Alarmglocken.

»Das kommt drauf an«, sagte sie und hoffte, dass ihre Skepsis deutlich zum Ausdruck kam.

»Ich habe in Deutschland einen Verwandten getroffen«, sagte er.

»Was? Jemanden aus Ödeshög, Alice? Die hat immer etwas Sensationelles zu berichten, du darfst nicht alles glauben, was sie erzählt.«

Anns Kusine war mit einem Deutschen verheiratet, und Ann erinnerte sich, dass der aus Berlin kam.

»Nicht sie. Keine Kusine.«

Eriks Atemzüge erinnerten sie an einen sehr gestressten Zeugen oder einen Verdächtigen, der im Vernehmungsraum das Aufnahmegerät anstarrte.

»Jetzt spuck es schon aus.«

»Nicht böse sein«, bat Erik noch einmal. »Aber ich habe meinen Vater getroffen.«

Erik war das Ergebnis einer Begegnung mit einem Mann, den Ann niemals wiedergesehen, sondern verdrängt und anfangs verflucht hatte. Sie wusste noch, dass er Steuerprüfer gewesen war, viel mehr aber nicht. Das Ganze war von beiden Seiten eine Art Verzweiflungstat gewesen. Es war, als ob er niemals existiert hätte, er kam ihr unwichtig vor, aber der Stachel hatte dennoch in ihr gesessen; sie verdankte Erik einem One-Night-Stand und nicht Edvard. Edvard hatte sie verlassen, als sie ihm gestanden hatte, dass sie von einem anderen schwanger war. Sie hatte auch begriffen, dass Erik sich Gedanken machte, und sie hatte den Tag gefürchtet, an dem er sie nach seinem biologischen Vater fragen würde.

»Woher hast du das gewusst?«

»Ich habe einen Halbbruder, der ein halbes Jahr jünger ist als ich. Wir sehen uns sehr ähnlich. Er ging in meine Parallelklasse. Papa hat es zuerst begriffen, als er deinen Namen erfahren hat. Er hat dich bei einem Infoabend in der Schule gesehen, weißt du noch, dem über Drogen.«

Diese verdammte Schlange, dachte Ann, aber ein Wutausbruch oder ein falsches Wort könnten sehr viel zerstören. »Hat er Kontakt zu dir aufgenommen?«

»Im Frühjahr. Er hatte sich nach meinem Geburtsdatum erkundigt und ausgerechnet ...«

»Ist er sicher? Bist du sicher?«

»Ja, Evert sagt, dass wir sogar dieselben Gesten haben.«

»Wer ist Evert?«

»Mein Bruder.«

Evert und Erik, dachte sie.

»Und ihr habt euch in Berlin getroffen?«

»Ja, er wusste, dass ich hinwollte. Seine Frau weiß nichts – über uns, meine ich –, dass Evert einen Halbbruder hat.«

Ann begriff den Zusammenhang sehr rasch. In Berlin konnten sie sich unbeobachtet treffen. Ein Stich der Eifersucht. Ein aufflammender Zorn. Ein Trauerfluss, der sie in all den Jahren durchströmt hatte, der Gedanke, was Wirklichkeit hätte sein können. Mit Edvard. Mit keinem verdammten Steuerprüfer, der auftaucht wie ein Springteufelchen, mit keinem verdammten Evert.

»Komm zur Insel, wir müssen reden.«

Erik gab keine Antwort.

»Ich muss mich erst ein bisschen beruhigen, das verstehst du doch? Aber ich will dich sehen, mit dir sprechen. Ich bin nicht böse, nur baff, verstehst du?«

»Verstehe«, flüsterte Erik.

Sie hörte, dass er mit den Tränen kämpfte.

»Komm morgen. Nimm den Bus. Es soll ein Bombenwetter geben.« Sie beendeten das Gespräch, ohne etwas Genaues verabredet zu haben.

Sie dachte zurück an den Tag, an dem sie es Edvard erzählt hatte. Es war in einer Ambulanz in Östhammar geschehen, nach einem Unfall auf See. Edvard war bei üblem Wetter hinausgefahren, um Netze einzuholen, Victors Netze, fiel Ann jetzt ein, und er war über Bord gefallen, hatte sich aber auf einen Felsen retten können. Als er in ein anderes Boot hatte steigen wollen, war er ausgerutscht und hatte sich das Bein gebrochen.

Er hatte Witze gerissen, und alles hätte wunderbar sein können, wenn sie nicht schwanger gewesen wäre. Sie hatte alles offen heraus gesagt, als er frisch gegipst im Bett gelegen hatte.

Ann erinnerte sich an seinen Bericht, wie er sich an dem sei-
fenglatten Felsen festgeklammert hatte, wie er daran gedacht
hatte, wie sehr er sie liebte, und dass er die Worte gesagt hatte,
die ihr in all den Jahren immer wieder durch den Kopf gegangen waren: Ich kann nicht so weit entfernt von dir leben.

Die Freude war gleich darauf Schmerz und Verzweiflung
gewichen, als sie ihm gesagt hatte, dass das Kind nicht seins
war. Und dass sie weit voneinander entfernt leben würden.

20

Er schaute sich um. Es sah entsetzlich aus. Kleinholz. Als wäre ein Amateur über den Graben hergefallen. Er riss Helm und Visier ab, öffnete seine Weste und zwei Knöpfe an seinem Hemd und ließ ein wenig Luft an seinen Körper heran. Sofort fühlte er sich ein bisschen besser, aber nicht gut.

»Cecilia!«, sagte er, den Blick zum Himmel erhoben. Die Sonne schien so stark, wie der Wetterbericht vorhergesagt und eigentlich sogar versprochen hatte. Die Fliegen umschwirrten seinen schweißnassen Nacken und Schopf. Er war müde, und sicher hatte er sich deshalb nicht richtig konzentrieren können. Dann lächelte er plötzlich, als ihm einfiel, dass er zum ersten Mal seit Gott weiß wann Sex gehabt hatte. Und dann auch noch mit Cecilia. Er blinzelte und sah wieder ihr Geschlecht vor sich.

Kleinholz. Wie das Leben, alles wild durcheinander, kreuz und quer, es war schwer, Ordnung zu schaffen. Unnötige Zeitverschwendung. Er wollte ein Bier! Er wollte sich wieder an sie schmiegen!

Bist du bereit, den Preis zu bezahlen? Jemanden sterben zu sehen, was ist das für ein Gefühl? »Du musst mir helfen«, hatte sie gesagt.

Dieser Scheiß-Adrian! Das Grinsen in seiner Fresse! Hatte er sie gesehen?

Der aus Schonen, der sich warm geredet hatte. Highland Cattle. Der Typ war schon ein seltsamer Mann. Gibt es solche Professoren? Ich forsche vor allem, hatte er gesagt, mit einem schiefen Lächeln, über Pazifismus in historischem Kontext. Kontext, was zum Teufel bedeutete das? Jetzt wollte er etwas ruhiger leben. Wer wollte das nicht, verdammt noch mal? Pazifistisch.

Wir hauen ab! Portugal, oder warum nicht irgendwo nach Asien, wo niemand sonst hinkam.

»Eine nachhaltige Landwirtschaft an der Peripherie«, darüber redete der aus Schonen immer wieder. Ach was, haben wir das da, wo ich wohne? »Ich misstraue den Veganern.« Wer tut das nicht? »Tierische Produktion könnte mir durchaus gefallen.« Sicher, aber muss es sich nicht auch lohnen? Er wusste ja nicht einmal, welche Weide Tiere brauchen. Oder hatte er altes Professorengeld?

Er hob den Helm auf und drückte ihn sich auf den Schädel. Die Fliegen surrten gereizt. Soll ich Lindell erzählen, dass ich Cecilia getroffen habe? Ihm war klar, dass das Leben nie wieder so sein würde wie vorher. Gab es überwucherte Gräben in Portugal?

»Ach was, du fühlst dich nicht wohl? Da braut sich vielleicht eine Erkältung zusammen.« Der aus Schonen klang mitfühlend, sah aber nicht übertrieben besorgt aus. »Fahr nach Hause, komm zurück, wenn du dich auskuriert hast. Erlen und Espen laufen schon nicht weg.«

Blitz setzte sich in den Simca und fuhr los, unsicher, wohin es gehen sollte. Es gab mindestens drei Alternativen. Hinunter nach Hildingstorp, um nachzusehen, ob sie dort war, geradewegs nach Hause, dort ein Bier trinken und auf ihren nächsten Zug warten, oder Adrian aufsuchen und ihn ganz offen warnen und sagen, dass Cecilia ernsthaft auf dem Kriegspfad war, und ihn überreden, wegzugehen, am besten fort aus Schweden. Das würde er tun. Wenn Adrian nicht mehr auf der Insel wäre, würde ihre Rachsucht sich vielleicht legen.

Die Kawasaki stand vor der Garage. Im Gras ringelte sich ein Gartenschlauch wie eine gelbe Schlange. Die Tür zum Wohnhaus stand offen. Blitz stieg aus dem Wagen und wartete ab. Er hatte Olga erst vor einigen Wochen besucht, aber schon machte der Hof auf ihn einen verwahrlosten Eindruck. Er erinnerte sich an alles, was er getan hatte, an alles, worüber er und Olga gesprochen hatten. Vor zwei Jahren hatte er ihr geholfen, eine vertrocknete Nadelhecke zu entfernen, die Verner Palm vielleicht fünfzig Jahre zuvor gepflanzt hatte. Danach hatten sie das Holz verbrannt, Würstchen gegrillt und ein paar Bier getrunken. Olga wusste, wie die Arbeit organisiert werden musste. Niemals hatte er sich bezahlen lassen.

Nach einiger Zeit kam Adrian aus dem Haus. Er hatte den Simca natürlich gehört und gesehen, hatte aber keine Lust gehabt, sich zu beeilen.

»Ich musste gerade an die Nadelhecke denken«, sagte Blitz als Einleitung. Adrian machte ein verständnisloses Gesicht.

»Die dein Vater gepflanzt hat.«

»Bist du etwa hergekommen, um in alten Erinnerungen zu schwelgen?«

»Im Wald war es dreckig, wie ich sehe, aber die Mühle hast du gut hingekriegt.«

Adrian ignorierte das Geplauder. »Was zum Teufel willst du?«

»Ich will, dass du die Insel verlässt, und zwar ganz schnell. Die Gefahr ist groß, dass Cissi auf eine richtig fiese Idee kommt.«

»Hat sie das gesagt?«

»Das Beste wäre, du verschwindest.«

»Du kommst hierher wie ein verdammter Schläger von der Mafia und erteilst Befehle.«

»Empfehlungen«, sagte Blitz, »und was die Mafia angeht, die fällt ja wohl eher in dein Metier.«

»Scher dich zum Teufel!«

»Kannst du nicht wenigstens einmal zuhören? Hau hier ab!«

Blitz verließ das Sonnenheim, wie das Haus seit den vierziger Jahren hieß, sah im Rückspiegel, dass Adrian ihm hinterherstarrte. Vielleicht sollte er einen kleinen Brand organisieren? Das würde Adrian auf Trab bringen. Er fuhr langsamer, hielt an und stieg aus dem Auto, ging ein Stück zurück.

Er sah, wie Adrian mit nachdenklichen Bewegungen sein Motorrad abwischte, dessen Chrom in alle Richtungen Reflexe warf, worauf er es in die Garage schob, hinter sich abschloss und das tat, was Verner und Olga auch immer getan hatten: Er schob den Schlüssel in einen Spalt über der Tür.

Cecilia Karlsson saß auf demselben Stuhl wie am Vortag, die langen Beine behaglich ausgestreckt, während sie mit den bloßen Füßen im Gras herumspielte. Sie trug ein weiß-rotes Sommerkleid. Die Perücke lag auf dem Gartentisch.

»Ich hatte gehofft, dass du heute früh nach Hause kommst.«

»Ich hab den aus Schonen versetzt, hab ein Virus angeführt.«

Er wollte zu ihr gehen und sie küssen oder sie zumindest berühren, aber aus Erfahrung klug geworden hielt er sich zurück.

»Ich habe etwas zu essen eingekauft, vielleicht keine umwerfenden Delikatessen, aber trotzdem.«

Zwei Einkaufstüten standen im Schatten unter dem Tisch. Blitz betrachtete das als Bestätigung dafür, dass sie sich in Rönntorpet wohlfühlte, auch wenn es mit der gemeinsamen Zukunft nicht so gut aussah.

»Ich muss duschen«, sagte er.

»Ich auch«, sagte Cecilia lächelnd und sie gingen ins Haus.

Eine halbe Stunde später saßen sie am Tisch. Ihm ging auf, wie verändert sie jetzt war. Sie strahlte eine Ruhe aus, die er früher nie gesehen hatte. War das Portugals Verdienst? Er bat sie, vom Alentejo zu erzählen, welchen sie am Vorabend erwähnt hatte.

»Serpa, das ist mein Dorf«, begann sie, und während sie

Salat, Käse und den dünn geschnittenen Schinken aßen und einen portugiesischen Wein tranken, den er in Öregrund gekauft hatte, wurde er über die südlichen Landesteile informiert.

»Dahin fahren wir«, sagte er. Sie lächelte nur zur Antwort.

Er erzählte, dass er bei Adrian gewesen war. »Ich überlege, ob ich seine Garage abfackeln soll.«

Sie machte ein total verdutztes Gesicht. »Das wäre keine gute Idee.«

»Ich will niemanden umbringen oder daran beteiligt sein. Nicht einmal Adrian.«

»Wir bringen ihn um«, sagte sie leise und legte das Besteck weg, riss ein Stück vom Küchenpapier ab und wischte sich sorgfältig den Mund ab. Alles, was sie tat, geschah mit großer Präzision.

Es wurde in vielerlei Hinsicht ein schöner Abend. Blitz hatte sich niemals wohler gefühlt. Er dachte voller Dankbarkeit an Olga Palm, die gestorben war und damit Cecilia nach Gräsö geholt hatte.

»Wir bringen ihn um, aber noch nicht gleich«, sagte Cecilia.

21

Ich wusste ja, dass hier etwas zu finden wäre!, dachte Ann Lindell, nicht ohne ein Triumphgefühl. Sie schien so etwas riechen zu können. Er gehe nie ins Zimmer seiner Tochter, hatte Gunilla Karlsson gesagt, wo sollte man also etwas verstecken, wenn nicht dort?

Brundins Mitteilung traf überraschend schnell ein, dabei hatte er eine Menge bürokratischer Probleme erwähnt. So, wie er die Sache schilderte, wenn auch ein wenig umständlich, war ihr klar, dass er nun ebenfalls die Ungereimtheiten erfasst hatte.

»Wer hat an sie geschrieben?«

»Adrian Palm, glaube ich«, sagte Lindell. »Er hatte offenbar eine Affäre mit Gunilla Karlsson. Hat er vielleicht noch immer.«

Brundin brummte ein wenig. »Das ist ein ziemlicher Altersunterschied.«

»An die zwanzig Jahre«, sagte Lindell. »Sie muss so Mitte fünfzig sein.«

»Dreiundfünfzig«, sagte Brundin. »Ich habe mich ein bisschen informiert. Sie hat früh ihr Kind bekommen.«

»Und sie hat das Postfach behalten, sehe ich das richtig?«

»Ja, Gunilla Karlsson hat das Postfach 2009 gemietet und es steht noch immer unter ihrem Namen.«

»Kann Cecilia es benutzt haben?«

»Durchaus möglich«, sagte Brundin.

»Rune ist ein Mann, der alles im Blick haben will, wenn ich das richtig verstanden habe. Das Postfach war eine Möglichkeit, ihn in Unwissenheit zu lassen.«

»Liebesbriefe«, sagte Brundin.

»Das ist lange her«, meinte Lindell.

»Ich kann kaum glauben, dass es etwas anderes sein kann«, sagte Brundin.

»Geld, vielleicht schwarzes«, sagte Lindell.

Sie spekulierten noch ein bisschen, ehe sie das Gespräch beendeten, beide in dem Wissen, dass es eine Fortsetzung geben würde. Jetzt war Brundins Neugier geweckt, er hatte angebissen und würde sicher bereit sein, ihr wieder zu helfen. Sie hatte einen Verbündeten gewonnen.

Gunilla Karlsson war verreist, besuchte eine kranke Kusine. Stimmte das? Vielleicht nur teilweise. Hatte sie noch immer eine Affäre? Aber Adrian war auf Gräsö, oder? Der Briefschreiber hatte das Hotel Knaust erwähnt und dass sie Verwandtschaft in der Umgebung habe, die sie als Vorwand für eine Reise nach Sundsvall nehmen könnte.

Aber hatte das überhaupt etwas mit Stefanssons Tod, Cecilias Verschwinden und ihrer Drohung, anderen etwas anzutun, zu schaffen?

Das Ganze war vielleicht nur eine dysfunktionale Familie und eine schäbige Liebesgeschichte.

Sie wollte diskutieren, die Sache aus verschiedenen Blickwinkeln betrachten, und trotz des Kontakts zu Brundin fehlten ihr die alten Kollegen und Gesprächspartner. Sie hatte Phantasie, Zeit und Lust, weiterzugraben.

Edvard war in Östhammar, um Proviant zu bunkern, das bedeutete, Einkauf von Baumaterial. Er hatte erzählt, was ihm fehlte, Nagelplatten und alles Mögliche. Er fing langsam an, sich wieder auf die Arbeit vorzubereiten. Das war gut so, nun brauchte sie kein schlechtes Gewissen zu haben.

Ann goss sich ein Glas Wein ein. Bei Edvard standen die Flaschen in einem Schrank in der ehemaligen guten Stube. Es gab Wein, aber auch dunklen Rum, sein Lieblingsgetränk. Sie

selbst trank niemals Schnaps. Der bescherte ihr Erinnerungs-
lücken.

Sie starrte hinaus auf die Förde, nippte am Wein und versuchte, mit sich selbst zu diskutieren. Das gelang ihr nicht
besonders gut. Mit wem hatte Gunilla Karlsson geschlafen?
Krass ausgedrückt ging es doch nur darum. Ahnte Rune etwas
oder wusste er sogar von ihren Seitensprüngen?

Ann drehte einige Runden durch den Raum und versuchte
sich zu erinnern, was genau er bei ihren beiden Besuchen gesagt hatte. Sie blieb vor Violas altem Bücherschrank aus Wal-
nussholz stehen. Plötzlich kam ihr ein Gedanke; warum hatte
Edvard ihr geraten, hinter den Büchern in Cecilias Zimmer
nachzusehen? Wie war er auf diese Idee gekommen? Einfach
eine Eingebung oder … sie musterte die Buchrücken. Sie erkannte nicht viele der Titel, sie war keine eifrige Leserin. Sie
schob die Hand hinter eine Reihe von Büchern und fand sofort die Briefe. Sie zitterte, sollte sie es wagen, die Briefe um-
zudrehen und die Adresse anzusehen, vielleicht waren es Briefe
aus seinem alten Leben, sicher war das so. Vielleicht alte Liebesbriefe von seiner Ex-Frau Marita? Oder von der rothaa-
rigen Elster aus Norrskedika, mit der er eine Zeit lang zusammen gewesen war. Siebzehn Briefe zählte sie. Sie drehte den
Packen um und erlitt einen noch schlimmeren Schock. Alle
waren an sie gerichtet. Es war Edvards Handschrift, das erkannte sie sofort.

Siebzehn Briefe, die er niemals abgeschickt hatte. Jetzt bekam sein Rat in Cecilias Zimmer eine ganz andere Bedeutung
und viel mehr Gewicht. Die beiden obersten waren an ihre
jetzige Adresse in Tilltorp gerichtet, die anderen an die beiden
in Uppsala.

Durfte sie die Briefe öffnen? Edvard würde außer sich vor
Wut sein, das wusste sie. Vielleicht würde er sie nie wiedersehen wollen, ihr nie mehr einen Brief schreiben. Das hier war
sein Geheimnis, das Geheimfach seines Lebens. Ihr traten die

Tränen in die Augen, als sie begriff, wie viel sie ihm bedeutet haben musste. An sie hatte er sie geschrieben! Siebzehn Briefe, siebzehn Jahre.

Sie sah einen nach dem anderen an, ehe sie sie zurück ins Regal legte. Könnte man Briefe öffnen, ohne dass es zu sehen wäre? Ein ehemaliger Kollege von ihr kannte sich mit diesen Dingen aus, könnte sie ihn anrufen und fragen? Nein, antwortete sie sich sofort selbst, das sind Edvards Briefe, ruinier hier nicht alles durch deine Neugier.

Sie goss sich noch ein Glas ein. Sie hatte ein Interview mit einem ehemaligen Finanzminister gelesen, der offenbar Alkoholprobleme hatte, und er hatte davor gewarnt, zu früh am Tag mit dem Trinken anzufangen. Das war alles, woran sie sich aus dieser Reportage noch erinnerte.

Sie sah die vergoldete Wanduhr an, die, das war für Edvard Ehrensache, immer ticken und gehen und jede halbe und ganze Stunde schlagen sollte. Das hatte Viola so gewollt, hatte er gesagt. Er war ein Romantiker. Es war zu früh für ein zweites Glas, aber es war zu viel, zuerst Eriks Mitteilung, dass er in Berlin seinen Vater getroffen hatte, und dann die Briefe im Regal, die ihr von nun an im Kopf herumspuken würden.

Könnte sie ihn fragen? Sie wusste auch nach zwanzig Jahren Bekanntschaft nicht, wie er reagieren würde, und ihn wieder zu verlieren, würde sie nicht ertragen.

Sie versuchte, die Gedanken an Edvard zu verdrängen. »Entscheide dich!«, sagte sie laut. Entweder Postfach und Briefe als belanglos abschreiben, auf Cecilia pfeifen, oder weiter herumschnüffeln, mit der Einstellung, dass beide mit Caspers Tod und Cecilias Verschwinden zu tun hatten. Sie neigte zu Letzterem. Das Ganze war eine verseuchte Geschichte, die zum Himmel stank, und die Geheimniskrämerei, Postfach 339, gehörte dazu, war ein Puzzlestück. Könnte sie in Rune Karlsson einen Verschworenen gewinnen, oder würde er sie mit dem Kopf zuerst aus dem Haus werfen? Es gab nur eine Möglichkeit, das in Erfahrung zu bringen.

22

Er stand nicht gerade auf Umarmungen, hatte das wohl noch nie getan, nicht einmal als Kind, aber jetzt nahm Ann ihn in die Arme. Autos strömten vorüber, um sich im feinmaschigen Straßennetz der Insel zu verteilen. Einige Radtouristen redeten aufgeregt miteinander. Ein mit Holz beladener Lastwagen war das letzte Fahrzeug, das die Fähre verließ.

Er befreite sich aus ihrem Zugriff. »Hallo, Mama«, sagte er. »Du siehst erholt aus.« Er hatte ein besonderes Vermögen, sie aufzumuntern, mit kleinen Komplimenten, die er leise und natürlich ablieferte. So war es immer schon gewesen.

Sie fuhren schweigend zu Edvards Haus. Wer soll anfangen?, dachte sie. Die Spannung, die sie nach dem Gespräch über Berlin verspürt und die ihr nachts den Schlaf geraubt hatte, hatte nachgelassen. »Du kannst ihn nie verlieren«, hatte Edvard am Morgen gesagt. Er hatte die Nachricht über Eriks Vater mit Fassung aufgenommen, obwohl Ann klar war, wie viel schmutziges Wasser damit aufgewirbelt wurde. Anns und Eriks enge Gemeinschaft, trotz aller Spannungen, stand im Kontrast zu Edvards Verhältnis zu seinen eigenen Söhnen. Er sprach nur selten über Jens und Jerker, sie riefen niemals an, und sie waren seit mindestens zwei Jahren nicht mehr auf der Insel gewesen. Der letzte Besuch hatte im Streit geendet.

»Lass ihn das Tempo bestimmen«, hatte Edvard dann gesagt, ein bisschen altklug, fand Ann, er war ja wohl keiner, der hier Ratschläge erteilen dürfte, aber sie hatte nur genickt.

Edvard war früh aufgebrochen, hatte mit Aufträgen gerechnet, wie er gesagt hatte. Das war gut, dann hatte sie Erik für sich. Ann hatte ein zweites Frühstück vorbereitet, sie deckten gemeinsam den Tisch auf der Glasveranda. Es fiel ihm schwer, einfach da zu sitzen und nur zu reden, aber wenn seine Hände damit beschäftigt wären, Brote zu schmieren und Rührei zu verzehren, könnte er sich vielleicht entspannen und von Berlin und von der Begegnung mit seinem Vater erzählen. Außerdem hatte er fast immer Hunger.

»Ich bin nicht böse«, wiederholte sie ihre Worte vom Vortag.

Er nickte. »Müsstest du das sein?«

Sie schüttelte den Kopf. »Es geht um dich. Es geht hier nur um dich. Bist du froh darüber, dass du es jetzt weißt?«

»Ja, natürlich, ich habe mir ja meine Gedanken gemacht.«

»Wie war das?«, fragte sie und schenkte Kaffee nach. Und Erik erzählte. Es hätte eine dramatische Geschichte sein können, mit einem nichtsahnenden und danach schmerzlich berührten Vater und einem grübelnden Sohn, der in seinen letzten Teenagerjahren die Überraschung seines Lebens erlebte.

»Er hat mich im Frühjahr nach einem Spiel angerufen. Du weißt doch noch, damals, als ich vier Tore geschossen habe? Da war er dabei.«

Ich aber nicht, dachte Ann.

»Er wollte sich mit mir treffen. Zuerst war ich wütend, aber er wirkte freundlich, irgendwie gelassen. Dann haben wir uns verabredet. Natürlich war ich neugierig, du hattest ja nicht gerade viel erzählt.«

Nichts, dachte Ann. Es gab nichts zu sagen. Erik kämpfte mit den Worten, damit, welche er aussuchen und in welcher Reihenfolge sie kommen sollten. Ihr kam der Gedanke, dass er alles tat, um sie nicht zu verletzen.

»Du bist so klug«, sagte sie.

»Er wollte mich nur sehen, mich reden hören, hat er gesagt.«

»Wie ist dein Halbbruder, Evert, heißt er nicht so?«

»Wenn man weiß, dass wir verwandt sind, sehen wir uns ziemlich ähnlich. Er ist schon in Ordnung, er redet die ganze Zeit über Politik.«

»Ihr habt euch in Berlin also getroffen?«

Erik nickte. Das war die Antwort, die sie bekommen würde, vielleicht würde sie irgendwann mehr erfahren, aber wollte sie wirklich Einzelheiten hören? Sie wechselten einen raschen Blick. Ein wenig Verlegenheit lag darin, ein leicht unbehagliches Gefühl. Sollte das dabei herauskommen, dass zwischen ihnen ein wortloses und belastendes Hindernis aufgebaut würde? Das Unausgesprochene, das Ungeklärte konnte sich Wege suchen, die niemand wünschte. So war es in den zwanzig Jahren mit Edvard gewesen, Jahren mit wechselnder Konjunktur, in denen sich Glück und Verzweiflung vermischten.

»Soll ich irgendetwas tun?«

Ihre Frage überraschte ihn, das war ihr klar, sie selbst war davon überrascht.

»Nein«, sagte er.

»Gibt es etwas, das ich hätte tun sollen?«

Es war dünnes Eis, aber es brach nicht.

»Mama, du hast alles gut gemacht«, war alles, was er herausbrachte. Sie wollte aufspringen, mit zwei Schritten um den Tisch herumlaufen und ihn an sich ziehen, stattdessen streckte sie die Hand aus und berührte behutsam seine Stirn, wie um seinen Pony beiseite zu streichen.

»Erik, du hast alles gut gemacht. Du warst mein Ein und Alles, das weißt du doch.«

Sie hätte gern so viel mehr gesagt, wäre gern klug und nachgiebig gewesen, aber ihr war bewusst, dass das noch warten musste. Erik fischte ein Stück Papier aus seiner Gesäßtasche und reichte es ihr.

»Sieh mal«, sagte er.

Sie faltete das Papier auseinander. Es war ein Screenshot von einem Bankkonto, das sah sie sofort. Sein Name stand dort. Der Saldo lautete auf fast 250 000.

»Was ist das hier?«

»Er hat ein Konto für mich eingerichtet und das ganze Geld eingezahlt. Schon im Frühling. Er ist doch Wirtschaftsfachmann oder so was, und da hat er das alles ausgerechnet.«

»Was denn?«

»Unterhalt, hat er gesagt. Er wollte …«

»Hat er versucht, dich zu kaufen?«, rutschte es ihr heraus.

»Nein«, sagte Erik mit fast versagender Stimme, »er wollte nur helfen. Er wusste doch nichts von mir, bis er mich da in der Schule gesehen hat, weil ich Evert so ähnlich sehe. Väter müssen für ihre Kinder bezahlen.«

»Das ist viel Geld. Ist er so reich?«

»Ich weiß nicht.«

»Aber eine Viertelmillion loseisen!«

»Seine Frau weiß nichts davon, hat er gesagt.«

Sie hätte am liebsten den Tisch verlassen, furchtbare Mengen Wein getrunken. Sie wollte verschwinden wie Cecilia Karlsson. Warum hatte er sich zu erkennen gegeben? Warum verdammt noch mal mussten Männer sich immer aufführen, als ob sie die Welt geraderücken müssten? Sie hatte jahrelang wie ein Tier gekämpft, um sich auf den Beinen zu halten, um Erik etwas zu geben, was einer Kindheit und einer halbwegs normalen Jugend ähnelte. Die Angst, nicht gut genug für ihr Kind zu sein, steckte ihr noch immer in den Knochen. Und dann kommt dieser verdammte Steuerprüfer, stellt einen Scheck aus und spielt einen auf verantwortungsbewusst.

»Das ist kein gutes Gefühl«, war alles, was sie herausbrachte.

»Ich habe das Geld nicht angerührt«, sagte Erik.

»Hat er nach mir gefragt?«

»Ein bisschen«, sagte Erik.

Und was zum Teufel hast du gesagt, hätte sie schreien mögen, was hast du über deine versoffene Bullenmutter erzählt, die aufs Land gezogen ist, um Ordnung in ihrem Leben zu schaffen?

»Ich weiß viel«, sagte Erik. »Ich habe mehr begriffen, als du glaubst. Ich bin stolz auf dich«, brachte er heraus, »ich meine, du hast es geschafft. Du warst eine gute Polizistin, das hat Sammy gesagt. Und dein Chef hat mich mehrere Male angerufen. Er meinte das auch.«

»Ottosson hat dich angerufen?«

»Er hat schöne Dinge über dich gesagt, dass du sein Liebling wärst. Ich konnte ihn gut leiden, wollte mehr hören, aber er ist ja gestorben. Und meine Kumpels waren neidisch, weil meine Mama Polizistin war. Du warst doch in der Zeitung. Einmal bist du doch fast gestorben.«

Ann konnte nicht verhindern, dass ihr die Tränen über die Wangen liefen.

»Ich habe mit dir geprahlt«, schniefte Erik. »Das Geld ist mir egal. Das kann ich zurückschicken.«

Ann schüttelte langsam den Kopf, als ob sie nur mit Mühe alles erfassen könnte, was hier über sie hereinbrach.

»Wir können irgendwo hinfahren«, sagte Erik. »Du möchtest doch nach Indien.«

»Indien?«

Er nickte. Sie hatte zwar von Indien gesprochen, aber das war mehrere Jahre her. Sie sah ihn an, neue Tränen traten ihr in die Augen.

»Das weißt du noch?«

»Wir haben Elefanten im Fernsehen gesehen, die zogen Baumstämme, es war irgendeine Art von Industrie, und du hast gesagt, du wolltest gern Elefanten sehen. Später gingen sie zu einem Fluss zum Baden, wurden geschrubbt. Weißt du noch?«

»Ich erinnere mich an die Elefanten«, sagte Ann.

Sie würde sich für immer an diesen Augenblick erinnern. Das Glück, dass es ihn gab, überschwemmte sie, packte sie. Sie erhob sich, schmiegte den Kopf an seine Brust.

»Erik«, sagte sie. Er legte die Arme um sie, sein Brustkorb hob und senkte sich rasch. Alles war gewonnen, alles Böse war besiegt. Seine Worte hatten das Schwarze aufgelöst. Nun konnte sie leben, unbeschwert, berauscht vom Leben, von der Liebe zu ihrem Sohn.

»Wollen wir ans Wasser gehen?«, fragte er.

Sie nahmen den alten Pfad, den, den Violas Eltern vor langer Zeit getreten hatten. »Ich will die Namen von Blumen und Bäumen wissen«, sagte er.

»Wie meinst du das?«

»Die Namen«, sagte er. »Wie die heißen.«

»Ich weiß nicht viel«, sagte sie.

»Und Edvard?«

»Ja, vielleicht. Der weiß eine Menge, aber eher über Weizen und Roggen und so. Du weißt doch, dass er früher Landarbeiter war?«

»Das hat er erzählt.«

»Er kennt sich auch mit Unkraut aus«, fiel ihr ein.

»Wie du«, sagte Erik, und sie verstand nicht, ahnte nur, was er gemeint haben konnte, fragte aber lieber nicht nach.

Die Förde lag unerwartet still da. Sonst wehte es oft von Nordost, mal als niedliches Kräuseln, mal als fauchender und zorniger alter Wüterich, den man vor die Tür setzen wollte. Das waren Violas Worte.

Ann erinnerte sich an glückliche Tage mit Edvard am Meer, zögerte aber, dies zu erwähnen. Das hier war Eriks Augenblick. Sie erzählte deshalb von Cecilia, und Erik hörte wie immer aufmerksam zu. Das hatte er immer schon getan, wenn sie wider besseres Wissen von ihrer Arbeit berichtet hatte, den Ermittlungen, den Verdächtigen, den Festgenommenen und

Angeklagten. Das war ihre Art gewesen, oft unbewusst, ihn an sich zu binden. Jetzt wusste sie, dass er seinen Kumpels einiges erzählt hatte. Sie waren neidisch gewesen, weil er eine Polizistin als Mutter gehabt hatte.

»Dieser Busch da heißt Weißdorn, das weiß ich«, sagte sie und zeigte auf einen verwachsenen Strauch.

Sie blieben auf dem Steg stehen. Dort dümpelten Edvards kleines Aluminiumboot und das Holzboot, das er und der legendäre Gottfrid Andersson gebaut hatten. Sie und Edvard hatten vor Gräsö einige Törns auf dem Wasser gemacht, hatten in geschützten Buchten übernachtet, zweimal war Erik dabei gewesen.

Ich habe eigentlich nur einen Auftrag, dachte sie, legte ihm den Arm um die Taille und ließ den Kopf an seine Schulter sinken. Sie erlebte ihn als stärker denn je. Das kam natürlich vom Training, in das er sich voller Begeisterung stürzte, besonders, seit die Rede davon war, dass er im Winter in die A-Mannschaft des IK Sirius wechseln könnte. Er war erfolgreich auf der Bandybahn, er hatte eine besondere Taktik entwickelt, es war die Rede von »einem Lindell«, was bedeutete, dass er auf der linken Kante losstürmte. Es sah nicht schön aus, wie er über das Eis jagte, das konnte sie einfach nicht finden, es wirkte unbeholfen und dilettantisch, aber es schien die Gegner in die Irre zu führen. Er schwankte weiter, vorbei, wich unerwartet zum Zentrum hin aus oder lieferte einen Pass, der die Abwehr durchschnitt und einen Mannschaftskameraden erreichte. Er hatte einen publikumsfreundlichen Stil, die blauschwarze Fangemeinde, die Westseite, wie sie genannt wurde, wollte ihn immer wieder sehen.

Ihr kam eine plötzliche Erinnerung, und sie schluchzte auf in einer seltsamen Mischung aus Selbstmitleid, Scham und Liebe zu ihrem Sohn.

»Was ist los, Mama?«

»Nichts, ich habe nur daran gedacht, wie du klein warst.«

Es war eine Erinnerung von vielen, aber vielleicht die quälendste: Sie wacht auf, schaut sich verwirrt um. Erik sitzt am Fußende des Bettes und beobachtet sie. Sagt nichts. Er ist zwischen drei und vier Jahren alt, er trägt tagsüber keine Windeln mehr, aber nachts braucht er noch immer eine. Diese Windel hat er abgestreift. Es stinkt nach Exkrementen. Er ist nackt, bis auf das Schlafanzugsoberteil. Es ist Sonntag, es ist nach zehn Uhr vormittags. Sie schwankt ins Badezimmer. Toilettenschüssel und Brille sind verdreckt. Er hat versucht, sich abzuwischen. Das Toilettenpapier liegt zerknüllt auf dem Boden, zusammen mit der Windel, die schwer von Pisse ist. Ann kotzt ins Waschbecken, und als sie sich umdreht, steht Erik da.

»Denk nicht daran.«

»Es quält mich aber. Ich war keine gute …«

»Wir sind hier, wir haben es geschafft. Manchmal hat man ein richtiges Scheißspiel, aber dann kommt eine neue Partie.«

Sie verließen den Steg, gingen dann am Ufer weiter. »Da draußen ist ein Mann im Meer verschwunden«, sagte sie und zeigte zum Horizont. »Manche glauben, dass er über Bord gestoßen wurde.«

»Glaubst du das auch?«

»Nein«, sagte sie, nachdem sie sich ihre Antwort eine Zeit lang überlegt hatte. »Er war Taucher, und ich kann eigentlich nicht glauben, dass er ertrunken ist, selbst wenn er betrunken war. Ich glaube, er war schon tot, als er ins Wasser geworfen wurde. Oder er ist auf einer Insel hier draußen begraben. Oder er lebt auf den Philippinen und scheißt auf alles und alle in Schweden.«

23

Vom Felsen aus hatten sie eine gute Aussicht. Selbst mit der unbedeutendsten Anhöhe ließen sich wie so oft Erinnerungen verbinden. Menschen strebten zu Gipfeln, die sich über die umliegende Landschaft erhoben, und sei es nur um wenige Meter, und so war es auch mit der Felskuppe im Süden von Adrian Palms Haus.

Blitz erzählte, dass er sich dort zum ersten Mal in seinem Leben betrunken hatte. Es war nach dem Ferienbeginn im Juni, er hatte die achte Klasse hinter sich gebracht, und das musste mit Bier gefeiert werden. Adrian war dabei, Thynell und Fabian Larsson ebenfalls, dazu einige Halbkumpels, die Sommergäste waren und an die er sich nicht erinnern konnte. Keine Mädchen, nur eine Bande von pickligen, lärmenden halbwüchsigen Knaben. Adrians Vater war gerade erst begraben worden, und seine Mutter besuchte ihre Schwester auf dem Festland.

Cecilia lächelte geheimnisvoll, sagte jedoch nichts. Blitz verspürte einen Stich der Eifersucht, vielleicht war sie auch mit Adrian hier gewesen. Sie waren in der Oberstufe ab und zu zusammen gewesen.

Er kam sich vor wie ein verirrter Bauerntrottel. Cecilia hatte über Portugal erzählt, über Kultur, Ziegenkäse und alles, wovon er keine Ahnung hatte, und dann war er mit seinem jugendlichen Suff angekommen. Ihm ging auf, wie viel zusammenhing, wie Fäden sich bis zurück in ihre gemeinsame Kindheit und Jugend zogen, ein Gepäck, das sie mit sich herumschleppen mussten, ob sie nun wollten oder nicht, und dass das über sehr viel von dem entschied, was sie später im Leben unternahmen.

»Meine Mutter hat gekläfft wie ein Kettenhund, hat es dann aber nie mehr erwähnt, mit keinem Wort«, sagte Blitz, der diese Nacht vor zwei Jahrzehnten nicht vergessen konnte. »Ich bin ja spät nach Hause gekommen, war mit dem Moped umgekippt und hatte mir das Gesicht zerschrammt. Da war sie in Ordnung. Sie ist noch immer in Ordnung.« Er schien sich revanchieren zu wollen. Cecilia redete immer so schlecht über ihre Eltern, und da konnte es ihr nur guttun, etwas anderes zu hören. Sein Vater hatte nicht viel getaugt und Familie und Insel ziemlich früh verlassen. Niemand wusste, wo er sich heute aufhielt, und Blitz interessierte das auch nicht.

»Da kommt er«, sagte Cecilia und ging in die Hocke. Adrian schloss die Tür hinter sich ab, blieb eine Weile auf der Treppe stehen, als ob er versuchte, sich an etwas zu erinnern, dann stieg er auf Olgas altes Crescent. Eine Katze kam angelaufen, und Adrian bückte sich und streichelte sie, dann fuhr er los.

»Er fährt mit dem Rad?«

»Er will in die Kneipe.«

Es sah seltsam aus, wie Adrian sich über den Kiesweg kämpfte, mit im Wind flatternden Rockschößen, wo er doch viele Millionen schwer war und hin wie zurück mit dem Taxi hätte fahren können, ohne in seinen Finanzen einen sichtlichen Unterschied zu bemerken.

»Weshalb nimmt er nicht das Auto und geht in Öresund ins Hotel?«, fragte Cecilia, die offenbar dasselbe gedacht hatte.

»So eine Verschwendung würde Olga niemals zulassen«, sagte Blitz.

»Olga ist tot«, sagte Cecilia.

»Für uns, ja«, sagte Blitz und sah zu, wie Adrian hinter der Kurve bei Storfuran verschwand, wo Adrians Vater eine Bank aufgestellt hatte. Er hatte sich dort gern die Beine ausgeruht. »Vielleicht will er irgendwen auf der Insel besuchen.«

»Er hat hier keine Freunde«, sagte Cecilia.

»Für einen Besuch ist keine Freundschaft nötig«, sagte Blitz und hielt das für eine kluge Bemerkung.

»Wollen wir?«, fragte Cecilia. Er nickte, war aber noch immer nicht davon überzeugt, dass sie richtig handelten, verunsichert, wo das alles hinführen würde. Sie gingen hinunter zum Haus, der Weg verlief durch Gestrüpp und Sträucher, an denen die Hagebutten leuchteten wie kleine Laternen. Blitz riss eine Hagebutte ab, steckte sie in den Mund und ließ die Zunge über die glatte Schale gleiten.

Die Garage war verwittert. Das Blechdach hatte einen rostbraunen Farbton angenommen, und von den Fensterrahmen war fast alle Farbe abgeblättert. Ein Hirschholunder stand schiefgewachsen dicht vor der Wand, war vom Wind bewegt worden und hatte Bögen aus Kratzspuren an der Fassade hinterlassen. Ich hätte ihr mehr helfen müssen, dachte Blitz, als er seinen Blick über das Grundstück wandern ließ.

»Wie kommen wir rein?«

Blitz lächelte nur, reckte sich und zog den Schlüssel aus dem Spalt in der Wand. »Hier liegt der Schlüssel schon seit anno Schnee.«

»Seit anno Schnee?«, wiederholte Cecilia und schien diese Worte auszukosten.

»Ich habe hier doch für Olga den Rasen gemäht, wenn Adrian nicht da war, und das war er ja fast nie.«

Blitz drehte den Schlüssel um und zog das Tor auf. Benzingeruch schlug ihnen entgegen.

»Jetzt bringen wir ihn um«, sagte Cecilia und schlüpfte hinein. Blitz folgte ihr, zog das Tor zu und streckte die Hand nach dem Schalter für die Leuchtröhre an der Decke aus. Cecilia drehte eine Runde, ging um das Motorrad herum und sah sich die Bänke und die übrige Einrichtung an, hob einen Ikea-Karton hoch und stellte sich vor einen Schrank voller Kisten von unterschiedlichem Aussehen und Alter.

»Irgendwo hier gibt es Unterlagen, vielleicht eine externe Festplatte, vielleicht einen Computer, vielleicht CDs.«

»Sehr viel vielleicht«, sagte Blitz.

»Wir suchen, du auf der Seite hier und ich im Schrank.« Sie machte sich an einem Karton mit der Aufschrift »Sony« zu schaffen, stellte ihn auf den Boden und öffnete den Deckel. Blitz sah zu. »Mach schon«, sagte sie.

Er war etliche Male in der Garage gewesen, hatte Werkzeug und Geräte geholt, wenn er Olga bei irgendetwas geholfen hatte. Niemals hatte er etwas Unerwartetes gefunden, andererseits hatte er auch nicht gesucht. Er begann mit der Werkbank, die übersät war von Werkzeug, Blechdosen und Verpackungen, er sah sich alles genau an und warf ab und zu einen Blick auf Cecilia, die verbissen und systematisch ein Regalfach nach dem anderen durchging.

Blitz bezweifelte, dass Adrian irgendetwas in der Garage versteckt hatte, das kam ihm dann doch zu dilettantisch vor. Ohne größere Begeisterung begann er, Schubladen unter der Werkbank hervorzuziehen. Darin lag allerlei alter Schrott, der einwandfrei noch aus Verners Zeit stammte, Schuhspanner, abgenutztes Werkzeug mit verschlissenen Holzgriffen und Dosen voller Schrauben und Nägeln aller Art. In diesem Chaos eine Festplatte zu finden, erschien ihm als unwahrscheinlich, aber er machte brav mit seiner Suche weiter.

Nach zwanzig Minuten schweigender Arbeit hielten sie inne. »Nichts«, stellte Blitz fest. Er fühlte sich nicht wohl in seiner Haut, und zudem waren seine Hände schmutzig und fettig. Cecilia sah sich das Holz an, das unter dem Dachstuhl abgeladen war. »Da habe ich nachgesehen«, sagte er. »Darüber ist nichts. Nur Staub aus Verners Zeit.«

»Ich weiß, dass es hier etwas gibt«, sagte Cecilia. »Olga war sicher.«

»Vielleicht hat er es weggebracht, was immer es sein mag.«

»Sie hat ihn mit dem Computer hier hineingehen sehen. Warum hätte er das tun sollen?«

»Das ist sicher lange her.«

»Das war im Sommer«, sagte Cecilia. »Das war so ungefähr das Letzte, was sie zu mir gesagt hat, dass ihr Sohn ein Betrüger ist und Sachen hier versteckt. Und du weißt doch, wie er ist, er verlässt sich auf niemanden. Er würde niemals ein Bankschließfach oder so was mieten, niemals brisante Informationen im Büro aufbewahren. Seine Geheimnisse müssen hier zu finden sein.«

Er musterte sie, gab ihr teilweise recht, was die Beschreibung von Adrian betraf, zweifelte aber noch immer.

»Vielleicht gibt es irgendwo eine Luke. Hat die Garage einen Keller?« Fieberhaft starrte sie den gegossenen Boden an.

»Nein, keinen Keller. Hat nie einen gegeben.«

»Er hat vielleicht ein Loch gehackt«, sagte sie. »Sieh mal unter der Bank nach.« Das war ihre letzte Hoffnung, das begriff er, und er tat ihr den Gefallen, ging in die Knie und schaute unter der Bank nach. Der Hohlraum dort war vielleicht fünfzig Zentimeter hoch.

»Hier ist eine Taschenlampe«, sagte sie und stellte ein antikes Gerät auf den Boden. Er ließ den Lichtkegel über den Boden wandern. Und sah es sofort.

»Da kann etwas sein«, sagte er, und auch sie ging in die Knie.

»Siehst du«, sagte er, »überall ist es staubig, nur da nicht.« Die Stelle war im Licht der Taschenlampe deutlich zu sehen.

»Die Spuren hat Adrian hinterlassen«, sagte sie. »Er hat sich gereckt, hat etwas hier reingestellt.«

»Wenn ja, dann ist es verschwunden«, sagte Blitz.

»Scheiße!«, rief Cecilia.

In gewisser Weise war er zufrieden. Sie konnten einen Schlusspunkt setzen. Er hatte ihren wachsenden Eifer gesehen und ahnte, wozu der führen könnte. Sie könnte zu weit gehen, das wusste er schon längst, sie gab sich nie geschlagen. Wenn sie nun begriff, dass die Garage nichts Wichtiges mehr enthielt, musste sie die Sache loslassen. Sie war ja nicht dumm, man konnte nichts aus dem Ärmel schütteln. Sie richtete sich auf.

Er schaute sich ein letztes Mal unter der Bank um, schob den Kopf noch etwas weiter hinein, vor allem, damit es aussah, als überließe er nichts dem Zufall. Er leuchtete die Bank von unten an, die Unterseite der Schubladen.

»Siehst du etwas? Ist da etwas?« Cecilias eifrige Stimme verriet, dass sie seiner Körpersprache etwas entnommen hatte, vielleicht hatte er sich unbewusst angespannt, vielleicht deutete sie sein Schweigen als Bestätigung dafür, dass dort unten etwas vorhanden war.

Er kroch heraus. Es gab fünf Reihen von Schubladen, er zog die unterste in der Mitte heraus. Die war gefüllt mit alten Handbüchern und Garantiescheinen, er hatte den Stapel schon durchgeblättert. Er zog eine weitere Schublade heraus und stellte sie daneben.

»Siehst du? Die unterste Schublade ist kürzer.«

Sie ließ sich neben ihn sinken. Er streckte die Hand aus, tastete. Und es stimmte. Die Schublade war hinten abgeschnitten worden und der so entstandene Hohlraum war wieder eingesetzt worden. Cecilia packte seinen Kopf, drehte ihn zu sich hin. »Du bist ein Genie«, sagte sie, und ihr Lächeln löste all seine Besorgnis auf.

Er tastete nach ganz weit hinten, vermutete aber, dass man das Geheimfach nur von unten erreichen könnte. Er legte sich auf den Rücken und schob sich unter die Bank. Zwei kleine Nägel hielten einen Boden aus Sperrholz. Er zog sie heraus und konnte die Platte lösen. Und mit der Platte kamen Adrians Geheimnisse.

24

Die Dunkelheit hatte sich langsam, aber sicher über das Haus gesenkt, doch die Veranda wurde von ungefähr einem Dutzend Kerzen beleuchtet. Von außen sah das sicher gespenstisch aus, oder vielleicht gemütlich, es kam wohl auf den Betrachter an. Es war Edvards Vorschlag gewesen, nach dem Essen dort ein Glas zu trinken, und Erik hatte die Kerzen aufgestellt. Edvard trank Bier, Ann Wein und Erik Saft. Edvard erzählte von seinem neuen Auftrag. Er machte das oft gut, bei ihm klang es sogar interessant, auch wenn es um etwas so Banales ging wie um einen Anbau an einem Sommerhaus.

Ann betrachtete seine Hände. Sie liebte diese Hände. Sie waren nicht besonders kräftig, wenn sie daran dachte, was sie leisten mussten, aber sie waren ausdrucksvoll, in inspirierten Momenten benutzte er sie auf eine fast südeuropäische Weise, gestikulierte. Sie wusste, dass er sich darüber freute, nach dieser Pause wieder mit der Arbeit anfangen zu können. Sie hatten eine Periode des gemeinsamen Alltags gehabt, und er hatte es überstanden; Ann hatte den Verdacht, dass er es so sah. Darin lag eine Verheißung. Ihr war klar, dass sie sich bald in ihr kleines Haus in Tilltorp zurückziehen musste, er brauchte seine Einsamkeit, und auf sie warteten ja ihre Käsegefäße. Die kleine Hofmeierei gewann stetig an Kundschaft, und Ann wurde gebraucht. Allein das, zur Käseherstellung gebraucht zu werden!

Edvard verstummte und holte sich ein neues Bier. Erik sah sie an und grinste. Was sah er in Edvard, in ihr und in ihrer langjährigen, aber ach so komplizierten Beziehung? Das hatte sie sich oft gefragt, fast immer mit schlechtem Gewissen, war darauf vorbereitet gewesen, dass er sie von einem auf den nächsten Moment zusammenstauchte, ihr erklären würde, dass er nie wieder mit ihr zu tun haben wollte.

»Gut, dass du gekommen bist«, sagte sie. »Gut, dass du erzählt hast.« Das war die Zusammenfassung seines Besuchs, und er schien das ähnlich zu sehen. So deutete sie seinen Blick und seine Handbewegung.

»Ich gehe auf mein Zimmer«, sagte sie.

»Ich hoffe, du kommst heute Abend ins Netz«, sagte sie.

Edvard kehrte zurück. Er lächelte Erik an, der gerade den Tisch abräumte. »Nimm auch mein Glas mit«, sagte Ann. Als er die Treppe hochgestiegen war, lachte Edvard auf. Er kam ihr an diesem Abend vor, als ob er ein Aufputschmittel eingeworfen hätte.

»Du rührst im Kochtopf rum«, sagte er.

»Wie meinst du das?«

»Zuerst bin ich auf der Fähre The One and Only Robert begegnet und dann Blitz im Supermarkt. Robert hat so geredet wie immer. Ein Vetter von ihm hatte Adrian zusammen mit einer Frau auf dem Parkplatz bei Gut Gräsö gesehen. Die hätten sich gestritten, und die Frau hätte Adrian in den Unterleib geboxt oder so. Roberts Vetter ist Freikirchler und drückt sich eher gewählt aus, deshalb ist er nicht ins Detail gegangen. Jedenfalls haben sie sich gestritten, wie es aussah.«

»War das Cecilia?«

»Kann sein«, sagte Edvard. »Es gibt sicher noch andere Frauen, die Adrian gern kastrieren würden, aber es spricht doch viel für Cecilia. Vielleicht ist es wert, seine Reaktion zu testen, wenn er dir über den Weg läuft.«

»Ich spiele mit dem Gedanken, die ganze Sache fallenzulassen.«

»Das tust du doch nicht«, sagte Edvard.

»Und Blitz, was hatte der zu sagen?«

Edvard kam ihr jetzt vor wie ein Informant, der gegen Bezahlung mit seinem Kontakt bei der Polizei redete.

»Er hat ziemlich viel eingekauft. Seltsame Mischung für seine Verhältnisse, wenn man das so sagen kann. Ich hab ja alles gesehen, was er an der Kasse auf das Band gelegt hat.«

»Einkaufsliste von Cecilia?«

Edvard lachte. »Du wolltest es doch fallenlassen!«

Ann wünschte, sie hätte ihr Weinglas noch einmal gefüllt, aber das ließ sich jetzt nicht ändern.

»Ich habe ja auch seinen schrottigen Simca erkannt«, fuhr Edvard fort. »Ich habe neben ihm geparkt, und auf dem Beifahrersitz stand ein Karton mit Weinflaschen. Ich habe noch nie gehört, dass er Wein trinkt.«

»Die Gewohnheiten verändern sich auch auf Gräsö, vom Schwarzgebrannten zu Ripasso«, sagte sie.

»Da findet eine Abrechnung statt«, sagte Edvard und sprach damit Anns Gedanken aus. Abrechnung. Aber worüber? Zwischen wem? Hier gab es Leidenschaft, mit Cecilia im Zentrum, hier gab es Geld, viel Geld, in Gestalt von Adrian, und es gab zwanzig Kilometer weiter nördlich ein Familiendrama mit sicher mehr als nur einer Leiche im Keller.

Sie schauten hinaus in den Augustabend, als ob sie versuchten, aus der Dunkelheit herauszulesen, was vor sich ging.

»Ist Cecilia gefährlich, was glaubst du?«, brach er das Schweigen.

»Ja, vielleicht«, sagte Ann und dachte an andere Frauen, denen sie in ihren Jahren bei der Polizei begegnet war. Eigentlich dominierten Männer bei ihrer Arbeit, aber sie hatte oft genug Berechnung und Fähigkeiten von Frauen erlebt, eine Art Entschlossenheit, die männlichen Tätern oft fehlte. Für Männer waren die auflodernde Eifersucht, der spontane Zorn, oft unter Einfluss von Alkohol oder Drogen, das, was zu Gewalttaten führte.

»Wie denkt sie?«, fragte Ann. »Sie lässt sich jahrelang nicht blicken und taucht dann auf. Für alle unerwartet.«

»Vielleicht nicht für alle.«

»Wie meinst du das?«

»Die Beerdigung von Olga Palm. Woher hat sie davon gewusst? Sie muss jemanden gehabt haben, der sie auf dem Laufenden hielt, und ich glaube nicht, dass es Blitz war.«

»Nein, der nicht«, stimmte sie ihm zu. »Aber seither, was macht sie hier? Ihre Eltern scheint sie nicht sehen zu wollen.« Sie erzählte von Rune Karlssons Bitte, Cecilia auszurichten, dass er sie treffen wollte, und zwar in der Konditorei Lundeborg in Öregrund, nur hieß die jetzt ja anders, Wilma vielleicht?

»Ich war bei der Beerdigung der alten Lundeborg, das ist viele Jahre her. Viola kannte sie und wollte unbedingt hin, obwohl sie Kirchen verabscheute. Damals habe ich zum einzigen Mal in Violas Augen Tränen gesehen, und zwar, als sie bei der Trauerfeier den ersten Choral gespielt haben.«

»Welches Lied war das denn?«

»Das vom guten Hirten«, sagte Edvard, nachdem er sich erhoben und die Doppeltür der Veranda hinaus zur Dunkelheit geöffnet hatte. »Eine traurige Melodie. Als sie in der Kirche gespielt wurde, hatte ich das Gefühl, meinen Großvater erzählen zu hören.«

Ann kannte dieses Lied nicht, und was Edvard eigentlich meinte, war ihr unklar, doch sie wollte nicht fragen. Sie musterte seinen Rücken, die grauen Haare, die Hand auf der Türklinke. Hier ist viel die Rede von Beerdigungen, dachte sie.

»Ich dreh mal eine Runde«, sagte er, und als sie seine schattenhafte Gestalt aus dem bleichen Licht der Veranda verschwinden sah, wurde sie von einem entsetzlichen Gedanken getroffen: Sieht so der Tod aus? Ein lebendiger Mensch, der handelt, spricht, träumt und liebt, löst sich langsam auf und geht in eine ewige Dunkelheit. Ann wurde von der panischen

Angst erfasst, Edvard könne dem Pfad zum Meer folgen und in der Tiefe verschwinden. Es war eine absolut unmotivierte Furcht, aber sie beruhte auf der Erkenntnis, dass das Leben eben genauso zerbrechlich war. Sie sprang auf, wollte hinter ihm herlaufen, doch stattdessen ging sie ins Haus und füllte ihr Glas bis an den Rand mit Wein.

25

Sie gingen schweigend weiter. So sollte es sein, fand Blitz. Er ging vorweg, kannte den Weg schon seit ewigen Zeiten, wollte unbedingt nach Hause, wollte das Tempo aber auch nicht so antreiben, dass Cecilia müde würde. Er lauschte ihren Atemzügen und wurde langsamer. Sie lachte auf, als ob sie seine Gedanken durchschaut hätte. Er liebte ihre Einfälle und ihr Lachen, hatte das immer schon getan, aber ebenso lange fürchtete er sich schon vor ihrer Willenskraft.

Von Adrians Haus nach Rönntorp war es ungefähr eine halbe Stunde, und der Weg führte unter anderem durch ein Stück älteren Wald mit stellenweise nassen Mulden und Unterholz. Es duftete nach Pilzen, und hier und da glaubte er, Pfifferlinge aus dem Moos lugen zu sehen. Er wollte stehen bleiben, sich umdrehen und sagen, dass sie bald einmal mit einem Korb hierher zurückgehen müssten, riss sich aber zusammen; es sollte nicht aussehen, als ob er etwas mit ihr plante, nicht einmal eine gemeinsame Pilzsuche.

Wieder kicherte sie hinter seinem Rücken. Er ging schneller. Sie hatte gesagt, dass sie sich auf einen nächtlichen Einsatz freuen könnten. Das Display seines Telefons zeigte 21:42. Ob Adrian noch in der Kneipe saß? Wann würde er begreifen, dass er Besuch gehabt hatte? Sie hatten alle Dokumente aus dem Versteck unter der Werkbank fotografiert, es waren Hunderte von Bildern, sie hatten Adressen und Telefonnummern von Banken und Finanzinstitutionen in mehreren Ländern notiert. Einige Male hatte Blitz die Namen von Personen aufgeschrieben, bei manchen stand ein Plus dahinter, bei anderen ein Minuszeichen. Blitz hatte nicht von allem die Bedeutung verstanden, aber Cecilia war immer aufgeregter geworden. Und da und dort hatte ihr Gekicher seinen Anfang genommen.

Er öffnete eine der Weinflaschen, die er in Öregrund gekauft hatte. Noch ohne einen wirklichen Kommentar zu ihren Funden bei Adrian stand Cecilia einige Minuten mit dem Glas in der Hand da und schaute aus dem Küchenfenster. Blitz wartete ab. Worüber machte sie sich Gedanken? Über Entscheidungen, die getroffen werden mussten? Oder tauchten vielleicht Erinnerungen von früher auf, als sie und Adrian zusammengearbeitet hatten?

Sie drehte sich um. »Jetzt machen wir ihn fertig«, sagte sie und ließ sich am Tisch nieder. Sie klappte den Laptop auf und schaltete ihn ein. »Von jetzt an tickt die Totenuhr.«

»Was hast du vor?«

»Herumschnüffeln«, sagte sie begierig. »Adrian wird von einem Schicksal vernichtet werden, das für ihn schlimmer ist als der Tod: geleerte Konten.«

»Das ist strafbar«, wandte Blitz ein, vor allem, um überhaupt etwas zu sagen.

»Meinst du, er wird es anzeigen?«

»Und wohin soll sein Geld verschwinden? Es muss hier doch um Millionen gehen.«

»Ich weiß nicht ... mal sehen«, sagte Cecilia. Obwohl sie sich so vage ausdrückte, war Blitz überzeugt davon, dass sie sich schon längst entschieden hatte.

»Aber den Kram in der Garage zu verstecken, das ist doch bescheuert.«

»Adrian weiß, dass Informationen, die in einem Rechner gespeichert sind, überallhin verfolgt werden können. Er will manuelle Kontrolle, sozusagen.«

Sie tippte auf ihrem Telefon herum.

»Warum hasst du ihn so sehr?«

»Er hat mir Casper weggenommen.«

»Du glaubst, dass Adrian ihn ermordet hat?«

»Sicher, wer denn sonst?«

Blitz ließ abermals den Film von jenem Maitag vor vier Jahren ablaufen: Das Boot, das die Förde überquerte, zwei Gestalten, die an Land stiegen und verschwanden. Die eine für immer. Könnte Adrian die sein, die zurückgekehrt war? Nein, dachte Blitz, über Adrian Palm kann man vieles meinen und glauben, aber ein Mörder ist er nicht. Nicht dieser Feigling. Und sollte er sich selbst so geirrt haben, was er gesehen hatte? Es gab zwei Alternativen, entweder könnte er sie bitten, sein Haus für immer zu verlassen, und damit den Traum zerbrechen, den er schon so lange in sich trug, oder er müsste mitspielen, eine Mörderin beschützen und an anderen Vergehen mitwirken, denn es musste ja wohl Diebstahl sein, dazu Computerkriminalität und sicher noch vieles mehr.

Ich verkaufe mich, dachte er, und das ohne irgendwelche Garantien. Sie benutzt mich vielleicht nur und verschwindet danach wieder. Er musterte ihre entschiedene Miene, als sie die Bilder im Telefon durchging und sie auf den Laptop überspielte.

»Millionen«, sagte sie plötzlich. »Bitte, schenk noch ein Glas ein.«

»Ich kann was zu essen machen, ich hab eingekauft.«

Sie schaute auf und warf ihm einen Blick zu, der zu sagen schien: Wie kannst du jetzt an Essen denken? Ich verkaufe mich, dachte er noch einmal und streckte die Hand nach der Flasche aus, um ihr Glas zu füllen. Er selbst wollte nichts trinken. Die Nacht würde sicher lang werden, und er wollte klar im Kopf sein.

Der Stress von der Schnüffelei in der Garage und jetzt die Erwartungen daran, was sie gefunden hatten, machte sie fieberhaft eifrig und konzentriert; es war, als ob der Thermostat um einige Stufen hochgedreht worden war, das konnte er verstehen, bei der Lust in ihren Augen fiel ihm das schwerer. Dort sah er reine, pure Rachsucht und Schadenfreude, Gier vielleicht und dazu ein bisschen Wahnsinn.

»Wenn es so abläuft, wie ich glaube, dann musst du morgen früh bei Adrian vorbeischauen. Ganz früh.«

»Und was soll ich ihm sagen?«

»Du brauchst gar nichts zu sagen.«

26

Der Alarm wurde um 06:21 getätigt und erreichte zwei Feuerwachen, Öregrund und Östhammar, sowie den Brandschutz in Söderboda auf Gräsö.

Oskar Lidh, Hauptmann auf der Feuerwache von Öregrund, reagierte routiniert und rasch und hielt sich in jedem Punkt an die Vorschriften. Das tat er gern.

Einige Minuten darauf saßen er und zwei Kollegen in einem Löschwagen und fuhren los. Zwei Minuten darauf folgte ihnen ein Ford Ranger, so dass sie jetzt eine komplette Einsatztruppe bilden konnten. Die Fähre auf dem gegenüberliegenden Ufer hatte soeben von der Insel abgelegt und Löschwagen und Ford konnten fast unmittelbar an Bord fahren. Ein Personenwagen wollte den Abgang ebenfalls nicht verpassen. Er fuhr scheppernd über die Rampe, und ehe die Schranken dahinter geschlossen werden konnten, hatte die Fähre auch schon abgelegt. Ein kräftiger Westwind wehte, und die Überfahrt würde sechs Minuten dauern.

Vidar Persson, der seinen üblichen Morgenspaziergang mit dem Hund absolvierte, betrachtete alles aus der Entfernung. Er zog sein Telefon hervor und rief seine Tochter bei der Polizei an. »Sag das deinen Kollegen«, sagte er. Sie konnte ihre Begeisterung darüber bezähmen, am Sonntagmorgen geweckt zu werden. »Ich bin sicher, die wissen das schon«, sagte sie. »Jetzt will ich schlafen.« Sie beendete das Gespräch. Ihre Vermutung traf zu. Ihr Kollege Brundin auf der Wache in Östhammar saß bereits im Auto und passierte mit sechzig Kilometern mehr als erlaubt gerade Norrskedika. Es machte ihm Freude, in hohem Tempo an diesem Ort vorbeizurauschen.

Er hatte die Stadt niemals leiden können, im Gegenteil, sie war ausladend, machte einen norrländischen Eindruck. Als er die Landesstraße 76 verließ und nach rechts in Richtung Öregrund abbog, blieben ihm fünf, maximal sechs Minuten zum Fähranleger. Einige Minuten hinter ihm passierte ein Einsatzwagen in ebenso hohem Tempo die Feuerwache von Östhammar.

»Verdammt kalt heute«, sagte Oskar Lidh, der den Löschwagen fuhr.

»Keine Personen verletzt«, sagte sein Kollege Åke Nilsson, der in telefonischem Kontakt mit dem Mann stand, der Alarm gegeben hatte, dem Hofbesitzer nämlich. »Die Garage liegt an die zwanzig Meter westlich des Wohnhauses, ein Holzhaus aus den zwanziger Jahren.« Sie wussten alle, was das bedeutete. Der Wind kam von Westen.

»Wir haben vielleicht noch acht bis zehn Minuten«, sagte er am Telefon. »Unternehmen Sie nichts gegen das Feuer; wenn Sie einen Gartenschlauch haben, dann holen Sie den und richten Sie ihn auf die Wand des Hauses, die der Garage zugekehrt ist, verstehen Sie? Und behalten Sie alles im Auge. Wenn Sie Wertsachen im Haus haben, dann holen Sie sie raus, das ist alles, was Sie tun können. Wir sind bald da, versuchen Sie, Ruhe zu bewahren. Und was immer Sie tun, gehen Sie nicht in die Garage.«

Er beendete das Gespräch und erzählte seinen Kollegen, dass der Hofbesitzer behauptet hatte, in der Garage befänden sich Wertgegenstände. »Wie heißt er?«, fragte Oskar Lidh, der sich bei den Ansässigen auf Gräsö einigermaßen auskannte.

»Adrian Palm.«

»O verdammt«, sagte Lidh. »Da steht vielleicht ein Rolls-Royce oder so was? Der Kerl schwimmt doch in Geld!«

An Bord der Fähre, die Brundin mit dem Einsatzwagen aus Östhammar und einem Rettungswagen teilte, rief er Ann Lindell an. Er musste das nicht, aber auf irgendeine Weise fühlte er sich verpflichtet, seine ehemalige Kollegin zu informieren. Er mochte sie, mehr als ihr vielleicht bewusst war, denn Brundin war keiner, der laut wurde und sich aufspielte.

»Cecilia Karlsson«, sagte Lindell sofort. Brundin lachte. »Dann treffen wir uns abermals an einer Brandstätte«, sagte er, überzeugt davon, dass sie ins Auto springen und zu Adrian Palms Haus fahren würde. Edvard könnte ihr den Weg erklären.

Er kam gerade rechtzeitig, um zu sehen, wie das Löschfahrzeug aus Östhammar seine fünftausend Liter Wasser nutzte, um das Feuer zu löschen. Ein schwarzverkohltes Motorrad ragte mitten in der Garage auf wie ein rauchendes Trümmerstück. Das Feuer hatte sich im Gras auf der Ostseite der Garage ausgebreitet, zwei junge Fichten hatten Feuer gefangen, das Wohnhaus jedoch war unversehrt. Brundin erkannte Adrian Palm sofort. Er trug einen Morgenrock und sprach mit einem der Feuerwehrleute aus Öregrund und einem von der Insel, der per SMS herbeigerufen worden war. Brundin kannte ihn von früher her, und sie begrüßten einander mit einem Nicken. Brundin ging zu ihm.

»Du warst wohl der Nächste hier«, meinte der Polizist.

»Ja, ich wäre fast früher gekommen als der Brandstifter«, sagte Herman Viktorsson mit einem Grinsen.

»Du meinst also, es war Brandstiftung?«

»Absolut«, sagte Viktorsson, begründete seine Überzeugung jedoch nicht.

»Natürlich ist das Brandstiftung«, sagte Palm. »Sie sind doch von der Polizei, oder?« Brundin nickte. »Dann suchen Sie diese Verrückte, Cecilia Karlsson! Die steckt hinter allem!«

»Meinen Sie?«

»Das weiß ich. Sie hasst mich.«

»Haben Sie sie kürzlich hier gesehen?«

Die Frage brachte Palm aus der Fassung. »Nein, nicht direkt, aber ich meine …«

»Ist es wahrscheinlich, dass sie an einem Sonntagmorgen herkommt und Ihre Garage abfackelt, und wenn ja, warum?«

»Der ist alles zuzutrauen, oder sie hat einen Laufburschen geschickt.«

»Wir gehen ein Stück zur Seite«, sagte Brundin und nahm Palm vorsichtig am Arm. Er wollte nicht zu viele Ohren in der Nähe haben, da ihm klar war, dass Palms Andeutungen durchaus ihren Grund haben konnten. Viktorsson mochte ein braver Bursche sein, aber er redete gar zu gern.

Sie gingen zum Wohnhaus. In diesem Moment traf Ann Lindell ein. Brundin winkte ihr zu, ging jedoch mit Palm weiter.

»Ich meine, vielleicht war sie früher so, aber ich kenne sie jetzt nicht mehr.«

Brundin blickte ihn einige Sekunden lang fragend an. »Sie würden sie also nicht direkt bezichtigen?«

Palm blieb stehen, schaute sich zu der verkohlten Garage um. Brundin konnte seine Erregung gut verstehen, wusste auch, was man in einer solchen Situation an unbedachten Dingen von sich geben konnte, aber das hier war etwas anderes, da war er sich sicher. »Ich muss begreifen, was Sie meinen und sagen«, sagte Brundin. »Hat sie sich bei Ihnen gemeldet? Sie bedroht?«

Palm hustete, sicher wegen des stechenden Rauches. Er schüttelte den Kopf, als ob er seiner Erinnerung nicht vertrauen könnte.

»Haben Sie sie in den letzten vier Jahren überhaupt gesehen?«

»Nein«, sagte Palm. »Für mich existiert sie nicht.«

»Und ihr Handlanger, ihr Laufbursche, wie Sie sagen, wer könnte das sein?«

»Ich weiß nicht, aber sie hat immer Leute, die sie um den Finger wickelt, die ihr auf den kleinsten Wink gehorchen. Sie ist ein gefährlicher Mensch.«

»Mit Leuten meinen Sie Männer, aber es gibt keinen, den Sie namentlich nennen würden, habe ich recht?«

»Nein, keinen«, sagte Palm.

»Könnten Sie sich jemand anderen vorstellen, der ...«

»Nein, ich habe keine Feinde auf der Insel«, sagte Palm. »Vielleicht ist es ein Verrückter.«

»Soll es eine Warnung sein, was meinen Sie?«

»Sie haben mich schon verstanden.«

Palm holte Atem und ging weg. Statt seiner kam Ann Lindell.

»Morgenstund hat Gold im Mund«, sagte sie und reichte ihm die Hand. »Danke für den Tipp.«

Brundin begriff, dass sie nicht fragen wollte, was passiert war, sie wollte nicht zu versessen auf einen Fall wirken, mit dem sie im Grunde ja nichts zu tun hatte. Er erzählte ihr, was er wusste.

»Was glaubst du denn?«

»Er behauptet, auf Gräsö keine Feinde zu haben«, sagte Brundin, und damit deutete er an, dass er dieser Aussage misstraute.

»Geld führt immer zu Neid«, sagte Lindell.

»Wie Leidenschaft«, sagte Brundin.

»Ja, genau. Kinderleicht«, sagte Lindell. Brundin lachte. Sie verstanden einander.

»Kurzschluss? Ein in Leinöl getränkter Lappen?«

Brundin schüttelte den Kopf. »Kräftiger Benzingestank auf der gesamten Brandfläche, hat Lidh von der Feuerwehr gesagt. Er glaubt, dass jemand in der ganzen Garage Benzin vergossen hat.«

»Nicht draußen?«

»Nein. In der Garage. Und Palm ist sicher, dass sie abgeschlossen war.«

»Gab es Benzin in der Garage?«

»Mindestens zwei Kanister, laut Palm. Für Motorrad, Rasenmäher, Motorsäge und vielleicht noch andere Geräte.«

Lindell schaute sich um. »Riskant, mit dem Auto herzukommen. Das Risiko, gesehen zu werden, ist doch groß, selbst am Sonntagmorgen.«

»Hab ich auch gedacht«, sagte Brundin. Er freute sich, dass er Lindell »herbeizitiert« hatte, nicht, weil sie bisher etwas gesagt hätte, woran er selbst noch nicht gedacht hatte, aber dieses Bällewerfen fand er anregend. »Auf dem Weg hierher gibt es drei Häuser, zwei sehen aus wie Ferienwohnungen.«

»Ich hab Edvard danach gefragt, bevor ich hierhergefahren bin, er glaubt auch, dass nur einer hier wohnhaft ist, ein Lkw-Fahrer. Ihm gehört das mittlere Haus.«

»Ja, da hast du's«, sagte Brundin, wie um seine Gedanken über die Bedeutung des Bällewerfens zu bekräftigen.

»Ein schöner Morgen«, fügte er dann hinzu. »Man sollte aufs Meer hinausfahren, wenn es nur nicht so verdammt windig wäre.«

»Ich denke an Casper Stefansson, der war doch wohl auch gut betucht, wer hat ihn beerbt?«

»Drei Vettern und Kusinen«, sagte Brundin. Ihm kam das vor wie eine Testfrage von ihrer Seite; ob er herausgefunden hatte, welches Motiv ein Mord an Stefansson gehabt haben könnte.

»Was war er für ein Mensch?«

»Von außen gesehen ein Bruder Leichtfuß, einer, der sich eigentlich niemals anzustrengen brauchte, aber ich glaube, die meisten haben ihn falsch beurteilt. Olga war hingerissen von ihm. Er war ja ziemlich oft hier.«

»Und auf Olgas Urteil war Verlass?«

»Das meinen die meisten, und sie war nicht leichtgläubig«, sagte Brundin mit einem Lächeln. »Die Verwandtschaft hat geerbt, ja, aber es gab eine Ausnahme, ein Haus im Piemont in Italien.«

»Wer?«

»Cecilia Karlsson, kannst du dir das vorstellen? Das Problem war, als die Erbteilung stattfinden sollte, was lange gedauert hatte – es gab ja eine riesige Menge Papierarbeit, und niemand konnte sicher sein, dass er wirklich tot war –, ja, da war sie verschwunden.«

»Sie hat also niemals erfahren, dass sie Hausbesitzerin in Italien ist?«

»Glaub ich nicht«, sagte Brundin. »Wenn ich das richtig verstanden habe, dann kümmert sich noch immer eine lokale Hausverwaltung um das Anwesen, wie schon damals, als Stefansson in den Wellen verschwunden ist. Die vermieten das Haus, ziehen ihren Anteil ab, natürlich, aber das meiste steckt in einem Fonds und wartet auf eine Lösung. Das Haus ist angeblich schön gelegen.«

»Du glaubst, dass er aus eigener Kraft ins Wasser gefallen ist, sozusagen?«

Brundin schüttelte den Kopf. »Das habe ich zuerst so gesehen, aber ich habe danach lange mit der Annahme gearbeitet, dass er ermordet wurde.«

»Und?«

»Dieses Postfach hat mich nachdenklich gemacht«, sagte Brundin und lief auf die schwelende Garage zu, wo Oskar Lidh stand und ihm winkte. Nach einem gewissen Zögern schloss Lindell sich an.

»Benzin«, sagte Lidh. »Geöffnete Jeepkanister.« Er zeigte auf den schwarzen Matsch, der einmal eine Garage gewesen war. »Drei Stück. Vielleicht hat einer Diesel enthalten, da müssten Sie Palm fragen. Das reicht für einen Brand. Das Ganze hat da drinnen angefangen.«

»Brandstiftung«, sagte Brundin.

»Vermute ich auch«, sagte Lidh, und Brundin gab sich damit zufrieden. »Um sechs Uhr am Sonntagmorgen«, stellte er fest.

»Haben Sie etwas anderes gesehen, das Sie überrascht, ich meine, irgendein verrußtes Detail, das sich abhebt, das vielleicht nicht in eine Garage gehört?«

Lidh ließ seinen Blick über die Brandreste wandern, dann schüttelte er den Kopf. »Das kann nur Palm beantworten, ich sehe jedenfalls nichts Besonderes.«

Sie drehten sich zum Wohnhaus um, wo der Hausherr auf der Treppe saß und den Kopf in die Hände gelegt hatte, ein Sinnbild der Müdigkeit und der Verzweiflung.

Ann Lindell machte auf dem Absatz kehrt und ging. Brundin schaute ihr hinterher. »Sie hat schlimme Erfahrungen mit Feuer«, sagte er. »Wäre vor einigen Jahren fast draufgegangen. Eure Kollegen in Uppsala mussten sie aus einer brennenden Hölle holen.«

Er hatte von Kollegen gehört, dass die Lindellsche lange gebraucht hatte, um sich zu erholen; die Flammen hatten ihre Haare und ihre Haut verbrannt, vor allem vielleicht aber ihren Seelenfrieden.

»Ihr könnt vielleicht Spuren da finden, wo das Tor war. Wir haben nicht so viel herumgetrampelt, dazu bestand doch kein Grund«, sagte Lidh. »Wir haben die Arbeit dem Wasser überlassen. Palm war ja hier, also gingen wir davon aus, dass keine Lebensgefahr bestand.«

»Umsichtig«, sagte Brundin und wurde von einer Art Dankbarkeit gegenüber der Arbeit der Feuerwehrleute erfüllt. Lidh, den er schon von früher her kannte, strahlte professionelle Sicherheit und außerdem eine Menschlichkeit aus, die sich in seinen vorsichtigen Worten und Taten zeigte.

Adrian Palm brüllte auf. Er war aufgestanden, sein Morgenrock hatte sich geöffnet und zeigte einen Oberkörper, der ziemlich gut in Form war. Brundin war betroffen davon, wie bleich er selbst im Vergleich zu Palm aussah. Es dauert eben seine Zeit, sich in den Tropen zu grillen, dachte er nicht ohne einen Hauch von Bitterkeit.

»Jetzt kommt die Wut«, sagte Lidh. »Zuerst der Schock, dann der Zorn.«

Brundin ging auf das Haus zu. Lindell schloss sich ihm wieder an. »Frag, weshalb die Garage«, sagte sie.

Er blieb stehen. »Es ist kein Zufall, dass die Garage angezündet worden ist, da bin ich mir sicher«, fügte sie hinzu.

»Eine Markierung, eine Warnung, das kann doch reichen«, sagte Brundin. Lindell schüttelte den Kopf. »Versuch einen Trick«, sagte sie und Brundin begriff sofort.

»Denk: erfolgreicher Multimillionär mit Büros in mehreren Städten, denk: Geld, Macht«, sie machte eine vieldeutige Geste in Richtung der Brandstätte. »Die tun alles, um sich zu beschützen.«

»Wie meinst du das?«

»Zu Hause bei deiner alten Mama auf der Insel, weit weg von allem, da lassen sich die Geheimnisse finden. Unerreichbar für Journalisten, Steuerfahnder und Wirtschaftskripo.«

Brundin lächelte. »Ich habe ihn überprüft, das kannst du mir glauben. Es liegt nichts gegen ihn vor, kein Akteneintrag, nicht eine falsche Ziffer.«

»Nutz die Gelegenheit«, mahnte Lindell. »Jetzt ist er verletzlich. Setz ihn unter Druck, mach ihm Stress, bald verschließt er sich wieder. Wir wissen, dass Cecilia auf der Beerdigung seiner Mutter war. Vielleicht hatten sie und Adrian da Kontakt. Geh davon aus. Rück ihm auf die Pelle!«

Brundin nickte, sah aber nachdenklich aus.

»Und noch eins, versuch, einen Text zu besorgen, den Adrian geschrieben hat, egal, was. Wäre doch genial zu sehen, ob die Briefe in Cecilias Bücherregal von ihm stammen.«

27

»Zieh dich sofort aus, alles!«

Er gehorchte und stand gleich darauf nackt vor ihr auf dem Hofplatz. Sie musterte seinen Körper wie den eines fremden und spannenden Tieres und stopfte dabei seine Kleider und Schuhe in einen Müllsack.

»Duschen! Und abschrubben. Ich bin jetzt weg. Mach dir die Nägel sauber.«

Das hatten sie so vereinbart, aber er war doch ein bisschen enttäuscht. Er hätte gern einige Minuten über das geredet, was passiert war. Sie warf den Müllsack in den Kofferraum, küsste ihn rasch auf die Wange, setzte sich in das Auto, das mit dem Motor im Leerlauf bereitgestanden hatte, und fuhr los.

Er ging ins Haus. Duschte. Bürstete sich sorgsam, bis seine Haut rot war. Ging wieder hinaus. Wartete. Vierzig Minuten später tauchte ein Auto auf. Er war eigentlich wenig erstaunt, dass die Ex-Polizistin kam.

»Morgenkaffee«, stellte sie fest.

Er wies auf den Stuhl auf der anderen Seite des Holztisches. »Möchten Sie eine Tasse?« Ann Lindell schüttelte den Kopf.

»Was führt Sie so früh her?«

»Es hat gebrannt«, sagte sie. »Eine Garage.«

»Adrians?«

»Wieso glauben Sie das?«

»Ich habe den Rauch gesehen«, sagte er und zeigte mit einer Hand die Richtung an. »Und es ist sicher die einzige Garage, die Sie hergebracht hätte, oder was? Und das Haus?«

»Dem ist nichts passiert.«

»Und Adrian?«

»Traurig und wütend, aber unversehrt.«

Blitz nickte. Lindell ließ sich nieder. »Und was haben Sie heute Morgen so gemacht?«

»Hören Sie, da wäre eins …«, sagte Blitz. Er war nicht sicher, ob er ihr entgegenkommen oder sich aufregen, richtig wütend werden sollte; könnte Spaß machen, das auszuprobieren, dachte er, ließ diesen Gedanken aber fallen.

»Kaffee getrunken«, sagte er schließlich.

»Haben Sie von Cecilia gehört?«

»Ja, allerdings«, sagte er. »Sie hat vorbeigeschaut. Wir haben alte Erinnerungen ausgetauscht.«

»Wie alt denn? Nicht über Knutschereien im Dom oder Lehrer in der Oberstufe, was? Vielleicht Erinnerungen an 2015?«

»Wir haben über das Leben hier und in Portugal gesprochen.«

»Wie schlimm ist es?«

Sie sahen einander an. Er konnte dieser Frau nicht böse sein. Sie schien ihm Glück zu wünschen, zu wollen, dass er und Cecilia am Ende doch noch zusammenkämen.

»Cecilia ist eine starke Frau, sie schafft das.«

»Kann sie die Garage angesteckt haben?«

Er schüttelte den Kopf.

»Sie hat Adrian bedroht, also wird Brundin wohl mit ihr reden wollen.«

»Und die Ex-Polizistin?«

»Die auch«, sagte Lindell mit einem Lachen. »Wussten Sie, dass Cecilia ein Haus in Italien geerbt hat? Von Stefansson?«

»Nein.« Er wollte eigentlich nicht noch mehr Überraschungen, und er wollte nie wieder an Casper erinnert werden.

»Ich glaube, auch Cecilia weiß nichts davon. Wissen Sie, wo sie sich aufhält?«

Lügen hatte keinen Zweck, aber er wollte es nicht sagen, deshalb nickte er nur. Plötzlich sehnte er sich danach, auf den Feldern von dem aus Schonen Ordnung zu schaffen, mit Motorsäge und Freischneider ans Werk zu gehen. Er sprang auf, der Tisch bebte, er registrierte für den Bruchteil einer Sekunde die Unruhe in Lindells Augen und blieb stehen, wie um eine Rede zu halten.

»Eigentlich ist das doch krank«, sagte er. »Vielleicht habe ich die Garage angesteckt, na und, ich hätte mir das jedenfalls vorstellen können, aber das werde ich niemals wiederholen, wenn jemand anderes mich fragt.«

»Weshalb?«

»Um den Arsch von der Insel zu verjagen. Der bringt nur Unruhe.«

»Sie wollen Cecilia für sich haben.«

»Das will ich, ohne Unruhemomente, ohne die Angst von früher, den ganzen Scheiß, der passiert ist. Ich habe sie sehr gern, war immer schon so, das wissen Sie.«

Sie sahen einander an. Er glaubte, dass sie verstand. »Sie wusste nichts von der Garage. Lassen Sie sie einfach in Ruhe.«

»Brundin wird sie finden. Er kennt viele hier auf der Insel.«

Er seufzte und ließ sich wieder auf den Stuhl sinken.

»Es war Brandstiftung«, sagte sie und machte das Gegenteil, erhob sich, als wäre das hier ein albernes Spiel. »Und da wird Brundin nicht lockerlassen.«

»Er weiß, wo er mich findet«, sagte Blitz.

Als Ann Lindell gefahren war, verzehrte Blitz eine gewaltige Portion Haferbrei, schmierte sich Butterbrote und packte sie ein, er hatte wohl noch nie eine solch gute Auswahl von verschiedenem Belag gehabt, und legte eine Flasche Wasser und einen Apfel in seine Umhängetasche. Kaffee würde vielleicht der aus Schonen beisteuern.

Meistens brach er gern zur Arbeit auf, auch an Tagen des widerwilligen Aufwachens mit Kater und Morgenangst. Für gewöhnlich nutzte er den Weg, um in Gedanken durchzugehen, was zu erledigen sei, um Menschen zuzuwinken, die ihm unterwegs begegneten oder die er vor Häusern und Ferienhütten sah, Menschen, die er sein Leben lang kannte, von denen er abhängig war, aber an diesem Morgen wollte das Gefühl des Unbehagens ihn nicht loslassen. Und es ging nicht nur darum, dass er sich eines schweren Vergehens schuldig gemacht hatte, Adrian und dessen Garage gingen ihm sonst wo vorbei, nein, es war die langsam heraufdämmernde Erkenntnis, dass alles schlimmer werden würde, dass er in eine Entwicklung hineingezogen werden würde, bei der er selbst nur wenige oder keine Möglichkeiten hätte, den Verlauf zu beeinflussen.

In dieser Angelegenheit gab es andere Motoren, die mit hoher Umdrehungszahl arbeiteten und bei denen die Energie durch gewaltig verschiedene Interessen erzeugt wurde. Der Brand hatte den Konflikt eskalieren lassen, das war ihm jetzt klar, aber das war vielleicht vorher noch nicht so gewesen, um fünf Uhr morgens, als Cecilia ihn zweihundert Meter von Adrians Haus entfernt abgesetzt hatte. Er war mit dem Gefühl, einen Bubenstreich auszuführen, durch den Wald gegangen. Nun begann er zu ahnen, was er ausgelöst hatte.

Die Frage war, wie Cecilia mit den vielen Informationen umgehen würde, die sie am Vorabend eingeholt hatten. Sie hatte die ganze Nacht am Laptop gearbeitet, während er selbst auf dem Küchensofa geschlafen und aus der Ferne ihre gemurmelten Kommentare und ihr zufriedenes Kichern gehört hatte.

Jetzt hatte es begonnen. Die Bullerei würde einen gewaltigen Wirbel veranstalten, so viel war klar, Brundin war als sturer Teufel bekannt. Adrian würde ihn bedrängen und zudem sicher auch eigene Maßnahmen ergreifen. Er war immerhin so prominent, dass der Fall breite Aufmerksamkeit auf sich ziehen würde. Es würde viel geredet werden. Die Leute würden die Augen offen halten.

Highland Cattle. Blitz stellte sich eine Gruppe von zotteligen Tieren vor, die sich in dichter Gemeinschaft aneinanderdrängten und abwartende Neugier zeigten. Weidende Tiere. Es gab nur wenig, was ihn zufriedener stimmte. Jedes verhielt sich anders, sie stopften sich mit Leckerbissen voll, verschmähten aber alles andere, sie blieben auf ihrem abgetrennten Gebiet und trugen auf ihre Weise zum Erhalt der Insel bei. Hier würde eine Mischung aus Fleisch- und Wollvieh funktionieren. Die Schafe würden das höher gelegene Gelände und die Grenze zum Wald nehmen, wo sich die Espen ausgebreitet hatten. Das war jedenfalls seine Vorstellung; was der aus Schonen daraus machen würde, wusste niemand.

Blitz blieb nachdenklich stehen und schaute hinaus auf die Wiesen, als wäre es sein eigener Grund und Boden, für den er hier Pläne schmiedete. In seinen Nasenlöchern hing noch immer der Duft der Traubenkirsche, den die frische Rinde und das Holz absonderten. Es war nicht der süße, betäubende Duft der Traubenkirschenblüten, der ihn glücklich machte, sondern das Bittere des Sauerampfers, das ihn ein- und ausatmen ließ, der Gräsöduft.

Er blickte sich zu dem mehrstämmigen Baumstumpf um. Die ergrauten Schnittflächen berichteten vom Verlust an Masse. Die Traubenkirschen lagen wie dunkle Pastillen darum herum auf dem Boden. Die Blätter verfärbten sich bereits. Wenn die Natur hier ihren Gang gehen dürfte, würde die Traubenkirsche sofort neue Schüsse bilden, Hunderte, und in der Erde würden die Alarmglocken losschrillen und Wurzelausläufer aktiviert werden.

Er lächelte vor sich hin, über sich. Anblicke wie dieser hier erhielten ihn am Leben, altes Weideland, verwinkelte, überwucherte Wirtschaftswege, die durch das Unterholz verliefen, ein sich Fäule und Tod nähernder Heuschober, steiniges Gelände, Bäume, die wie ungepflegte Zypressen in die Höhe schossen. Gräsö. Davon würde er nie genug bekommen.

Er warf die Motorsäge an.

In der Ferne ging der aus Schonen über die alte Wiese. Auf den ersten Blick sah er zufrieden aus, aber als er näherkam, sah Blitz, dass irgendetwas dem Mann Sorgen machte.

»Das hier wird gut«, sagte der Grundbesitzer mit einer Handbewegung, und Blitz wusste nun, dass das nur eine einleitende Höflichkeitsphrase gewesen war. Er nickte als Antwort, nahm Helm, Visier und Gehörschutz ab, verärgert über die Unterbrechung.

»Ich habe bei Hildingstorp vorbeigeschaut«, sagte der aus Schonen nun. »Und da war jemand. Ich überlege, ob ich nicht die Polizei anrufen soll. Das ist doch Einbruch. Vielleicht ist es ein Drogensüchtiger oder eine Bande aus dem Osten.«

»Keine gute Idee, und es würde einen halben Tag dauern, bis die kommen«, sagte Blitz. »Ich kann mal hinfahren und nachsehen.«

»Das kann gefährlich sein«, sagte der aus Schonen. »Nein, das ist ein Fall für die Polizei.«

»Ich weiß, wer das ist.«

»Was?! Hast du etwas gesehen?« Plötzlich sah Blitz im Gesicht des anderen einen bisher fremden Zug. »Ist das ein Rumäne, einer von denen, die Roma genannt werden?«, brachte der aus Schonen mit Mühe heraus.

»Das ist eine verwirrte Frau, total harmlos. Lad mich zu einer Tasse Kaffee ein, dann erzähl ich dir alles.«

28

Manövrieren in einer komplizierten finanziellen Landschaft voller Fallgruben, Sackgassen, Kurven und Sperren. Die Kunst war zu wissen, in welcher Reihenfolge alles passieren musste. Sie merkte, dass sie aus der Übung war, aber vielleicht war das produktiv, sorgte für Vorsicht, verhinderte Übereilung.

Ehe sie alles vollenden konnte, einige Klicks bis zum letzten Befehl, musste sie die Kate verlassen und einen Spaziergang hinunter zur Förde machen. Sie brauchte Sauerstoff, musste aber auch die vielen widerstreitenden Gefühle analysieren, die in ihr tobten. Es war ein intensiver Tag gewesen, und das, was ihr bevorstand, würden auch keine Mußestunden sein. Die Entdeckung von Adrians Versteck, die peniblen Aufstellungen, die so typisch für ihn waren, die Ausmaße seines Betrugs, das alles konnte sie verstehen, aber ihren nächsten Schritt hatte sie sich nicht so genau überlegt. Sie staunte über ihren Leichtsinn, der ihr überhaupt nicht ähnlich sah.

Auf dem Spaziergang begann sie zu verstehen, wie alles zusammenhing. Es war die Insel. Sie war in ihre Jugend zurückgeworfen worden. Nach der Begegnung mit Rafaela hatte sie in Gedanken Spiele und Gerüche zurückgerufen, mit Blitz hatten sich die Verliebtheiten von damals zu Wort gemeldet, das Gefühl, zu Hause eingesperrt zu sein, mit einem Vater als Kontrolleur und Richter und zugleich mit einer nicht fassbaren Mutter, die offenbar außerhalb des Hauses zulangen musste, um dieses Leben zu ertragen, die intensive Zusammenarbeit mit Adrian, der Stolz, etwas zu leisten, das zu Erfolg führte – das alles war zurückgekehrt, wenn auch zum Teil in veränderter Gestalt. Und dann Casper, was hatte der bedeutet? Tatsache war, dass die Erinnerungen verblassten. Hatte er sie nicht im Stich gelassen, war gekommen und gegangen, wie es ihm passte?

Während der Jahre in Portugal waren die starken Emotionen nach und nach abgekühlt. Ihr gefiel das nicht, sie wollte mit der Hitze leben, aber die Langsamkeit, sie konnte kein besseres Wort finden, hatte auch eine stille Zufriedenheit hervorgerufen, als ob sie ein Beruhigungsmittel nähme. Die alltäglichen Dinge und Routinen in Serpa öffneten neue Wege, das hatte sie begriffen, sie hatte es sogar physisch verspürt.

Die Förde atmete schwer, diese gewaltige Wassermasse, die mit allen Weltmeeren in Verbindung stand. Sie ging in die Hocke, ließ die leichten Wellen über ihre ausgestreckte Hand spülen. Eine kleine Aster klemmte sich in einen minimalen Spalt zwischen zwei Felsbrocken. Tangfetzen wogten munter an der Strandkante. Kleine Dinge am Rand eines Meeres. Ihres. Caspers.

Sie richtete sich auf und zog sich langsam aus, faltete jedes Kleidungsstück sorgfältig zusammen und legte es auf einen Steinblock. Sie sah ihre bleiche Nacktheit, spürte sie durch den Wind an ihrer Haut. Ging einige Schritte hinaus ins Wasser. Die Temperatur lag bei an die sechzehn Grad, aber sie trotzte der Kälte und ging weiter. Die Steine auf dem Boden wichen dem Schlamm, und sie ließ sich vorsichtig abwärts und vorwärts sinken, machte einen Schwimmzug, zwei, drei, vier. Das kalte Wasser umarmte sie, spannte Bänder über ihren Leib. Sie war eigentlich niemals gläubig gewesen, aber das Gefühl, das sie hier bekam, musste doch als gottbegnadet bezeichnet werden, und sie erschauerte angesichts der Freiheit, die sie durchströmte; ein Genuss, der fast alles andere übertraf.

Die ruhigen Schwimmzüge bereiteten ihr den Weg. Wie weit würde sie es schaffen? Wo bist du? Sie hörte auf zu schwimmen, ließ die Füße sinken, trat Wasser und schaute sich um. Aus der Ferne hörte sie das Geräusch eines Bootsmotors. Einen Moment lang dachte sie, es sei Casper, der sie abholen wollte.

Sie schloss die Augen, hörte auf zu treten, ließ die Luft aus der Lunge entweichen und versuchte sich vorzustellen, wie es war, zu ertrinken.

Mit über den Kopf ausgestreckten Armen verschwand sie in der Tiefe, bis ihre Füße den Boden erreichten, diesmal den Steinboden. Die Dunkelheit war kompakt, umschloss sie, als ob sie eine fremde Welt besuchte. Sie stieß sich ab und erreichte die Oberfläche, holte keuchend Atem, blinzelte und füllte ihren Leib mit Sauerstoff. Das Motorgeräusch war näher gekommen.

Bringe ich es über mich, bis zur Schäre zu schwimmen? Bei Ebbe hatte die ein Ausmaß von etwa zehn Quadratmetern, blankgeschliffen von den Wellen und dem Eis des Winters. Mit dreizehn, vierzehn war sie problemlos hin- und zurückgekrault. Sie legte mit zwei kräftigen Schwimmzügen los. Brustschwimmen. Ruhige Züge. Die Strecke kam ihr jetzt, zwanzig Jahre später, unendlich vor. Rune war manchmal mit ihr zusammen geschwommen, immer schräg hinter ihr. Jetzt war sie allein. Ihr blieben vielleicht noch hundert Meter, als ihr die ersten Zweifel daran kamen, dass sie es schaffen würde. Sie drehte den Kopf, wie um sich davon zu überzeugen, dass er bei ihr war. Der Strand sah einsam aus. Hier ging es um die Schäre. Sie zählte die Züge, versuchte, die wachsende Panik auszusperren. Die Kälte kroch ihr in die Glieder. Sechsundfünfzig, siebenundfünfzig, achtundfünfzig. Ihre Hände erreichten plötzlich einen Ausläufer der Schäre und sie zog sich die letzten Meter weiter, ruhte sich einen Moment aus, ehe sie auf die Felsplatte kletterte. Sie hatte eine Gänsehaut und zitterte vor Kälte. Die Sonne war hinter den Wolken verschwunden, und über dem Festland war der Himmel dunkel, aber sie wusste, dass der Regen die Ostseite der Insel nur selten erreichte. Um sich zu wärmen, führte sie einige der Übungen durch, die sie als Kind von Rune gelernt hatte. Wenn der sie jetzt sehen könnte!

Trotz Müdigkeit und Kälte und trotz der schleichenden Angst, dass sie den Rückweg nicht schaffen würde, empfand sie eine Art Glück. Sie strich sich über den nackten Leib, wie zur Bestätigung, dass der eben nackt war, oder um die Illusion einer wärmenden Bewegung zu erzeugen. Sie atmete tief durch, streckte die Arme aus und schaute über die Förde hinaus. In der Ferne kreisten zwei Raubvögel, sie war sicher, dass es sich um Steinadler handelte. Dann entdeckte sie ein Motorboot, das sich in raschem Tempo näherte. Es umrundete Nässkäret und bog in Richtung Insel ab. Sie vermutete, dass es zum Steg wollte, wo eine Handvoll Sommergäste ihre Liegeplätze hatte.

Sie ging in die Knie, schob sich vorsichtig mit den Handflächen rückwärts über den glatten Stein und glitt langsam ins Wasser, die ganze Zeit die Augen auf das Boot gerichtet, ein offenes Glasfaserboot mit Außenbordmotor. Für einen Moment sah sie Casper vor sich. Hier war er gefahren und untergegangen.

Nun sah sie auch den Bootsführer, einen einsamen Mann in einer orangen Schwimmweste. Er hatte sie offenbar nicht entdeckt, denn er hielt weiterhin festen Kurs auf den Anleger. Das Wasser kam ihr nicht mehr so kalt vor. Sie ließ ihren Blick zum Horizont wandern, die Adler kreisten noch immer scheinbar träge im Luftmeer.

Es gab Augenblicke und Momente aus ihrer Kindheit, an die sie sich gern erinnerte. Rune war mit ihr zu einer Stelle gefahren, wo Adler zusätzliches Futter bekamen; dort wurden Schweine und Wild auf Schären und Eis ausgelegt. Es hatte eine Zeit gegeben, in der die Fische vergiftet waren, voller Quecksilber, PVC oder was immer es war, und die Vogeleier hatten zu dünne Schalen und platzten. Die Fortpflanzung des größten Vogels im Land war bedroht.

Sie standen in einem Versteck und hielten Ausschau. Rune hatte ihr ein kleines Fernglas gekauft, er selbst hatte ein Luxusmodell von Zeiss, auf das er ungeheuer stolz und um das er besorgt war. Er war ein anderer, wenn sie allein draußen in der Natur waren. Sie mussten früh von zu Hause losgehen, das gehörte mit zur Spannung und zum Vergnügen, als ob sie in der Dunkelheit ein Geheimnis teilten. Sie fuhren ein Stück weit, dann wanderten sie durch den Wald zu einer Odde, wo eine Schutzhütte in die Natur eingelassen war. Das Erste, was der Vater dort tat, war, im Kamin ein Feuer zu machen, zuerst Birkenrinde und Reisig, Cecilia behielt jede Bewegung im Auge, dann größere Holzstücke. Geräusche und Bewegung gehörten zu den Dingen, vor denen die scheuen Adler zurückschreckten, aber ein bisschen Rauch machte ihnen nichts aus. Sie mussten warten, noch immer war es dunkel. Das Erste, was sie hörten, waren die Raben. Wenn es dann hell geworden war, kamen die Adler, immer auf der Hut, mit den Raben als Spähern, die sie vor Gefahren warnten.

Ab und zu waren sie fast ein Dutzend, sie schlugen mit ihren gewaltigen Schwingen, rissen an dem begehrten Fleisch. Die weißen Schwanzfedern der erwachsenen Vögel und die gelben Schnäbel leuchteten in der Morgensonne. Rune hatte eine Art, leise zu kichern, wenn er zufrieden war, eine Angewohnheit, die sich in einem Versteck gut machte. Gunilla fand dieses Geräusch schrecklich, Cecilia dagegen liebte es. Die schlichte Holzbude, in der sie eingezwängt saßen, dicht beieinander, bald warm, mit gehobenen Ferngläsern. Es war unglaublich, wenn der Mensch sich wegen der wilden Tiere ganz vergaß. Sie befanden sich auf geheimem Terrain, auf heiligem Boden, konnte sie später denken, nur wenige wussten von diesen Aasstätten, und sie sprachen nur selten mit anderen über ihre Erlebnisse.

Sie ließ sich sinken und den nackten Leib willenlos hin und her wogen. Dann fielen ihr die beiden Thermoskannen ein, die eine mit Kaffee, die andere mit heißer Schokolade, und sie stieß sich mit den Füßen ab, machte eine Handbewegung und durchbrach den Wasserspiegel. Die Sonne war zurückgekehrt.

29

»Wer ist sie?« Die Stimme des Mannes aus Schonen klang normal; das Prozedere des Kaffeekochens und Tischdeckens hatte eine besänftigende Wirkung auf ihn gehabt, aber er war noch immer aufgebracht. Sie saßen mit ihren Bechern am Küchentisch. Blitz erwog die Alternativen, beschloss aber, offen zur Sache zu kommen.

»Vor ungefähr vier Jahren ist eine Frau von der Insel verschwunden. Sie hat nicht weit von hier gewohnt. Niemand hat von ihr gehört. Sie war wie vom Erdboden verschluckt, aber jetzt ist sie wieder hier. Sie hat einiges nachzudenken.«

Er sah, dass der aus Schonen von dieser Einleitung gefesselt war. Blitz erzählte die ganze Geschichte, ließ aber einiges aus, unter anderem, dass es sich um die Tochter von Rune und Gunilla Karlsson handelte.

»Warum Hildingstorp?«, war die erste Frage.

»Sie war als Kind oft dort«, so schmückte Blitz die Wahrheit ein wenig aus. »Sie möchte in einer Umgebung sein, die ihr vertraut ist, und deshalb ist sie hingefahren, um zu sehen, ob jemand in dem Haus wohnte. Aber das stand leer.«

»Wie ist sie reingekommen?«

»Die ganzen Jahre hat im Klohäuschen ein Schlüssel gelegen, das wusste sie von damals noch.«

»Keine Rumänin, mit anderen Worten.«

»Keine Rumänin. Sie ist bald wieder weg, nur noch ein paar Tage.«

»Ihr habt Kontakt?«

Blitz nickte. Ihm war klar, dass der aus Schonen Für und

Wider abwägte, ob er jemandem vertrauen könnte, der von dem fremden Gast gewusst, aber kein Wort gesagt hatte.

»Ich möchte sie treffen.«

»Sie ist bald weg.«

Der aus Schonen erhob sich, schob den Stuhl an den Tisch, klopfte sich auf die Gesäßtasche, wie um sich davon zu überzeugen, dass die Brieftasche noch vorhanden war.

»Wir fahren hin«, entschied er.

Blitz fand die Idee gar nicht gut. Er war unsicher, wie Cecilia auf einen überraschenden Besuch reagieren würde, und er sagte etwas darüber, dass sie unberechenbar sei, ein wenig schwankend in ihren Stimmungen, dass es vielleicht besser wäre, sie in Ruhe zu lassen. Der aus Schonen hörte geduldig zu, aber sein Entschluss stand fest.

»Das ist riskant«, sagte Blitz in einem letzten Versuch. Der aus Schonen blieb stehen.

»Du bist verliebt«, stellte er fest. Das war eine für die Insel dermaßen ungewöhnliche und aufdringliche Bemerkung, dass Blitz zu seiner eigenen Überraschung nickte.

»Ich werde es schön angehen«, sagte der aus Schonen, als sie den Hofplatz erreicht hatten. Die Tatsache, dass auch seine Mutter diese Redensart verwendete, hatte einen beruhigenden Effekt auf Blitz.

»Sie ist verwirrt«, sagte er, »aber ein guter Mensch.«

»Seltsame Zeiten«, sagte der aus Schonen, und da konnte Blitz ihm absolut zustimmen.

Blitz konnte sehen, dass Cecilias Wagen zweihundert Meter von Hildingstorp entfernt im Gebüsch stand, fast unmöglich zu entdecken, wenn man nicht genau wusste, wo man suchen sollte. Er sagte nichts. Der aus Schonen lenkte seinen SUV auf den schmalen Waldweg.

Er hielt etwa ein Dutzend Meter vor der Kate an, lächelte vor sich hin und stellte den Motor aus. Das hier gefällt ihm, dachte Blitz, als Besitzer anzukommen, mit dem Recht, zurechtzuweisen und abzuweisen. Das war eine neue Seite an dem Mann.

»Noch was«, sagte der aus Schonen. »Wenn sie Ärger macht, dann fliegt sie sofort raus.« Blitz stieg aus dem Wagen, ohne ein Wort zu sagen.

Er legte die Hand auf die Klinke, abgeschlossen, er klopfte vorsichtig an die Tür. Er wollte derjenige sein, der sie zuerst sah, wollte eine Chance haben, sie zu beruhigen. Er drehte eine Runde um das Haus, versuchte, durch das Fenster zu schauen. Er rief ihren Namen, und das war ein gutes Gefühl, er hatte das wohl seit fünfzehn Jahren nicht mehr getan. In Zukunft wollte er es oft machen.

Er hat Schiss, ging es Blitz plötzlich auf, als er sah, dass der aus Schonen noch im Wagen saß. Er rief wieder ihren Namen. Das Haus blieb stumm. Ein wachsendes Gefühl von Unbehagen stieg in ihm auf.

»Ist sie nicht da?«

»Sieht so aus«, sagte Blitz.

»Vertraut sie dir?«

Blitz nickte. Der aus Schonen stieg aus dem Wagen aus und schaute sich um. »Ich habe einige Jahre in Montana gewohnt, da konnte man erschossen werden, wenn man einfach so bei anderen aufkreuzte.«

»Hier nicht«, sagte Blitz, aber der aus Schonen sah immer skeptischer aus.

»Wir hinterlassen eine Nachricht«, sagte er schließlich.

Blitz ging zurück zum Haus und klopfte noch einmal an die Tür.

»Sie hat eine Chance, aber morgen rufe ich die Polizei an«, sagte der aus Schonen.

30

Es war nicht das Auto von Blitz, das hörte sie am Geräusch des Motors. Der uralte Simca schepperte zudem auf eine ganz eigene Weise. Nein, das hier war ein kraftvolles Fahrzeug, das in ziemlichem Tempo den Weg zur Kate forcierte. Sie bewegte sich vorsichtig vorwärts, machte einen Umweg. Das Gelände war unwegsam, und der Wald war ausgedünnt worden, deshalb bildete herumliegendes Gehölz effektive Sperren und versteckte tückische Senken. Sie geriet in eine und versank bis zu den Knien in einem Wasserloch.

Sie kam gerade rechtzeitig an, um zu sehen, dass Blitz um das Haus herumging. Mistkerl, murmelte sie. Der Wagen stand hinter der Kate versteckt, und sie schlich um sie herum. Ein Mann stieg aus dem Wagen. Sie zitterte vor Kälte, und das lag nicht nur an der langen Schwimmtour und den durchnässten Hosenbeinen. Der Mann schrie etwas, und sie verstand das Wort »Polizei«. Blitz stand noch immer beim Haus und gestikulierte, dann lief er zum Auto. Cecilia sah seine Unruhe.

Was zum Teufel, dachte sie, schleift der einen Idioten hierher? Sie ahnte, dass es sich um den neuen Hausbesitzer handelte, den Blitz »den aus Schonen« nannte und von dem er nur Gutes erzählt hatte.

Wider besseres Wissen kam sie aus dem Gestrüpp zum Vorschein, schob einige Zweige zur Seite. Die Männer entdeckten sie erst, als sie rief: »Hier bin ich, hol doch die Polizei, du wirst ja sehen, was dann passiert.« Die beiden fuhren herum. Sie trat so dicht an den Mann heran, dass sie seine Furcht körperlich spüren konnte. Blitz versuchte, sich zwischen sie zu drängen, aber sie hob den Arm.

»Ist schon gut«, sagte Blitz, »der ruft keine Polizei.«

Eine tiefe Müdigkeit überkam sie und sie schwankte. Es war, als ob alle angesammelte Anspannung der vergangenen Wochen aus ihrem Körper strömte, ihn schwächte, sämtliche Glieder in Alarmbereitschaft versetzte.

»Was hast du denn gemacht, du bist ja ganz blass?« Blitz legte ihr den Arm um die Taille. »Und kalt.« Der Hausbesitzer war zurückgewichen.

»Ich war im Wasser«, sagte Cecilia und verspürte ein unglaubliches Bedürfnis danach, umsorgt, ganz einfach getröstet zu werden.

»Wir können nicht zu mir nach Hause fahren«, sagte Blitz. »Vielleicht später.«

Cecilia spürte, wie ihre Tränen rannen. Ihr Körper bebte.

»Ich habe eine Decke«, sagte der aus Schonen, der eben noch mit der Polizei gedroht hatte, nun aber überaus mitgenommen aussah. Er beugte sich über die Rückbank und hob eine schöngemusterte Wolldecke hoch.

»Gotland«, sagte Cecilia. »Lamm.«

»Ja, von bester Qualität«, sagte Jens Thörn zufrieden.

»Hol meinen Laptop«, sagte Cecilia. »Der Türschlüssel liegt unter dem Stein.« Blitz warf ihr einen Blick zu, aus dem sie Dankbarkeit herauslas. »Und den roten Ordner«, fügte sie hinzu. Sie sahen einander für einen Augenblick an. Sie verstand seine unausgesprochene Frage und schüttelte den Kopf.

»Er lebt noch«, flüsterte sie Blitz zu, als er mit Laptop und Ordner zurückkehrte. Der aus Schonen hatte den Jeep gewendet und etwas von seiner Selbstsicherheit zurückgewonnen. Sie fuhren schweigend zu seinem Haus. Dort angekommen streckte er die Hand aus und stellte sich vor. Sie murmelte: »Cecilia.«

Der aus Schonen hörte sich aufmerksam an, was sie über ihren Aufenthalt in der Kate zu sagen hatte, stellte keine Fragen, gab keine Kommentare, beobachtete sie nur mit einem vorsichtigen Lächeln um die Lippen. Am Ende begriff sie, weshalb. Er wollte sie nicht provozieren oder sie auch nur im Geringsten in Aufregung versetzen, sie sollte glimpflich behandelt werden. Sie verstummte, warf Blitz einen raschen Blick zu. Er nickte verstohlen, wie zu einer Verschwörung.

»Es ist schön da drüben«, sagte der aus Schonen. »Feine Wiesen.«

»Die gehören Karlssons von der Landspitze«, sagte Blitz. Es kam ihr seltsam und ein bisschen lachhaft vor, dass er ihre Eltern als »Karlssons« bezeichnete, aber so wurden sie wohl genannt.

»Die haben sich um den Boden gekümmert. Er ist da genau, der Rune.« Blitz redete über das, womit er sich auskannte, die Landschaft von Gräsö, über Vernachlässigung und Wiederherstellung. Der aus Schonen lächelte nicht mehr, sondern sah ehrlich interessiert aus. Die beiden hatten sich gefunden, das begriff Cecilia. Auch sie hätte gern auf diese ungezwungene Weise über Verschilfung, Waldflora und Bestäubung reden können wollen. Es lag so viel Fürsorge in seinen Worten, Liebe geradezu. Es war eine eigene Sprache, in der die Landschaft die Tonart vorgab, wie dann, wenn die alten Schärenbewohner über Meer und Schären sprachen, über Strömmingsboote und die trügerischen Windstöße.

»Ja, das ist schöner Grund und Boden, ich habe ein Angebot gemacht«, sagte der aus Schonen. »Dieser Rune ist ein seltsam launischer Mann, das muss ich schon sagen.«

»Angebot wofür?«, fragte Blitz.

»Karlssons Land. Ich dachte, man könnte da etwas abtrennen. Sein Grundstück grenzt ja an meins, und ich hätte dann direkten Zugang zum Meer, und die Strandwiesen könnten Weideland werden. Es wäre eine zusammenhängende Einheit. Und Karlssons könnten in ihrem Haus wohnen bleiben.«

Sie begriff gar nichts. Wollte er den Boden kaufen, auf dem sie aufgewachsen war?

»Das ist ja eine Neuigkeit«, sagte Blitz. Er machte ihr ein Zeichen, Ruhe zu bewahren. »Und was hat Rune gesagt?«

»Nur zu, hat er gesagt und dann den Preis gewaltig erhöht. Er wollte acht Millionen.«

Am Tisch kehrte Schweigen ein. »Danke für den Kaffee«, sagte Blitz, als die Stille zu drückend wurde, und erhob sich. »Wir räumen morgen in der Kate auf.«

»Wann haben Sie mit ihm gesprochen?«, fragte sie.

»Zuletzt gestern. Da hat er den Preis angehoben.«

»Finden Sie ihn deshalb launisch?«

Der aus Schonen lachte. »Nein, eigentlich nicht. Er hat etwas über seine Frau gesagt, das ich nicht richtig verstanden habe, dass sie im Kaufpreis inbegriffen wäre, oder so ähnlich.«

Sie saßen bis zur Landstraße schweigend im Auto. Dort fuhr Blitz an den Straßenrand und hielt an. »Was ist los?«, fragte er. »Ich meine, bei deinem Vater.«

Sie hatte den Laptop und den roten Ordner auf den Knien liegen. »Ich weiß nicht, ich habe ihn seit vielen Jahren nicht gesehen.«

»Manche behaupten, dass er sich zu einem richtigen Sonderling entwickelt.«

»Ich bin nicht mehr böse«, sagte sie so leise, dass Blitz den Kopf wenden musste, um zu hören, »nicht so wie früher. Die sind mir eigentlich gleichgültig, also warum soll ich mich kümmern, mich aufregen?«

Sie lachte, wie um zu betonen, dass es einen deutlichen Unterschied dazu gab, was sie früher gesagt hatte.

»Aber wenn ihm das mit dem Aufteilen und Verkaufen ernst ist, dann ist das doch auch dein Land oder wird es jedenfalls einmal sein.«

»Sollen wir runterfahren?«

»Wie geht das weiter, mit den Unterlagen und Adrians Schwindelgeld?«, fragte Blitz.

»Das sind über dreißig Millionen, sollen wir die klauen?«

»Was, dreißig Millionen? Heilige Scheiße. Können wir das? Ich meine ...«

»Gib mir dreißig Minuten. Alles ist vorbereitet.«

»Ach«, sagte Blitz.

»Du klingst nicht gerade interessiert.«

»Ich habe dieses Spiel langsam satt.«

Sie schaltete den Laptop ein, gab das Passwort ein und machte auf dem Weg weiter, für den sie sich entschieden hatte. Blitz stieg aus, drehte eine Runde um das Auto, sprang über den Straßengraben, kehrte ihr den Rücken zu und starrte dann die Vegetation an. In dieser Zeit wurden Kronen, Euros und Dollar von Konto zu Konto verschoben, in einer langen, komplizierten Reihe, über mehrere Länder und Kontinente.

Als das erledigt war, blieb sie eine Weile ganz still sitzen, dann rief sie ihn. »Fertig«, sagte sie. »Adrian ist tot. Und jetzt fahren wir zu Karlssons auf der Landspitze.«

Sein Körper bebte, und er sah aus wie vom Blitz getroffen. Rune sank in die Knie, und Cecilia dachte an die Legende der Kinder von Fátima, ein Bild vom Papstbesuch in Portugal vor zwei Jahren huschte durch ihr Unterbewusstsein. Sie war zusammen mit einer halben Million anderer dort gewesen und hatte so viele Beweise für religiösen Wahnsinn gesehen, dass es für ein halbes Leben reichte.

»Erinnerst du dich an die Adler?«

Er machte ein verständnisloses Gesicht.

»Erinnerst du dich an die Thermoskannen mit Kaffee und Schokolade?«

Er wirkte verwirrt, nickte aber. Schniefte.

»Wo ist Mama?«

»Verreist«, brachte er heraus.

»Wo ist sie?«

»Sie ist einfach abgehauen.«

»Wohin?«

»Vielleicht zu Dagny, ich weiß nicht.«

Durchaus möglich, dachte sie, und eigentlich war es ihr egal. Nicht möglich war es jedoch, dass er nicht genau wusste, wo seine Frau war.

»Du bist nach Hause gekommen«, sagte er und kam mühsam auf die Beine. »Ich habe dir einiges zu erzählen. Deine Mama ist eine Schlampe.«

Blitz stieß einen Laut aus, der bestenfalls als Gackern bezeichnet werden konnte.

»War sie immer schon«, erklärte Rune Karlsson. »Sie …«

»Wir verschwinden«, fiel Blitz ihm ins Wort. »Das bringt doch nichts. Wir hauen ab und scheißen auf alles hier.«

»Was weißt du darüber, ein verlogenes Leben zu führen?«

»Einiges«, sagte Blitz, und Cecilia lächelte.

»Cecilia war das große Glück in meinem Leben«, sagte Rune Karlsson, und die Trauer in seiner gequälten Stimme war nicht zu überhören. »Du hast etwas über Thermoskannen gesagt, Cecilia, glaubst du, ich hätte das vergessen? Nie. Jeden Tag, jede Sekunde warst du bei mir.«

Sie konnte ihren Vater nicht ansehen. Er war nicht derselbe. Bedrückt, alt, gebrochen.

»Ich hatte Zeit zum Nachdenken.«

»Du wolltest alles und alle kontrollieren. Du wolltest, dass wir nach deinen Bedingungen lebten.«

Er nickte, ging einige Schritte zur Seite, kehrte zurück.

»Ich wollte nicht, dass du wirst wie sie. Treulos.«

Langsam begriff Cecilia, wie alles zusammenhing. »Ist sie tot?«

31

»Was ist das da?«

Brundin hielt ihr ein Blatt Papier vor. Gleich darauf hatte sie begriffen.

»Glaub nicht, dass er das ist«, sagte sie und zog ihr Telefon hervor. »Aber das können wir überprüfen.«

Sie verglichen die Handschrift in den Briefen, die Ann in Cecilia Karlssons Zimmer gefunden hatte, mit den handgeschriebenen Zeilen. Brundin schüttelte den Kopf.

»Der Stil in den Briefen ist gepflegt, was man von Adrians Gekritzel nicht gerade behaupten kann.«

»Wie hast du ihn dazu gebracht, das hier zu schreiben?«

»Er schien zu begreifen, dass es um mehr ging als nur den Garagenbrand. Er hat sich einfach gefügt, hat ohne irgendeinen Kommentar nach meinem Diktat geschrieben.«

»Seltsam.«

»Eigentlich nicht. Er steht unter Druck, nichts kommt ihm komisch vor. Er war mit seinen Gedanken woanders. Dann sollte man aufpassen.«

Ann verstand sehr gut, was er meinte, es war eine alte Wahrheit.

»Aber wer hat sie dann geschrieben?«

»Ein Liebhaber, der so gern zum Zug kommen möchte«, sagte Brundin, und bei ihm klang es geheimnisvoll, einladend und romantisch, alles auf einmal.

»Nicht wahr«, sagte sie mit einem Lächeln. »Wo war Adrian mit seinen Gedanken?«

»Warum. Er ist überzeugt davon, zu wissen, wer hinter dem Brand steckt, versucht aber zu begreifen, warum.«

»Eine erste Warnung vielleicht?«

Brundin machte ein skeptisches Gesicht. »Nicht nur«, sagte er. »Er hat etwas gesagt, das mir aufgefallen ist: Als ob sie es gewusst hätte, das hat er mehrere Male wiederholt. Als ich gefragt habe, was er meinte, schwieg er, aber ich bin überzeugt davon, dass es etwas in der Garage gegeben hat, mehr als ein Motorrad, einen Rasenmäher und den ganzen Schrott, den man so ansammelt.«

»Leidenschaft oder Geld, oder beides«, sagte Ann. »Darum geht es hier doch wohl.«

»Ich dachte an Pornos«, sagte Brundin. »Oder etwas richtig Schändliches und Scheußliches. So eine Leiche im Keller, nur eben in der Garage. Möglicherweise gab es eine Fotosammlung von einer nackten Cecilia Karlsson. Sie wusste vielleicht davon und wollte sie in Flammen aufgehen lassen. Und sie hätte das ja nie getan, solange Olga Palm noch lebte. Alle sagen, dass die beiden ein enges Verhältnis hatten.«

Sie erzählte von ihrem Besuch bei Blitz, dass er im Prinzip zugegeben hatte, hinter dem Brand zu stecken.

»Ich habe ein bisschen herumtelefoniert«, sagte Brundin, »um festzustellen, wo Cecilia sich aufhalten kann, bisher aber ohne Treffer. Ich würde sie gern auf die Streckbank legen und einige Male die Kurbel drehen. Ich habe einen alten Kumpel aus der Jagdgesellschaft angerufen, er ist ein Nachbar von Rune und Gunilla Karlsson und sehr neugierig, und er wollte …«

Ann versank in Gedanken, während Brundin weiterredete. Wer hatte die Briefe geschrieben? An wen waren sie gerichtet gewesen? Es gab im Grunde nur eine Möglichkeit, aber Brundin würde diesen Faden nicht entwirren können. Sollte sie es selbst versuchen?

»Ich sehe, dass du an etwas anderes denkst«, sagte Brundin mit einem Lächeln. »Ich fahre zu Blitz, dann kannst du weiter grübeln. Danach muss ich aufs Festland. Es liegt eine Anzeige über fahrlässiges Verhalten im Zusammenhang mit einer Jagd vor. Es können auch illegale Waffen im Spiel sein.«

»Jagd um diese Jahreszeit?«

»Wildschweine«, sagte Brundin mit einer Grimasse.

»Ist doch gut, wenn von denen welche abgeschossen werden.«

»Seh ich auch so«, sagte er und setzte sich ins Auto.

Ann blickte ihm hinterher. Was mache ich hier?, dachte sie. Spiele ich wieder Polizei? Die Käsezubereitung zu Hause im Dorf wirkte weit weg, geradezu belanglos.

Edvard war auf dem Campingplatz von Gräsö. Er hatte wohl die Hoffnung aufgegeben, dass Ann etwas zugänglicher werden würde, falls er eine solche Hoffnung überhaupt gehegt hatte. Ann bezweifelte das. Im tiefsten Herzen war er wohl froh darüber, dass er sich wieder an die Schreinerei machen konnte.

Zum dritten Mal stand Ann vor Rune Karlsson, und es war offenkundig, dass sich sein Zustand verschlechtert hatte. Wenn er beim ersten Besuch angespannt gewesen war, dann schien er sich jetzt kurz vor der Auflösung zu befinden. Schweißflecken unter den Armen und auf der Brust entstellten das absolut unangebrachte geblümte Hemd, seine Hände irrten über seinen Leib, als ob er irritierende Insekten verjagen wollte, und sein Gesicht wurde von Tics verzerrt.

»Was ist los, ist etwas passiert?«

Er wich zurück, wie um sich der Frage zu entziehen.

»Was wollen Sie?«

»Es passiert so allerlei«, sagte Ann ruhig, in dem Versuch, seine Unruhe nicht zu steigern. »Bei Adrian Palm hat es gebrannt. Seine Garage ist vollkommen zerstört. Aber nicht deshalb bin ich gekommen, ich würde gern mit Cecilia sprechen. Ist sie wieder da?«

Rune Karlsson starrte sie an. »Es hat gebrannt?«

Sie nickte. »Brandstiftung, kein Kurzschluss oder so was.«

Sie erkannte den Simca, der auf dem Hofplatz stand, es konnte nur ein Exemplar in diesem Zustand geben, aber sie zog es vor, nichts zu sagen.

»Ich habe gehört, Ihre Tochter soll den Brand gelegt haben. Ist sie hier?«

»Nein.«

»Aber Blitz.«

»Der soll mir bei der Strandwiese helfen.«

»Sie sind ein elender Lügner. Ich will mit ihr sprechen. Ehe die Polizei sie holt.«

»Ich bin hier«, erklang vom Scheunenaufgang her eine Stimme. Ann fuhr herum. Dort stand Cecilia Karlsson, da war kein Zweifel möglich. Sie war überraschend groß, vielleicht 1,75, und hatte eine stolze, wenn auch nicht trotzige Miene, und Ann begriff sofort, was Robert mit ihrem »gebieterischen Eindruck« gemeint hatte. Sie und Cecilia betrachteten einander, abschätzend wie zwei Schachspielerinnen vor einer wichtigen Entscheidung am Brett.

»Sie sind die Polizistin, die aus dem Dienst ausgeschieden ist und doch wieder nicht, oder?«

Ann war erleichtert über Cecilias einleitende Worte. Sie hätte auch sofort zum Angriff übergehen können.

»Machen wir einen Spaziergang?«, schlug Ann vor.

Cecilia legte die wenigen Schritte über den Scheunenaufgang zurück. »Sag nichts, was dir Probleme machen könnte«, mahnte ihr Vater, aber seine Stimme war kraftlos und gab keinen Hinweis darauf, wie sie das schaffen sollte. »Du hast nichts Verbotenes getan.«

»Sag das nicht«, erwiderte Cecilia. »Ja, gehen wir zum Steg. Da war ich seit so vielen Jahren nicht mehr. Hast du das Boot noch?«

Ihr Vater musterte sie verwirrt, als ob er die Frage oder deren Bedeutung überhaupt nicht verstanden hätte.

»Wir können vielleicht auf die Förde hinausrudern«, fügte Cecilia hinzu, drehte ihm den Rücken zu und setzte sich in Richtung Meer in Bewegung. Ann schloss sich an. »Warten Sie hier«, sagte sie zu Cecilias Vater. »Folgen Sie uns nicht.«

Sie brauchten nur wenige Minuten, um den Steg zu erreichen. Unterwegs schwiegen sie. Ann rief sich in Erinnerung, was sie wissen wollte, was sie zur Sprache bringen musste, die Kunst war wie immer, alles Unwichtige aus einem überlasteten Hirn auszurangieren, das bei einer Ermittlung heiß gelaufen war, zu viele Fäden entwirren musste. Sammy Nilsson beherrschte diese Kunst wohl am besten, aber sein hitziges Temperament hatte so manche Vernehmung sabotiert. Sie selbst war oft einer Intuition gefolgt, unterstützt von einigen hingekritzelten Aufzeichnungen auf einem Notizblock. Häufig ging das gut. Im Vernehmungsraum hatte sie Erfolg gehabt, aber sie ahnte, dass Cecilia eine harte Nuss sein würde. Ihre spöttische, ein wenig herablassende Miene, die Männer vielleicht anzog, zeugte von Selbstbewusstsein oder, was viel schlimmer wäre, vom Gegenteil.

Der Steg war solide gebaut. Ein circa zehn Meter langer Senkkasten umgeben von kräftigen Pfählen, die kürzlich imprägniert worden und mit Brettern aus Kiefernholz belegt waren. Drei Boote waren dort vertäut: ein älteres, wie es aussah schwer zu ruderndes Holzboot, ein Segelboot der alten Art und überraschenderweise ein Aluminiumboot mit Außenbordmotor.

Sie schauten hinaus auf die Förde, aber noch hatte keine von ihnen ein Wort gesagt.

»Das hier hat Ihnen sicher gefehlt«, sagte Ann.

»Ich hatte den Atlantik«, sagte Cecilia.

»Sie waren die ganze Zeit in Portugal?«

»Fast. Und Sie, angehende Gräsöbewohnerin?«

»Nein, aber ich bin gern hier. Edvard, mein Bekannter, und ich haben beide das Bedürfnis nach …«

»Einsamkeit«, vollendete Cecilia. »Blitz hat von Ihnen erzählt. Sonst hat er oft Probleme mit Leuten vom Festland.«

Ann fand das Wort »Einsamkeit« nicht unangenehm. Damit war die Einleitung erledigt. Sie holte Luft, wie um Anlauf zu nehmen. »Haben Sie den Brand gelegt?«

»Nein.«

»Was war in der Garage?«

Bei dieser Frage geriet Cecilias selbstsichere Miene für einen Moment außer Kontrolle. Sie wandte sich ab, spähte zum Horizont im Süden hinüber.

»Da ist er gestorben.«

»Casper hatte sich mit Adrian gestritten, wussten Sie das, unmittelbar, ehe er über Bord gefallen ist.«

»Die haben sich ziemlich oft gestritten«, sagte Cecilia.

»Hat Ihnen jemand erzählt, dass Sie ein Haus geerbt haben?«

Cecilia fuhr herum. Zum zweiten Mal hatte Ann ihr Gleichgewicht ins Schwanken gebracht. Sie erzählte, was Brundin ihr gesagt hatte. »Ich glaube, es liegt im Süden von Turin, da irgendwo, ich weiß keine Details, aber da steht das Haus.«

»Wir wollten dort hinziehen«, sagte Cecilia kaum hörbar.

»Aber der Tod kam dazwischen«, sagte Ann und lächelte in Gedanken über ihre dramatische Ausdrucksweise.

»Es steht in einem kleinen Ort namens La Morra, an den Namen erinnere ich mich, ich fand den lustig. Casper hat mir Bilder gezeigt, es ist schön, liegt zwischen Weinbergen. Wein und Haselnüsse. Und jetzt gehört es mir, meinen Sie?«

»Wein und Haselnüsse«, wiederholte Ann, »das wäre etwas.« Sie erzählte Cecilia, dass sie selbst nur ein durchfeuchtetes Haus von fünfundneunzig Quadratmetern mit Eternitfassade in Ödeshög geerbt hatte.

Cecilia lächelte gleichsam verständnisvoll.

»Fahren Sie hin«, sagte Ann. »Vergessen Sie das hier. Versöhnen Sie sich mit Ihren Eltern und machen Sie, dass Sie wegkommen.«

»Er will Land verkaufen«, sagte Cecilia. »Acht Millionen will er haben. Das ist ein Wahnsinnspreis.«

Ann schnitt eine Grimasse, sie hatte mit hohen Summen immer schon Probleme gehabt.

»Der aus Schonen will kaufen. Ich bin in seine Kate eingebrochen. Ein verdammtes Loch mit einer tickenden Totenuhr in der Wand. Die ganze Zeit! Ich war als Kind dort, damals war es schön. Ich weiß noch, dass ich mir so ein Leben gewünscht habe. Ich habe mir Rafaelas Eltern gewünscht, verstehen Sie? Jetzt kriecht die Totenuhr durch die Wand.«

»Wer ist Rafaela?«

Cecilia erzählte von ihrer Spielkameradin, von der chilenischen Familie.

»Wie waren die denn?«

»Frei, vielleicht, ich weiß nicht, aber sie wollten – Flüchtlinge können vielleicht niemals frei sein. Ich habe endlose Tage lang mit Rafaela gespielt.«

»Ist das ein altes Fischerboot?«

»Ja, das hat ursprünglich meinem Großvater gehört.«

»Ich habe einen Blick in Ihr Zimmer geworfen«, sagte Ann. »Das war wie ein Museum. Sie haben auf Ihre Rückkehr gewartet.«

»Können Sie sich vorstellen, dass ich zu Hause gewohnt habe?«

»Nein, das wirkt sehr unwahrscheinlich«, sagte Ann ehrlich.

»Ich habe sicher zehntausend im Monat gespart.« Sie lachte, als sei ihr plötzlich das Komische daran aufgegangen, dass eine ansonsten so selbstständige Frau von dreißig Jahren zu Hause bei Mama und Papa wohnte, um Geld zu sparen. »Keine Miete, und ich brauchte nicht einmal für das Essen zu bezahlen. Ich habe Geld beiseitegelegt, um ein eigenes Leben anfangen zu können.«

»Wenn ich Hotel Knaust sage, woran denken Sie dann?«

Sie bereute diese Frage sofort. Vielleicht war sie gerade dabei, eine polizeiliche Ermittlung zu sabotieren.

»Sundsvall«, sagte Cecilia, ohne Bedenkzeit zu brauchen.

»Haben Sie schon mal dort gewohnt?«

»Als Kind. Ich weiß noch, dass ich auf einer großen Treppe gespielt habe.«

»Warum Sundsvall, gab es da Wettkämpfe?«

»Warum wollen Sie das wissen?«

»Rune hat Sundsvall und dieses Hotel erwähnt.«

Cecilia lachte. »Hat er Bilder gezeigt? Er blättert zu gern in alten Alben.«

Ann lächelte, wie um diese Theorie zu bestätigen. Sie kam sich ein wenig verlogen vor. Das Seltsame war, dass Cecilia so leichtfertig über Dinge sprach, die Ann rein gar nichts angingen und für die sie auch kein Interesse haben dürfte.

»Wir hatten eine alte Tante und noch andere Verwandte, Kusinen, glaube ich, auf Mamas Seite in Norrland. Das waren die Einzigen aus der Familie, mit denen wir zu tun hatten. Total langweilig und mit einem furchtbaren Dialekt, aber ich weiß noch, dass ich das nicht schlimm fand. Papa konnte eins gut: Wettkämpfe organisieren, nie wurde einfach nur gespielt. Man traf sich, um zu wetteifern, nicht, um Spaß zu haben. Aber da oben machten wir das, was auch andere machten, spielten Mahjong und Wikingerschach, machten Ausflüge und badeten im Meer. Das war noch kälter als das hier, aber als Kind war das doch egal.«

»Was konnte Gunilla gut?«

»Mitten ins Schwarze treffen«, sagte Cecilia nach kurzem Nachdenken. »Und Vanillebeutel backen.«

»Haben Sie Kontakt zu der Verwandtschaft da oben?«

Cecilia schüttelte den Kopf.

»Ich sehe meine Verwandtschaft auch nicht mehr.«

»Haben Sie Kinder?«

»Einen siebzehnjährigen Sohn.«

Cecilia ging ans Ende des Stegs und kehrte Ann den Rücken zu, wie um klarzustellen, dass das Gespräch beendet war oder zumindest, dass sie eine Pause wollte. Dort vorn war eine Leiter angebracht. Alles sah ordentlich aus. An einem Gestell hing sogar ein Rettungsring, wie an einer öffentlichen Badestelle.

Ann wartete ab. Ihr ging auf, wie viele Male sie zusammen mit Edvard an diesem Steg vorbeigekommen war, wenn sie auf dem Weg zu den Fischgründen die Förde überquert hatten. Sie versuchte, sich Casper Stefanssons Körper vorzustellen, der langsam zum Meeresgrund hinabsank. Oder wie war das, war ein gewisses Gewicht vonnöten, damit ein menschlicher Körper versinken konnte? Peinlicherweise war sie sich nicht sicher. Sie würde Brundin fragen müssen, vielleicht Edvard. Aber jedenfalls, Edvard und sie hatten in der Förde Netze ausgelegt, hatten Fische gefangen, die wussten, wo sich Stefanssons Überreste befanden.

Cecilia hatte sich umgedreht. »Wo sind Sie?«

»Ich lege Netze aus«, sagte Ann und ging einige Schritte näher an sie heran.

»Ich werde mit Åke Brundin sprechen, ich weiß, wer er ist, das wissen alle auf Gräsö. Haben Sie seine Nummer? Danach verschwinde ich.«

»Wohin?«

»Ich weiß nicht … vielleicht Italien. Oder ich verirre mich. Das möchte ich manchmal.«

»Im Wald? Hier auf der Insel ist das schwer, am Ende kommt man immer ans Meer.«

»Man braucht nur geradeaus, geradewegs, gerade abwärtszugehen«, sagte Cecilia, und Ann ahnte eine gewisse Trauer im Gesicht der anderen, als ob die sich an etwas Schmerzliches erinnerte.

Ann kritzelte Åke Brundins Nummer aus der Erinnerung auf einen Zettel. Mehr wurde nicht gesagt. Wie schon auf dem Hinweg gingen sie schweigend zurück. Ann dachte an andere Pfade, während sie Cecilia Karlssons Rücken und Beine musterte. Von hinten sah Cecilia gut aus, wie sie über abgeschabte Wurzelrücken und in den festgetrampelten Boden eingesunkene Steine glitt, wie sie den dornigen Zweigen der Hagebutten und den stechenden Wacholdersträuchern am Weg zum Haus hoch auswich. Sie machte einen selbstbewussten und durchtrainierten Eindruck. Darin lag das Trügerische. Das Gebrechliche und Bleiche war leicht zu identifizieren und signalisierte durch seine Fragilität etwas Deformiertes, vielleicht einen Mangel, ein Leiden, etwas, vor dem man auf der Hut sein musste.

Plötzlich blieb Cecilia stehen. »Sehen Sie mal«, sagte sie und zeigte auf einen Schmetterling, der sich am Wegrand auf einem Blatt ausruhte. Er schlug mit den Flügeln, die weiß waren und schwarze Striche aufwiesen. »Baumweißling«, sagte Cecilia nun, und ihre Haltung schien sich mit einem Schlag verändert zu haben. Auch ihre Stimme verlor ihre Herbheit; der Hauch von Ironie, der ansonsten ihre Kommentare prägte, wich einem warmen Tonfall.

Ann musste sofort an Eriks Erklärung denken, dass er die Namen der Pflanzen lernen wollte, und ihre Irritation über Cecilias Unberechenbarkeit wurde verstärkt, aber sie sagte nur kurz, der Schmetterling sei wirklich schön.

»Meistens sieht man den früher im Sommer.« Cecilia schaute sich um. »Eberesche und Schwarzdorn«, erklärte sie, wie um ihre Artenbestimmung zu verifizieren. »Wir haben hier nicht so viel Weißdorn.«

»Kennen Sie sich mit Schmetterlingen aus?«, fühlte Ann

sich gezwungen zu fragen; ihr war aufgefallen, dass Cecilia »wir« gesagt hatte.

»Rune hat mich hierher geschleift«, sagte Cecilia, abermals mit diesem ironischen Tonfall, wie um die Bedeutung ihrer eigenen Worte zu dämpfen.

»Postfach 339«, sagte Ann.

»Wie, was meinen Sie?«

»Sie wissen nichts davon?«

»Was meinen Sie?«, fragte Cecilia noch einmal.

Sie musterten einander. Ein zweiter Baumweißling kam angeflogen, aber keine achtete darauf. Ann sah, wie sich langsam die Erkenntnis festsetzte, dass es hier Geschehnisse und Verhältnisse gab, von denen Cecilia nichts wusste, obwohl sie die Tochter ihres Vaters war und den Überblick haben wollte.

Ann zog ihr Telefon hervor und klickte die Bilder-App an. »Das hier ist ein Auszug aus einem Brief«, sagte sie. Ihre Hände zitterten, wie auch ihre Stimme, als sie einige Zeilen vorlas. »Können wir uns nächste Woche treffen? Ich muss dann nach Sundsvall. Wir können uns im Knaust einloggen, du weißt, das Hotel mit der Treppe. Du hast doch wohl irgendwelche Verwandten da oben bei den Lappen und kannst behaupten, du müsstest sie besuchen?«

»Was für ein Postfach? Worum geht es hier eigentlich?«

»Ich habe keine Ahnung«, sagte Ann in einem Tonfall, der das Gegenteil andeutete.

»Was wollen Sie, was verlangen Sie von mir?«

»Ich war viele Jahre bei der Polizei und ich spüre, wenn etwas nicht stimmt, wenn es Widersprüche gibt.«

»An wen war der Brief?«

»Das weiß ich nicht«, sagte Ann, die den bohrenden Blick der anderen spürte, und sie zögerte einige Sekunden, ehe sie weitersprach. »Vielleicht an Ihre Mama.«

Das Wort »Mama« klang in diesem Zusammenhang seltsam. Es war deutlich, dass Cecilia das ebenso empfand. »Meine Mama?«, fragte sie und es schien, als müsse sie dieses Wort auskosten und befände es für bitter. Ann nickte. Sie wollte Cecilia so gern überzeugen. Cecilia war der Schlüssel, sie war diejenige, die in diesem Wirrwarr trotz allem die deutlichste Position innehatte. Leicht verrückt oder nicht spielte hier keine Rolle, denn im Grunde, wer war das denn nicht?

Cecilia ging jetzt weiter. Ann wollte sie noch nicht loslassen. »Noch eins«, sagte Ann. »Kennen Sie diese Handschrift?« Cecilia blieb stehen. Ann hielt ihr das Telefon hin; Cecilia warf einen kurzen Blick darauf, dann schaute sie zur Förde hinüber, die man zwischen den Bäumen ahnen konnte.

»Nein, ich weiß nicht, wer das geschrieben hat«, sagte sie, machte auf dem Absatz kehrt und setzte ihren Marsch zu ihrem Elternhaus fort.

Ann betrachtete die unruhig flatternden Schmetterlinge, ehe sie sich anschloss. Sie konnte inzwischen vier Arten identifizieren: Baumweißling, Zitronenfalter, Pfauenauge und Trauermantel. Dieses Wissen kam ihr schön und total wertlos vor.

Sie ging schneller, denn sie wollte Cecilia nicht aus den Augen verlieren. Es könnte doch alles passieren. Cecilias Zorn war nicht zu übersehen, es gab nichts Schönes mehr an ihrem Auftreten, und Tatsache war, dass Ann eine gewisse Befriedigung darüber empfand, dass es ihr gelungen war, die andere aufzurütteln.

Blitz und Rune Karlsson saßen auf der Veranda und tranken Kaffee, als sei alles Friede, Freude, Eierkuchen. Auf einer Platte lagen Vanillebeutel. Ann streckte die Hand aus und nahm sich einen. Blitz erhob sich und lief hinter Cecilia her, die ohne ein Wort im Haus verschwunden war. Rune saß da wie gelähmt, mit geradem Rücken, Arme und Hände ordentlich auf die Armlehnen gelegt. Ann kam die Assoziation mit dem elektrischen Stuhl.

»Rufen Sie Ihre Frau an«, sagte Ann. »Sagen Sie ihr, dass sie nach Hause kommen soll.«

Rune schüttelte den Kopf. »Die kommt wohl nie mehr zurück«, sagte er.

32

»Drei Anzeigen an ein und demselben Tag. Gräsö wird anstrengend, eine No-go-Zone«, sagte Brundin, und Ann fand, dass er sich zum ersten Mal ein bisschen gezwungen anhörte. »Eine von Rune Karlsson, weil seine Frau Gunilla verschwunden ist. Adrian Palm hat Cecilia wegen Bedrohung und Brandstiftung angezeigt, und als Sahne auf dem Kompott hat ein gewisser Jens Thörn einen Einbruch in einem seiner Häuser gemeldet. Er …«

»Ich weiß, wer das ist«, fiel Ann ihm ins Wort. »Das ist das am wenigsten Wichtige. Cecilia hat ein paar Tage dort gewohnt. Eine Bagatelle.«

»Bagatelle«, wiederholte Brundin und klang dabei bedrückt. Ann konnte sich vorstellen, wie der erfahrene Polizist den Ausdruck von Thörns Anzeige beiseitegelegt und gleich darauf alles vergessen hatte.

Sie stand in der Küche und starrte in einen Kochtopf, in dem die Kartoffeln heftig kochten. Sie drehte die Platte herunter. Edvard würde bald da sein. Ann hatte versprochen, Essen zu machen. Er war traditionell, was bedeutete, sofort zu Tisch, falls das möglich war. Er hatte niemals etwas gesagt, aber Ann spürte die Erwartungen und schaffte es doch nicht, sich wirklich darüber zu ärgern. Es gab wichtigere Dinge. Und wenn er zu Hause war, stand das Essen immer auf dem Tisch, wenn Ann kam, es glich sich also alles aus.

»Was denkst du über Frau Karlsson?«, fragte Brundin.

»Was hat Herr Karlsson gesagt?«

»Sie sei nach Timrå gefahren, um eine Verwandte zu besuchen, habe sich seither nicht mehr gemeldet und gehe nicht

ans Telefon. Er hat die Kusine, oder was immer sie ist, angerufen, aber die fiel aus allen Wolken, hatte Gunilla Karlsson
schon ewig nicht mehr gesehen und erwartete keinen Besuch.«

»Sie wohnt vielleicht im Hotel Knaust«, sagte Ann.

»Mit wem?«

»Spaß beiseite, ich mache mir ein bisschen Sorgen. Rune
wirkt völlig außer sich.«

»Hat sie ihn endgültig verlassen?«, fragte Brundin.

»Es kann so aussehen«, sagte Ann.

»Du meinst, dass sie in der Förde liegt«, sagte Brundin, und
bei ihm hörte es sich an wie eine vernünftige Alternative.

»Du kannst sie nicht leiden?«

»Hab ich noch nie getan.« Ann wartete vergeblich auf
eine Begründung. Ihr kam der Gedanke, dass Brundin vielleicht zu tief in das Leben auf Gräsö verwickelt war. Er schien
die meisten zu kennen und über fast alles eine Meinung zu
haben.

»Ihr Telefon«, sagte Ann.

»Ich habe Überprüfung beantragt. Bei irgendeinem verdammten Sendemast muss sie doch in der Nähe gewesen sein.
Das Verschwinden scheint der Familie Karlsson im Blut zu liegen. Nervig finde ich das.«

»Du willst etwas Handfestes, eine tote Wildschweinherde
im Wald bei Ånö oder eine Körperverletzung in Långalma.
Oder so.«

Brundin grinste, wurde gleich aber wieder ernst. »Wir haben Cecilia zur Vernehmung geholt«, sagte er zu Anns Überraschung. »Uns wurde gemeldet, dass sie an Bord war, und
wir hatten das Glück, dass gerade Kollegen in Öregrund waren. Die sind hingefahren, und als Cecilia von der Fähre fuhr,
konnten sie sie sofort beiseite winken.«

»Kein Protest?«

»Absolut nicht. Wir haben ihr erklärt, wir hätten nur ein
paar Fragen. Sie war die Freundlichkeit in Person, hat aber

eigentlich nichts von richtigem Wert von sich gegeben. Sie hat wiederholt, was sie dir auch schon gesagt hat.«

»Die Garage«, sagte Ann. »Komm noch mal zu Adrians Garage zurück, gab es da etwas Spannendes, oder war der Brand die pure Schikane? Tu so, als wüsstest du mehr, als du zugibst.«

»Das tu ich immer«, sagte Brundin und schien sofort in besserer Laune zu sein.

»Wer hat angerufen? Jemand von den Fährleuten?«

»Nein, das war Blitz«, erzählte Brundin. »Er hat so ungefähr gesagt, wir können auch gleich mit Cecilia reden, die Sache aus der Welt schaffen, so hat er sich ausgedrückt. Er hatte das Katz-und-Maus-Spiel offenbar satt.«

»Hat er noch mehr gesagt?«

»Nein, nur, dass er sich Sorgen um Rune Karlsson macht, dass dessen Alte zu allem fähig ist.«

»Wie hat er das gemeint?«

»Gunilla Karlsson hat Haare auf den Zähnen, das wissen alle. Sie hat den größten Teil ihres Lebens auf der Insel verbracht, ist aber niemals richtig akzeptiert worden.« Mehr sagte er nicht, verriet keine Details. Ann musste versuchen, sich den Rest vorzustellen, und das war nicht besonders schwer. Die Mentalität auf der Insel konnte bisweilen verschlossen und abweisend sein, wenn nicht sogar verurteilend, aber das hatte sie auch erlebt, als sie vor zwei Jahren von Uppsala in das Dorf bei Gimo gezogen war, so war es wohl überall auf den schwedischen Dörfern.

Sie redeten einige Minuten weiter, aber da es an Tatsachen fehlte, waren es vor allem Spekulationen, ihnen war jedoch beiden klar, dass die Lage nicht hoffnungslos war. Es gab Bewegung. Menschen, die bereit waren, zu erzählen, was sie ahnten oder wussten. Ann sagte so etwas Ähnliches, um Brundin aufzumuntern, ehe sie das Gespräch beendeten.

Ann warf einen Blick auf die geräucherte Faluwurst, die in einer Käse- und Tomatensoße im Backofen schwitzte. Plötzlich wandelte sie durch die Zeit, wurde zu einer anderen, wurde zu ihrer Mutter, die immer dieses Gericht zubereitete, wenn sie etwas Besonderes bieten wollte. Anns Vater hatte diese Wurst geliebt. Ihr Anblick und Geruch hatten seine Stimmung immer gehoben, und das Witzige war, dass es ein schnöder, berechnender Trick seiner Gattin war und kein Ausdruck von Fürsorglichkeit oder Zuneigung.

Sie grinste, und drehte die Temperatur herunter. Die Nachdenklichkeit machte sie langsamer und zugleich immer ruheloser. Sie hatte das Gefühl, etwas Wesentliches übersehen zu haben, oder etwas Triviales und Bedeutungsloses, das Gefühl war dasselbe, das wusste sie aus Erfahrung, aber es war immer gleich irritierend. Bei komplizierten Ermittlungen zu ihrer Zeit als Polizistin hatte sie es sogar physisch gespürt, ein Stechen in den Armen, der Schweiß, der im Kreuz und zwischen ihren Brüsten ausbrach.

Sie drehte den Backofen ganz aus, hob den Deckel über den Kartoffeln an, dann ging sie hinaus und setzte sich auf die Glasveranda, unentschlossen, lustlos. In ihrem alten Leben hätte sie nun Wein getrunken, jetzt trommelte sie ungeduldig mit den Fingern auf dem Tisch. Im Kühlschrank stand eine offene Flasche Vinho Verde, und in der guten Stube gab es noch einen Rest Rotwein aus Priorat in Katalonien, einem neuen Weingebiet, das sie entdeckt hatte. Die Standuhr schlug, und sicher war Edvard im Anmarsch.

Langsam kam ihr die Erkenntnis, sie setzte sich gerade auf, stellte das nervöse Trommeln ein, faltete die Hände wie zum Gebet und richtete den Blick auf einen Punkt im Garten, aber eigentlich sah sie vor sich die gute Stube und den Schrank mit den Flaschen. In ihrem Eifer stützte sie sich beim Aufstehen auf den Tisch und stieß eine Blumenvase um. Sie stellte die Vase rasch wieder richtig hin und musterte für einen Moment das Wasser, das auf die Tischplatte geflossen war, dann lief sie hinüber in die gute Stube. Es war, als ob der Nachhall von Violas alter Wanduhr noch immer mit den sechs Schlägen vibrierend in der Luft hing. Sie öffnete die Schranktür. Fünf Flaschen, zwei davon Wein. Die anderen enthielten Wodka, Kognak und Tequila. Genau die Sorten, die es bei Edvard immer schon gegeben hatte. Der Mensch war ein Gewohnheitstier, Räucherwurst oder Wodka, es spielte keine Rolle, man kehrte zu den Lieblingen zurück.

Sie griff zu ihrem Telefon und drückte auf die Neuwahltaste. Sofort meldete sich Brundin mit »Was ist denn jetzt schon wieder?«.

»Ich glaube, verstanden zu haben, dass es Alkohol in dem Boot gab, aus dem Casper Stefansson gefallen ist.«

Brundin brummte vor sich hin.

»Welche Sorte?«

Er antwortete wie aus der Pistole geschossen. »Im Boot lag eine Flasche Captain Morgan. Halb ausgetrunken.«

»Was ist das? Rum?«

»Aus Jamaika«, sagte Brundin, und Ann hörte seiner Stimme an, dass seine Neugier geweckt war, sie bedankte sich aber, versprach, sich wieder zu melden, und drückte das Gespräch weg.

Edvard war unbemerkt hereingekommen. Er stand in der Tür, als sie sich umdrehte. Sie fing seinen Blick ein, begriff, dass er sich fragte, warum sie vor dem Schrank mit Wein und Schnaps stand.

»Ich glaube, mir ist etwas eingefallen«, sagte sie. »Hast du schon mal Captain Morgan getrunken?«

»Das kann schon sein.«

Die Erleichterung in seinen Augen war nicht zu übersehen.

»Schmeckt der gut?«

Er machte eine Kopfbewegung, die bedeuten sollte, dass der Geschmack schon in Ordnung sei.

»Faluwurst«, sagte Ann. »Im Ofen steht Faluwurst. Essen wir?« Sie gingen in die Küche, Ann wischte eilig den Tisch ab, Edvard nahm die Form aus dem Backofen, und Ann kippte die Kartoffeln in eine Schüssel und stellte geriebenen Käse und Ketchup dazu.

»Ich wollte Kartoffelpüree mit kleingehackten Zwiebeln machen, aber mit Frühkartoffeln geht das nicht.«

»Das ist gut so«, sagte Edvard und langte zu. Er aß schweigend, schaute zu Ann hinüber und lächelte. »Captain Morgan«, sagte er.

»Ist das eine Flasche mit einem Piraten auf dem Etikett?«

Edvard lachte, und ehe er antwortete, stopfte er sich den Mund voll mit Wurst, an der Fäden aus zerlaufenem Käse hingen, und kaute gewissenhaft, den Blick weiterhin auf Ann gerichtet. Es war in seiner Alltäglichkeit ein ansprechender Anblick. Sie wollte aufstehen, um den Tisch herumlaufen und ihn umarmen, ihm sagen, dass sie mit einem Mann leben wollte, der Faluwurst mit geschmolzenem Käse derart lustvoll aß, aber bisweilen sind Schweigen und Stille die besten Liebesbeweise. Bei Edvard war das jedenfalls eine Wahrheit.

»Stimmt«, sagte er endlich. »Ein Kaperkapitän.«

»Als wir bei den Karlssons waren, habe ich so eine Flasche gesehen«, sagte sie und erzählte, dass Brundin eben diese Worte im Zusammenhang mit Casper Stefanssons Tod erwähnt hatte.

»Ja, ich habe auch gesehen, dass die jede Menge Schnaps rumstehen hatten, aber ich habe nicht auf die Sorten geachtet«, sagte Edvard. »Ich bin kein Kenner.«

Das war eine Bemerkung, die als Anspielung auf ihre früheren Gewohnheiten betrachtet werden konnte, aber er sah nur gutmütig aus, als er nun weitersprach.

»Du meinst, die Flasche im Boot stammte von Karlssons?«

»Vielleicht.«

»Dieser Rum ist ziemlich beliebt, glaube ich.«

Sie aßen schweigend weiter. »Das lässt sich nur auf eine Weise feststellen«, sagte Lindell.

»Es ist über vier Jahre her«, bemerkte Edvard.

»Karlssons kommen mir labil vor«, sagte Ann, »und von der Beziehung ist nicht mehr viel übrig, da will man der Gegenseite vielleicht Schaden zufügen.«

Edvard warf ihr einen raschen Blick zu.

»Das sehe ich nicht zum ersten Mal. Es ist unangenehm, die Trennung eines Paares ausnutzen zu müssen, aber effektiv.« Ann erzählte von Fällen von früher, wusste jedoch immer weniger, was sie eigentlich sagen wollte und ob es der Mühe wert wäre. Edvard, die Räucherwurst und ein von Verbrechen und Ermittlungen erlöstes Dasein wirkten immer mehr wie das Wesentliche in ihrem Leben.

Edvard schien ihre Gedanken gelesen zu haben, er deutete ihre zögernde und unsichere Stimme als Hinweis darauf, dass es sinnvoller wäre, das Thema zu wechseln. »Erik wirkt nervös und ausgeglichen zugleich«, sagte er und fing an, den Tisch abzuräumen, stellte die beiden Teller und die Schüsseln aufeinander, schnappte sich die letzte Wurstscheibe und stellte alles zusammen in den Spülstein.

»Es ist nicht verwunderlich, dass es einem jungen Menschen zu schaffen macht, seinen biologischen Vater kennenzulernen«, sagte Ann. Das Klappern des Porzellans verstummte.

»Er hat sich gefreut, hatte aber auch Angst davor, was ich sagen würde«, fuhr sie fort, und die alte Unruhe stellte sich wieder ein.

»Und was meinst du?«

»Für mich ist das in Ordnung«, sagte Ann ohne einen weiteren Kommentar.

Wenn er mehr wissen will, soll er mich fragen oder, was weniger wahrscheinlich ist, Erik, dachte sie. Er hatte ihren Sohn gern, aber Erik war auch der unwiderlegbare Beweis für ihre Untreue und ihren Verrat, eine dauernde Erinnerung, wenn man sich nun in dieser Geschichte verbohren wollte. Edvard neigte dazu. Er brachte immer häufiger seine Kindheit und Jugend zur Sprache, seine Eltern und die Arbeit auf dem Hof, wo Edvard, sein Vater, und sein Großvater als Landarbeiter angestellt gewesen waren, kurze Ausführungen, die auf umfassendere Überlegungen hinwiesen. Selten oder nie nannte er die Namen seiner beiden Söhne. Ihr Leben und der Abbruch des Kontakts zum Vater und nicht zuletzt ihr wahnwitziges Weltbild, ihr unverhohlener Rassismus und ihr Hass waren für Edvard eine Wunde, die niemals heilen würde. Das wusste Ann, ohne dass sie darüber sprechen mussten.

»Wie gut«, sagte Edvard, und damit schien die Sache aus der Welt zu sein. Ann legte den Kopf in den Nacken, schloss die Augen, holte Luft, stellte ihre Gedanken auf null und war für den Augenblick erlöst.

Edvard machte sich an den Abwasch. Er hatte keine Spülmaschine und würde sich wohl auch nie eine zulegen.

»Willst du ihn treffen, Eriks Vater meine ich?«

»Nein«, sagte Ann, ohne eine Sekunde zu zögern, aber das war eine Lüge.

»Morgen fahren wir aufs Meer«, sagte Edvard, als sie mit ihren Kaffeetassen auf der Veranda saßen.

»Musst du nicht arbeiten?«

Er schüttelte den Kopf. »Wir sollten die Zeit nutzen, bald ist Herbst.«

»Wir können Proviant einpacken«, sagte Ann, froh und doch gespalten. Sie hätte gern noch einmal mit Rune Karlsson gesprochen.

33

War das ein biblischer Ausdruck? Er hatte eine vage Erinnerung an seine früheste Kindheit, als seine Großmutter von »unvernünftigen Tieren« gesprochen hatte, wie geboren zu Fang und Verderben. Damals hatte er das nicht verstanden, hatte sich vor der mürrischen alten Frau mit den rissigen Händen gefürchtet. Aus ihrer spitzen Nase tropfte ununterbrochen eine klare Flüssigkeit, als ob ihr aller Saft entzogen würde, damit sie langsam eintrocknete, mumifiziert würde. Von ihrer ganzen Christlichkeit und Frömmigkeit waren nur noch Verurteilung und gallenbittere Zitate aus der Bibel übrig, die auf einer weißen Tischdecke in der ungeheizten guten Stube lag. Diese Bibel war uralt, eingebunden in Leder, das im Laufe der Jahre fleckig geworden und verblichen war, und dominierte durch ihre Schwere den Raum. Er durfte die brüchigen Blätter nicht anrühren, aber auf diesen Gedanken wäre er auch nie gekommen.

Nun wusste er, wofür diese Worte standen, und er fürchtete sich noch genauso sehr, nein, noch mehr als in seiner Kindheit. Erfahrung und Vernunft hatten keinen Einfluss darauf, was ihm vor sechzig Jahren eingeprägt worden war. Er hasste seine Großmutter, hasste die Erinnerung an sie. Die Bibel hatte er gleich nach dem Tod seines Vaters im Kachelofen verbrannt. Als einer seiner Brüder danach gefragt hatte, hatte er vorgegeben, nichts vom Schicksal der Heiligen Schrift zu wissen.

»Unvernünftige Tiere«, hatte er gedacht, als er die Tür zu dem Holzschuppen zuschlug, in dem Netze, Bojen und alles Mögliche, was mit Fischerei zu tun hatte, aufbewahrt wurde.

Es waren vielleicht ihr Wimmern und das Klirren der Kette um ihren einen Fuß, die ihn an Jagd, Fang und Schlachten denken ließen. Die Kette war vor hundert Jahren von seinem Großvater Karl handgeschmiedet worden. Rune Karlsson gefiel die Vorstellung, sich durch die Jahrhunderte sinken zu lassen. Er hatte sie mithilfe von rostigen Ketten gefesselt, mühsam zusammengefügt von Händen, von denen er ahnte, dass sie hinter so vielem auf dem Hof steckten; die Schmiede war noch vorhanden, vom Strand her war ihr Dach zu ahnen. Doch auch die Hilfe der verdammenden Bibelworte war wichtig gewesen, herausgeschleudert von seiner Großmutter, dieser Hexe mit dem stinkenden Atem, der durch eine schlecht sitzende Prothese entwich.

Sie war gefangen, jetzt sollte sie verderben. Er hatte schweigend gearbeitet. Es hätte keinen Sinn gehabt, etwas zu sagen. Die Wörter hatten jegliche Bedeutung verloren. Es gab keinen Sinn oder Verstand mehr, hatte es wohl seit vielen Jahren nicht mehr gegeben. Sie war moralisch zerfressen, diese Beschreibung war wohl die nächstliegende. Es war ihm egal gewesen, er hatte nicht versucht, sie zu besänftigen, hatte ihr kein Motiv geliefert, hatte kein einziges Wort gesagt, und das hatte ihr Entsetzen sicher noch gesteigert. Das fand er amüsant.

Er blieb halbwegs zwischen Schuppen und Steg stehen. Einige kräftige Blutweiderich-Pflanzen wiegten sich im Südwind und leuchteten feurig zwischen den Strandsteinen, wie ein letzter Gruß. Es war eine gute Zeit. Die Natur wurde langsamer, Blüten wurden zu Samen, Frucht und Nüssen, gaben sich träge preis, ließen einen Hauch Trauer von erschöpften Blättern und gebrochenen Stängeln fallen, in dem Bewusstsein, dass es keinen ewigen Sommer gab, wechselten wie zuchtlose Gaukler ihre Farben, verkleideten sich, ehe sie sich schließlich entkleideten.

War es zu weit gegangen? War er zu weit gegangen? Es ging nicht, das Band zurücklaufen zu lassen. Vieles sprach dafür, dass Gunilla sterben müsste. Morgen hatte sie nach Stockholm fahren wollen. Zu einer Konferenz. Und das hatte das Fass für ihn zum Überlaufen gebracht. Sie kam nur zum Umpacken nach Hause. Sie hatte rein gar nichts davon begriffen, worüber er im Keller gesprochen hatte, dass sie noch eine einzige Chance bekommen würde. Vielleicht hatte sie es sehr wohl verstanden, aber es war ihr egal gewesen. Und jetzt wollte sie schon wieder weg.

Achtlos hatte sie in der Diele die teure Ledertasche fallen lassen, die er ihr in Mailand gekauft hatte, hatte sich müde und erschöpft gestellt, hatte Teewasser aufgesetzt und sich in der Küche zu schaffen gemacht, hatte Krümel vom Esstisch gewischt, hatte wieder geseufzt. Ihr ganzes Auftreten und Wesen schienen von Unzufriedenheit erfüllt gewesen zu sein. Neue Seufzer. Es war, als gäbe es ihn gar nicht. Nicht einmal, als er sie in Öregrund abgeholt hatte, hatte sie etwas zum Ausdruck gebracht, das positiv, auf die Zukunft gerichtet hätte gedeutet werden können. Sie hatte sich über verspätete Züge und übellaunige Busfahrer beklagt.

»Morgen fahre ich für einige Tage fort. Es gibt eine Konferenz über die Kalkulationen des Sonderverbundes für 2020. Wie üblich herrscht das Chaos, und der gute Eriksson braucht ein bisschen Hilfe. Wenn du mich nach Öregrund bringen kannst, dann habe ich von dort aus eine Mitfahrgelegenheit. Es tut mir leid, aber ich muss unbedingt zu dieser Konferenz.«

Sie sah kein bisschen aus, als ob es ihr leidtäte. Und so würde sie auch in irgendeinem Hotel nicht aussehen, davon war er überzeugt. Mitfahrgelegenheit, dachte er und verstand nicht, was das zu bedeuten hatte, mochte aber auch nicht fragen.

»Die Milch ist sauer«, sagte sie. Da schlug er sie auf den Hinterkopf. Kein harter Schlag, aber ausreichend, damit sie nach vorn kippte und mit der Stirn gegen den Spülstein schlug. Er drückte sie nach unten. Die Milch, die sie in der Hand gehalten hatte, mischte sich mit dem Blut aus der klaffenden Wunde zwischen ihren Augen und verschwand blubbernd im Abfluss des Spülbeckens. Er packte ihre Arme, fauchte etwas, woran er sich nicht erinnern konnte, nur, dass das Wort Hure mehrmals vorkam. Sie schrie, aber was half das schon? Sie wehrte sich, und das machte sie gut, versuchte, nach hinten zu treten, um seinen Unterleib zu treffen. Aber der Widerstand war vergebens. Er nutzte seine Wut, seine Kraft und nicht zuletzt das Überraschungsmoment, riss sie zu Boden, streckte die Hand aus und zog das aufgeklappte Bügelbrett an sich. Sie schrie und klang jetzt verzweifelter, vielleicht glaubte sie, dass er sie mit dem Bügeleisen erschlagen wollte. Er nahm die Bügeleisenschnur, um ihr die Hände auf dem Rücken zu fesseln. Das war kein leichtes Manöver, und er musste ihr ein Knie zwischen die Schulterblätter pressen. »Ich ersticke«, brachte sie heraus. Er riss an der Schnur, drehte sie rasch auf den Rücken und verpasste ihr mit der Faust einen furchtbaren Schlag aufs Kinn. Ihr Kopf wurde zur Seite geschleudert, und sie verlor das Bewusstsein. Das Triumphgefühl, als ihre Augen flatterten und erloschen, wich sofort der Angst, sein Schlag könne tödlich gewesen sein. Er hatte noch niemals jemanden geschlagen, weder Mann noch Frau.

Einige Möwen schrien über dem Wasser. Er ging hinaus auf den Steg. Das Fischerboot dümpelte friedlich vor sich hin. Das Wasser gluckerte an den Bootsseiten. Ein schöner Tag mit leichtem Wind. Ich wickele ihr die Kette um den Leib, dachte er und schaute hinaus auf die Förde.

Wann hatte sich alles geändert? Er hatte doch immer versucht, alles für sie und Cecilia zu tun? Fünfunddreißig Jahre lang waren sie zusammen gewesen. Er hatte sich wirklich alle Mühe gegeben, um ihr ein gutes Leben zu bereiten.

Die Möwen schrien auf Lilleskäret, schrien wild durcheinander, erregte Gefühle. Ging es um Revier, Partner oder Futter? Warum gerieten Möwen wohl aneinander? Dann kam Rune auf die Idee, dass sie vielleicht Theater spielten oder, wahrscheinlicher, dass sie auf diese Weise miteinander Konversation machten, eine laute Diskussion ganz einfach, mehr nicht, denn Vögel können sich doch wohl nicht so verstellen wie Menschen? Einer Lügenmöwe wäre kein langes Leben beschieden. Tiere sagten doch die Wahrheit, oder nicht? Rhapsodische Auszüge aus den vielen Naturprogrammen, die er im Fernsehen gesehen hatte, tauchten auf, aber er konnte sich an kein einziges Beispiel für Lüge und Desinformation in der Tierwelt erinnern.

Um sich von diesen idiotischen Gedanken loszureißen, zog er mit einem Bootshaken das Fischerboot zu sich heran und sprang an Bord, parierte geübt, als das Boot ins Schaukeln geriet. Er ließ sich achtern nieder, legte wie immer die rechte Hand auf die abgegriffene Reling, streckte die Beine aus und beschloss, hierzubleiben, bis er entschieden hätte, wie die Fortsetzung aussehen sollte. Es gab wohl nur drei Alternativen: sie freizulassen, sie im Netzschuppen gefangen zu halten oder sie mithilfe der Kette zu ertränken.

Er verließ das Boot, ohne einen Entschluss gefasst zu haben. Es ging dem Abend entgegen. Die Nacht würde klar werden, aber nicht besonders kühl. Aus dem Schuppen war nichts zu hören.

34

Es gibt nur eine Erklärung. Es gibt nur einen Menschen auf der ganzen Welt, der das hier inszeniert haben kann. Es gibt nur eine Antwort.

Seit zwei Stunden trank Adrian Palm stetig und zielbewusst. Er wurde immer betrunkener, glaubte aber, vollständig klar im Kopf zu sein. Vor ihm auf dem Tisch stand der Computer, dort lagen auch zwei Ordner, ein Stapel Mappen, Computerausdrucke und lose Papiere. Es gab keinen Zweifel: Ihm waren Millionen von Kronen gestohlen worden. Soweit er sehen konnte, waren mehrere seiner Konten geleert worden. Eins auf den Cayman Inseln war unversehrt, dazu zwei, auf denen sich sein »Mittelmeergeld« befand, wie er immer die Zugänge in Malta und Zypern genannt hatte. Alle drei Konten hatte er erst im vergangenen Jahr eingerichtet. Das philippinische Geld schien auch überlebt zu haben. Von dort hatte er die Mitteilung erhalten, ein feindliches Eindringen sei versucht worden, das Konto sei nun von der Bank »zur weiteren Untersuchung« gesperrt worden, wie sie schrieben.

Er hatte Bangalore, Manila und Singapur angerufen. Dort hatte er seit langer Zeit Bekannte und Geschäftspartner, die sich mit dem expandierenden »digital banking« und der Überwachung globaler Geldbewegungen beschäftigten. Keiner davon klang besonders überrascht, als er, wenn auch in vagen Formulierungen, das Geschehene beschrieb. Ein Mr Michael Sinha, mit Basis in Kuala Lumpur, der aber sein Leben in ständiger Bewegung zwischen den Ländern in Südostasien zu verbringen schien, hatte erklärt, was vermutlich passiert war. Adrian hatte in der Stimme des Inders eine deutliche Kritik gehört, die durch Sinhas säuselnden und umständlichen Sprachstil noch verstärkt wurde. Er hatte sogar das Wort »Dilettant« benutzt, als er mit leisem Hohn den leichtgläubigen Schweden kritisiert hatte.

»Verdammter Pidgin-Idiot«, murmelte Adrian Palm.

Er versuchte, zu verstehen und zusammenzufassen. Ihm blieben in summa noch etwas über fünf Millionen. Das war kein Kleingeld, aber verloren hatte er fast fünfmal so viel. Ja, er war ein Dilettant, ein ahnungsloser Dilettant. Er würde sich mit seinem Schicksal abfinden müssen, das war ihm klar. Es wäre hoffnungslos, sein Geld zurückholen zu wollen. Die Überzeugung, dass er jemanden töten müsste, wurde immer stärker. Sein Mut wuchs, je mehr er trank, immer gieriger, ohne zu nippen, ohne Finesse. Es lag kein Trost in der Tatsache, dass jemand sterben musste, sondern nur eine Art Rachsucht.

Die Flasche mit dem bekannten Etikett war zur Hälfte geleert. Sie stand auf dem Boden, neben dem Tischbein. Es war eine Gewohnheit, die er von seinem Vater Verner übernommen hatte. Er hob das Glas, zögerte aber, starrte, ohne etwas zu sehen, die Bücher im überfüllten Regal seiner Mutter an und versetzte sich auf eine andere Insel. Ein tropisches Paradies, ganz anders als das enge Gräsö. Er brauchte die Insel seiner Kindheit nicht mehr. Er schüttelte den Kopf, holte sich auf diese Weise ins Hier und Jetzt zurück, sah die vertrauten Buchrücken mit Titeln wie »Die Nesseln blühen«, »Gute Nacht, Erde« und »Mutter heiratet«. Er hatte mehrere davon gelesen, konnte sich aber kaum an die vielen Elendsbeschreibungen erinnern, die Olga Palm so gelobt und die sie ihm dringend zu lesen angeraten hatte.

»Hör doch auf«, sagte er laut, hob aber das Glas an den Mund. Er wusste sehr gut, was passieren würde, wenn er weitertränke. Der anfängliche Zorn würde nach und nach in Weinerlichkeit umschlagen. Es hatte schon angefangen.

Cecilias Bild wollte von seinem inneren Auge nicht weichen. Er konnte nicht aufhören, an sie zu denken, an ihren Griff um seinen Schwanz, als sie sich vor Gut Gräsö getroffen hatten. Die Erinnerungen an früher rückten ihm unbarmherzig auf den Leib, sie hatten es gut gehabt, gewaltig gut.

Dass sie hinter diesem Angriff und dem Verschwinden seines Vermögens steckte, stand für ihn fest. Sie war die Einzige, die über den Umfang seines langjährigen Schwindels informiert war und wusste, wie sie sich Zugang zu seinem System verschaffen konnte. Darin lag das Dilettantische, Mr Sinha hatte recht gehabt, er hatte seit ihrem Verschwinden vor vier Jahren nicht viel an den Routinen und Zugangswegen geändert, was seine elektronischen Einnahmen betraf. Cecilia Karlsson hatte sich an den gedeckten Tisch gesetzt und Millionen verschlungen.

Aber, es gab immer ein Aber, könnte er sie zurückgewinnen? Blitz betrachtete er nicht als eine Bedrohung. Blitz war der Lokalpatriot, der sich aufführte wie ein Dorftrottel. Eine Flasche teuren Wein zu kaufen, reichte nicht aus, um Cecilia zu erobern, dazu waren Stärke und Finesse vonnöten. Visionen! Das alles fehlte dem engstirnigen Blitz, diesem seelengutem, aber ansonsten überaus beschränkten Blitz.

Konnte der Diebstahl des Geldes als Provokation betrachtet werden? Eine Machtdemonstration? Sie liebte das Gefühl von Dominanz und die Ausübung von Macht, das wusste er schon längst, aber auch das Wechselspiel, mal die Schwache und mal die Starke zu sein. Das war sicher einer der Gründe, warum sie in der Firma solchen Erfolg gehabt hatte. Sie hatte ihre Schönheit und Weiblichkeit ausgenutzt und sie mit Intelligenz und Rücksichtslosigkeit kombiniert, ein abgenutztes Klischee natürlich, aber dieser lebensgefährliche Cocktail hatte ihn angezogen und ihm geholfen. Sie war eine der Ursachen dafür gewesen, dass die Firma in den Jahren 2012 und 2013 einen gewaltigen Sprung nach vorn gemacht hatte, so dass das erste schwarze Geld ins Ausland verschoben werden konnte.

»Mach schon, hol sie dir zurück!«, sagte er laut und erhob sich aus dem Sessel. Ein wenig erquickt war er nun. Er lachte auf, wieder eins von Papa Verners Worten, erquickt, benutzte noch jemand dieses Wort? Er ahmte einen Golfschlag nach, einen echten Swing vom Tee zu Loch 6 auf Sentosa in Singapur. Eine raffinierte Herausforderung mit drei strategisch platzierten Bunkern. Diese Bewegung brachte ihn aus dem Gleichgewicht, und er musste sich am Bücherregal festhalten.

»Fick sie!«, rief er, mit der Überzeugung, dass der Auftritt bei Gut Gräsö etwas mehr enthalten hatte als eine schnöde Drohung. In ihrem Zugriff hatte sich wie so oft etwas Doppeldeutiges befunden. Hinter der Abscheu verbarg sich die Verheißung einer Art gemeinsamen Sieges. Sie hatten trotz allem zehn Jahre lang zusammengearbeitet. Er hatte ihr Potenzial gesehen, hatte sie zu guten Bedingungen eingestellt, hatte sie im Grunde gemacht, und das war ihr natürlich bewusst. Wenn er nicht gewesen wäre, würde sie jetzt in einem öden Beratungsbüro sitzen und sich mit zweitrangigen Unternehmen abgeben müssen. Er und seine Firma hatten den allerersten Rang repräsentiert.

»Trink Wasser«, murmelte er und steuerte die Küche an, in dem Bewusstsein, dass er die Finger vom Alkohol lassen musste.

Ihr Betrug war ein Test, beschloss er nun, als er einen Krug mit Wasser gefüllt hatte. Sie hatte Blitz als Werkzeug benutzt, weil sie rein logistisch eine Ausgangsbasis gebraucht hatte, aber mindestens ebenso sehr hatte sie ihn schwächen wollen, ihn lächerlich machen sogar, als sie sich einen leicht alkoholisierten Waldschrat zum Verbündeten genommen hatte. Jetzt wartete sie auf seinen nächsten Zug. Er exte noch ein Glas Wasser.

Er verließ das Haus. Der Brandgeruch hing noch immer in der Luft. Die rußigen Überreste der Garage betonten den Verfall auf dem Hof. Verners einst so sorgsam angelegte Kieswege waren von Unkraut überwuchert, die Rasenflächen ein Katalog über wurzelvermehrtes Unkraut und Moose aller Art, und die früher einmal so einladenden Fliederbüsche waren nur noch ein vertrocknetes Gestrüpp, das längst seine Ufer übertreten hatte. Er hatte es zwar schon gesehen, aber das Ausmaß der Vernachlässigung wurde ihm jetzt erst klar. Hätte Blitz das nicht in Ordnung bringen können? War er dafür nicht bezahlt worden? Er zog sein Telefon hervor. Jetzt sollte der Kerl verdammt noch mal ein wahres Wort hören!

Eine halbe Stunde später kam der Simca angerumpelt. Blitz stieg aus, blieb aber neben der geöffneten Autotür stehen und zwang Adrian, sich von der Bank neben dem Fahnenmast zu erheben.

»Das sieht einfach unmöglich aus«, sagte Adrian.

»Ja, das hast du schon am Telefon gesagt«, erwiderte Blitz gelassen, »aber wenn du meinst, ich hätte mich darum kümmern müssen, dann liegst du total falsch.«

»Du bist bezahlt worden!«

»Tausend Eier«, teilte Blitz mit, »im Jahr. Wie weit reicht das in deiner Welt? Ich habe Rasen gemäht und Abfall und Reisig weggebracht. Außerdem habe ich ganz freiwillig den Zaun repariert und im Frühling die Beete gesäubert. Tausend Eier.«

Die Ziffern sprachen ihre eigene Sprache, das begriff auch Adrian. Es war die Summe, die er selbst für einen Lunch für zwei bezahlen würde.

»Wo ist sie?«

»Bei der Polizei in Östhammar.«

Er zwang Blitz, zu erzählen, was passiert war, dass sie zu einer Befragung geholt worden war.

»Haben sie etwas gegen sie vorliegen?«

»Nein, rein gar nix«, lachte Blitz.

Er staunte darüber, dass Blitz die Ruhe bewahren konnte, aber sein alter Freund von früher schien nicht zu erschüttern zu sein. Was könnte ihn aus dem Gleichgewicht bringen? Adrian konnte aus seinem Vorrat kein einziges Werkzeug ziehen, das er normalerweise anwandte, um seinen Willen durchzusetzen. Es war nicht möglich, mit Blitz zu verhandeln, Drohungen oder Sanktionen trafen ihn nicht und er saß sicher in seinem Haus und hatte offenbar Aufträge genug.

»Und meine Scheißgarage?«

»Ja, die ist abgebrannt, aber was sollen die Bullen daran ändern? Das war vielleicht ein Kurzschluss. Du hattest sicher an der Stromanlage rumgefummelt.«

»Brandstiftung, hat die Feuerwehr gesagt. Irgendwer hat den Brand gelegt.« Er musterte Blitz, der fast gelangweilt aussah, oder vielleicht war er nur müde. »Was willst du eigentlich von Cissi? Sie spielt mit dir, das ist dir doch wohl klar? Sie nutzt dich aus. Dann geht sie.«

Blitz senkte den Blick. Adrian hatte ihn noch nie so nachdenklich gesehen. Blitz regte sich sonst auf, wenn er provoziert wurde. Jetzt stand er ungerührt da und wich der Konfrontation aus.

»Sie ist eine Diebin. Sie hat mir eine Menge Geld gestohlen.«

»Du leidest keine Not, möchte ich meinen.«

»Hilf mir«, sagte Adrian. »Hilf mir, sie zu überführen. Du bekommst eine Belohnung, einen ordentlichen Batzen Geld. Cash.« Er trat ganz dicht an Blitz heran, zwang den anderen, ihn anzusehen.

Blitz schüttelte den Kopf.

»Eine Million auf die Hand.«

Die Antwort bestand aus einem Lächeln.

»Die Alternative ist, dass dein Haus brennt.«

Der Schlag kam völlig unerwartet und traf ihn auf der linken Wange. Ein Haken mit eingeschränkter Kraft, der ihn dennoch rückwärts taumeln, das Gleichgewicht verlieren und sich ins Gras setzen ließ.

»Droh mir nicht«, sagte Blitz. »Nie wieder.« Sie musterten einander, dann stieg Blitz in sein Auto und fuhr los. Adrian blieb auf dem Boden sitzen, fasste sich an den Kopf, testete seinen Kiefer durch ein gewaltiges Gähnen. Der Schmerz war erträglich, die Demütigung jedoch beträchtlich.

Er erhob sich mit einer gewissen Mühe, schaute sich um, wie um sich davon zu überzeugen, dass niemand diesen Auftritt gesehen hatte. Wenn sich das Ganze in dem kleinen Dorf auf den Philippinen abgespielt hätte, wo er wohnte, und wenn Blitz ein aufsässiger Handlanger gewesen wäre, der zu Gewalt griff, ja, dann hätte Adrian innerhalb einer halben Stunde für eine brutale Vergeltung sorgen können. Nun musste er mit weher Wange auf seinem Hofplatz stehen. Geld und geschäftlicher Erfolg hatten sein Ansehen auf der Insel nicht sonderlich verbessern können. Das war ihm bei Olgas Beerdigung deutlich gemacht worden. Die meisten hatten einen Bogen um ihn gemacht und sich auf seine Mutter konzentriert, verständlicherweise, denn es war sie, von der Abschied genommen wurde; aber die Trauergäste hatten ihn dabei quasi nicht gesehen, niemand hatte etwas von dem erwähnt, worauf er selbst stolz war. Es war doch allerlei über seine Firma und die sagenhafte Expansion geschrieben worden, bestimmt hatte es auf der Insel Gerede und Klatsch gegeben. Ein kleines Scheißwort über seine Erfolge hätten sie sich wohl abringen können, aber nein! Konnten sie seine Trauer überhaupt erfassen? Jetzt war es vorbei, das war ihm langsam, aber sicher aufgegangen, die Verbindung war abgerissen.

»Ich bin Adrian Palm, der Sohn von Verner und Olga«, sagte er laut. »Ihr einziger Sohn, von dem sie sich so viel erhofft hatten.« Er war zu einem anderen geworden. Das war allen und jedem klar.

Er schaute zum Haus hinüber. Sollte er verkaufen? Das wäre wohl das einzig Richtige, aber es kam ihm doch seltsam vor. Sollten andere in sein Elternhaus einziehen, es mit Hoffnung und Erwartung füllen? Sollten Kinder herumrennen und auf dem Rasen toben, am Apfelbaum schaukeln, Himbeeren und Kreuzbeeren pflücken, von den Sträuchern, die Olga so sorgsam gehütet hatte? Ich fackele den ganzen Dreck ab, dachte er. Alles wird dem Erdboden gleichgemacht.

35

Edvard steuerte auf das Ufer zu. Ann stand vorn am Bug. Der Anker senkte sich achtern. Das Boot wurde langsamer und glitt das letzte Stück. Sie sprang auf den Steg, vertäute. Der Motor wurde abgewürgt. Sofort war alles still. Keine Möwen, keine Menschen in Sicht, Wellenschläge und Glucksen nahmen ab. Es war wirklich ein schöner Tag, auch wenn der Ostwind etwas stärker geworden war, aber es herrschte eine Grabesstille.

Ab und zu verspürte Ann sie, diese Angst, allein in einer Welt ohne menschliches Beisein zurückgelassen zu werden, ohne Zusammensein, nur umgeben von stummer Natur, wo Wind und Wellen die einzigen Bewegungen lieferten, für manche eine meditative Stille, für sie jedoch ein Leiden. Sie sagte etwas Schlichtes und Belangloses, das Edvard keinen Kommentar wert war, er würdigte sie nicht einmal eines Blickes. Er hatte nur Augen für die Ordnung an Deck, es sollte einen guten Eindruck machen, falls jemand vorbeikam und einen Blick ins Boot warf.

Sie kamen vom offenen Meer, was früher sicher so normal gewesen war, wie über Weg oder Straße anzureisen, aber Ann kam sich vor wie ein Eindringling. Bei ihren früheren Besuchen hier hatte Rune Karlsson sie vor dem Haus empfangen. Er hatte den Gast gehört und identifiziert. Jetzt sollte er überrascht werden. Der Steg lag ein gutes Stück vom Wohnhaus entfernt und war versteckt hinter Bäumen und Büschen, die zudem das Motorengeräusch von anlegenden Booten aufhielten und vielleicht verzerrten.

Sie verließen das Ufer und gingen vorbei am Bootshaus, das ganz und gar den Kontakt zum Wasser verloren hatte. Ein dumpfes Pochen war zu hören, unklar, woher. Ann blieb stehen, und Edvard wäre fast in sie hineingelaufen.

Sie ging zum Bootshaus und öffnete die Tür, schaute hinein, konnte aber nichts Interessantes oder Ungewöhnliches entdecken. Sie schloss die Tür wieder. Abermals war das Geräusch zu hören, ein leises Pochen.

»Was war das?«

»Ich habe nichts gehört«, sagte Edvard, und das war keine Überraschung, sein Gehör wurde immer schlechter. Er schob das immer auf ein Leben voller Lärm von Maschinen und Werkzeug und achtlosen Umgang mit Gehörschutz, wenn er nichts hörte oder nichts hören wollte.

»Das klang wie ein Schlagen.«

Edvard sah sich um. An der Wand eines ein Stück weit entfernten Schuppens waren alte Ruder befestigt, und dort hingen auch zwei orange Bojen von modernerem Modell.

»Die Bojen«, sagte er. Die Bojen schwangen im Wind und schlugen gegen die rot gestrichenen Bretter des Schuppens, wie um seine Theorie zu bestätigen. »Das ist ein alter Schuppen für Netze und Geräte, vielleicht aus dem 19. Jahrhundert. So einer steht auch bei Victors Steg. Ein schöner Steg. Hat vielleicht derselbe Mann gezimmert. Früher konnten die das.«

Sie nahmen ihren Gang zum Haus wieder auf. Poch, poch, aber diesmal achtete Ann nicht darauf. Sie kamen an der Stelle vorbei, an der Ann und Cecilia stehen geblieben waren. »Baumweißling«, sagte Ann wie im Vorübergehen, drehte den Kopf und zeigte darauf. »Baumweißling«, wiederholte sie lauter. Edvard lachte auf, zeigte aber keine Überraschung, obwohl Ann und Entomologie eine unwahrscheinliche Kombination waren.

Der Hofplatz lag verlassen da. Der Fahnenmast befand sich noch immer auf dem Boden, in Stücke gesägt und teilweise mit etwas, das offenbar eine Axt war, zerhackt, als hätte sich hier ein hyperaktiver Biber abreagiert. Die Scherben des Knaufs lagen nach wie vor am oberen Ende des Mastes. »Seltsam«, sagte Edvard und blieb stehen, um sich das Zerstörungswerk anzusehen. Ann war klar, dass das hier seinem Ordnungssinn zuwider war. Er konnte einen chaotischen Küchentisch oder ein ungemachtes Bett Tag für Tag ertragen, aber ein Bootsdeck oder ein Boden mit umherliegendem Werkzeug und Geräten widersprach seiner Weltordnung. Das machte ihn zu einem untypischen Bewohner von Gräsö. Das hatte er selbst schon gesagt, und Ann hatte sich mit eigenen Augen davon überzeugen können; der Hofplatz eines Insulaners, eines Schärenbewohners, konnte oftmals mit einem ausgedehnten und inhaltsreichen Schrottplatz verglichen werden, vor allem, wenn EU-Gelder mit im Spiel waren.

Rune Karlsson berichtete bereitwillig, dass er gern Captain Morgan trank, dass es aber leider nur allzu selten passierte.

»Ich möchte nicht allein trinken«, erklärte er. »Und Gunilla, die ... warum wollen Sie das wissen?«

Sie saßen auf der nach Westen gelegenen Veranda. Es war noch immer angenehm warm, aber Ann fröstelte trotzdem ein bisschen, wie immer nach einem Törn auf See.

»Stefansson«, sagte sie, unsicher, wie sie die Sache angehen sollte. Ihr vorsichtiger Gesprächsstil war vielleicht nicht überall angebracht. Als sie noch bei der Polizei gearbeitet hatte, hatte sie eine Art Mandat besessen und nicht zuletzt die psychologische Oberhand, es konnte ein bisschen umständlich ausfallen, niemand konnte eigentlich etwas dagegen sagen. Bei einem normalen Gespräch im zivilen Leben war es etwas anderes. Da wurden eine gewisse Logik und Stringenz erwartet.

»Er hat Rum getrunken«, sagte sie noch einmal, unterbrach sich dann aber und ahnte Rune Karlssons Unruhe eher, als dass sie sie registriert hätte. »Und zwar ganz zuletzt.«

»Sie können nicht begreifen, was es für ein Gefühl ist, sein einziges Kind zu verlieren«, sagte Rune.

»Wie meinen Sie das?«

»Jetzt werde ich einen Captain Morgan trinken. Möchten Sie auch?«

Ann schüttelte den Kopf. Rune erhob sich unerwartet geschmeidig, für einen Moment sah sie den Sportler vor sich, und er verschwand durch die geöffneten Fenstertüren. Müsste ich mir Sorgen machen?, fragte sie sich. Sie starrte die kleinsprossigen Türen an, wie die Sonnenstrahlen des späten Nachmittags die Glasscheiben funkeln ließen. Trink einen Rum, du bist ja nicht mit dem Auto. Tu das nicht, es bleibt ja nicht bei dem einen. Sie stritt sich auf die alte Weise mit sich selbst, und meistens verlor dann die Vernunft. Rune Karlsson kehrte mit einem prachtvollen Kristallglas in der Hand zurück, ein Achtelglas, tippte sie.

»Sie trinken den pur?«

Er nickte und hob das Glas, das einen Lichtreflex auf sie warf, es blitzte auf, wie um zu sagen: In mir ist alles enthalten, ehe er mit theatralischer Geste an seinem Piratentrunk nippte. Genoss er das? Oder war es ein Schauern des Unbehagens? Ihr war klar, dass das hier nicht sein erstes Glas an diesem Nachmittag war.

»Was haben Sie damit gemeint, sein einziges Kind zu verlieren? Cecilia lebt doch, sie hält sich im Moment sogar auf der Insel auf.«

»Sie wollte nach Italien gehen«, sagte Rune. Er hielt noch immer das Glas in der Hand, wiegte es hin und her. »Mit diesem Stefansson aus meinem Leben verschwinden. Warum? Warum konnte sie sich nicht damit begnügen, was es hier gab?«

Ann wusste, dass es keinen Sinn hätte, in diese Diskussion einzusteigen, und machte nur eine allgemeine Bemerkung. Rune trank noch einen Schluck.

»Sie haben selbst Kinder, oder?«

Ann nickte, wollte Erik aber in diese Erörterung nicht hineinziehen.

»Die Polizei hat Rum in Casper Stefanssons Boot gefunden, als das auf der Förde herumtrieb. Kam die Flasche von hier?«

»Das kann ich mir kaum vorstellen«, sagte er und wiederholte damit Edvards Aussage fast wortwörtlich. »Und dieser Rum ist ziemlich populär. Der wird sicher im Alkoholgeschäft in Öregrund verkauft.« Er kippte den Rest Rum und stellte das Glas mit einem Knall auf den Tisch.

»Ihre Frau, ist die noch immer verreist?«

»Die ist verschwunden«, teilte er sachlich mit. »Spurlos verschwunden.«

»Haben Sie sich getrennt?«

Rune Karlsson warf ihr einen Blick zu, der zu gleichen Teilen mit Überraschung und Schuldgefühlen gefüllt war, als ob er bei einer Schandtat überrascht worden wäre. »Sie nehmen ja kein Blatt vor den Mund.«

»Sie sind sicher einer, der das ertragen kann.«

»Nein, wir haben uns nicht getrennt. Sie verschwindet manchmal, aber diesmal kann ich sie nicht erreichen.«

»Machen Sie sich Sorgen, mehr als sonst, meine ich?«

»Sie schläft mit anderen Männern«, sagte er leise und wie nebenbei. »Das weiß ich schon lange.«

Das Seltsame war, dass der betrogene Ehemann das in einem so alltäglichen, wenn auch leicht betrübten Tonfall mitteilte, als ob er erzählte, bei ihm sei Diabetes oder eine andere Krankheit festgestellt worden, die sich zwar behandeln lasse, ihn aber doch für den Rest seines Lebens begleiten werde.

Edvard kam angeschlendert. »Jetzt habe ich die Reste der Fahnenstange weggefahren«, sagte er und legte die Hand auf das Geländer, das die Veranda umgab.

»Danke«, sagte Rune Karlsson und lächelte. »Möchtest du einen?« Er hob das Glas.

»Ich hab die Schubkarre bei der Garage abgestellt. Ein Bier wäre vielleicht nett«, sagte Edvard.

Ann musterte Rune Karlsson, der sich jetzt mit einer gewissen Mühe erhob. Er war sichtlich angetrunken und stolperte ins Haus.

»Das hier ist irgendwie krank. In dieser Familie verschwinden die Frauen.«

»Ist seine Frau verschwunden?« Ann nickte nur, denn nun kam der Gastgeber mit zwei Bierdosen zurück. Die eine reichte er Edvard, die andere öffnete er mit großer Geste.

»Als ich aktiv war, habe ich gar nichts getrunken. Nicht mal Leichtbier.«

Sie prosteten sich mit den Bierdosen zu. In der Zeit, die Edvard brauchte, um sein Bier zu leeren, plauderten die beiden Männer miteinander. Ann beobachtete Rune Karlsson. Sie konnte kaum glauben, dass er Stefansson ins Wasser gestoßen hatte. Runes Liebe zu seiner Tochter, um nicht von Fixierung zu sprechen, war stark und sichtbar, und dass er sich ihren Umzugsplänen nach Italien widersetzt hatte, war offenbar, aber war das ein Mordmotiv?

»Ich weiß nicht, wie das wird«, sagte Rune Karlsson plötzlich. »Vielleicht verkaufe ich den ganzen Kram hier. Ich habe ein Angebot für den Boden bekommen. Dieser Neue, der Professor aus Schonen, will alles kaufen. Das ist nicht richtig, aber was zum Teufel, es wird ja doch nicht mehr so wie früher. Man kann nicht zurückgehen. Wir hätten die alte Fähre mit Platz für zwölf Autos behalten sollen. Jetzt fährt dieser gelbe Esel hin und her und bringt eine Menge Dreck vom Festland herüber.«

»Ich bin nicht hier geboren«, sagte Edvard, »und ich bin mit der großen Fähre gekommen.«

Rune Karlsson ignorierte den Einwurf und fuhr fort: »Als

ich klein war, gab es nur wenige Sommergäste, und die verhielten sich still. Die passten sich an.«

»Was sagt Cecilia zu solchen Verkaufsplänen?«, fragte Ann, um dem Gequengel ein Ende zu machen. Es erinnerte sie ein bisschen an das Gerede über Zuwanderer in ihrem Dorf, dass es früher weniger, aber bessere gegeben habe.

»Sie weiß noch nichts davon.« Er sah sie an. »Wollen Sie mit ihr reden?«

»Tun Sie das selbst«, sagte sie. »Sie haben sicher eine Menge zu klären. Es ist doch auch ihr Elternhaus.«

»So was interessiert sie nicht. In der Hinsicht ist sie wie Gunilla.«

»Weiß sie, dass ihre Mutter verschwunden ist?«

»Ich glaube, wir gehen jetzt«, sagte Edvard. Ann wusste, dass sich Einwände hier nicht empfahlen, er musste für den nächsten Tag einiges vorbereiten. »Ich muss den Anhänger beladen«, fügte er nun hinzu. Sie hatte auch nichts dagegen, Rune Karlsson zu verlassen. Tatsache war, dass ihr Gefühl des Unbehagens immer stärker wurde.

»Ich bringe euch zum Steg«, sagte Rune.

»Wir finden den Weg selbst«, sagte Edvard, wozu Rune keinen Kommentar abgab.

Sie stapften im Gänsemarsch zum Steg, Rune vorweg. Niemand sagte etwas. Einmal drehte Edvard sich um und warf ihr einen raschen Blick zu. Sie begriff sofort, dass er etwas auf dem Herzen hatte.

Der Wind war ein wenig abgeflaut, aber noch immer flatterten einige am Dach des Bootsschuppens befestigte Wimpel. Die Förde sah einladend aus. Ann fand es seltsam, dass sie und Edvard, die beide zunächst eingefleischte Landratten gewesen waren, so sehr an Gräsö und dessen Schärengürtel, den Förden und Buchten, den Felsen und Inselchen hingen.

Diesmal war kein Pochen zu hören. Die Bojen am Netzschuppen rührten sich nicht.

Edvard machte das Boot bereit. Ann dankte Rune für die Gastfreundschaft, erhielt ein zusammenhangloses Gemurmel zur Antwort, bei dem die Namen »Gunilla« und »Cecilia« mehrmals vorkamen. Er sah müde und niedergeschlagen aus, wie er danach auf dem Steg stand. Er machte überhaupt einen etwas hilflosen Eindruck und schien in der vergangenen Woche rasch gealtert zu sein. Ann stellte sich vor, dass er es traurig fand, nach einem Nachmittag mit Gesellschaft und Gerede allein gelassen zu werden, jetzt würden sich seine Grübeleien über seine verschwundene Frau wohl mit voller Wucht wieder einstellen. Plötzlich war er ein verlassener alter Mann.

Edvard gab Gas und steuerte die offene See an. Nach zweihundert Metern drehte er sich zu ihr um und drosselte das Tempo ein wenig. »Ich habe die Stücke der Fahnenstange weggefahren, und in der Schubkarre und an dem einen Handgriff waren Blutspuren.«

36

Die Kette an ihren Füßen hatte ihr oberhalb des Knöchels die Haut aufgescheuert. Das trübe Licht, das durch das von Staub und Schmutz vieler Jahre verklebte Fenster fiel, erlaubte keine weite Sicht, aber sie sah doch, wie achtlos das Ganze arrangiert war. Er hatte die Kette um ihre rechte Wade gewickelt und die beiden Enden mit einem Hängeschloss gesichert, das durch eine Ziffernkombination geöffnet wurde. Rune kaufte oft solche Schlösser. Er ging gern mit Zahlen um, und Schlüssel konnten so leicht verschwinden.

Es war keine besonders wirkungsvolle Art, einen Menschen zu fesseln, die Kette umschloss ihr Bein nicht fest, und warum er sie nur um das eine Bein gewickelt hatte, begriff sie nicht. Vermutlich war ihm aufgegangen, dass er sie mit nur einer Kette nicht richtig fesseln konnte, und deshalb hatte er das Ganze halbfertig gelassen, um stattdessen ihre Arme in der Mitte des Schuppens an einem Holzpfahl anzubinden, den er selbst vor vielen Jahren dort aufgestellt hatte, um das bedenklich durchhängende Dach zu stützen.

Sie hatte versucht, mit dem freien linken Fuß die Kette über den rechten Fuß zu schieben, hatte aber aufgegeben, es tat zu weh. Sie spürte eher, als dass sie es sah, wie das Blut auf den abgenutzten Holzboden tropfte. Wenn sie nur ihre Arme und Hände befreien könnte, dann würde es vielleicht gehen, aber die waren mit einem Seil hinter ihrem Rücken gefesselt. Sie glaubte gesehen zu haben, dass er eine Leine von einer Boje benutzt hatte, die sie bei den Netzen anwandten. Die Boje lag ein Stück weit entfernt, orange wie eine Apfelsine, groß wie ein kleinerer Fußball. Sie hatte sie berührt und langsam war die Boje einige Meter weitergerollt. Sie lag auf der Seite und starrte die Boje an, einen alltäglichen Gegenstand in einem Bootsschuppen, der eine neue Bedeutung erlangt hatte. Die Mattigkeit in ihrem Körper überraschte sie. Sie war eine Kämpferin, war das immer schon gewesen, aber gefangen und angekettet wie ein Tier war sie in einen Sumpf aus Apathie gesunken. Der Knebel verstärkte das Gefühl der Hoffnungslosigkeit.

Zwischendurch war sie sogar einmal eingenickt, wurde aber davon geweckt, dass ein Motor angeworfen wurde. Es war das Boot, das sie vorhin beim Anlegen gehört hatte. Es war keins von ihren eigenen, das hatte ihr das Geräusch verraten. Da hatte sie, trotz der Schmerzen, trotz der scheuernden Kette, mit den Füßen auf den Boden getrampelt, um Aufmerksamkeit zu erregen, aber vergebens. Sie hatte Stimmen gehört. Die eine war vermutlich die von Edvard gewesen. Die andere war bestimmt die dieser ehemaligen Polizistin, mit der er zusammen war. Nun waren sie verschwunden, und sie verfluchte sich, weil sie eingeschlafen war.

Jemand hustete. Das war sicher Rune. Er war mit zum Steg gegangen. Vielleicht stand er vor dem Schuppen? Sie horchte aufmerksam, konnte aber nichts hören.

Es war kein kräftiges Seil, aber es war hart angezogen und schnitt in ihre Handgelenke. Ihr war klar, dass sie mit keiner Hilfe von außen rechnen konnte, wie oft legten schon Fremde an ihrem Steg an? Der Netzschuppen lag abseits von allen und allem, sie war allein. Draußen stand ein Mann, der alle Zeichen von galoppierendem Wahnsinn an den Tag legte, was jederzeit zu noch ärgerer Brutalität führen könnte. Sie hatte gehört, wie er mit sich selbst geredet hatte, als er sie an den Pfosten band, etwas darüber gefaselt hatte, sie zu »versenken«. Das konnte nur eins bedeuten.

Sie schaute sich aus ihrer tiefliegenden Perspektive um, ihr Blick suchte den abgenutzten Boden ab. Ordnung. Runes Paradenummer. Alles an seinem Platz. In der einen Ecke standen einige Holzkisten. Der norwegische Aufdruck wies darauf hin, dass sie früher einmal Zucker enthalten hatten. Runes Vater war oft in Norwegen gewesen, das wusste sie. Es hatte mit dem Zweiten Weltkrieg zu tun, er hatte seinen Bereitschaftsdienst in Töckfors abgeleistet, darüber hatte er im hohen Alter dauernd geredet. Wie die Kisten auf der anderen Seite von Schweden gelandet waren, ahnte sie nicht, aber sie wusste, dass sie jetzt Fischgerätschaften für Strömming, Langleinenfischerei, Haken, Schachteln mit Schwimmern und Senkblei enthielten, alles in schönster Ordnung.

Ob sie die gestapelten Kisten erreichen und ihnen einen Fußtritt verpassen könnte? Das wäre vielleicht möglich, wenn sie eine halbe Drehung vollführte. Es würde im Bein und vor allem an den Handgelenken furchtbar wehtun, das war ihr klar, aber es gab keine Alternative. Mit etwas Glück enthielt eine der Kisten ein Messer oder einen anderen scharfen Gegenstand.

Einige Minuten lang sammelte sie Kraft, versuchte, die Atemtechnik anzuwenden, die sie für Wettkämpfe entwickelt hatte, aber der nach Öl stinkende Lappen vor ihrem Mund machte das unmöglich. Ihr wurde nur schwindlig. Besser, stillzuliegen, durch die Nase zu atmen und die Augen zu schließen.

Dann war sie so weit, sie hob die Pobacken und stieß mit dem linken Fuß vor. Das ging gut. Sie schob sich einige Zentimeter in die richtige Richtung. Noch ein Stoß. Das rechte Bein wurde von der Kette beschwert, es waren sicher zehn Extrakilo. Abermals schaffte sie einige Zentimeter, diesmal jedoch tat es schrecklich weh, als sich das Seil hinter ihrem Rücken um die Handgelenke straffte.

Ihr trat der Schweiß auf die Stirn. Sie stählte sich für die dritte Runde, versuchte, die Arme ein wenig zu bewegen, um den kommenden Schmerz etwas zu lindern. Sie stemmte sich mit den Füßen ab, hob den Leib und stieß sich in Richtung

Kisten ab. Sie keuchte vor Schmerz auf. Ich schaff das nicht, war ihr erster Gedanke. Sie lag ganz still da, atmete anfangs schwer durch die Nase, um nach einigen Minuten eine Art Gleichgewicht zu finden. Sie schielte zu den norwegischen Kisten hinüber und wiederholte Unsinnsverse, die sie bei den Schützenwettkämpfen in entscheidenden Momenten aufgesagt hatte.

Was mochte er vorhaben? Wollte er sie mit der Kette ums Bein ins Wasser werfen? Sie schloss die Augen, versuchte, vernünftig nachzudenken, aber der einzige Schluss, zu dem sie gelangte, war, dass diesem Verrückten alles zuzutrauen wäre. So schlimm war die Lage. So schlimm war sie geworden. Er hatte sein eigenes Leben nach und nach aufgegeben, und ihres zu nehmen, wäre nur der folgerichtige nächste Schritt.

Verspürte sie Reue? Nein. Das Leben mit ihm war über lange Zeit hinweg wie ein Gefängnis gewesen. Sie hatte sich mit anderen getroffen, hatte ihn betrogen, das schon, aber es hatte sein müssen.

Sie holte Luft, ehe sie sich abermals abstemmte, den Körper hob und sich vorwärts stieß. Sie schrie hinter ihrem Knebel auf. Abgesehen von dem unerträglichen Schmerz um ihr Handgelenk kam es ihr vor, als ob Arme und Schultern zerbrochen würden. Ohne zu zögern wiederholte sie das Manöver, einmal, zweimal. Verlor das Bewusstsein. Erwachte zu neuem Leben.

Das hier ist meine Strafe, dachte sie. Es war eine Lüge, eine Art Flirt mit dem Schicksal, und wenn sie sterben müsste, würde sie Rune Karlsson mitnehmen.

37

»Du bist sicher, dass das in der Schubkarre Blut war?«

Edvard nickte. »Ich habe mich oft genug geschnitten und mich verletzt, um Blutflecken zu erkennen«, sagte er.

»Vielleicht das Blut von Blitz«, sagte Ann. »Rune hat so etwas gesagt, ich weiß es nicht mehr genau, aber der Knauf ist doch zerbrochen, als Blitz den Fahnenmast umgesägt hat.« Sie trank einen Schluck Wein. Sie hatte den aus dem Alentejo für den Moment aufgegeben. »Du solltest Wein aus Piemont trinken«, hatte Blitz ihr geraten. »Der peppt das Dasein auf.«

»Der Knauf war zerbrochen«, wiederholte Edvard mit einem Grinsen. »das kann man getrost sagen. Verdammt, was für ein Durcheinander. Wir scheißen auf die.«

»Das können wir nicht, das weißt du.«

»Ich weiß«, sagte Edvard gutmütig. »Ich denke daran, was er über seinen Bruder gesagt hat, der sein Leben Nepal gewidmet hatte.«

»Ohne Nepalese zu sein!«, sage Ann.

»Ja, kann man eingeschränkter sein, nicht genug Phantasie besitzen, um zu begreifen, worum es geht?«

»Worum geht es denn?«, fragte Ann.

»Ich weiß nicht«, sagte Edvard nach kurzem Überlegen. »Ich weiß es ehrlich gesagt nicht, nicht in seinem Fall.«

»Mit anderen Worten, du hast keine Phantasie.«

Edvard lächelte, allerdings in sich selbst hinein, er sah sie nicht an. »Es ist wohl die Sehnsucht«, sagte er. »Er kam von dieser flachen Insel hier und ließ sich dann in Tausende von Meilen entfernten Bergen nieder, den höchsten Bergen, die man finden kann, weit weg vom Meer, und suchte nach einge-frorenen Bergsteigern.«

»Er hat auch geheiratet und drei Kinder bekommen«, warf sie ein, »aber dass er gerade dort gelandet ist, war vielleicht nur ein Zufall.«

»Vielleicht; aber nicht, dass er die Insel und Schweden ver-lassen hat. Das haben schließlich alle Geschwister getan, nur Rune nicht.«

»Jemand musste sich doch um die alte Mutter kümmern«, sagte Ann. »Aber spannend ist das schon.«

»Er muss sich doch fragen, was ihm entgangen ist.«

Ann überlegte laut: »Ist er nicht einfach ein typischer Mann, der nur drauflos stiefelt, sich weigert, einen Blick über den eigenen Tellerrand zu werfen? Er glaubt nicht, etwas ver-säumt zu haben, indem er der Insel treugeblieben ist.«

»Das Verdammte ist, dass er verloren hat. Das Leben, das er gern gelebt hätte, ist nicht mehr möglich. Es ist so weit gekommen, dass man nicht einmal mehr ordentliche Mengen Strömming hochholen kann, von Dorsch ganz zu schweigen. Die Felder wachsen zu, die Scheunen verfallen, die Wege überwuchern, die alten Straßen sind unpassierbar. Leute aus Stockholm kaufen einen Hektar nach dem anderen auf. Blitz säubert und säubert. Landschaftspflege? Pah! Es gibt nur Maniküre für Sommergäste und reiche Pinkel aus Stock-holm.«

»Und jetzt will Rune verkaufen«, sagte Ann.

»Der verkauft nie im Leben! Er spielt nur mit diesem Typen aus Schonen. Du wirst schon sehen. Und dann wollte seine Tochter mit Casper Stefansson nach Italien gehen! Rune hat ihn vielleicht im Meer versenkt. Das traue ich ihm zu.«

»Denk nur, wie glücklich er in den Jahren gewesen sein muss, als Cecilia auf dem Hof gewohnt hat.« Ann erinnerte sich an Rune Karlssons Rührung, als er über seine kluge und erfolgreiche Tochter gesprochen hatte.

»Und wie unglücklich muss er gewesen sein, als sie nach Portugal gegangen ist.«

»Puh, wie traurig, was für ein Elend«, sagte Ann. Ihr gefiel das nicht. Nichts in diesem Wirrwarr behagte ihr. Am liebsten hätte sie alles vergessen.

»Ich werde aufhören, in diesem Misthaufen herumzustochern«, sagte sie, »und von nun an lieber …«

Sie wurde davon unterbrochen, dass ihr Telefon auf dem Tisch schepperte. Edvard lachte. »Ich trinke noch ein Bier.« Ann schaute ihm hinterher, als er verschwand, wartete noch zwei Klingeltöne ab, als ob sie vorgeben wollte, doch noch Zweifel zu haben.

»Hallo, hier ist Brundin.«

»Das sehe ich«, sagte Ann und versuchte, sich ein wenig abweisend anzuhören.

»Hör mal«, fuhr ihr ehemaliger Kollege fort. »Östhammars Antwort auf Columbo«, wie er ab und zu genannt wurde. Das richtige Alter hatte er erreicht, dazu den lässigen Stil und die vorurteilslose Kleiderordnung. »Ich hatte da einen Anruf …«

Edvard kam mit einem Bier zurück, öffnete es mit einem Ploppen dicht neben Anns Kopf. Als analytischer Polizist hatte Brundin keine Probleme damit, das Geräusch zu identifizieren. »Ich komme rüber«, sagte er und lachte.

»Ein gewisser Mann aus Schonen, Jens Thörn, hat mich angerufen«, sagte Brundin dann. »Er war mit einem Vertragsentwurf zu Rune Karlsson gefahren. Kannst du dir das vorstellen, diese Unverschämtheit? Die Reaktion fiel heftig aus. Rune saß in einem Gartensessel und war mit Waffenpflege befasst.«

»Im Regen?«

»Das ist eine Stunde her, da war es sicher trocken.«

»Ist er tot?«, fragte Ann, vor allem, um Edvard einen kleinen Schrecken einzujagen.

»Wer?«

»Einer von beiden.«

»Ich brauche Hilfe«, sagte Brundin ohne Umschweife. »Kannst du mit Edvard zu Karlsson fahren, das aber auf dem Seeweg? Das ist eine trickreiche Strecke, viele Untiefen.«

»Edvard schafft das, er ist oft mit Victor in dessen alten Boot zu dem Steg hingetuckert. Und wir waren gerade erst da.«

Edvard schaute auf.

»Aber legt euch nicht an den Steg. Ihr müsst euch verstecken. Ist er da? Vielleicht rede ich besser direkt mit ihm.«

Sie reichte Edvard das Telefon. Brundin redete drauflos. Ann versuchte, Edvards Mienenspiel abzulesen, was gesagt wurde. Das ging nicht. Edvard nickte und brummte, ehe er einen Kommentar abgab.

»Ich bin mir ja nicht ganz sicher, ob ich das auf elegante Weise machen kann, so, dass es gut aussieht, meine ich.«

Brundin gab eine kurzgefasste Antwort. »Okay«, sagte Edvard mit einem Lächeln. »Das weiß er sicher, aber wenn er fragt, was ich da treibe? Wir nehmen das Aluminiumboot, es dauert höchstens fünfundzwanzig Minuten. Ein Problem: Wir haben getrunken.«

Ann hörte, dass Brundin über diesen letzten Satz herzlich lachte.

»Wir machen noch einen Ausflug zu Karlssons. Wir brechen sofort auf. Ich muss nur einen Werkzeugkasten holen. Und warme Kleidung und Regensachen.«

Er stand ohne weitere Erklärungen auf. Das war seine Art, und sie nahm es sich nicht mehr zu Herzen. Er würde ihr schon früh genug erzählen, worum es hier eigentlich ging. Er verabscheute überflüssiges Gerede, das zu Zeitverlusten führte.

Sie ging eine Treppe hoch, zog sich um, nahm eine warme Hose und streifte einen Pullover über, den sie sonst nur im zeitigen Frühling benutzte. Sie fühlte sich erfüllt von etwas Bekanntem und zugleich Unbekanntem. Brauche ich eine Waffe?, überlegte sie. Sie hatte einen Waffenschein für die Pistole, die sie immer mitnahm, wenn sie das Haus in Tilltorp verließ, aus Angst, sie könnte gestohlen werden, obwohl sie in einem Waffenschrank aufbewahrt wurde. Es war ein Überrest aus ihrer Zeit bei der Polizei, und sie hatte die ganze Zeit ihre Zweifel gehabt, ob sie sie behalten dürfte. Es kam ihr ein bisschen seltsam vor, zumal sie keinem Pistolenschützenverein angehörte. »Kann ja gut sein, um auf Kaninchen zu schießen«, hatte Sammy Nilsson gesagt. »Oder Brandstifter.« Von Kaninchen hatte er keine Ahnung.

Stiefel und Regensachen lagen unten, sie schaute sich um. Nichts fehlte. Die Pistole musste unter allen Schuhen im Kleiderschrank liegenbleiben.

Auf dem Weg zum Anleger erzählte Edvard ihr von dem Telefonat. Brundin wollte, dass sie die Boote an Karlssons Steg unbrauchbar machten.

»Deshalb das Werkzeug«, sagte Ann.

»Wenn ich das nicht schaffe, sollen wir The One and Only anrufen, der ist ja ein Genie, was Motoren angeht, aber ich glaube, ich kriege das hin. Wir halten uns im Norden von Karlssons, da gibt es an einer Schäre eine langauslaufende Odde.«

Edvard redete immer weiter und war für seine Verhältnisse ungewöhnlich redselig. Ann merkte, dass er nervös war. Sie selbst fühlte sich ruhig. Wie oft hatte sie so etwas schon mitgemacht? Das hier wirkte wie ein sehr einfacher Auftrag, und außerdem war es Edvard, der herausfinden sollte, wie sie die Sabotage der Boote am besten in die Wege leiten könnten.

Sie erreichten den Steg, sprangen an Bord, Ann löste vorn die Vertäuungen, und Edvard zog das Boot am Achtertampen heraus, machte es los und ließ den Motor an, einen Yamaha mit 50 PS. Das Ganze war in einer halben Minute erledigt.

Es regnete jetzt nicht mehr. Der Wind kam wie so oft von Nordosten, eine kabbelige See, die bei einem kleinen Boot unangenehm gewesen wäre, aber das neue war ihr problemlos gewachsen. Edvard hatte es im vergangenen Herbst gekauft; es hatte, zusammen mit dem Motor, fast zweihunderttausend gekostet. »Ich hab bar geblecht«, hatte er ihr unerwartet und wie nebenbei erzählt, und sie hatte begriffen, dass sich hinter dieser Auskunft ein Gutteil Stolz versteckte. Edvard wollte so gern einer in der Reihe von achtsamen Handwerkern und ein »redlicher« Mensch sein. Das war sein Erbe, was ab und zu gar ein bisschen zu handgestrickt wirken konnte, aber natürlich war es gut, dass ein gelassener Mann am Steuer stand. Ann hatte auf See nie Angst, wenn sie mit Edvard zusammen war. Er hatte es in seinem Blut; es war eine andere Seite des ein wenig Selbstzufriedenen, das mit den Routinen, den Sicherheitsdetails, dem Abstand und allem, worüber er redete oder was er ganz einfach vorführte, als wäre es ein natürlicher Teil des Lebens. Es hatte mit seinem Hintergrund als Maschinenführer und Traktorfahrer zu tun, und mit der Waldarbeit im Winter. Starke Kräfte waren in Bewegung, und man durfte ganz einfach nichts falsch machen.

Das konnte ermüdend sein, aber Ann war zu dem Schluss gekommen, dass es ihrer Beziehung auch Stabilität gab. Er überließ nichts dem Zufall, alles sollte mit doppelten Riegeln und mentalen Absperrbändern gesichert und verankert sein. Sicher war ihr One-Night-Stand mit dem unbekannten Steuerprüfer, ihr lächerlicher Seitensprung, für Edvard deshalb so unbegreiflich. Ein dermaßen makabrer Verstoß gegen die Regeln, zumindest ein tollkühnes Wagstück, sich mit einem Fremden einzulassen, wenn doch alles für Ann und Edvard gesprochen hatte, hatte ihn für viele Jahre unversöhnlich gestimmt. Er hatte später erzählt, dass er seine Frau nie hintergangen hatte, dass er niemals auch nur auf den Gedanken gekommen war.

Sie schielte zu seinem verbissenen Profil hinüber. Er war gezeichnet vom Ernst der Stunde, hineinzogen in etwas Finsteres und für ihn Ungewöhnliches. Wie zur Bestätigung fragte er, ob sie die Pistole bei sich habe, was sie als Möglichkeit erwähnt hatte. Sie schüttelte den Kopf.

»Nein, und es wäre doch auch seltsam gewesen, die mitzuschleppen«, sagte sie nur. Sollte er daraus schließen, was er wollte.

Während der restlichen Fahrt schwiegen sie. Als sie sich näherten, nahm er ein wenig das Gas weg und schaltete nach Steuerbord, statt den Steg anzusteuern, glitt die letzten fünfzehn Meter durch die enge Passage auf das Land zu, drehte den Motor aus und klappte ihn hoch. Ann stand bereit, sprang an Land und begann, an einem Steinblock zu vertäuen. Ganz plötzlich überkam sie das unwahrscheinliche Gefühl, dass ihr Sohn Erik auf sie wartete. Es war eine so starke Empfindung, dass sie den Strand mit Blicken absuchen musste, aber dort war keine Menschenseele zu sehen. Alles war still, bis auf das Glucksen an den Ufersteinen.

»Wir teilen uns auf«, flüsterte Edvard. Er nahm einen kleinen Werkzeugkasten mit. Darin lag alles, was nötig war, um drei Motoren auszuschalten. »Du hältst am Bootsschuppen Wache, während ich loslege. Okay?«

Ihr gefiel das nicht, sie sah aber ein, dass ein Wachtposten sinnvoll wäre, und nickte. Edward schnallte sich eine Lampe vor die Stirn. Die würde vielleicht bei dem alten Boot nötig sein, wo er in einem engen Raum mit einem alten Albinomotor zu tun haben würde, der vermutlich noch aus den vierziger Jahren stammte. Sie gingen vorsichtig am Strand weiter, bis Ann zum Bootsschuppen abbiegen musste. »Jetzt könnte es gut sein, eine Pistole zu haben«, sagte Edvard, ehe er in der Dämmerung verschwand, und sie wusste nicht, ob das als Scherz gemeint war oder nicht.

Ann fror. Das kam nicht sehr oft vor. Sie zog den Reißverschluss der Fleecejacke hoch, streifte die Kapuze über und schlang sich die Arme um den Leib. Es war still, wie immer am Ende des Sommers. Sie war wehmütig gestimmt. Ich habe Edvard, dachte sie, und ihre Unterlippe zitterte vor Rührung oder vor Kälte.

Sie sollte Wache halten, und deshalb schaute sie zum Weg zum Wohnhaus hinüber, wo alles ruhig und still war. Ihr fiel ein, dass sie Brundin informieren müsste, und sie zog ihr Telefon hervor und schrieb, sie seien vor Ort, alles ruhig. Sie wartete, es kam aber nicht sofort eine Antwort. Brundin hatte jedoch noch nie schnell bei so etwas reagiert.

Lautlos schlich Edvard sich an der Wand des Bootsschuppens entlang. »Geschafft«, sagte er, und als sichtbaren Beweis hatte er einen Ölfleck auf der Stirn. Das hieß Bindi, wie ihr einfiel, aber diese trugen wohl nur Frauen? Indien, dachte sie, und von dort war der Schritt zu Erik nicht weit. Sie lächelte vor sich hin, wie sehr hätte ihm so ein geheimes Abendabenteuer gefallen.

»Ich seh in den Schuppen nach«, flüsterte Edvard und schob vorsichtig die eine Torhälfte auf. Klinken und Angeln waren alle handgeschmiedet und sicher sehr alt. Er kam nach einer halben Minute zurück, schüttelte den Kopf und ging weiter zur Netzbude, die ein Stück weiter oben lag, auf einer Felsplatte, mit einem Sockel aus grob behauenen Steinen. Das Ganze sah aus wie ein Heimatmuseum. Die Tür war angelehnt. Edvard verschwand in der Bude, schaute gleich darauf wieder heraus und winkte sie zu sich. Sie konnte trotz der Dunkelheit die Unruhe in seinem Gesicht sehen, darin, wie er einen Blick in die Hütte warf, wie um sich zu vergewissern, dass er richtig gesehen hatte, und sie lief zu ihm.

Edvard hatte seine Taschenlampe eingeschaltet und ließ den Lichtkegel über den Boden fegen. »Blut«, sagte Ann sofort. »Bleib stehen. Beweg dich ja nicht.« Sie schaute sich um, glaubte nicht an eine schwerwiegende Schussverletzung, die so oft zu umfangreichen Blutlachen, Blutspritzern an den Wänden und Schleifspuren auf dem Boden führte, wenn das Opfer versucht hatte, sich zu bewegen, sich zu retten. Hier war der Holzboden gefleckt, mehr aber auch nicht.

»Keine Mauser«, sagte sie nur. »Vermutlich auch kein Messer.« Sie ging in die Hocke, streckte die Hand zu Edvard aus, und er begriff sofort und reichte ihr die Taschenlampe. Sie leuchtete in Richtung zweier umgekippter Kästen, deren Inhalt teilweise auf dem Boden verstreut lag. Angelausrüstung, ganz einfach. Um einen Pfosten mitten in der Bude hingen Reste eines Seils, zerfetzt und durchgescheuert. Dort lag auch ein Fischmesser mit mehreren Klingen, wie es in vielen Häusern auf Gräsö vorkam. Edvard besaß sicher ein halbes Dutzend, die meisten von Viola geerbt. Ann konnte sich ohne Mühe vorstellen, was sich in der Bude abgespielt hatte. Jemand war angebunden gewesen, hatte sich aber losmachen können.

»Wer?«, fragte Edvard.

»Gunilla Karlsson«, sagte Ann. »Wer sonst?«

»Cecilia?«

»Nein, die ist bei Blitz.«

»Der aus Schonen vielleicht.«

Das wäre eine Möglichkeit, dachte sie sofort. Waren Rune und der Nachbar aneinandergeraten? Sie rief Brundin an, der sich sofort meldete. Er klang atemlos. Sie hörte im Hintergrund Geräusche.

»Wo seid ihr?«, fragte Ann.

»Wir sind gerade bei dem aus Schonen angekommen, um uns auf den neuesten Stand zu bringen. Wir müssen uns ein Bild davon machen, was geschehen ist, vielleicht war es ja nur Gerede seinerseits. Professoren sind empfindlich.«

»Ich kann ein Stück zu dem Bild hinzufügen«, sagte Ann und schilderte ihren Fund. Brundin verstummte und schwieg ausnahmsweise einmal ganze fünf Sekunden.

»Bist du noch da?«

»Sicher, ich habe nur kurz Jens Thörn zugehört. Der ist gerade gekommen.«

»Nicht der aus Schonen«, teilte Ann Edvard in Theaterflüstern mit.

»Ja, du weißt doch, wie …«, sagte Brundin und Ann war klar, dass er genau das sagen wollte, was sie soeben zu Edvard gesagt hatte: nichts anfassen.

»Ja, wir gehen rückwärts raus und begeben uns weiter zum Wohnhaus.« Sie drückte das Gespräch weg, ehe Brundin noch eine Meinung anbringen oder protestieren könnte. Sie schaute sich ein letztes Mal um, ließ das Licht der Taschenlampe über Boden, Wände und Decke wandern. In den schwarzen Säcken wurden sicher Netze aufbewahrt, alle sorgsam mit einem Etikett versehen. Es gab aufgestapelte Reusen, Bojen, die wie riesengroße Christbaumdekorationen von den Dachbalken hingen, Anker aller Art und jeglichen Alters, antike runde Tonnen standen in Reih und Glied da, solche, an die sie sich aus der Garage ihres Vaters erinnern konnte, in der er jeden Tag den Getränkewagen abgestellt hatte, Achterbojen, Leinen und viele andere Dinge, die mit der Schärenfischerei zu tun hatten. Es hatte Jahre, Jahrzehnte gedauert, das alles herzustellen und zu erwerben, aber sie brauchte eine halbe Minute, um sich einen Überblick zu verschaffen. So viel Geschichte, dachte sie, wem wird das in Zukunft alles gehören, Cecilia?

Sie folgten dem Weg hoch zum Wohnhaus. Es war fast acht Uhr abends, aber die Sonne war noch nicht untergegangen. Edvard schaute sich um, als erwartete er eine Bestätigung, dass sie weitergehen sollten. Ann nickte, sie fand das lustig, nur selten oder nie hatte sie das Kommando auf der Insel.

Sie kamen wieder an dem Gebüsch vorbei, wo Cecilia stehen geblieben war, um sich die Schmetterlinge anzusehen. Es ist sicher zu spät für tagaktive Schmetterlinge, dachte sie, schaute dennoch zwischen Zweigen und Gräsern nach. Unter einem breiten, wogenden Busch entdeckte sie eine Hand.

»Edvard!« Er blieb sofort stehen und zog instinktiv den Kopf ein. »Da liegt jemand«, sagte sie und zeigte darauf. Als er neben den Weg treten wollte, hob sie eine Hand. Sie schaute sich um. »Such einen langen Zweig oder so was.« Er schien sofort zu begreifen, bückte sich ins Gestrüpp und fand einen langen Ast, der zwei Meter lang kahl war, oben aber belaubt.

Ann hatte in ihren fünfundzwanzig Jahren bei der Polizei zahllose Mordopfer gesehen. Der erste Tote war eine in einer Schleuse hängen gebliebene Wasserleiche gewesen. Danach hatte eigentlich nichts mehr schlimmer sein können. Sie schob den Ast unter die Zweige, die den Arm und Teile des Körpers verbargen. Was sie sah, verstärkte ihren Eindruck, es mit einem Leichnam zu tun zu haben, und sie glaubte auch zu wissen, wen sie da vor sich hatte. Sie hatte Rune Karlssons Hände betrachtet, als sie das Treppengeländer umfasst hatten, die weiß gewordenen Fingerknöchel und die Haare auf dem Handrücken.

»Ist er tot?«

»Glaub schon«, sagte Ann, legte den Ast auf den Boden und schob ihn ins Gestrüpp. »Ich muss nachsehen«, sagte sie und balancierte auf dem Ast wie auf einer Laufplanke, um nicht zu viel herumzutrampeln. Sie beugte sich vor. Der Leichnam lebte noch. Der kleine Blutfaden, der sich stoßweise den Hals hinunterbewegte, war Beweis genug dafür, dass das Herz noch immer schlug. »Ruf einen Rettungswagen«, sagte sie.

Rune Karlsson war von zwei Pfeilen getroffen worden. Der eine steckte in seinem Hals, der andere im Bauch. Dort war der Blutverlust um einiges größer, seine Kleidung war durchtränkt. Sie ging neben ihm in die Hocke, legte zwei Finger an seinen Hals. Schwacher, aber klar erkennbarer Puls. Er atmete unregelmäßig. Er stand unter Schock. Seine Augen waren geschlossen, aber die Lider bewegten sich ab und zu.

»Soll man Pfeile herausziehen?«, fragte sie und begriff sofort, wie idiotisch diese Frage klingen musste.

»Glaub ich nicht«, sagte Edvard gelassen. »Ein Arzt ist unterwegs, und der Rettungswagen kommt so schnell wie möglich.«

Einmal hatte sie versucht, einen Wettkampfbogen zu spannen. Das war ihr nicht gelungen, und nun hatte sie begriffen, welche Kraft und Technik vonnöten sind, um einen Pfeil abzuschießen, aber auch, mit welcher Wucht der Pfeil losfliegt und ins Ziel eindringt.

Rune Karlsson öffnete den Mund mit einem schmatzenden Geräusch. Blut lief aus seinen Mundwinkeln, keine großen Mengen, der Pfeil im Hals hatte die Schlagader nicht getroffen, denn dann wäre er jetzt tot. Ann beugte sich so weit vor, wie das überhaupt nur möglich war. Der Gestank von Blut und Exkrementen umgab bereits den Verletzten, vielleicht hatte sich sein Darm entleert. Sterbende Menschen sind niemals schön, nur im Film, wenn ein trauriger und tränentriefender Epilog zur Begleitung eines Streichorchesters abläuft. Runes Kampf wäre unverkäuflich. Er würde unter einem Busch auf der Insel sterben, auf der er geboren worden war, um dann innerhalb von ein oder zwei Stunden in einen Leichensack gestopft und fortgetragen zu werden.

Hier war kein Sherlock Holmes gefragt, um zu erraten, wer die Pfeile abgeschossen hatte, deshalb fragte sie nur: »Warum?«

Er öffnete die Augen und sah plötzlich um einiges lebendiger aus. Vielleicht würde er es schaffen? Rune Karlsson nahm Anlauf, er wollte unbedingt etwas sagen. Viel kam nicht dabei heraus, zudem war es fast unmöglich, ihn zu verstehen. Das kam sicher von der Halsverletzung. Seine Rede war ein Fauchen und dann wieder ein Geflüster.

»Die Hure«, glaubte Ann jedenfalls zu hören. Das war nichts Neues, so hatte er seine Frau schon zuvor genannt. Rune stieß mehrere Laute aus, die zu Sätzen wurden, als argumentiere er in einer unbekannten Sprache mit verstümmelter Satzmelodie.

»Was sagt er?«, fragte Edvard, dem es natürlich noch schwerer fiel, etwas zu verstehen.

»Warte«, sagte sie. Ihre Beine zitterten; in der Hocke auszuhalten, während sie zugleich den Oberkörper vorbeugen musste, war nicht ihre beste Disziplin, aber sie wollte den Boden nicht mit den Knien berühren, es konnte sich doch um einen Tatort handeln.

Rune verzog das Gesicht. Er hatte furchtbare Schmerzen.

»Habt ihr euch gestritten? Wir haben in der Netzbude Blutspuren gefunden.«

Er nickte, als ob er einsähe, dass seine Sprechversuche keinen Sinn hatten. »Ist das ihr Blut?« Wieder ein Nicken. »War sie gefesselt?« Die Angst leuchtete aus seinen Augen, und er würgte einige Wörter heraus. »Weglaufen«, glaubte sie zu hören.

»Casper ermordet«, kam dann plötzlich, klar und deutlich. »Ficken, dann Mord.« Das war eine seltsame Wendung, aber sie war nicht von Bestand. Die krampfhaften Zuckungen stellten sich immer häufiger ein. Aus seinem Gesicht war alle Farbe verschwunden. Ann hatte die ganze Zeit die Hand um den Pfeil in seinem Bauch geschlossen und versuchte, die Wunde mit den Fingern so fest wie möglich zusammenzudrücken. Die Frage war, ob der Pfeil den Körper durchschlagen hatte und auf der anderen Seite wieder ausgetreten war.

»Edvard«, sagte sie, »komm her. Ich kann das nicht halten.« Sie gab den Versuch auf, keine Spuren an der Fundstätte zu zerstören. Im Hinterkopf hatte sie auch den Gedanken gehabt, Edvard fernzuhalten, ihn zu beschützen; er war kein empfindliches Kind, aber warum sollte er sich dieses Elend ansehen? Warum sollte er überhaupt erleben, womit sie sich so viele Jahre lang beschäftigt hatte? Als ob das etwas Schändliches wäre.

»Drücken«, sagte sie.

»Scheißmücken«, war sein einziger Kommentar, und sie warf ihm einen raschen Blick zu. Wie konnte er so gelassen sein? Oder war das Gegenteil der Fall, war er außer sich vor Entsetzen?

Ann legte wieder zwei Finger an Runes Hals. Auf die unversehrte Seite. Der Puls war schwächer geworden. »Gunilla hat Casper ermordet, haben Sie Beweise?«

Rune nickte.

»Beweise? Wo sind die Beweise?«

Er sah sie fast triumphierend an und fauchte ein unmöglich zu verstehendes Wort. Es klang fast wie der Name eines bulgarischen Badeortes: »Ballga« oder so.

»Ich verstehe nicht«, sagte Ann. Er machte noch einen Versuch, aber nun ging seine Lebenskraft unwiderruflich zur Neige, und es kam nur noch ein Röcheln aus dem zerstörten Kehlkopf. Sie fuhr ihm mit der Hand über die Wange, kalt und bärtig, es war eine instinktive Bewegung, wie um etwas Menschliches zu vermitteln, einen letzten Ausdruck für … was? Vertrauen vielleicht, dass er trotz seiner unglücklichen Eigenheiten ein lebendes und aktives Geschöpf gewesen war. Sie dachte an Cecilias Worte, als sie diesen Weg entlanggewandert waren.

»Sie sind mit Ihrer Tochter hinaus in die Natur gegangen. Das hat sie geliebt. Und die Schmetterlinge, die Sie ihr gezeigt haben, alle Namen hat sie gelernt.«

Er sah fast erschrocken aus, tastete sich mit einer Hand an ihrem Bein nach oben, kniff sie mit überraschender Kraft in den Oberschenkel. »*Ballga*«, wiederholte er und starrte verzweifelt Edvard an, als ob der dieses Rätsel lösen konnte. »Gefunden. *Vrang*«, stieß er aus.

Edvard warf ihr einen raschen Blick zu. »Er hat im Boot etwas gefunden, sagte er. Dass muss es bedeuten. ›Vrang‹ ist ein altes Wort, glaube ich. Damit sind die Spanten gemeint.«

Ann wusste nicht so genau, was Spanten waren. Sie spürte, wie der Zugriff um ihren Oberschenkel wieder stärker wurde und wusste nun, dass Edvard auf der richtigen Spur war. »Welches Boot?«, fragte sie. Beide sahen sie den Sterbenden an, der vor ihnen auf dem Boden lag.

Mit einem unheilverkündenden Krächzen räusperte er sich. Ann hatte dieses Geräusch schon einmal vernommen, und zwar am Sterbebett ihres Vaters, und es war das Letzte gewesen, was sie von ihm gehört hatte. Aber Rune überraschte sie, indem er sich mithilfe des linken Ellbogens einige Zentimeter aufrichtete und mit matter Stimme kurze Sätze herausbrachte, die trotz allem hörbar und verständlich waren. »Sie ist zum Steg geschwommen. Blauer Badeanzug. Hedwig.« Er ließ sich wieder zu Boden sinken.

»Das ist das Fischerboot«, sage Edvard. Rune sah ihn an und sie glaubten, in seinen Augen eine Bestätigung zu lesen. »Tüte. Weggeworfen, hab ich gesehen. Abfall.« Er schüttelte den Kopf. »Versteckt«, würgte er hervor, und Ann glaubte zu erkennen, dass er grinste.

»Wo?«, fragte Ann.

»*Ballga*«, sagte er, und dieses Unbegreifliche war das Letzte, was er herausbrachte. Im Finale trat Rune Karlsson dem Tod gegenüber. Er kämpfte noch auf der Zielgeraden, musste sich aber geschlagen geben. Dort nahm die Geschichte von Rune Karlsson ein Ende.

38

Sie kroch rückwärts aus dem Gestrüpp heraus. Die abendliche Kälte ließ sie zittern. »Edvard«, sagte sie. »Wir gehen zum Haus hoch.«

»Ich komme. Ich will nur schnell …«

Was er wollte, sollte sie nie erfahren. Das Telefon in ihrer Tasche vibrierte. Es war Brundin.

»Der Arzt ist hier«, sagte er. »Wo seid ihr?«

»Es ist vorbei. Rune Karlsson ist tot. Wir kommen.«

»Seine Frau ist hier. Mitgenommen, aber okay. Der Arzt kümmert sich gerade um sie.«

»Was macht sie für einen Eindruck?«

»Ziemlich fertig. Sie weint fast die ganze Zeit.«

»Sie hat Rune mit Pfeilen erschossen.«

»Ach, verdammt. Ja, auf der Veranda lag ein Bogen.«

»Wir kommen«, sagte sie noch einmal und drückte das Gespräch weg. »Komm schon!« Sie wollte unbedingt einen Blick auf Gunilla Karlsson werfen. Edvard kam aus dem Gebüsch, krumm und ein bisschen mitgenommen. Die Stirnlampe war noch immer eingeschaltet. Ann hob die Hand und knipste die Lampe aus. »Du blendest«, sagte sie, und ein bisschen ärgerte sie sich auch über seine Miene. Die erinnerte ein wenig zu sehr an die, die ihr alter Kollege Ola Haver an Mordstätten aufgesetzt hatte. Er war derjenige bei der Gewalt gewesen, der mit Toten am wenigsten umgehen konnte.

»Können wir ihn hier liegen lassen?«

»Vielleicht ist es besser, wenn du dableibst. Fass nichts mehr an. Ich schicke einen von Brundins Beamten her. Und dann

kommst du rauf.« Es klang, als wäre sie noch immer eine Polizistin im Dienst.

Er sah sie mit tiefem Ernst an und streckte die Hand aus.
Was erlebte er hier? Es war deutlich, dass Rune Karlssons To-
deskampf und seine letzten Worte für Edvard eine andere Bedeutung hatten als für sie selbst. Sie hatte das schon früher
erlebt, Gewaltopfer, ob erschossen oder erstochen, misshan-
delt und in das Grenzland zwischen Leben und Tod geführt,
den Gestank von Tod und Blut, das elektrisierende Gefühl,
dass die äußersten Dinge hier verhandelt wurden. Kein Detail
durfte verloren gehen. Die Trivialität jedes Todes, die Sinn-
losigkeit jedes Todes, aber auch das Mysterium. Sie nahm
seine Hand. »Ich gehe. Komm nach.«

Sie lief schnellen Schrittes auf das Haus zu, und das nicht
zuletzt, um sich von der Steifheit der Gelenke und der Kälte
in ihrem Körper zu befreien. Auf ihrer rechten Seite sah sie
sehr bald die dunkle Silhouette der Schmiede, deren Schornstein nach Norden überhing. Dort blieb sie für einige Sekunden stehen, überlegte, wie es weitergehen würde. Sie hatte das
Kommando übernommen, und das fand sie durchaus witzig.
Nur, dass ich nicht so weitermache, dachte sie, Brundin ist
hier der verantwortliche Polizist. Du bist Zivilistin. Froh, weil
ihr diese Einsicht gekommen war, lief sie das letzte Stück zum
Haus hoch. Die unterschiedlichen Gebäude zeichneten sich
vor dem Abendhimmel ab, ragten in ihren ursprünglichen
Funktionen auf. Sie kam an zwei alten Holzbuden vorbei. Ein
wenig weiter vorn lagen ein alter Wagenschuppen und endlich
die Garage. Sie erinnerte sich, dass Edvard etwas über die mit
Blut verschmierte Schubkarre gesagt hatte, hatte er sie wohl
dort abgestellt?

Brundin stand vor der Haustür, wo Rune Karlsson sie vor einigen Tagen empfangen hatte. Er rauchte. Sie konnte sich nicht
erinnern, das je bei ihm gesehen zu haben, beschloss aber,

nichts zu sagen. Raucher hatten die seltsamsten Entschuldigungen, um ihr Verhalten zu erklären, heimliche Raucher waren natürlich die schlimmsten.

»Wie geht es ihr?«

»Geht so«, sagte Brundin und zog an seiner Zigarette, dann schnippte er die Kippe auf Ann zu über das Geländer. »Kannst du die bitte austreten?«, sagte er mit einem Lächeln. »Rune hatte sie im Netzschuppen angekettet, aber sie konnte sich befreien.«

Ann zerquetschte die Zigarette unter ihrem Fuß. »Und dann?«

»Sie hat auf ihn geschossen. Notwehr, sagt sie.«

»Wo denn?«

»Unten beim Bootsschuppen, dann ist sie zum Haus hochgerannt. Na ja, nicht gerade gerannt, sie hatte ja eine Kette um das Bein. Die Frau ist wirklich nicht so leicht kleinzukriegen.«

Ann erzählte, wo sie Rune gefunden hatten. »Das war seine Abkürzung; es ist kürzer als der Weg, der macht einen Bogen, wie du weißt«, erklärte Brundin, und sie dachte, wie gut er sich doch auf Karlssons Grundstück auskannte.

»Und die Kette?«

»Die konnten wir entfernen«, sagte Brundin.

»Kann sie hören, was wir sagen?«, fragte Ann.

Brundin kam die Eingangstreppe herunter. »Wir gehen ein Stück zur Seite«, sagte er. »Die Ärzte sind noch am Werk.«

»Kannst du jemanden den Weg runterschicken, um Edvard abzulösen?«

»Sicher«, sagte Brundin und zog sein Telefon hervor. »Wide, kannst du zum Wasser runtergehen: wir haben eine Leiche, die Gesellschaft braucht.« Er drückte das Gespräch weg und grinste. »Ein Dienstanwärter.« Ann war klar, dass Brundin sich hier überaus wohl in seiner Haut fühlte. Der junge Polizist, der aussah wie kurz vor dem Abitur, stand plötzlich vor ihnen, und Brundin erteilte ihm einige Anweisungen.

»Sind Sie Lindell?«, fragte der junge Polizist. »Ann Lindell aus Uppsala?«

Sie nickte. Er verschwand in Richtung Strand, sicher zu seiner ersten Leiche. »Die Legende Lindell«, stellte Brundin mit einem Grinsen fest. Ann lächelte zurück. Mit solchen Bemerkungen konnte sie umgehen. Sie waren nicht einmal unangenehm.

»Warum hat er sie eingesperrt? Hat sie das gesagt?«

»Wahnsinn und grundlose Eifersucht. Als sie erzählt hat, dass sie am nächsten Morgen zu einer Konferenz fahren würde, hat er sie niedergeschlagen.«

»Unten am Wasser?«

»Nein«, sagte Brundin. »In der Küche, da ist Blut.«

»Und dann hat er sie mit der Schubkarre zum Schuppen gefahren.«

»Was weißt du darüber? Hat er etwas gesagt, ehe er gestorben ist?«

»Nein«, sagte Lindell und erzählte dann, was Edvard gesehen hatte. »In der Schubkarre«, sagte sie. Brundin grinste nur zur Antwort.

»Gab es da unten am Ufer einen Bogen?«

»Das sagt sie, zwei oder drei sogar, die hingen im Bootsschuppen, und dann war da noch ein Köcher mit Pfeilen.«

»Weshalb?«

»Ich glaube, sie hat zum Trainieren auf Seevögel geschossen. Davon habe ich früher mal gehört. Das fanden nicht alle gut. Karlssons haben immer ein bisschen gemacht, was sie wollten. Vor einigen Jahren gab es sogar eine Anzeige, aber die wurde zurückgezogen. Es war dennoch klar, dass sie auf Möwen und Seeschwalben geschossen hat.«

»Okay, sie hat ihn erschossen, ist zum Haus hochgegangen und hat dich angerufen, war das so?«

Brundin zog eine Marlboropackung hervor und steckte sich eine neue Zigarette an. Das machte ihn in ihren Augen im

Handumdrehen zum Kettenraucher. »Verdammt, du rauchst aber viel, das wusste ich nicht«, sagte sie.

»Das war ihre Version, aber die wirkt ja durchaus glaubwürdig.«

»Was ist *Vraggen* oder vielleicht *Vrangen*?«

»Wie meinst du das?«

»Rune hat das gesagt, ehe er gestorben ist.«

»Mein Vater hat das auch so genannt. Das sind die Spanten in einem Boot. Aber kein vernünftiger Mensch sagt das heute noch.«

In diesem Moment kam Edvard angelaufen. Er begrüßte Brundin mit einem Nicken. »Dieser Konfirmand, den ihr runterschickt habt, scheint sich im Dunkeln zu fürchten«, sagte er.

»Der braucht Praxis und nicht nur Schreibtischarbeit«, sagte Brundin.

»Und *Ballga*, was bedeutet das auf Gräsösprache?«

»Keine Ahnung.« Brundin sah plötzlich gestresst aus, und sie begriff, weshalb. Er hatte nicht den vollen Überblick.

»Da hast du die Lösung für den Mord an Casper Stefansson«, sagte Ann. »Soll ich die Zigarette auch austreten? Ich will mit ihr reden.«

Brundin zog einmal an der Zigarette. »Danach fahren Edvard und ich, aber es wäre interessant, Gunilla zu sehen«, fügte sie hinzu, als sie den Blick des Polizisten aus Östhammar spürte. »Wir sind ja mit dem Boot gekommen, wie du weißt, und bald ist es stockfinster.« Brundin musste daran erinnert werden, dass schließlich er sie und Edvard herbestellt hatte.

»Wir können euch nach Hause fahren«, sagte Brundin.

»Das wäre wirklich schön«, sagte Ann. »Was meinst du, Edvard?«

Er nickte. »Ich habe ein Brett über die Schubkarre gelegt, heute Nacht wird es Regen geben.« Ann lachte in Gedanken. Das war der Mann, den sie liebte.

Sie gingen zusammen auf das Haus zu. »Wer sagt Cecilia Bescheid?«, fragte Ann.

»Wir haben einen Wagen zu Blitz geschickt«, sagte Brundin. »In Öregrund gibt es einen pensionierten Pastor, den sie leiden kann. Den haben sie schon aufgelesen. Das geht gut. Ich habe den Gottesmann angerufen und erzählt, was passiert ist, und er hat keine Sekunde lang gezögert. Er wohnt in der Nähe des Fähranlegers und ist sofort aufgebrochen. Ein guter Seelsorger.«

Das geht gut, er ist gut, wiederholte sie in Gedanken. Die Spannung zwischen ihr und Brundin hatte sich aufgelöst, nicht zuletzt nach der Mitteilung, dass sie und Edvard nach Hause wollten.

»Schön«, sagte sie. »Gute Arbeit.«

»Ich gehe jetzt zu dem Leichnam«, sagte Brundin. »Ich will etwas sehen, solange es noch hell genug ist.«

Gunilla Karlsson war versehrt, das war der Ausdruck, der Ann in den Sinn kam. Der Arzt, den sie von einer früheren Ermittlung her kannte, arbeitete an einer hässlichen Wunde auf Gunillas Stirn. Er hatte soeben einen provisorischen Verband gelöst und säuberte sorgfältig die Wunde. Gunilla saß aufrecht auf einem Küchenstuhl und weinte heftig, warf Ann jedoch einen Blick zu und machte eine Miene, die durchaus auf vielerlei Weisen gedeutet werden konnte. Es lag vielleicht ein Hauch von Triumph darin, als ob sie betonen wollte, dass sie doch recht gehabt hatte: Ihr Mann hatte den Verstand verloren.

»Zwei Schüsse«, sagte Ann Lindell, »zwei Pfeile, die ihn kaum aufs Geratewohl getroffen haben.« Der Arzt schaute auf. »Hallo«, sagte er. »Das war aber ein hartes Urteil, und …«

»Ich hatte schreckliche Schmerzen«, fiel Gunilla Karlsson ihm ins Wort. »Und meine Hände zitterten.«

»Ich könnte nicht einmal einen Bogen spannen«, sagte Ann,

»geschweige denn, einen Punkt treffen. Er ist unten am Weg gestorben, das wissen Sie wohl schon?«

Gunilla nickte.

»Die Blutungen ließen sich nicht stoppen«, fuhr Ann fort, diesmal an den Arzt gewandt. Albinsson heißt er, wurde Albin genannt, das fiel ihr im selben Moment wieder ein. »Wir haben getan, was wir konnten.«

»Da bin ich sicher«, sagte Albinsson. Aber hatten sie und Edvard wirklich alles getan; war es ihnen nicht wichtiger gewesen, Informationen aus Rune Karlsson herauszuholen, als ihm einen wirkungsvollen Druckverband zu machen?

»Wo saßen die Pfeile?«

»Einer im Hals, nicht allzu bedenklich, nur hatte er deshalb Atembeschwerden. Aber der im Bauch war schlimmer«, sagte sie und zeigte auf ihren eigenen, um klarzustellen, wo der Pfeil gesteckt hatte.

»Die Leber vielleicht«, sagte Albinsson.

»Hat er etwas gesagt?«, wollte Gunilla wissen.

»Das allerdings, ziemlich viel sogar, auch wenn einiges schwer zu verstehen war.«

Gunilla starrte sie an, wie um sie zum Erzählen zu zwingen, aber Ann hatte beschlossen, nichts zu verraten. »Du, Albin, muss sie ins Krankenhaus?«

»Eine Nacht zur Beobachtung wäre sicher gut, und es können ja noch neue Befunde eintreten«, sagte er vage, und Ann merkte, dass er nach Informationen fischte.

»Ich bin nicht mehr bei der Polizei, das musst du also mit Brundin klären«, sagte sie.

»Ich weiß, dass du aufgehört hast«, sagte der Arzt.

»Wie meinen Sie das«, fragte Gunilla Karlsson. »Das mit den Befunden?«

»Besprechen Sie das mit Brundin, Gunilla. Das war nur eine allgemeine Überlegung. Wenn sich der Schock gelegt hat, kommt es zu unterschiedlichen Reaktionen. Die einen werden ganz ruhig, jedenfalls für eine Weile, andere geraten außer sich vor Angst. Das ist ganz unterschiedlich, und da ist es gut, wenn Sie beobachtet werden. Und dann sehen wir uns Ihre Verletzungen morgen früh nochmals an.«

»Ich will zu Hause bleiben«, sagte Gunilla. »Jetzt habe ich keine Angst mehr.«

»Klären Sie das mit Brundin«, sagte der Arzt.

Zehn Minuten später machten sie sich auf den Weg. Wide war abgelöst worden und schien den Hof nicht ungern zu verlassen. Ann und Edvard setzten sich in den Streifenwagen, ein Milieu, eine Institution, in der Ann sich auskannte. Sogar der Geruch im Wagen erinnerte an ihr früheres Leben. Sie hatte trotzdem das Gefühl, in einem Taxi zu sitzen, vor allem, weil Wide so sanft und vorsichtig fuhr. Etwas anderes wäre wohl nicht zu erwarten gewesen; er war keiner, der seine Schüchternheit mit PS kompensierte, das hatte Ann direkt erkannt.

»Ich habe noch nie einen toten Menschen gesehen«, sagte er. Er wandte sich an Edvard, der sich überraschend auf den Beifahrersitz gesetzt hatte. Lag es daran, dass Männer das eben machten, sich aus irgendeinem Grund immer neben den Fahrer zu setzen, vorausgesetzt, es saß ein Mann am Steuer, oder hatte er die Verwirrung des jungen Mannes bemerkt und begriffen, dass der ein bisschen reden musste?

»Unangenehm«, sagte Edvard, »und dann noch da unten in der Dämmerung. Ist schon klar. Das ist ein bisschen gespenstisch mit dem vielen Gebüsch.«

»Und das Rauschen des Meeres«, fügte Wide hinzu. »Vögel haben geschrien.«

»Das tun die gern, die Möwen, ein letzter Auslauf vor dem Schlafengehen. Vielleicht wussten die, dass Rune Karlsson tot ist, was wissen wir schon? Kluge Tiere, die wussten sicher, wer er war, sahen ihn vom Wasser wegkriechen und wie er dann da im Gebüsch gelandet ist.«

»Als ob er sich versteckt hätte, um sie später zu überraschen, meinen Sie das so?«

»Vielleicht, aber ich glaube nicht, dass sie ihn als Bedrohung aufgefasst haben; die haben ihn doch so viele Jahre lang gesehen, haben ihn beobachtet, haben Fischreste aufgeschnappt, wenn Rune die Netze gesäubert hat.«

»Vielleicht haben sie über seine Frau geschrien. Die mit den Pfeilen.«

»Ist sehr gut möglich«, sagte Edvard, nickte und warf Wide einen beifälligen Blick zu. Das gab dem jungen Polizisten den Mut, weiterzureden.

»Ich habe ja darüber nachgedacht, mit all diesen schrecklichen Dingen zu tun zu haben. Ein Kollege sagt, dass Selbstmörder, vor allem solche, die sich vor den Zug werfen, das Schlimmste sind. Von denen sind nur noch Fetzen übrig, sagt er.«

Der macht das nicht lange, dachte Ann. Sie beschloss, nichts zu sagen, sondern ließ sich zurücksinken und schloss die Augen.

»Warum sind Sie zur Polizei gegangen?«, fragte Edvard.

»Ich weiß nicht. Mein Großvater war bei der Kripo.«

»Und er war gut?«

»Der Beste«, sagte Wide mit Wärme in der Stimme. »Er wurde ›Flügel‹ genannt.«

»Warum das denn?«

»Das hat er immer zu denen, die Krach schlugen, gesagt, als er bei der Streife war: ›Reg dich ab, sonst mach ich dir Flügel‹.«

»Und sie haben auf ihn gehört?«

Wide nickte und erzählte von Söderhamn, wo er herkam, von dem Großvater, der ein klassischer Bestandteil des Straßenbildes gewesen war, von seinem Vater, der alle möglichen Jobs gehabt hatte, aber niemals einen bei der Polizei. Die Stimme des Dienstanwärters veränderte sich, der Akzent von

Hälsinge, den er sonst sicher mit großer Sorgfalt unterdrückte, wurde immer deutlicher, je länger er redete.

»Mein Vater ist jetzt in Gävle. Da bauen sie den Container-hafen aus, und er ist sogar Projektleiter. Meine Mutter ist nicht gerade glücklich, er muss sehr oft in Gävle übernachten. Aber so ist er eben.«

Ann lächelte im Schutz der dunklen Rückbank vor sich hin. Sie wollte, dass er weiterredete, vor allem, um die Stimme des jungen Mannes zu hören und Bilder aus anderen Leben und Gegenden zu sehen. Das gehörte zu den Dingen, die sie an der polizeilichen Arbeit geschätzt hatte, denn auch wenn der Hintergrund tragisch und voller Gewalt sein konnte, so gab es doch immer die Geschichten. Für sie hätte die Fahrt noch ewig weitergehen können, aber sie wusste, dass sie bald am Ziel sein würde, und richtig, schon bremste Wide und fuhr zu Edvards Haus hinauf.

Als sie angekommen waren, stiegen sie aus und standen noch eine Weile schweigend im allerletzten Tageslicht. »Ihr wohnt schön hier. Das Meer ist so nah.«

»Das ist Edvards Haus. Ich wohne eigentlich in der Nähe von Gimo.«

»Ja, das hat Brundin erzählt. Sie stellen Käse her, ja?«

Edvard verabschiedete sich von ihrem Chauffeur und ging ins Haus, und gleich wurden in den verschiedenen Zimmern die Lampen eingeschaltet. Er wollte gern viele Lichtquellen haben. Die Glasveranda wurde von diskreten Spots unter der Decke beleuchtet. Ann fiel ein, dass sie noch keine Krebse ge-gessen hatten, eine Tradition, die in der langen Zeit ihrer Tren-nung unterbrochen worden war, die sie im vergangenen Jahr jedoch wieder aufgenommen hatten.

»Er findet es schade, dass Sie aufgehört haben, aber er konnte es verstehen. Ich glaube, er fühlt sich auch nicht so wohl. Wenn er den Fall hier klären kann, wird es vielleicht besser. Er hat viel über diesen Typen gesprochen, der vor ein paar Jahren gestorben ist, dass da irgendwas nicht gestimmt hat.«

Das war neu. Ann hatte immer geglaubt, Brundin sei zufrieden mit seinem Posten in Östhammar, wo er sich etwas von dem gelassenen Stil der Altvorderen und vielleicht auch von deren Autorität zugelegt hatte, und sie hätte niemals gedacht, dass der Fall Casper Stefansson bei ihm eine offene Wunde sein könnte.

»Das kann sich jetzt klären«, sagte sie, erzählte aber nicht mehr. »Und Sie haben recht, Tote auf den Gleisen, das ist nie gut, so viele kleine Teile, aber Kinder, die Gewalt und Übergriffen ausgesetzt worden sind, das ist das Schlimmste. Die kommen später wieder, wenn man anfängt, darüber nachzudenken. Zu Hause.«

Wide nickte ernst. Sie reichten einander die Hand. Ann dankte fürs Bringen, und er fuhr weiter. Die Stille überwältigte sie geradezu. Die von Sauerstoff und Meeresduft gesättigte Luft ließ sie tief durchatmen. »Alles wird gut«, sagte sie. Edvard tauchte in der Küche auf. Ihr war klar, dass er etwas zu essen machte.

Als sie hereinkam, stand er wirklich am Herd. Er hatte geduscht, Zitronenduft umgab ihn. Die Bratpfanne zischte und es roch nach Fisch. »Ich mache etwas Leichtes«, sagte er mit dem Rücken zu ihr. Sie ging zum Kühlschrank, nahm eine Flasche Weißwein heraus und holte zwei Gläser. Dann stellte sie alles auf den Tisch. Das war ihr Beitrag. »Ich gehe schnell duschen«, sagte sie.

Als sie zurückkam, war alles fertig, Schollenfilets standen auf dem Tisch, zusammen mit einer Schüssel frischer Pasta, die Weinflasche war geöffnet und die Gläser gefüllt.

»Guter Junge«, sagte Edvard, und ihr war klar, dass er Wide meinte. Mehr sagte er nicht über die Geschehnisse des Abends, kommentierte Runes dramatischen Tod mit keinem Wort, solange sie am Tisch saßen. Ann folgte seinem Beispiel, auch wenn ihr das absolut nicht recht war. Sie war daran gewöhnt, rasch zusammenzufassen, Eindrücke zu vergleichen und Schlussfolgerungen zu ziehen, alles, um eine Ermittlung weiterzubringen. Jetzt hatte sie keinen Fall, aber das spielte keine Rolle, es lag ihr im Blut. Sie war überzeugt davon, dass in jedem echten Polizeikörper ein besonderes Enzym vorhanden war, und sie verspürte ein erhöhtes Niveau. Sie stocherte im Essen herum.

Sie räumte den Tisch ab, spülte das Ärgste ab, ließ die Teller und alles andere bis auf Weiteres im Spülbecken stehen. »Morgen ist auch noch ein Tag«, sagte sie zu Edvard, der gerade den Raum verließ. Er lachte nur als Antwort. Er macht sich Sorgen, dachte sie, er überlegt, was Rune sagen wollte. Er war draußen auf dem Hofplatz zu sehen, ging zu dem Stapel Baumaterial, der schon längst auf dem Anhänger hätte liegen müssen, machte aber keine Anstalten, die Plane herunterzunehmen. Das würde er sicher am nächsten Morgen erledigen, lange, ehe Ann auch nur daran denken würde, das Bett zu verlassen.

Sie sah, dass er sein Telefon hervorzog und einen Anruf tätigte. Es war ein kurzes Gespräch. Es war fast halb zehn, lange nach dem Zeitpunkt, zu dem Edvard sonst telefonierte. Ging es um den Auftrag? Hatte jemand ihm eine SMS geschickt und ihn um Rückruf gebeten?

Als er zurückkam, versuchte sie, ihre Neugier oder Unruhe nicht zu zeigen. »Wir haben kaltes Bier, oder?«

»Ist vorhanden«, sagte Ann, die es sich bei ihren Besuchen auf Gräsö zur Aufgabe gemacht hatte, den Kühlschrank zu füllen. Wenn sie Wein brauchte, und er das akzeptierte, dann war die Besorgung von Bier das Mindeste, was man als Gegengefallen verlangen konnte.

»Ich habe The One and Only Robert angerufen. Er kommt rüber.«

»Jetzt?«

»In zehn Minuten.«

»Warum so eilig?«

»Mir gefällt die Vorstellung nicht, dass Rune nun als gewalttätiger Verrückter gilt.«

Mit dieser Erklärung würde sie sich erst einmal zufriedengeben müssen, das sagte ihr seine nachdenkliche Miene.

39

Einar Nygren hatte die achtzig schon seit geraumer Zeit hinter sich gebracht. Cecilia Karlsson musterte ihn, als er mit einer gewissen Mühe aus dem Auto stieg. Er sah aus wie das Urbild eines Patriarchen, mit einer ungebärdigen weißen Mähne, runzlig, knochig und mager und ein wenig gebückt, als ob er seine eigenen Bedürfnisse beiseitegestellt hätte, um seiner Berufung getreu die Bürden der anderen zu tragen. Bald Zeit für ihn, ins Bett zu kriechen, dachte sie, aber er hatte unbedingt kommen wollen, obwohl es spät sein würde, ehe er nach Öregrund zurückkehren könnte. Er hatte ihr von Olgas letzten Wochen berichtet und den Termin der Beerdigung mitgeteilt. Sie waren einander noch nie begegnet, aber sie erkannte ihn von der Beerdigung.

Sie reichten einander die Hand. »Mein Beileid«, sagte der Geistliche. »Du hast deinen Vater verloren. Deine Trauer lässt sich nicht ermessen.« In seinem Auftreten und der Art, wie er das alles sagte, lag etwas ungeheuer Professionelles, aber sie konnte ihm das nicht übel nehmen. Er übte nicht nur sein Amt als Diener Gottes aus, sondern sie wusste auch, wie viel er der Gottesleugnerin Olga Palm bedeutet hatte. Sie waren jahrzehntelang befreundet gewesen, unklar, auf welche Weise und weshalb. Er tat Olga einen Gefallen, wenn er sich um Cecilia kümmerte, so hatte sie das verstanden.

Die Tränen kamen völlig unerwartet. Er ließ sie in Ruhe weinen, danach legte er ihr den Arm um die Schultern. Er roch nach Rasierwasser, das er sich sicher unmittelbar vor seiner Abfahrt aus Öregrund auf die Wangen geklopft hatte, und als sie das dachte, schluchzte sie nur noch heftiger.

»Olga hat von dir erzählt«, sagte er und ließ sie los, dann fasste er sie am Arm und ging los, als ob er glaubte, die Bewegung könne einen Teil ihrer Trauer auflösen, und zog sie mit sich. »Sie war eine bemerkenswerte Frau. Ich weiß, dass ihr euch nahestandet.«

Er brachte sie dazu, über Olga zu reden. Sie gingen ein Stück weit den Weg hinunter. »Hast du auch ihren Mann Verner gekannt?« Das schon, aber nur, wie ein sehr junges Mädchen einen lieben und harmlosen Opa kennt, der gern zusammengesunken an der Hauswand lehnt oder in einem Plastiksessel am Waldrand sitzt. Er hatte geschickt einen Zugang zu ihr gefunden, ehe er dann begann, über Rune Karlsson zu sprechen. Er wusste überraschend viel über ihren Vater.

»Bei seiner Konfirmation war ich gerade erst ordiniert worden, das muss jetzt so ein halbes Jahrhundert her sein, aber von einem Kirchenlager her kann ich mich sehr gut an ihn erinnern.«

»Wie war er?«

»Unbeugsam«, sagte Einar Nygren und lächelte. »Er machte einen munteren Eindruck, so ein Junge, um den man sich keine Sorgen zu machen brauchte. Ich war kein bisschen überrascht, als er seine Begabungen entwickelt hat und zum Elitesportler wurde. Wir sind uns später in allerlei Zusammenhängen wiederbegegnet, er hat viel für die Jugend auf der Insel getan, aber das weißt du ja sicher.«

Mehr erzählte er nicht, sondern stellte eine Frage: »Hat er auch viel für dich getan? Hat er es geschafft, sich um seine Tochter zu kümmern?«

Sie blieb stehen. Die Erinnerungen an ihren Vater hatten im Laufe der Jahre ihr Wesen und ihre Bedeutung verändert. Lange Zeit hatte das Bild des kontrollsüchtigen Hausvaters dominiert, und es würde niemals ganz verblassen, aber die Geschehnisse der letzten Wochen hatten gleichsam neue Erinnerungen dazugegeben, die sicher darauf beruhten, dass sie ihr Elternhaus nicht aufgesucht, sondern alles von außen betrachtet hatte. Die Tage in der heruntergekommenen Kate, die Begegnung mit der Jugendfreundin Rafaela und die Diskussion mit Blitz hatten sie ebenso verändert wie das Erleben der Landschaft auf Gräsö; dessen Mischung aus Überfluss und Kargheit hatte im Kontrast zu ihrem Leben in Portugal gestanden und Erlebnisse aus Kindheit und Jugend zum Leben erweckt.

»Er hat mir viel beigebracht«, sagte sie schließlich und erzählte von ihren Ausflügen in die Natur, wo die knisternde Kühle des frühen Morgens während ihrer Adlerexpeditionen und die heißen Getränke aus der Thermoskanne das Gefühl der Zusammengehörigkeit verstärkt hatten, ebenso wie die Eilmärsche an sonnigen Sommertagen, über die Wiesen, mit dem Schmetterlingsnetz in der Hand.

Der Pastor hörte zu, ohne Fragen zu stellen oder Kommentare abzugeben; er schien alles schon zu wissen, es aber gern aus ihrem Mund hören zu wollen. Sie war sich sicher, dass es neu für ihn war, Rune und sie hatten niemals mit anderen über ihre gemeinsamen Naturerlebnisse gesprochen. Gunilla war dem allen gegenüber immer fremd geblieben. Rune hatte eine Art Integrität besessen, die bisweilen mit abweisendem Starrsinn verwechselt werden konnte, das hatte sie so oft erlebt, aber in diesem Fall hatte es sie und ihn zusammengeführt, es waren ihre Erlebnisse, nur ihre.

»Danach schien er von der Welt zu verschwinden«, sagte sie, »und ich weiß nicht so recht, weshalb. Es war, als ob er in eine große Einsamkeit eingetreten wäre. Er traf niemanden mehr, Freundschaften gingen zu Bruch. Er schien das Vertrauen zu anderen verloren zu haben.«

Sie verstummte in ihrem Bericht, als ob sie etwas allzu Persönliches über ihren eigenen Vater verraten hätte. »Aber vor allem hatte er das Vertrauen zu sich selbst verloren, so, als ob er niemandem etwas bedeutete. Als ob das keine Rolle spielte.

Er wurde in seinen Augen fast schon wertlos, das habe ich manchmal gedacht.«

»Ich weiß, dass er nur einen einzigen Menschen geliebt hat. Das hat er jedenfalls mehrmals zu Olga gesagt.«

»Warum hat er so viel mit ihr geredet?«

»Weißt du, dass Rune einen ganzen Sommer und Winter bei Verner und dessen Eltern war?«

»Wie meinst du das? Hat er dort gewohnt?«

Der Pastor nickte und ging weiter. »Zu Hause bei Karlssons war die Lage eine Zeit lang nicht so ganz leicht, sie waren doch so viele, das war, als deine Großeltern noch lebten und beide bettlägerig waren und als Runes Mutter an Krebs erkrankt war.«

»Warum ausgerechnet Papa?«

»Er war vielleicht der Empfindsamste, was weiß ich? Aber er war nicht der Einzige, ein anderer Sohn wohnte eine Weile in Norrboda, zur Entlastung zu Hause. So wurde das früher gemacht. Olga war oft dort. Sie und Verner waren schon als Teenager ein Paar, und sie hat sich um Rune gekümmert.«

»Deshalb hat Papa wohl immer so gut über Verner und Olga gesprochen«, sagte Cecilia.

»Ja, bei ihnen ging es ihm gut. Es gab dort eine Ruhe und Geborgenheit, die ihm vielleicht gefehlt hatten. Und deshalb entwickelte Rune später einen Widerwillen gegen Olgas Sohn«, fügte Nygren hinzu. »Er hielt Adrian für einen Schwindler, der unter falscher Flagge segelte. Es hatte eine Weile gedauert, bis Olga und Verner es schafften, ein Kind zu bekommen, also gab es da keine Konkurrenz, wenn man das so ausdrücken kann, Rune war doch so viel älter, aber mit Adrian hat er sich nie vertragen. Weißt du, dass Verner Rune damals dazu gebracht hat, mit dem Lauftraining anzufangen?«

Pastor Nygren lächelte. »Verner hat so gern gesessen, du hast doch sicher einige von den vielen Hockern und Bänken gesehen, die er aufgestellt hat. Wenn man im Wald auf einen alten

Küchenstuhl stieß, dann wusste man, dass Verner ihn aufgestellt hatte. Er wollte sich setzen und philosophieren, aber er wollte auch laufen, und er nahm Rune mit. So hat es angefangen. Die beiden liefen nach Norrboda hoch und zurück, nach Svarbäck und Vargskär, überall auf kleinen Wegen und Pfaden. Dabei haben sie sich miteinander angefreundet. Einmal, das war bei Larslagärdet, weißt du, wo das liegt?«

Cecilia blieb stehen, nickte. »Da waren wir«, sagte sie, und es klang, als ob sie ein militärisches Geheimnis offenbart hätte.

»Verner hat Rune in die Arme genommen, du weißt, früher war so etwas nicht üblich, da fasste man einander nicht an, und er sagte etwas darüber, dass Rune in Sonnenheim immer willkommen wäre, dass er ihn als seinen eigenen Sohn betrachtete. Rune selbst hat mir viele Jahre später davon erzählt, und ich habe begriffen, dass das natürlich für ihn eine wichtige Erinnerung war. Schwer, es wirklich auszuleben, aber wichtig, entscheidend.«

»Wir waren oft dort, Papa und ich«, sagte Cecilia, »mit dem Schmetterlingsnetz. Auf Larsla. Und dann bei Lökäng, das waren seine beiden liebsten Schmetterlingsstellen.«

»Es hat Rune gutgetan, zu hören, was Verner gesagt hatte, aber zugleich war es auch schwer für ihn. Er hatte seine Eltern wirklich geliebt, aber das Leben bei Karlssons war nicht leicht. Alles sollte auf eine besondere Weise getan werden.«

»Warum erzählst du mir das alles?«

Der Pastor sah sie an. »Die Menschen brauchen so dringend Liebe«, sagte er, »und nicht nur Liebe, sondern auch Treue. Rune war ein unsicherer Junge und junger Mann, aber dann wuchs er heran, wenn du verstehst, wurde in vielerlei Hinsicht unbeugsam, prinzipienfest, doch sein Leben lang war er von Treue abhängig.«

Cecilia ahnte, dass sich hinter den Worten des Geistlichen noch mehr verbarg. Das würde vielleicht noch kommen, Nygren wirkte wie ein vorsichtiger Mann.

»Er hat dich über alles auf der Welt geliebt«, sagte er nun. »Mehr als den Gott, an den er glaubte.«

»Hat Papa an Gott geglaubt?«

Nygren nickte. »Auf seine Weise, als ob er eine eigene Gottheit erfunden hätte. Er ging nie in die Kirche, sang nie mit im Chor, um das mal so zu sagen, aber wir haben oft miteinander gesprochen. In meinen Augen war er ein sehr guter Mann. Er streckte die Hände aus, nicht nach Gott, sondern nach dir.«

»Das wusste ich nicht«, flüsterte sie.

»Ich glaube, du hast das gewusst«, sagte der Pastor. »Das Problem war, dass er nicht wusste, wie.«

Lange standen sie schweigend nebeneinander. Die Dämmerung senkte sich langsam von den Waldrändern her über die Wiesen, die den Weg umgaben. Ein süßer Duft nach Kräutern, die noch nicht verblüht waren, schwebte in einem unerwarteten Windstoß vorüber.

»Ich verstehe, dass das viel ist, was du verarbeiten musst, aber ich wollte von deinem Vater erzählen, der einem schrecklichen Schicksal entgegenging. Es war nicht leicht für ihn, aber ich kann dir erzählen, dass Olga ihn darüber auf dem Laufenden gehalten hat, was du unternommen hast. Er wusste, dass du zurechtkamst, wo du lebtest. Ich weiß, dass er im Netz nach Namen und Bildern von Orten, Gebäuden und Flüssen gesucht hat, in dem Versuch, sich ein Bild von deinem Leben zu machen. Er hielt Gunilla aus allem heraus. Das geht nur Cissi und mich an, sagte er.«

Tränen liefen über ihre Wangen. Der Pastor war einige Schritte zur Seite getreten, und das wusste sie zu schätzen. Trauer und Erleichterung vermischten sich. Kummer, Sehnsucht und Wärme ebenfalls. Auch ein Schuldgefühl war vorhanden, und ihr war klar, dass sie kämpfen musste, um davon nicht zerdrückt zu werden.

»Da hast du deinen Vater«, sagte Nygren. »Der Mensch ist nicht eindimensional. Aber jetzt müssen wir zurückgehen. Wir reden später weiter, ich habe noch mehr zu erzählen. Gute Dinge. Aber zuerst werden wir zusammen beten.«

»Ich …«, brachte Cecilia heraus, doch der Pastor hob die Hand. »Es spielt keine Rolle, was du denkst, senk einfach den Blick. Wir beten für Rune Karlsson, und ich will, dass wir vereint hier stehen. Denk an deinen Vater, nimm Rune zu dir, das ist mehr als genug. Wir helfen ihm ein Stück weit auf seinem Weg.«

Der Pastor betete lautlos, sie sah nur, dass seine Lippen sich bewegten, wie das Gebet lautete, würde sie niemals erfahren, und es spielte keine Rolle. Sie kniff die Augen zusammen und machte sich ihre eigenen Bilder. Als sie die Augen wieder öffnete, schaute sie auf die Wiese neben den Weg. Dort stand er mit dem Schmetterlingsnetz in der Hand und seinem glücklichsten Lächeln auf den Lippen.

Sie nahmen auf dem Hofplatz voneinander Abschied. Der Pastor zwängte sich in das Auto, einen halbwegs neuen Volvo. Wenn sie das richtig verstanden hatte, dann hatte Brundin für den Transport gesorgt. Der Fahrer, ein alter Bekannter von Brundin, hob seine Hand zu einem Gruß. Er hatte seinen Platz nicht verlassen, sondern war im Auto sitzen geblieben, hatte über seine Kopfhörer Radio oder ein Hörbuch laufen lassen.

Der Wagen ruckelte auf dem schlecht unterhaltenen Weg davon. Cecilia machte einige zaghafte Schritte, dann ging sie immer schneller und rannte schließlich. Das Heck des Volvos war noch zu sehen, der Fahrer fuhr vorsichtig, wich den schlimmsten Schlaglöchern aus. Cecilia rannte. Vielleicht könnte sie ihn noch einholen. Vielleicht könnte ein Blick in den Rückspiegel ihn zum Anhalten bewegen. Das Gefühl, dass sie die Stimme des Geistlichen noch einmal hören musste, wurde immer stärker; sie wusste nicht, warum, aber es war wie ein Albtraum, ihn nicht einholen zu können. Alles war bedroht, alles war verloren! Er musste noch einen Moment bleiben. Nach etwa hundert Metern begriff sie, dass das nicht passieren würde, sie beugte sich vor, rang keuchend um Atem.

Die Mücken umschwärmten ihr schweißnasses Gesicht. Die Leere in ihr pulsierte. Die Kindheit war zu Ende. Ihr Vater war tot. Es gab nichts zu sagen, sie hatte nicht rechtzeitig gesprochen, jetzt war es zu spät. Olga war nicht mehr da. Der Pastor hatte sein Teil getan, steuerte nun sein Zuhause und sein Bett an. Er hatte wirklich müde ausgesehen.

Aber trotz aller aufgewühlten Gefühle war Cecilia froh über diesen Besuch. Nygren hatte sich als so guter Mensch erwiesen, wie Olga gesagt hatte. Vielleicht würde er Rune beerdigen? Sie bereute, nicht gefragt zu haben. Als sie sich ein wenig gesammelt hatte, klingelte ihr Telefon. Unbekannte Nummer, las sie auf dem Display. Sie antwortete. Vielleicht war es der Pastor, der noch etwas hinzufügen wollte.

»Hallo, tut mir leid. Wirklich verdammt traurig.«

»Woher weißt du es?«

»Die Gerüchte wandern schnell auf der Insel«, sagte Adrian, aber ohne seine übliche Lässigkeit. »Ich wollte mich nur kurz melden, ist ja klar, dass du traurig bist. Du glaubst wohl, ich wäre stocksauer?«

Sie ließ die Frage in der Luft hängen, wusste nicht, wofür die stand, was er wollte.

»Wir ziehen unter alles einen Strich.«

Ich habe ihm ein Vermögen gestohlen, und er will unter alles einen Strich ziehen, dachte sie total perplex und sprachlos.

»Ich verstehe es«, sagte nun Adrian, erklärte aber nicht, was er verstand. »Ich habe genug, um zurechtzukommen, und ich will nur, dass wir zusammen sind. Wir haben eine Lektion gelernt, nicht wahr? Haben einen auf die Finger bekommen, aber jetzt ist es an der Zeit, weiterzugehen. Können wir uns treffen?«

»Keine gute Idee«, brachte sie heraus.

»Vielleicht morgen, dann muss ich für ein paar Tage nach Hamburg fliegen. Ich will dich sehen.«

»Warum?«

»Wir haben noch nicht alle Möglichkeiten erschöpft«, sagte er, und bei ihm hörte es sich an wie ein Geschäft, bei dem trotz großer Gegensätze durch Verhandlungen doch Einigkeit erzielt werden könnte.

»Ich halte das für keine gute Idee«, sagte sie, und sie ärgerte sich über diese feige Antwort, aber die passte zu ihrer aktuellen Stimmung. Adrian war seit ihrer Kindheit da gewesen. Jetzt rief er an. Sie hatte das Gefühl, dass er, auch wenn er oft ein Arsch gewesen war, immer in ihrer Nähe gewesen war.

»Komm morgen Vormittag vorbei«, sagte er.

»Lieber nicht«, erwiderte sie.

»Wir müssen weiterkommen.«

Einerseits stimmte sie zu, vor allem, weil es keine Alternative gab; auf der Stelle zu treten, war noch nie ihre Art gewesen. Und seine auch nicht.

»Komm gegen zehn, okay?« Er drückte das Gespräch weg, ohne ihre Antwort abzuwarten.

In der Diele wurde sie vom Staubsauger empfangen. Blitz hatte in der Küche sauber gemacht, aufgeräumt und gewischt. Es roch nach Reinigungsmittel.

»Therapie«, sagte er und nahm ihr das Wort aus dem Mund. »Wie geht's? Du siehst total erledigt aus. Wie war der, der Pfaffe?«

»Gut«, sagte sie und ließ sich am Küchentisch nieder.

»Hast du mit deiner Mutter gesprochen?«

Sie schüttelte den Kopf, ihr war nicht einmal der Gedanke gekommen, dass sie sich bei Gunilla melden müsste oder Gunilla bei ihr.

»Adrian will sich morgen mit mir treffen«, sagte sie.

»Scheiß auf den, der will nur Ärger machen, es ausnützen, dass dein Vater nicht mehr lebt«, sagte Blitz und ein Hauch von Unruhe in seiner Stimme spiegelte Cecilias eigene Gefühle wider. Sie hatte keine Kontrolle über sich selbst, andere legten den Kurs fest.

»Mal sehen«, sagte sie; sie wollte nicht erzählen, was Adrian darüber gesagt hatte, unter alles einen Strich zu ziehen. Es war eine so unnormale Reaktion für einen nachtragenden Menschen wie Adrian, und Tatsache war doch, dass sie mehrere Millionen entwendet und seine Garage abgefackelt hatte.

»Ich nehm mir ein Glas von deinem Whisky, und dann geh ich schlafen«, sagte sie und war dankbar dafür, dass er seine Empfindungen und Gedanken für sich behielt.

»Rune ist tot«, sagte sie, um das zu mildern, was Blitz sicher befürchtete: dass sie auf dem Weg fort von ihm war.

40

»Erzähl«, sagte Edvard und sah Ann kurz an, wie um zu sagen: »Halt den Mund.« »Du hast gesagt, du könntest etwas beisteuern, etwas, das mit Stefansson zu tun hat.«

The One and Only Robert nickte zweimal, gewichtig und nachdenklich, als ob er sich den Kopf über ein kompliziertes Problem zerbrochen hätte und zu einer Lösung gekommen wäre. Oder war es nur der Ernst in Edvards Stimme, der ihn so umgänglich werden ließ? Kooperativ, dachte Ann, die ein Stück entfernt saß, an die Wand der Glasveranda gelehnt, eine distanzierte Anwesenheit, die wie ein Zugeständnis wirkte. Edvard und Robert saßen am Tisch mit der Mosaikplatte, den Edvard bei einer Auktion in Österbybruk erstanden hatte. Jeder hatte ein Bier vor sich stehen, alles andere wäre unmöglich gewesen. Die Dramaturgie in Roberts Leben verlangte den Griff um eine Flasche oder Dose, wenn zentrale Fragen zu behandeln waren. Als Edvard die Flasche hingestellt hatte, hatte Robert misstrauisch das Etikett studiert, da es sich um ein nichtssagendes englisches IPA handelte, und den Mund verzogen, wie um klarzustellen, dass das durchgehen könnte, sich aber besser nicht wiederholen sollte.

»Blitz war bei mir, das war vielleicht vierzehn Tage, nachdem dieser Stefansson verschwunden war. Er war hackevoll, und es war ein Wunder, dass er das Fundament der Sonnenuhr verfehlt hat, als er auf den Hofplatz gefahren kam. Damals hatte er einen alten Audi, den er später zu Schrott gefahren hat. War eben sternhagelvoll.«

Robert hob die Flasche an den Mund und trank.

»Blitz ist vielleicht mein bester Kumpel. Er ist mein bester Kumpel.«

Wie viele kann er denn haben?, dachte Ann, und Robert schien ihre stumme Frage gehört zu haben. »Ich habe nicht viele«, sagte er und leerte das Bier mit einem Zug. Edvard stand sofort auf und kehrte mit einer Dose Norrlands zurück, weiß Gott, wo er die gefunden hatte.

»Er war betrunken und heulte, jammerte wegen Cissi. Er hatte sie an dem Tag mit Stefansson im Boot gesehen, aber er wollte der Polizei nichts sagen, diesem Brundin, den kennen wir ja. Wir sind doch ein bisschen ...«

»Was hat er gesehen?« Edvards Frage zerschnitt die Luft. Robert öffnete das Bier. Lächelte breit.

»Er hat sie auf einer Insel im Norden von Gällfjärden an Land gehen sehen. Es hat eine Weile gedauert, bis das Plastikboot wieder auftauchte, und da saß nur noch eine Person drinnen.«

»Wie betrunken war Blitz?«, fragte Edvard.

»Sternhagelvoll, wie gesagt, aber er hat nicht gelogen, das weiß ich. So gut kennen wir einander.«

»Und das erzählst du erst jetzt?«

The One and Only drehte den Kopf und musterte Ann. »Ich hatte eigentlich nichts gegen Stefansson, obwohl er so ein reicher Idiot war, der im Leben vorwärtsgesegelt war, der hatte sich nie um das Essen auf dem Tisch sorgen müssen.«

»Aber du wolltest Cecilia nicht ans Messer liefern«, stellte Ann fest.

Sie sahen einander an. »Das hier ist eine Insel«, sagte er schließlich.

»Etwas anderes«, sagte Edvard, und Ann wusste, dass jetzt der eigentliche Grund für Roberts Besuch zur Sprache kommen würde. »Rune hat ziemlich viel geredet, ehe dann Schluss war, viel war schwer zu hören oder zu verstehen, aber es war ein Wort dabei, das mir Kopfzerbrechen gemacht hat.« Er hob seine Bierflasche, um festzustellen, ob die noch einen Schluck enthielt.

»Welches denn?«, fragte Robert.

»*Ballga*«, sagte Edvard und leerte die Flasche.

»*Ballga*«, wiederholte Robert.

»So wie ich das verstanden habe, wollte er erzählen, dass er etwas versteckt hatte, vielleicht eine Tüte, und zwar in ›Ballga‹.«

Ann nickte. »So habe ich das auch verstanden. Etwas, das mit Stefansson zu tun hatte. Er hat seine Frau außerdem als Spinne bezeichnet.«

»Eine, die nach der Paarung den Gatten auffrisst«, sagte Robert. »*Ballga*«, wiederholte er dann ein weiteres Mal, kostete das Wort aus.

»Kennst du das?«, fragte Edvard. »Es kam mir vor wie ein Dialektwort, und ich dachte, du …«

»Nein, nicht direkt«, sagte Robert. »Er hat etwas versteckt. Aber was?«

41

Er sah seinem Vater Verner verwirrend ähnlich, wie er da bei den Himbeersträuchern saß. Eine Schüssel stand zu seinen Füßen. Der Plastikstuhl, der früher einmal weiß gewesen war, war jetzt grau. Der Gruß, mit dem er sie bedachte, war ebenfalls vernerhaft, ein gutmütiges Nicken.

Cecilia stieg aus dem Auto, blieb stehen. Sie warf einen kurzen Blick auf das, was einmal eine Garage gewesen war. Die Brandreste waren weggeräumt worden, übrig war nur ein schwarzer Fleck.

»Das sind Preussen«, sagte er.

Sie lächelte als Antwort, wusste nicht, was er meinte. Das tat er gern: mehrdeutige Mitteilungen machen.

»Die Himbeersorte heißt so. Das hat meine Mutter mir erzählt. Die kannte sich damit aus. In diesem Jahr gibt es mehr als genug.«

»Willst du sie einmachen?«

Er lachte herzlich, wohlwissend, wie absurd die Vorstellung war, er könnte Himbeermarmelade kochen.

»Ich esse sie zur Dickmilch. Du kannst welche abhaben. Es gibt mehr als genug, wie gesagt.«

Er ließ einige Beeren in die Schüssel zu seinen Füßen fallen, sah sie an, plötzlich ernst. »Wie geht es dir? Und wie geht es Gunilla?«

»Die trauert natürlich«, sagte Cecilia, und der Sarkasmus entging ihm sicher nicht.

»Sie hat ihn umgebracht, ja?«

»Notwehr, sagt sie, und das kann durchaus stimmen.«

»Vorsätzlich«, sagte er und schien dieses Wort auszukosten.

Warum rede ich hier eigentlich mit einem Mann, den ich verabscheue? Hatte sie das laut gesagt?

»Du verabscheust mich nicht. Ich will dich«, sagte Adrian. »Wie früher, nur besser.«

Ihre Zunge fühlte sich an, als ob sie zu viel Mayonnaise gegessen hätte. Jetzt erzählt er mir gleich, dass er sich verändert hat, dachte sie und entdeckte eine weitere kleine Plastikschüssel, die bis an den Rand mit Himbeeren gefüllt war.

»Ich bin ein anderer«, sage er.

Sie ging zu der kleinen Schüssel, nahm eine Handvoll Beeren heraus und stopfte sie sich in den Mund. Es hatte eine Zeit gegeben, in der sie furchtbare Angst vor Himbeerkäfern gehabt hatte, aber das war vorbei. »Nimm den ganzen Kram«, sagte er. »Mutter hätte das gewollt, aber ein bisschen will ich behalten.«

»Fünf Millionen«, sagte sie und ließ die Himbeeren arbeiten. »Fünf Millionen kannst du behalten.«

Er lachte, sah sie an, als ob er ihren Humor zu schätzen wüsste, aber sie ließ sich nicht täuschen. Das hier konnte er gut. Konversation machen, Netze knüpfen.

»Gestern Abend, als Regen und Gewitter kamen, hatte ich Angst. Richtige Scheißangst, verstehst du? Das ist mir noch nie passiert. Weißt du, auf den Philippinen kann es so heftig donnern, dass das Haus wackelt. Und die Blitze erst!«

Er erhob sich, blieb aber mit hängenden Armen stehen, machte einen kraftlosen Eindruck.

»Du hast doch wohl keine Angst vor dem Gewitter?«

Sie sah sich nach einem Stuhl um. Weiter hinten bei den Schwarzen Johannisbeeren stand ein Hocker. Sie ging hinüber, nahm Platz. Das war ein gutes Gefühl. Der Regen hatte Gerüche freigesetzt.

»Ich glaube, es ist Zeit zum Aufbruch«, sagte er. »Ich habe das zusammengepackt, was ich behalten will, das ist ein halbes Dutzend Kartons. Das passt ins Auto.«

Er zog eine Packung Winston und Streichhölzer heraus, machte aber keine Anstalten, sich eine Zigarette anzuzünden.

»Und zwei Kartons für dich, Sachen, von denen Mama gesprochen hat. Später suchst du dir die Bücher aus, die du haben willst. Du liest doch, oder hast du damit aufgehört?«

»Ich lese«, sagte sie. Sie riss zwei runzlige Johannisbeeren vom Strauch und steckte sie in den Mund, unsicher, wie sie auf seine nachdenklichen Worte reagieren sollte. Er sah sie nicht einmal an, sonst hatte es immer Angriffe von seiner Seite gegeben. Jetzt sprach er zu den Wolken, drehte sich zum Haus um, musterte die Zigarettenpackung, als ob er sich nicht entscheiden könnte, rauchen oder nicht.

»Du willst also verkaufen?«

»Nein«, sagte er, klopfte eine Zigarette heraus und zündete sie an. »Ich habe nicht so viel geraucht, als du weg warst. Nein, ich will nicht verkaufen. Es gibt auch so schon viele Leute auf der Insel.«

Genüsslich zog er an der Zigarette. »Hier«, sagte er und warf ihr die Packung samt den Streichhölzern in hohem Bogen zu. Sie fing sie mit der linken Hand, was ihn zum Lachen brachte. »Fünfzehn Punkte«, sagte er.

»Wenn du dir Bücher und alles ausgesucht hast, steck den Scheiß an.«

»Das Haus?«

Er nickte. »Ich will es nicht mehr sehen. Ich glaube, sie verstehen das.« Cecilia wusste, dass er Verner und Olga meinte. »Ich bin nicht so geworden, wie sie gedacht hatten, was immer das gewesen sein mag, das haben sie nicht gesagt, nie einen Vorschlag gemacht, was ich lernen sollte oder so.«

»Wie schön«, sagte Cecilia. »Also, du packst ein paar Kartons ins Auto, und dann?«

»Dann fahren wir nach Italien. Du musst dir doch das Haus ansehen, das du geerbt hast. Da stelle ich die Kartons ab, fahre nach London, Singapur oder Manila, bring ein paar Sachen in Ordnung, komme zurück. Und danach können wir Wein trinken.«

Sie konnte nicht lachen, konnte über seine Worte nicht einmal lächeln.

»Ich weiß, dass du wieder weg von hier willst. Du hasst deine Mutter, oder etwa nicht?«

Es war typisch Adrian, Blitz zu ignorieren. Der tauchte in der Gleichung nicht auf, und das ärgerte sie, zugleich bedeutete es aber auch eine Verlockung. Und nicht nur Blitz war ausgeschlossen, sondern die ganze Insel mit allem, was damit zusammenhing, konnte verschwinden. Adrian besaß wie sie selbst die Fähigkeit zu rationalisieren, »über Leichen zu gehen«, wie andere das vielleicht ausdrücken würden. Er war seiner Sache so sicher, so überzeugt, dass seine Analyse dessen, was sie wollte oder nicht wollte, korrekt war. Er formatierte seine Umgebung, das hatte sie gesehen, es war diese Fähigkeit, die für seinen Erfolg gesorgt und die sie in seinen Augen zu einer kompetenten Mitspielerin gemacht hatte.

Sie saßen einige Meter voneinander entfernt, getrennt durch Beerensträucher. Es war augustwarm, Bremsen in der Luft, und es hätte sie auch nicht gewundert, wenn er frische Krebse im Kühlschrank liegen gehabt hätte, eingekauft zu einer letzten Mahlzeit in Sonnenheim, ehe alles in Brand gesteckt werden würde.

»Ich darf nirgendwohin fahren«, sagte sie. »Die Polizei hat Reiseverbot verhängt.«

»Brundin?«

Sie nickte. »Er ist sicher, dass ich Casper ermordet habe.«

»Darauf kann er doch scheißen. Wen interessiert das heute noch?«

»Nicht alle nehmen es so leicht mit der Gerechtigkeit«, sagte sie.

Sie sahen einander an, wägten ab, was gesagt worden war, wie viel davon eine echte Substanz hatte und was nur loses Gerede war, in Wahrheit etwas anderes verbarg.

42

Er fühlte sich schmutzig auf eine Weise, die er noch nie erlebt hatte. Schmutzig von innen. Was waren seine Worte wert? Nichts. Eine andere Schlussfolgerung war unmöglich.

»Was meinst du?«, fragte Jens Thörn, aber Blitz war klar, dass es eigentlich keine Frage war, sondern eher ein Versuch, die massive Mauer aus Abweisung und Verbitterung zu durchbrechen, mit der er sich zweifellos umgeben hatte.

Er machte einige Schritte, schaute hinaus auf das Grundstück neben dem Wohnhaus des Mannes aus Schonen. Es war gerodet, schön auf eine Weise, die vielleicht nur er sehen konnte. Schön für einige Tage. Wie der Rasen zu Hause, wenn er frisch gemäht war und ehe allerlei Unkraut zu sprießen begann.

»Lass hier Schafe weiden«, sagte er zum dritten Mal, obwohl er wusste, dass es sinnlos wäre, Thörns Entschluss stand fest. »Hier werden ziemlich viele Espen wachsen. Deshalb sind Schafe das Beste.«

»Hier wäre Highland Cattle schön«, sagte Thörn, »dann könnte man sie vom Haus aus sehen. Mit gefällt der Anblick dieser zotteligen Wesen, die sehen aus wie Urzeittiere, man kann die Illusion bekommen, dass ...« Er schluckte den Rest des Satzes hinunter, nahm dann aber Anlauf. »Die Schafe können unten auf den Wiesen grasen.«

»Es geht nicht um deinen verdammten Anblick, sondern um den Anblick, der den Tieren gefällt. Auf den Wiesen ist es feucht, Highlands können das aushalten, Schafe mögen es überhaupt nicht«, argumentierte Blitz. »Und auf den Wiesen wächst hohes Gras, das ist besser für Rinder.«

»Ich glaube, wir machen weiter wie geplant«, sagte der Grundbesitzer und lächelte.

Vielleicht war es das Lächeln, was Blitz hochgehen ließ. »Bist du blind? Siehst du nicht, was hier wächst? Das sind Schlehen und Hagebuttensträucher!« Er zeigte mit der Hand auf das Grundstück vor ihnen. Zum ersten Mal ließ er seinem wachsenden Zorn freien Lauf.

»Wie meinst du das? Ich liebe Schlehen, wenn sie blühen, wie ein weißes Meer.«

»Kapierst du nicht, das ist unterschiedliches Weideland! Und die Schlehen werden sich überall ausbreiten!«

Thörn lächelte. »Mir scheint, du nimmst das persönlich!«

»Persönlich?« Blitz schüttelte den Kopf. Er machte einige Schritte, drehte sich zu Thörn um. »Deine Wiesen kannst du dir sonst wohin stecken«, sagte er, leise und ruhig, als ob er ein Hausmittel gegen Erkältung vorgeschlagen hätte. »Persönlich? Bist du denn total verrückt?«

Zum ersten Mal musterte er Thörn wirklich. Bisher hatte er ihn kaum registriert, hatte ihm zugehört, genickt und weitergearbeitet. Jetzt sah er die strengen Züge in dem länglichen Gesicht, die buschigen Augenbrauen und die schmalen Lippen um den viel zu großen Mund. Die Maske der mühsam erkämpften Bescheidenheit, die nur unzureichend seine Überlegenheit verdeckte, vielleicht die Folge der Jahre an einer akademischen Institution in Lund, zerbrach jetzt vollständig. Thörn sah ganz einfach widerlich aus. Die vom Rauch verfärbten Zähne schienen Blitz an der Kehle packen zu wollen.

Die Verwandlung machte es für Blitz leichter, und ohne ein Wort machte er auf dem Absatz kehrt und ging davon. »Hallo!«, schrie Thörn, aber Blitz lief weiter, setzte sich in sein Auto und fuhr los. Obwohl es verlockend wirkte, sah er sich nicht um. Er würdigte nicht einmal das gerodete Gelände eines Blickes, sondern starrte nach vorn, fest entschlossen, nie mehr zurückzukehren.

Das war natürlich das Ende ihrer Zusammenarbeit. Blitz hatte sich am Morgen ausgerechnet, wie viel Thörn ihm schuldete. Die Rechnung, die er überreicht hatte, würde vermutlich bezahlt werden, aber es war noch viel Arbeit übrig, bis in den Herbst hinein, hatte er gedacht. Er würde mehrere zehntausend Kronen verlieren, das war ihm klar.

Es überraschte ihn nicht, dass Cecilia ausgeflogen war, ihr Auto war verschwunden. Sie hatte etwas von einem Besuch bei der Bank erwähnt, von Papieren, die nicht in Ordnung waren, Unterschriften, die geleistet werden mussten. Es klang ein bisschen seltsam, Bankgeschäfte erledigte sie doch wohl online? Vielleicht besuchte sie ihr Elternhaus, hatte das aber nicht zugeben wollen, wo sie sich doch bisher so abweisend gezeigt hatte? Nein, überlegte Blitz weiter, das war nicht vorstellbar. Wenn er das richtig verstanden hatte, wollte sie ihre Mutter nicht sehen. »Nie wieder«, hatte sie gesagt, und er hatte es nicht so ernst genommen, hatte es als Gefühl des Augenblicks aufgefasst, vielleicht würde sich nach und nach so einiges verändern. Sie hatte in der kurzen Zeit, in der sie nun hier war, schon mehrmals ihre Ansichten geändert. Der Vater, der ein Hassobjekt gewesen war, ein Mann, der kontrollieren und herumschreien wollte, wurde von ihr nun ganz anders beschrieben. Sie hatte von ihren gemeinsamen Ausflügen in die Natur erzählt, als eine ihrer schönsten Kindheitserinnerungen. Blitz glaubte zudem, dass das Gespräch mit dem Pastor aus Öregrund ihre Einstellung verändert hatte.

»Scheiß drauf«, rief er und stieg aus dem Auto. Er hatte das Gefühl, dass alles ins Schwanken geraten war. Was sollte er jetzt machen, wo die Arbeit für Thörn nicht mehr aktuell war? Er hatte noch nie einen Job auf diese Weise hingeschmissen. Thörn würde sicher überall herumerzählen, Blitz sei unzuverlässig und launisch, aber solche Gerüchte machten ihm keine großen Sorgen. Thörn war ein Fremder, außerdem mit einem Akzent, der wie eine Parodie wirkte. Blitz war auf der Insel geboren, alle kannten ihn, er war vielleicht manchmal ein bisschen unausgegoren, aber wenn es darum ging, Wiesen, Wälder und Strände zu roden, hatte er sich einen guten Ruf aufgebaut, das wusste er. Davon hatte er gezehrt, finanziell und mental. Es gab auch, trotz harter Worte und bisweilen Hohn, auf Gräsö eine ziemliche Toleranz, wenn es um das Verhalten und die Lebensentscheidungen der Insulaner ging. Alle hatten ihre Geschichte, eng verwoben mit den Geschichten der anderen auf der Insel; alle hatten Verwandte oder gute Freunde, die im Laufe der Zeit ein bisschen »auf wackligen Beinen standen«, so hatte es seine Mutter ausgedrückt. Blitz wich nicht ab, er floss in die Menge ein.

Thörn dagegen würde im allgemeinen Urteil niemals Gnade finden, davon war Blitz überzeugt. Ein Eindringling, der nicht begriff, dass Tiere auf die richtige Weide gehören.

Blitz ließ sich im Gartensessel nieder. Seine Schutzhose roch nach Brennstoff, Kettenöl und Sägespänen. Unruhe und sogar ein gewisses Gefühl der Beschämung, weil er eine Arbeit aufgegeben hatte, die er zu Ende zu führen versprochen hatte, waren verschwunden und einem Gefühl von Gerechtigkeit und Stolz gewichen. Er war ein Arbeitsmann, der seine Meinung sagen konnte. Er sah die kräftigen Pranken an, die passiv vor ihm auf dem Tisch lagen, drehte sie um, betrachtete die Handflächen, deren kreuz und quer laufende Linien Zukunft, Schicksal und Lebensdauer eines Menschen zeigen konnten, das hatte er jedenfalls gehört.

Er wartete auf Cecilia. Sie war seine Zukunft und sein Schicksal. Ihre Entscheidung würde die Richtung weisen. Wo konnte sie sein? Er hoffte, dass sie mit der Fähre nach Öregrund gefahren war, um ein Bankkonto zu eröffnen oder etwas anderes Zukunftsgerichtetes zu unternehmen. Hatte sie wirklich zwanzig Millionen abgezweigt, während er selbst vor sich hingedöst hatte? Er versuchte sich vorzustellen, was ein Bruchteil dieser Summe für ihn selbst bedeuten könnte. Einige Hunderttausend, vielleicht eine halbe Million, damit würde er weit kommen.

Vielleicht war sie aufs Festland gefahren, um Lebensmittel und Wein zu kaufen? Er spielte mit dem Gedanken, sie anzurufen, wollte aber nicht aufdringlich sein. Er musste lernen, sich nicht so an sie zu hängen. Sie brauchte Bewegungsfreiheit, das hatte er schon als Teenager verstanden. Abwarten, sagte er sich.

Das Telefon auf dem Tisch zitterte. Es war The One and Only Robert. Blitz meldete sich nach kurzem Zögern.

»Was zum Teufel ist los? Arbeitest du?«

Blitz lachte auf. Er könnte jemandem, der es begreifen würde, von Thörn, dem Weideland und den Schafen erzählen.

»Bist du betrunken?«

»Das wäre vielleicht eine Idee«, sagte Blitz.

»Scheiß drauf«, sagte Robert. »Ich mach Pause. Wollte nur was feststellen. Dein Opa war doch Schmied? Lebt er noch?«

»Wieso das?«

»Ich weiß, dass er ein Arsch war und nicht gut zu …«

»Warum willst du das wissen?«

»Können wir hinfahren? Wohnt er noch immer da irgendwo über dem Hafen? Ich habe bei Eniro gesucht, aber da ist er nicht verzeichnet, und ich weiß verdammt noch mal nicht mehr genau, wo er gewohnt hat.«

»Ich glaube, er wohnt noch da«, sagte Blitz. Er hatte den Alten seit vielen Jahren nicht mehr getroffen. Es stand ihm auch nicht danach, das zu tun. Er hatte ihn in Öregrund gesehen, immer vor dem Alkoholgeschäft oder auf einer Bank im Hafen, hatte aber stets einen großen Bogen um seinen Großvater gemacht.

»Er war doch ein richtiger Schmied?«

Ein tüchtiger Schmied, das schon, aber auch ein Suffkopp und ein Tyrann.

»Er muss jetzt zwischen achtzig und neunzig sein«, sagte Robert. »Ich hol dich ab, wenn du doch nur rumsitzt und pichelst, dann fahren wir rüber.« Der Eifer in seiner Stimme verriet, dass er kein Nein akzeptieren würde.

»Meine Mutter bringt mich um«, sagte Blitz.

»Ich weiß, dass er ihr das Leben zur Hölle gemacht hat, aber sie braucht ja nichts zu erfahren«, sagte Robert, und seine Stimme klang plötzlich fürsorglich. »Ich meine, wer sollte ihr das denn erzählen?«

»Ich hasse ihn.«

»Ich weiß«, sagte Robert. »Aber du hast nicht nur die Lust auf Schnaps von ihm geerbt, sondern auch das Händchen. Verstehst du? Das Händchen. Das, womit …«

»Schon verstanden«, sagte Blitz.

Nils Oskar Lindberg hasste das Leben mehr als sich selbst, so fasste er sein Dasein zusammen. Dieser Selbsthass war unauslöschlich. Auf dem Büfett in seiner alten guten Stube standen drei Porträtfotos seiner Kinder in jüngeren Teenagerjahren. Alle fein angezogen, alle mit ernstem Blick, direkt in die Kamera; vielleicht stammten die Bilder von einer Konfirmation, oder wahrscheinlicher von der Abschlussfeier auf der Grundschule.

Er hatte seine Kinder seit vielen Jahren nicht mehr gesehen. Die Bilder starrten ihn an, um ihn an den Hass zu erinnern. Er stand vor dem Büfett wie ein beschämter Angeklagter vor dem Richterstuhl. Jeden Tag hielt er Gericht über sich selbst. Vor seinem achtzigsten Geburtstag hatte er ihnen Briefe geschrieben. Alle mit dem gleichen Wortlaut. Einladung zu Kaffee und Kuchen, adressierte und frankierte Briefumschläge, die jedoch niemals im Briefkasten gelandet waren. Nach seinem Tod würden sie in einem Karton gefunden werden, in dem sich im Laufe der Jahre eine Menge Schrott angesammelt hatte. Es gab kein Selbstmitleid mehr, das war schon vor Jahrzehnten verschwunden. Es gab keinen Stolz mehr. Was übrig war, war eine körperliche Maschinerie, die einfach nicht aufgeben wollte, die alle Versuche von Zersetzung und Tod abwehrte. Nils Oskar war immer ein Prachtexemplar gewesen, und das, obwohl er siebzig Jahre lang geraucht, fast ebenso lange Schwarzgebrannten konsumiert und oft eine schwere, einseitige Arbeit verrichtet hatte.

Manche hielten ihn für ein Original, eine Art Attraktion, auf die sie im sommerlichen Gewimmel unten auf dem Markt und im Hafen zeigen konnten. »Einer der Letzten«, sagten sie, und oft war es unsicher, was das bedeuten sollte, aber Sommergäste und zufällige Besucher hörten sich gern die Geschichten über ihn an.

Er sagte nur selten etwas, nie hatte er die Stimme gehoben, sondern sich seiner Arbeit und seinen Kontakten mit der Umwelt gewidmet, in der Hauptsache ging es dabei um Besuche im Konsum und im Alkoholgeschäft, mit abgemessenen Bewegungen und einer stoischen Ruhe. Manche hielten ihn für dement oder jedenfalls durch das Alter in Auffassungsvermögen und Ausdrucksfähigkeit geschädigt. Nichts hätte falscher sein können. Wie sein Körper hatte sich auch sein Geist dem Zahn der Zeit entzogen. Eigentlich fühlte er sich klüger und klarer im Kopf, je weiter die Jahre fortschritten. Deshalb entschied er sich bei seinen wenigen Kontakten mit anderen ja für das Schweigen. Einmal hatte es einen Nachbarn gegeben, der ihn zum Plaudern und sogar zum Lachen gebracht hatte, aber diese Zeit war vergangen. Der Nachbar war seit zwei Jahren tot. Nils Oskar kümmerte sich um das Grab, das war jetzt seine einzige Aufgabe, abgesehen davon, sich zu ernähren und an Beflaggungstagen die Fahne zu hissen.

The One and Only Robert und Blitz Lindberg stellten das Auto auf dem Parkplatz beim Alkoholgeschäft ab, Robert ging hinein und kaufte einige Flaschen, dann legten sie das kurze

Stück zum Haus des Alten zurück. Blitz ging vorweg, doch gleich darauf übernahm Robert das Kommando. »Jetzt weiß ich es wieder«, sagte er, »ich war vor vielen Jahren hier.« Das Haus war idyllisch, niedrig, mit Ziegeldach und gekrönt von einem dicken Schornstein. Es hatte eine grün gestrichene Tür und kleine Fenster zur Gasse hin. Ein richtiges Fischerhaus, dachte Blitz. Damals ein Zeichen von Armut, jetzt Motiv für eine Ansichtskarte und attraktiv für einen Sommergast.

Robert klopfte an die Tür, eine Klingel war nicht zu sehen. Blitz wartete am Zaun. Keine Reaktion. Blitz fühlte sich fast erleichtert, obwohl er gegen seinen Willen auch neugierig darauf war, wie sein Großvater sich verhalten würde.

»Wir schauen uns mal um«, sagte Robert. »Der geht sicher nicht weit weg.«

»Ich glaube, ich weiß, wo er ist«, sagte Blitz. »Er sitzt oft hinter dem Freizeithafen und dem Strandhotel.«

Sie fanden ihn auf einer Bank. Er schaute über das Wasser hinüber nach Gräsö, zu der Insel, die vor fast neunzig Jahren Schauplatz seiner Geburt gewesen war. Zu diesem Gedenktag würde er keine Einladungen versenden.

Der Alte trug einen Hut, keinen albernen hellen Sommerhut, so einen, mit dem die Badeidioten herumstolzierten, nein, es war ein düsteres, abgenutztes graues Teil. Blitz glaubte, diesen Hut schon aus der Ferne zu erkennen.

»Da ist er«, sagte Blitz und zeigte hinüber. Er blieb stehen, noch war es nicht zu spät zur Umkehr. »Hier«, sagte Robert und reichte ihm die Tüte mit den Flaschen. »Ich gehe vor und rede mit ihm, und nach einer Weile kommst du dann hinterher. Ich kann sagen, dass du im Alkoholgeschäft bist.«

Blitz schüttelte den Kopf, obwohl er gerne einen Moment allein wäre, nicht zuletzt, um Ausschau nach Cecilia zu halten, aber das Klirren der Flaschen in seiner Tüte machte ihn nervös. Er misstraute sich selbst. Vielleicht würde er sich versucht fühlen, einen Schluck oder zwei zu trinken.

»Ich komme mit«, sagte er.

»Nils Oskar«, rief Robert. Der alte Mann drehte sich um. Er sah aus wie immer, wie gemeißelt von der Landschaft und der Arbeit, die er immer verrichtet hatte, die kraftvollen Gesichtszüge waren unbeeinflusst vom Vergehen der Jahre, der üppige Schnurrbart war noch walrosshafter als in Blitz' Erinnerung, die Schmiedehände ruhten verschränkt auf seinen Knien, als ob Blitz und Robert ihn beim Gebet überrascht hätten.

»Kennst du mich noch?«, fragte Robert. »Edvin Olsson aus Svartbäck war mein Großvater. Wir sind uns bei ihm zu Hause begegnet. Ihr wart ja oft zusammen.«

Nils Oskar nickte, behielt aber die abweisende Miene bei, die jahrzehntelang seine Unbeliebtheit besiegelt hatte. »Oft? Das ganze Leben. Er war mein einziger Kumpel. Und du bist?«

»Ich bin dein Enkel«, sagte Blitz. Es fiel ihm schwer, das Wort Großvater in den Mund zu nehmen, und den Namen der Tochter des Schmiedes mochte er schon gar nicht erwähnen.

Ein erneutes Nicken und ein kaum merkliches Zucken des einen Mundwinkels, das als Lächeln gedeutet werden konnte. »Diese Wassermopeds sollten verboten werden.« Auch seine Stimme hatte ihren Klang behalten. Blitz begriff sofort, was Nils Oskar gemeint hatte. Der Lärm auf dem Wasser war durchaus störend.

»Bist du gekommen, um mich vor Gericht zu stellen?«

»Wovon redest du da?«, fragte Blitz, der sehr gut wusste, was der Alte meinte.

Nils Oskar schaute ihn ungläubig an.

»Ich bin Schmied«, sagte der Alte. »Das Schmiedehandwerk ist nichts, was man nach Lust und Laune annimmt und ablegt.«

Robert fing an, über Kindheitserinnerungen zu reden, wie er mit seinem Großvater Nils Oskar besucht hatte, als er noch auf der Insel wohnte. Es ging um die Schmiede und das Schmieden, wie beeindruckt er vom Feuer und von der Schwere der Schmiedestücke gewesen war, aber auch von der Kraft in Nils Oskars Armen, wenn der scheinbar mühelos seinen Hammer geschwungen hatte. Blitz war klar, dass das hier die Einleitung war, Robert wollte den Alten in gute Laune versetzen, seine Gedanken auf das lenken, was gewesen war. Wie weit diese Taktik Erfolg hatte, war schwer zu sagen, aber Nils Oskar forderte sie nicht auf, sich zum Teufel zu scheren.

»Es gibt da ein Wort, über das ich mir den Kopf zerbreche«, sagte nun Robert. »Ich glaube, es hat mit der Schmiede zu tun.«

»Ach was«, sagte Nils Oskar unerwartet kleinlaut.

»Es ist ein Gräsöwort.«

»Ach, so ein Dreck«, sagte der Alte. »Ich bin ja auch auf Band, da sind so ein Blödmann und ein Weibsstück rumgerannt und haben Aufnahmen gemacht. Die waren wohl auch bei Svartäcks-Edvin, aber der hat glattweg Nein gesagt und die Idioten weggeschickt. Die kamen wohl von irgendeinem Museum. Da gehör ich ja auch hin. Nächste Woche werde ich neunzig.«

Er sah Blitz an, als ob er auf einen Kommentar seines einzigen Enkelkindes wartete, einen Ausruf des Erstaunens. Oder als ob er einfach nur wartete, unklar, worauf. Dass sie etwas gemeinsam feiern könnten, einen Familiengedenktag, wirkte makaber, beim Gedanken an die Familiengeschichte.

»Und wenn ich *ballga* sage, was denkst du dann?«

Nils Oskar grinste, sein Schnurrbart wippte und die sonst trüben Augen funkelten. »Eine Menge Scheiß«, sagte er. »Hast du mal ein Buch gelesen?«

Robert sagte nichts. Blitz hielt das für eine kluge Taktik. Der Alte hatte sich immer gern gestritten.

»Neunzig«, sagte er. »1929. Da war die Depression. Aber Strömming gab es. Und Arbeit für meinen Vater. Ich bin ja in einer Schmiede aufgewachsen.«

»Deshalb frage ich dich«, sagte Robert.

»Schwarz wie Ruß bin ich geworden. Ab und zu rotglühend, aber meistens schwarz.« Er zog die Wangen zu einem Grinsen zusammen, es wirkte wie ein schlecht zurechtgekautes Lächeln. »Ich steuere die Hundert an. Der Doktor sagt, dass das sicher gutgehen würde, wenn ich mit dem starken Zeug aufhörte. Und das habe ich getan, ich trinke jeden Morgen einen Klaren, danach aber nichts mehr. Das merkt man.«

Er schlug mit dem Stock auf die Pflastersteine.

»Ich habe dich natürlich erkannt. Du wirst jetzt Blitz genannt, das weiß ich, die Leute reden, und das ist sicher gut«, sagte Nils Oskar. Er atmete durch die zusammengekniffenen Lippen ein, als ob ihm Sauerstoff fehlte, danach presste er die Luft durch eine Art Kussmund wieder hinaus. Das war eine Eigenheit, ein Tic sozusagen, den Blitz aus seiner Kindheit kannte; immer hatte der Großvater Geräusche und Mienen produziert, die seine Umgebung verwirrt hatten, um dann in unvorhersagbaren Anfällen aus Flüchen und Verwünschungen zu explodieren.

»Du rodest Gelände, habe ich gehört«, sagte der Alte dann. »Diese verdammte Segge ist das Schlimmste, was? Hast du die Schmiede gesehen, von der ich rede? Die steht noch, sagen sie. Herausgeputzt, für die Umwelt gerettet, sagen sie.«

Blitz nickte, gegen seinen Willen berührt vom Ernst im Blick des Großvaters. Wer »sie« waren, wusste er nicht, aber Nils Oskar hielt sich über die Geschehnisse auf der Insel offenbar auf dem Laufenden. »Es kann ja egal sein«, sagte der Alte abschließend. »Der ganze Scheiß muss am Ende einstürzen.«

Ja, Blitz hatte die Schmiede noch zwei Monate zuvor gesehen. Die war wirklich renoviert worden. Er bildete sich ein, dass Rune Karlsson damit zu tun gehabt hatte. Vielleicht war es die älteste Hofschmiede auf der Insel, wie ein Schild behauptete. Der Heimatverein war dort gewesen, und Blitz hatte aufgepasst, hatte sich der Besuchergruppe angeschlossen.

Mit keinem Wort hatte er erwähnt, dass er als Kind oft dort gewesen und dass die Geschichte der Schmiede ihm wohlbekannt war und dass er gelernt hatte, den letzten Schmied zu verabscheuen. Einige Leute vom Verein wussten natürlich, dass er mit dem letzten Schmied verwandt war, sagten aber nichts.

»*Ballga*«, wiederholte Robert.

»Luft muss dazu«, sagte der alte Schmied.

Plötzlich begriff Blitz. Er hatte dieses Wort früher schon gehört, natürlich hatte er es gehört.

»Du müsstest das wissen«, sagte Nils Oskar, als ob er die Gedanken seines Enkels gelesen hätte. »Du durftest doch blasen.«

»Der Blasebalg«, sagte Robert. Der Alte lächelte. Sie alle verstanden sich blendend.

Blieb eine Frage, eine überaus verständliche, aber Nils Oskar fragte nicht, weshalb Robert sich gerade für dieses Wort in der Inselsprache interessierte.

Sie ließen ihn auf der Bank mit Blick auf die Insel sitzen. Es war anstrengend, das alles zu klären, fand Blitz, und er hatte den Eindruck, dass Robert ebenso empfand.

»Das war vielleicht das letzte Mal«, sagte Blitz.

»Wirst du deiner Mutter erzählen, dass du hier gewesen bist?«

»Ich weiß nicht.« Blitz wusste nur zu gut, dass er niemals auch nur ein Wort über diesen Besuch verlieren würde.

Auf der Fähre schwiegen sie fast die ganze Zeit, dann aber redeten sie gleichzeitig, als ob sie etwas Wichtiges loswerden müssten, ehe sie die Insel erreichten. Robert übernahm den Vortritt beim Weiterreden.

»Ich wüsste ja gern, was die alte Scheißbullin sich so vorstellt? Sie hat Edvard dazu gebracht, mich gestern Abend spät rüberkommen zu lassen, nur um nach einem alten Gräsöwort zu fragen. Hier stimmt doch irgendwas nicht. Weißt du, was sie sich so denkt?«

»Keine Ahnung«, sagte Blitz.

»Ich muss fragen«, sagte Robert. »Du bist mein Kumpel, mein Reisekamerad, hast du wirklich damals an dem Tag Cissi auf der Förde gesehen? Ich meine, hat sie Stefansson umgebracht? Ist mir eigentlich scheißegal, ich meine, ein Typ von Djursholm! Wir haben andere Sorgen. Ich sage zu niemandem ein Wort.«

»Das tust du bestimmt, du quasselst doch zu gern, vor allem mit der Bullerei. Aber, aber, vielleicht habe ich sie gesehen, vielleicht nicht.«

»Du willst sie, hast sie immer gewollt«, stellte Robert fest. »Stefansson muss blechen.«

»Er ist tot.«

»Hat Cissi das gesagt?«

»Halt jetzt die Fresse«, sagte Blitz, der eigentlich von Italien hatte erzählen wollen, aber nun hatte er sich die Sache anders überlegt.

43

Ann Lindell musste einfach lächeln, als sie die beiden Männer aus dem Auto steigen sah. Es war jedoch ein zweideutiges Lächeln. Sie empfand es wie eine körperliche Sehnsucht, diese Sache mit Zusammenhang und gemeinsamen Erinnerungen, die ihr immer solche Probleme gemacht hatte. Es war, als ob das Leben wieder und wieder neu anfangen musste und das Quälende darin lag, Orte, Menschen und Beziehungen oftmals für immer verlassen zu müssen.

Einerseits also stolperte man im Leben voran, aber wenn man die Medaille auf die Kehrseite drehte, gab es dort eine innere Wärme, die wie ein Feuer durch den Körper schoss, zwar weit entfernt davon, was sie einmal gewesen war, aber dennoch: Wir gehören zusammen, ich existiere hier und jetzt, für mich und für andere. Es gab noch Leben. Es gab noch Hoffnung. Einige Schritte vorwärts, um die kleine Hoffnung zuzulassen, dass es trotz allem einen Funken von Licht gab, um die Zukunft zu erhellen. Einen Ausblick über eine fremde Landschaft.

Sie hatte oft Hilfe gebraucht, von ihrem alten Chef Ottosson, den Kollegen Berglund und Sammy Nilsson; unersetzlich war ihre Unterstützung, wenn sie sie bisweilen im wahrsten Sinne des Wortes auf die Füße stellen mussten. Es gab Edvard, und auch Viola, die alte Frau von Gräsö, von der Edvard das obere Stockwerk gemietet und dann das Haus geerbt hatte und die für Ann und ihr Selbstvertrauen viel bedeutet hatte. Viola hatte wie keine andere die fünfzig Jahre jüngere Ann mit Wissen und Weisheit erfüllt. Es gab natürlich auch Erik; vielleicht war er nicht so oft wie früher da, als er klein war, aber das betrachtete sie als ein Zeichen der Freiheit. Ihr kluger Sohn, dessen Verstand sie auch fürchtete, sie hatte Angst, dass er eines Tages, wenn die Loyalität jählings ein Ende nahm, erzählen würde, was er wirklich empfunden und gedacht hatte. Sie wollte das nicht denken, aber sie glaubte nicht, ihm alles gegeben zu haben, was er gebraucht hatte; sie hatte Angst, dass der heute noch unbedeutende Riss zwischen ihnen sich zu einem tiefen Abgrund erweitern könnte.

Der Umzug von Uppsala in das Dorf bei Gimo, fort von der Plackerei als Kriminalpolizistin und hin zu der Arbeit in der Käserei, Eriks natürliche und schließlich auch bereitwillige Anpassung an die neuen Gegebenheiten und nicht zuletzt die immer stabilere Beziehung zu Edvard, das alles hatte zu einem neuen Leben geführt, einem geordneten Leben, einem liebevollen Leben. Sie war ihrer Umgebung dankbar, aber auch sich selbst. Immer häufiger klopfte sie sich auf die Schulter. Das war neu.

Dazu kam Gräsö, eine neue Landschaft, aber vor allem neue Bekanntschaften. Zwei davon standen nun auf dem Hofplatz, über das Autodach hinweg in ein intensives Gespräch vertieft, sie gingen einige Meter, blieben stehen, als ob sie vergessen hätten, wo sie waren, was sie hier wollten. The One and Only Robert ging in die Offensive, Blitz Lindberg wich aus und konterte, so interpretierte sie den Schlagabtausch. Warum waren sie gekommen? Die Neugier nahm überhand, und sie gab ihre Position auf, indem sie ans Fenster klopfte. Die beiden blickten auf. Robert sah sie als Erster.

»Die neue Viola«, sagte er, als sie auf die Treppe vor der Veranda trat. »Die hat auch immer da gestanden, versteckt hinter den Pelargonien. Ich weiß noch, wie ich als kleiner Junge immer hier war, um Eier zu kaufen.«

Blitz nickte. »Das weiß ich auch noch«, sagte er. »Sie konnte furchtbar streng sein, aber manchmal gab es Saft und süße Brötchen, immer Kardamombrötchen, erinnerst du dich?«

Ich muss mir Hühner zulegen, dachte Ann, und bei diesem Gedanken drohten ihr die Tränen zu kommen. Sie machte auf dem Absatz kehrt. »Ich setze Kaffeewasser auf«, sagte sie mit dem Rücken zu den Männern und verschwand im Haus.

Robert und Blitz erzählten von ihrem Besuch in Öregrund, und Ann bekam als Zugabe eine kleine Familiengeschichte. Sie wusste nur wenig über die Lindbergs, abgesehen davon, dass Blitz' Mutter im Norden der Insel lebte. Der Großvater war ihr unbekannt gewesen.

»Er war seiner Sache sicher, und er müsste das wissen«, sagte Robert. »*Ballga* ist Blasebalg. Rune Karlsson ist wohl zum Dialekt seiner Kindheit zurückgekehrt, sicher haben sein Vater und Großvater dieses Wort benutzt.«

»Wir müssen Brundin anrufen«, sagte Ann.

»Sollen wir nicht zu Karlssons fahren und nachsehen?«, fragte Blitz. »Die Schmiede ist so gelegen, dass wir uns dort unauffällig umschauen können. Wenn Gunilla also zu Hause ist.«

»Nein, das ist eine Angelegenheit für die Polizei«, entschied Ann. Ihrer Stimme war sicher anzuhören, dass es hier nichts mehr zu diskutieren gab, denn beide Männer nickten.

»Wo ist Cecilia?«

»Das weiß ich gar nicht«, sagte Blitz.

»Ist sie gefahren?«, fragte Robert, der nicht für sein Taktgefühl bekannt war.

Blitz schüttelte den Kopf. »Glaub ich nicht, sie bleibt auf der Insel.« Seine bedrückte Miene verriet etwas ganz anderes.

Vielleicht auch gut, wenn sie verschwindet, dachte Ann, sagte das aber nicht. »Nein, sie muss doch zuerst ihren Vater begraben.«

»Ja, es ist seltsam, wie das gehen kann«, sagte Blitz ohne weitere Erklärungen. Bezog er sich auf das Schicksal von Rune, der von seiner eigenen Frau erschossen worden war, oder auf die Tatsache, dass Cecilia ihren bisher so verabscheuten Vater mit neuer Versöhnlichkeit betrachtete?

»Es ist leicht, jemanden zu lieben, der nicht mehr lange hat oder vielleicht schon tot ist«, sagte Robert.

»Sie weiß etwas, das wir nicht wissen«, sagte Blitz.

»Ja, was passiert ist, als Stefansson über Bord gegangen ist«, sagte Robert. »Und das wird sie niemals verraten.«

Ann wollte erzählen, was Cecilia über die Schmetterlinge berichtet hatte, aber das wussten die beiden vielleicht schon. Sie wollte auch nicht sentimental wirken, sich als eine Art Sprachrohr oder Anwältin aufführen, schon gar nicht für jemanden aus der Familie Karlsson. Sie wusste, dass das Leben komplizierter war. Sichere Urteile abzugeben, hätte keinen Sinn.

Sie zog deshalb ihr Telefon hervor und rief Brundin an. Robert erhob sich, trat ans Fenster und schaute hinaus. Blitz dagegen starrte sie an, als ob hier sein zukünftiges Schicksal entschieden würde.

»*Ballga*«, sagte sie nach dem Telefongespräch. »Kann man in einem Blasebalg etwas verstecken?« Sie hatte keine Ahnung, wie das Ganze aussehen könnte.

»Das geht«, sagte Blitz.

»Ich war noch nie in einer Schmiede«, sagte Ann.

»Rußig und schlechte Luft«, sagte Robert. »Und dann der Klang von Metall.«

»Heiß«, stimmte Blitz ein. »Ich durfte Opa manchmal helfen.«

Die beiden Männer sprachen jetzt über Vergangenes, das meiste hatte mit Schmiede und Schmied zu tun; es waren nicht unbedingt Dinge, die sie selbst erlebt hatten, ab und zu waren es Episoden, die Jahrzehnte zurücklagen, über Generationen von Insulanern weitergereicht.

»Dann ist er gestorben«, sagte Blitz. Robert schüttelte den Kopf. »Hat seine Alte sitzen lassen, ja, aber er lebt noch. Lennart hat ihn bei einer Versteigerung gesehen.«

»Lennart lebt noch?«, fragte Blitz.

»Brundin ist unterwegs«, unterbrach Ann die Volksüberlieferung. »Er ist in Snesslinge, es dauert also nicht lange. Er wollte aber noch einen Kollegen aus Östhammar mitbringen, das kann ihn aufhalten.«

Robert grinste. »Ich weiß, wen Onkel Brundin besucht«, sagte er, und Ann war unsicher, ob er einen Stammkunden bei der Polizei oder eine Geliebte von Brundin meinte. Blitz warf ihm einen Blick zu, der zu sagen schien: Halt die Klappe. Ann wurde wieder daran erinnert, wie wenig sie über Leben und Schicksale der Menschen hier in der Gegend wusste.

Es war kurz nach vier, als Brundin auftauchte, zusammen mit Wide, dem jungen Dienstanwärter, und einem uniformierten Kollegen, den Ann nicht kannte. Sie kamen mit zwei Wagen. Gut, dachte Ann. Brundin sah fast verlegen aus, als er Wide vorstellte. Dessen Jugend und unschuldiges Aussehen zeigten sich noch klarer im Vergleich zu seinem sicher dreißig Jahre älteren uniformierten Kollegen, Ljung, der grob und beleibt war und der Lindell anlächelte.

»Der lernt es schon«, murmelte Brundin im Vorübergehen, und Lindell wusste, dass er Wide meinte. »Du hast die Möglichkeit, ihm etwas beizubringen«, sagte sie, und das Gefühl von Sehnsucht stellte sich wieder ein. In dieser Gegend hier wäre sie gern Polizistin. Was ihr fehlte, waren Kollegialität und Spannung. Käse zu machen war das Eine, und es war nichts dagegen zu sagen, aber eine Mordermittlung erregte sie doch mehr.

Sie standen zusammen auf dem Hofplatz. Ljung hielt den Karton in der Hand. Er war offenbar mit Robert bekannt. Brundin nahm Ann beiseite.

»Gunilla Karlsson ist zu Hause. Ich habe angerufen und gesagt, dass wir vorbeikommen. Ich weiß nicht, ob wir überhaupt befugt sind, da herumzuschnüffeln.«

»Natürlich seid ihr das«, sagte Ann. »Ein Mann ist erschossen worden. Betrachtet die Umgebung doch erst mal als Tatort.«

»Notwehr«, sagte Brundin.

»Das wissen wir nicht«, sagte Ann. »Kann ich ... es wäre schön, wenn ich ...«

Er schüttelte den Kopf. »Für mich wäre das kein Problem, für Gunilla Karlsson sicher wohl. Und Wide muss sehen, wie so etwas läuft. Wir halten uns an die Vorschriften. Nur Polizei, keine Anwohner.«

»Edvard und ich waren dabei, als Rune Karlsson gestorben ist, und wir haben gehört, wie er dieses Wort sagte.«

»Und dafür sind wir dankbar«, sagte Brundin mit einem verbindlichen Lächeln.

Sie machten sich auf den Weg, nachdem Robert und Blitz noch einmal die Auskünfte des alten Schmiedes wiederholt hatten. Lindell und die beiden Kundschafter blieben zurück.

»Verdammt spannend«, sagte Robert.

»Sagt nichts darüber, was hier passiert ist«, sagte Lindell. »Erzählt das nicht rum.« Robert lächelte nur.

Blitz ging ein Stück beiseite, drehte sich um und kam zurück, als könne er sich nicht entscheiden, in welche Richtung er gehen wollte.

»Wir fahren«, sagte er.

»Sie kommt zurück, oder auch nicht«, sagte The One and Only Robert. »Du weißt doch, wie Cissi ist. Es ist vielleicht nicht so gedacht, dass ... ich meine ... sieh es doch mal so: Du hattest einige phantastische Tage und Nächte mit einer phantastischen Frau, das ist doch geil, oder nicht? Aber wir wissen, dass das Gute und Schöne schnell verfliegt. Dann sitzt man da auf einem Scheißhocker in der Küche und legt Stöckchen in den Ofen, verdammt enttäuscht, als ob das alles nicht passiert wäre. Oder?«

»Das ist es ja gerade«, sagte Blitz. Sein Gesicht zeugte von einer Mischung aus Verzweiflung und Verwirrung, als ob er gerade erst begriffen hatte, wie brüchig seine Beziehung zu Cecilia Karlsson war. »Und dann kommt kein Brief, nichts. Diesmal bestimmt nicht. Alles ist gesagt.«

»Brief? Wer schickt denn Briefe, verdammt noch mal?«

»Cissi hat das zweimal gemacht«, sagte Blitz. »Gleich, nachdem sie verschwunden war. Damals.«

Lindell fand, dieser Dialog könne sich mit den Strophen aus den Countrysongs zu Hause bei Robert messen.

44

Brundin verspürte eine gewisse Unruhe. Das war immer so, wenn es um Frauen ging, wenn er sich Frauen näherte, Verdächtigen, Schuldigen oder Unschuldigen, das spielte keine Rolle. Allein ging es ja noch, aber jetzt hatte er zwei Kollegen im Schlepptau, als ob er allein nicht genug wäre. Vielleicht könnten sie eine Hilfe sein. Wide sicher weniger, wenn es brenzlig würde, aber Ljung war erfahren und kräftig. Er ließ sich nur selten nervös machen oder beeindrucken. Ein idealer Wachtmeister, wenn er nur nicht so verdammt viel lächelte.

Das tat er jetzt auch. Ganz unerwartet riss er das Kommando an sich.

»Mein herzliches Beileid«, sagte er und schien gar nicht daran zu denken, dass die Frau vor ihnen diejenige war, die ihren eigenen Mann mit zwei Pfeilen erschossen hatte. Er streckte die Hand aus, und Gunilla Karlsson nahm sie, schien das aber sofort zu bereuen.

»Åke Ljung, Dienststelle Östhammar«, sagte Ljung, »und das hier sind Wide, Dienstanwärter, und Brundin brauche ich nicht vorzustellen, der ist überall bekannt.«

Warum redete er so viel?, fragte sich Brundin und begriff im selben Augenblick, dass sein Kollege nervös war; er, den sonst nichts erschüttern konnte, versuchte, seine Unruhe mit leerem Gerede zu verschleiern. Gunilla Karlsson übte diese Wirkung auf viele Menschen aus, das wusste Brundin bereits, und es beruhigte ihn, dass Ljung ein wenig zitterte.

»Wir haben uns unsere Gedanken gemacht«, sagte Brundin, »und würden uns gern mal kurz umsehen.«

»Ach«, sagte Gunilla Karlsson abwartend.

»Es geht um die Gebäude hier in der Umgebung«, sagte Brundin bewusst vage, »das ist doch sicher kein Problem?«

»Weshalb?«

»Es kann Zusammenhänge geben, die wir bisher übersehen haben«, sagte Brundin. »Das ist fast immer der Fall, und Kollege Ljung, obwohl er keine Schönheit ist, besitzt da ein besonderes Gespür.«

Worin dieses Gespür bestand, verriet er nicht, aber er war zufrieden mit dieser Formulierung. Da kann die Bogenschützin sich erst mal den Kopf zerbrechen, dachte er.

Sie sahen einander einige Sekunden lang an, dann erteilte sie ihre Zustimmung, in dem sicheren Bewusstsein, dass sie keinen triftigen Grund hatte, den Männern das Betreten ihres Grund und Bodens zu verweigern.

»Ich gehe davon aus, dass alle Hütten und Schuppen unverschlossen sind«, sagte Brundin.

»Ich bin im Haus, wenn etwas sein sollte«, sagte Gunilla Karlsson und ließ sie stehen. Wide sah nervös aus, sicher wegen des Tonfalls, den dieses Gespräch angenommen hatte. Ljung dagegen grinste. »Besonderes Gespür«, sagte er.

Sie steuerten sofort die Schmiede an, mit Brundin an der Spitze. Er wusste sehr gut, wo die lag. Es gab überhaupt nur sehr wenige Gebäude auf der Insel, über die er nicht informiert war.

Es war eine herkömmliche Schmiede, wenn auch vielleicht etwas größer als die meisten alten Hofschmieden. Sie war gut erhalten, das Ziegeldach schien erst kürzlich erneuert worden zu sein, Fensterrahmen und Sprossen waren weiß gestrichen und das Fenster frisch gekittet. Rune Karlsson hatte gute Arbeit geleistet.

Die hölzerne Tür war solide, sie war mit einem Eisenriegel verschlossen, alles andere wäre auch seltsam gewesen. »*Ballga*«, sagte Brundin. Er und Ljung starrten den Blasebalg an, während Wide seinen Blick über die Einrichtung der Schmiede irren ließ.

»Der ist kräftig«, sagte Ljung, Sie standen stumm, um nicht zu sagen, andächtig, da und betrachteten die Feuerstätte und den Balg, der auf der einen Seite angebracht war und einen Kanal zum Ofen aufwies. Er sah noch immer funktionstüchtig aus, die mechanische Vorrichtung war unversehrt, und er war größer als in Brundins Erinnerung. Soweit er sehen konnte, war das Leder nicht sehr alt. »*Ballga*«, sagte er noch einmal, als wäre das ein Zauberspruch. Er griff nach der am Blasebalg befestigten Holzstange und zog daran. Das Holz knirschte, einige Rußflocken stoben auf. Er wiederholte das Manöver. Der Blasebalg ging ohne weitere Probleme zu Boden.

»Was kann dieses Dings wohl verbergen?«, fragte Ljung. Er ging in die Knie und untersuchte das Untergestell, einen kräftigen Holzrahmen. In das Bodenbrett waren eine Jahreszahl, 1892, und zwei Buchstaben eingeritzt.

»Vielleicht Runes Urgroßvater«, sagte Brundin.

Ljung schob die Hand zwischen den Holzrahmen und das gemauerte Fundament der Feuerstätte, einen Zwischenraum von vielleicht zehn Zentimetern. »Hier ist etwas«, sagte er, drehte den Kopf und nickte Brundin zu. »Plastik.«

»Sei vorsichtig«, mahnte Brundin unnötigerweise. Sie wussten beide, was sie zu tun hatten, wenn der Blasebalg wirklich die Antwort auf das Verschwinden und den mutmaßlichen Tod eines Menschen verbarg.

»Sollen wir den ganzen Scheiß abreißen?«, fragte Ljung. »Wir können auch den Blasebalg abmontieren, dann haben wir einen besseren Zugriff.«

»Nein, mach weiter«, sagte Brundin. »Wenn Rune da etwas hinterlegt hat, dann müsste man das herausfischen können.«

»Da ist sie«, sagte Wide. »Die Bogenschützin, meine ich.«

Brundin drehte sich um. Und richtig, da kam Gunilla Karlsson durch das braunversengte Gras. Er dachte unwillkürlich, wie jugendlich sie noch immer aussah, obwohl sie offenbar weiterhin Schmerzen in dem einen Bein hatte.

»Was machen Sie da?« Ihr Gesicht war ausdruckslos, zeigte keine Verwunderung, keinen Zorn oder irgendein anderes Gefühl.

Eine Wettkämpferin, dachte Brundin. »Das wissen wir nicht«, sagte er. »Aber Ljung glaubt, etwas gefunden zu haben.«

»Die Schmiede«, sagte sie mit einer Art Lächeln. »Hier war Rune immer gern. Sicher hatte er hier seine Geheimnisse.«

»Warte«, sagte Brundin zu Ljung, der noch immer auf Knien lag oder eher halb auf dem Boden, den Arm unter das Gestell des Blasebalgs geschoben. Er war vor Anstrengung rot im Gesicht.

Brundin zog eine Kamera hervor, einen praktischen kleinen japanischen Apparat. »Ich will das filmen«, sagte er und lächelte Gunilla Karlsson zu, wie um Entschuldigung zu bitten. »Das ist so eine Vorschrift«, sagte er und warf dem jungen Wide einen Blick zu, der bedeutete, Wide solle sich den Kommentar verkneifen, den er gerade abgeben wollte.

Brundin führte die Kamera in einem weiten Bogen durch die Schmiede, holte alles und alle ins Bild, hielt inne bei Ljung und wies diesem mit seiner freien Hand, dass es jetzt an der Zeit war, das herauszuholen, was immer es sein mochte.

Ljung fluchte. »Verdammt, wie eng«, sagte er und schob sich noch näher an den Blasebalg heran.

»Wide vielleicht«, sagte Brundin.

Ljung korrigierte seinen Körperwinkel, das schweißblanke Gesicht erzählte von Erregung. Es war wie die Schatzsuche seiner Kindheit, nur eben in echt, so deutete Brundin das Ganze, denn auch er verspürte diese Spannung. Er warf Gunilla Karlsson einen raschen Blick zu. Sie sah unvermindert ausdruckslos aus, aber ihr Körper war angespannt, gleichsam sprungbereit. Brundin wäre nicht überrascht gewesen, wenn sie einen

Bogen hervorgezaubert und einen Pfeil in Polizist Ljungs faltigen Specknacken gesetzt hätte.

Der Polizist schob sich vorsichtig rückwärts aus seiner Position heraus. In der Hand hielt er eine Plastiktüte. Brundin sah, dass sie aus dem Konsum in Öregrund stammte. Gunilla schnappte nach Luft und ließ die Luft danach durch die Nasenlöcher entweichen. Brundin zoomte und verewigte den albern grinsenden Ljung mit seinem Fund.

»Wir machen hier Schluss«, sagte Brundin und hörte auf zu filmen. »Wir nehmen den ganzen Kram mit nach Östhammar.«

»Was ist in der Tüte?«, fragte Gunilla.

»Das weißt du sicher besser als ich«, sagte Brundin.

Sie zuckte mit den Schultern und verließ die Schmiede. »Warte«, sagte Brundin, denn nun musste eine Entscheidung getroffen werden, das war ihm schon klar geworden, als Ljung unter dem Blasebalg einen Fund signalisiert hatte. Sie blieb stehen. Brundin begriff, dass auch sie mit einer Entscheidung rechnete. Mit einer Freiheitsberaubung.

»Du musst mitkommen«, sagte er.

»Warum?«

»Damit wir zusammen in die Tüte schauen können.«

45

Die scharfe Schneide erzählte so einiges: sie hatte einen lebenden Organismus zerteilt, Casper Stefansson. Wie genau das passiert war, stand noch nicht fest, aber die Blutreste sprachen ihre deutliche Sprache.

»Das stammt einwandfrei von ihm«, sagte Friman, ein ansonsten reichlich untauglicher Kriminaltechniker, der sich in diesem Fall jedoch auf eine Aussage der Kollegen vom Nationalen Forensischen Zentrum in Linköping stützen konnte. Bei den zehntausenden DNA-Profilen von ungeklärten Verbrechen, die dort archiviert waren, war es kein Problem gewesen, festzustellen, dass es Stefansson gewesen war, der an jenem Frühlingstag vor vier Jahren Blut gelassen hatte.

Der Schaft erzählte den Rest: Gunilla Karlsson hatte die Tat begangen. Wann und wo genau, ließ sich nicht sofort klären, aber der Handlungsverlauf war bald deutlich geworden. Ihr Geständnis hatte die ermittelnden Polizisten und die Staatsanwaltschaft nicht direkt in Erstaunen versetzt, dazu hatten sie zu viel gesehen und gehört, aber Gunilla Karlssons bis ins Detail exakte Darstellung dessen, was an jenem Maitag geschehen war, war ihnen in ihrer klinischen Kälte unmenschlich erschienen.

Nachdem Stefansson verblutet war, hatte sie ihn zum Boot geschleift, »er hatte ein paar Kilo zugenommen«, hatte einen Badeanzug aus einem kleinen Rucksack gezogen, »er hatte wohl gedacht, ich hätte Champagner mitgebracht«, und sich umgekleidet. Dann füllte sie zwei Jutesäcke mit Steinen vom Strand. Später würden die als Gewichte dienen. »Man braucht überraschend wenige Steine, um einen Menschen zu versenken.«

Als die Leiche, der die Säcke an den Leib gebunden waren, über Bord geschoben worden war, »ich habe sogar ein Gebet gesprochen«, sprang sie hinterher ins Wasser. Den Rucksack hatte sie bei sich, darin hatte sie Kleider und das Messer in einer Plastiktüte. »Ich brauchte dreißig Minuten, um zu unserem Steg zu schwimmen.«

Dort angekommen, legte sie den Rucksack auf den Steg und zog die Tüte mit dem Messer heraus, ohne so recht zu wissen, wo sie es verstecken sollte. In diesem Moment kam ihr Mann vom Haus her über den Weg. Sie warf die Tüte ins Fischerboot, schob es unter eine Ruderbank zwischen einen Draggen und irgendwelchen Schrott, der dort unten im Boot herumlag.

Als Rune Karlsson auf den Steg trat, sah er überaus verwundert aus.

»Ich habe einen langen Spaziergang gemacht, aber dann wollte ich lieber nach Hause schwimmen«, hatte sie ihm erzählt. »Ich habe meinen neuen Badeanzug ausprobiert.« Sie kletterte auf den Steg, nahm den Rucksack und ließ ihn stehen, wohl wissend, dass er ihr hinterherschaute und dass ihm gefiel, was er sah, dass er diesen Körper noch immer gern liebkost hätte, aber dass er dieser Frau, die er jahrzehntelang geliebt hatte, vollständig hilflos gegenüberstand. Das alles wusste sie, und es schenkte ihr eine gewisse Befriedigung, sorgte aber auch für einiges an Irritation und Ungeduld.

»Wie meinst du das«, hatte Brundin gefragt. »Ungeduld?« Er musste die Antwort erraten.

»Weshalb?«, fragte der Polizist dann.

»Casper hat mich betrogen. Wir hatten es gut, aber er hat sich für Cecilia entschieden. Mit ihr wollte er weggehen.«

Blitz Lindberg war ebenfalls betrogen worden. Als einziger Zeuge, wenn auch aus weiter Entfernung, hatte er an einer Rekonstruktion mitgewirkt. Gunilla Karlsson war hingeführt worden, hatte mit dem Boot fahren und an Land gehen müssen. Blitz hatte das Ganze aus der Position beobachtet, die er vor vier Jahren gehabt hatte, als er über Gällfjärden geblickt hatte, immer neugierig darauf, wer dort drüben unterwegs war.

»Die sehen sich ähnlich«, sagte er nur. »Wie ein Ei dem anderen. Beängstigend.«

Brundin, der neben ihm stand, wusste sofort, was er meinte.

»Ziehst du daraus irgendwelche Schlüsse?«

Blitz lachte auf. Roch er nicht ein bisschen nach Schnaps, dieser Brundin?

»Du hörst dich an wie ein Scheißbuch«, sagte er. »Ja, vielleicht habe ich Gunilla gesehen. So war das wohl.«

»Zum Prozess kommt sie aus Italien nach Hause. Sie fühlt sich wohl in Stefanssons Haus«, sagte Brundin. »Es liegt auf einer Anhöhe, mit Blick auf Weinberge. Ich habe ziemlich viel mit ihr gesprochen. Sie wirkt ruhig, aber sie hat kein einziges Mal nach ihrer Mutter gefragt. Cecilia ist wirklich gefühllos.«

»Nach Hause«, sagte Blitz.

Henrik Siebold
Schattenkrieger
Thriller
381 Seiten. Broschur
ISBN 978-3-7466-3950-5
Auch als E-Book lieferbar

Er ist klug und weise –
und ein Auftragsmörder

Hamburg, ein Imbiss auf St. Pauli. Hier steht ein stiller, sanftmütiger
Mann, von dem niemand weiß, wer er in Wahrheit ist: Vor Jahren war
Manuel Jessen ein Elitesoldat in Afghanistan, dann wurde er aus einer
langen Gefangenschaft befreit und lebte mit seiner Geliebten Yūko ein
ruhiges Leben in Japan. Aber kaum glaubte er, seinen Frieden gefunden
zu haben, forderte sein amerikanischer Retter den Lohn für seine Befrei-
ung ein. Manuel wird zu einem Auftragsmörder für den Geheimdienst.
Bis er verraten wird und sich in die falsche Frau verliebt.

Vom Autor der Erfolgsromane über Inspektor Takeda – ein Thriller voller
Spannung und Weisheit, voller Abgründe und unerwarteter Wendungen.

**Regelmäßige Informationen erhalten Sie über unseren Newsletter.
Jetzt anmelden unter: www.aufbau-verlage.de/newsletter**

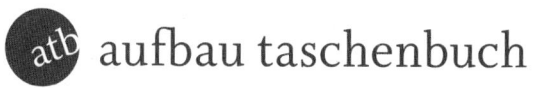

aufbau taschenbuch

Kai Havaii
Hyperion
Thriller
512 Seiten. Klappenbroschur
ISBN 978-3-352-00974-7
Auch als E-Book lieferbar

»Ein Undercover-Agent ist ein Schauspieler, der um sein Leben spielt.«

Felix Brosch, ehemaliger Elitesoldat und Geheimdienstagent, hat nach dem Unfalltod seines kleinen Sohnes den Halt verloren. Er führt ein zurückgezogenes Leben auf einer Berghütte in den Alpen. Bis eines Tages eine alte Bekannte vom BND bei ihm auftaucht. Eine neue, rechte Terrororganisation treibt auf der ganzen Welt ihr Unwesen. Ihr unbekannter Anführer verbirgt sich hinter dem Namen Hyperion – der Lichtbringer. BND und Mossad vermuten, dass er einen Mitstreiter hat: Broschs englischen Cousin Simon, den er seit seinen Teenagertagen nicht mehr gesehen hat. Das Ansinnen, sich seinem Cousin zu nähern, lehnt Brosch zuerst entschieden ab. Dann aber wird bei einem Anschlag in den USA ein Junge getötet, der ihn an seinen Sohn erinnert, und er weiß, dass er handeln muss.

Regelmäßige Informationen erhalten Sie über unseren Newsletter.
Jetzt anmelden unter: www.aufbau-verlage.de/newsletter

Kjell Eriksson
Die Nacht des Feuers
Ein Fall für Ann Lindell
Roman
Aus dem Schwedischen von Gabriele Haefs
445 Seiten. Broschur
ISBN 978-3-7466-3821-8
Auch als E-Book lieferbar

Brandherd Schweden

Eigentlich hat Ann Lindell ihren Job bei der Polizei an den Nagel gehängt, doch als in ihrem vermeintlich beschaulichen neuen Zuhause in Uppland das alte Schulhaus brennt und drei Asyl suchende Menschen sterben, nimmt sie auf eigene Faust die ins Stocken geratenen Ermittlungen auf und versorgt ihren Ex-Kollegen Sammy mit Informationen aus dem Dorf. Denn auch wenn keiner der Nachbarn etwas gesehen haben will, hegt Ann wenig Zweifel, dass eine rechtsextreme Gruppe hinter dem Brandanschlag steckt. Dann brennt es erneut – doch diesmal ist das Opfer eine junge Schwedin.

»Ein brillantes Comeback und ein hochaktueller und spannender schwedischer Kriminalroman. Absolute Spitzenklasse.« BTJ

Regelmäßige Informationen erhalten Sie über unseren Newsletter.
Jetzt anmelden unter: www.aufbau-verlage.de/newsletter

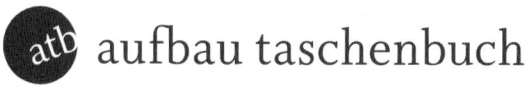

aufbau taschenbuch